远古的人大概是很幸福的。他们日出而作，日入而息，根据太阳的出没来规定自己的活动。即使能感到时间的流逝，也只在依稀隐约之间。后来，他们聪明了，根据太阳光和阴影的推移，把时间称做光阴。

——季羡林《时间》

我们将先看到到处闪动着的花的红影；以后，再看到苍郁欲滴的浓碧；以后，又看到萧瑟冷寂的黄雾；以后，再看到白皑皑的雪凝结在丫杈着刺着灰的天空的树枝上。中间点缀着的仍然是亮的白天，暗的黑夜。在白天里，我们填满了肚皮。在夜里，我们咧开大嘴打呼。照样地，白天接着黑夜，黑夜接着白天。

——季羡林《年》

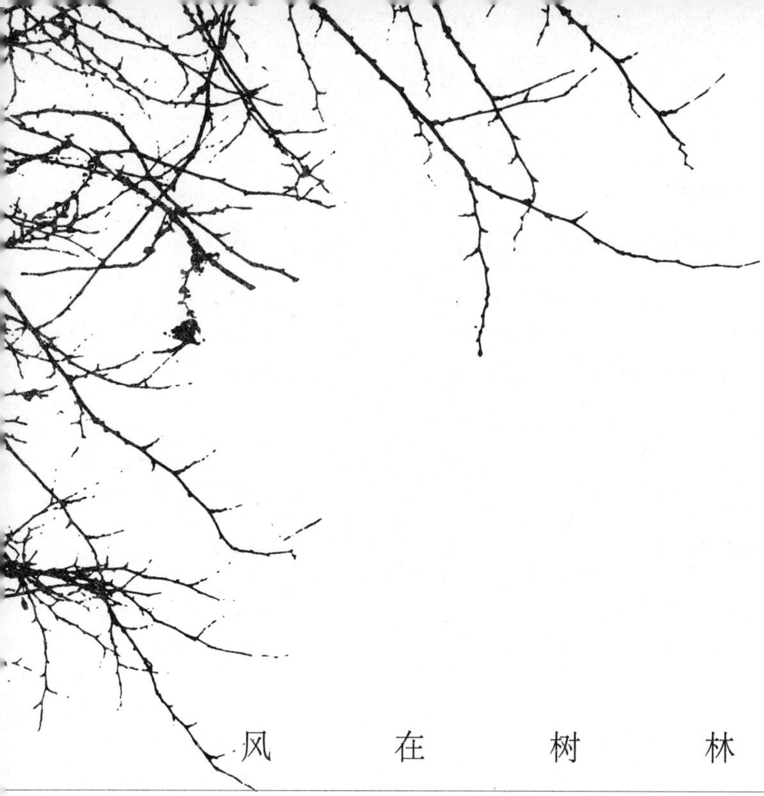

季羡林散文精选

风 在 树 林 里 走

浮沉·时世

季羡林 著

漓江出版社

图书在版编目（CIP）数据

风在树林里走：浮沉·时世 / 季羡林著 .—桂林：漓江出版社，2016.1
（季羡林散文精选）
ISBN 978-7-5407-7722-7
Ⅰ.①风… Ⅱ.①季… Ⅲ.①散文集—中国—当代 Ⅳ.① I267
中国版本图书馆 CIP 数据核字（2015）第 309701 号

风在树林里走：浮沉·时世

作　　者：季羡林
特约策划：王佩芬
策划统筹：符红霞
责任编辑：张　芳　关士礼
装帧设计：高海军
封面题字：季羡林
责任监印：周　萍

出 版 人：刘迪才
出版发行：漓江出版社
社　　址：广西桂林市南环路22号
邮　　编：541002
发行电话：0773-2583322　010-85891026
传　　真：0773-2582000　010-85892186
邮购热线：0773-2583322
电子信箱：ljcbs@163.com
http://www.Lijiangbook.com
印　　制：北京大运河印刷股份有限公司
开　　本：710×960　1/16　　印　　张：22　　字　　数：276千字
版　　次：2016年1月第1版　　印　　次：2016年1月第1次印刷
书　　号：ISBN 978-7-5407-7722-7
定　　价：48.00元

目录

年

年，像淡烟，又像远山的晴岚。我们握不着，也看不到。当它走来的时候，只在我们的心头轻轻地一拂，我们就知道：年来了。但是究竟什么是年呢？却没有人能说得清了。

当我们沿着一条大路走着的时候，遥望前路茫茫，花样似乎很多。但是，及至走上前去，身临切近，却正如向水里扑自己的影子，捉到的只有空虚。更遥望前路，仍然渺茫得很。这时，我们往往要回头看看的。其实，回头看，随时都可以。但是我们却不。最常引起我们回头看的，是当我们走到一个路上的界石的时候。说界石，实在没有什么石，只不过在我们心上有那么一点痕迹。痕迹自然很虚飘，所以不易说。但倘若不管易说不易说，说了出来的话，就是年。

说出来了，这年，仍然很虚飘。也许因为这一说，变得更虚飘。但这却是没有办法的事了。我前面不是说我们要回头看吗？就先说我们回头看到的吧。——我们究竟看到些什么呢？灰蒙蒙的一片，仿佛白云，又仿佛轻雾，朦胧成一团。里面浮动着各种的面影，各样的彩色。这似乎真有花样了。但仔细看来，却又不然，仍然是平板单调。就譬如从最近的界石看回去吧。先看到白皑皑的雪凝结在丫杈着刺着灰的天空的树枝上。再往前，又看到澄碧的长天下流泛着的萧瑟冷寂的黄雾。再往前，苍郁欲滴的浓碧铺在雨后的林里，铺在山头。烈阳闪着金光。更往前，到处闪动着火焰般的花的红影。中间点缀着亮的白天，暗的黑夜。在白天里，我们拼命填满了肚皮。在黑夜里，我们挺在床上咧开大嘴打呼。就这样，白天接着黑夜，黑夜接着白天；一明一暗地滚下去，像玉盘上的珍珠。

……

于是越过一块界石。看上去，仍然看到白皑皑的雪，看到萧瑟冷寂的黄雾，看到苍郁欲滴的浓碧，看到火焰般的红影。仍然是连续的亮的白天，暗的黑夜——于是又越过了一块界石。于是又——一块界石，一块界石，界石连着界石，没有完。亮的白天，暗的黑夜交织着。白雪、黄雾、浓碧、红影，混成一团，影子却渐渐地淡了下来，我们的记忆也被掩到辽远又辽远的雾蒙蒙的暗陬里去了。我们再看到什么呢？更茫茫。然而，不新奇。

不新奇吗？却终究又有些新的花样了。仿佛是跨过第一块界石的时候——实在还早，仿佛是才踏上了世界的时候，我们眼前便障上了幕。我们看不清眼前的东西，只是摸索着走上去。随了白天的消失，暗夜的消失，这幕渐渐地一点一点地撤下去。但我们不觉得。我们觉得的时候，往往是在踏上了一块界石回头看的一刹那。一觉得，我们又慌了："会有这样的事情发生到我身上吗？"其实，当这事情正在发生的时候，我们还热烈地参加着，或表演着。现在一觉得，便大惊小怪起来。我们又肯定地信，不会有这样的事情发生到我们身上的。我们想：自己以前仿佛没曾打算有这样的事情发生。可是，打算又有什么用呢？事情早已给我们安排在幕后。只是幕不撤，我们看不到而已。而且又真没曾打算过。以后我们又证明给自己：的确发生过这样的事情了。于是，因了这惊，这怪，我们也似乎变得比以前更聪明些。"以后我要这样了"，我们想。真的，以后我们要这样了。然而，又走到一块界石，回头一看，我们又惊疑："怎么又会有这样的事情发生到我身上呢？"是的，真有过。"以后我要这样了"，我们又想。——虽然一点一点地撤开，我们眼前仍是幕。于是，一块界石，一块界石，就在这随时发现的新奇中过下去，一直到现在，我们眼前仍然是幕。这幕什么时候才撤净呢？我们苦恼着。

但也因而得到了安慰了。一切事情，虽然都已经安排在幕后，有时我们也会蓦地想到几件。其中也不缺少一想到就使我们流汗战栗喘息的事情。我们知道它们一定会发生，只是不知道什么时候而已。但现在回头看来，许多这样的事情，只在这幕的微启之下，便悠然地露了出来，我们也不知怎样竟闯了过来。

回顾当时的流汗，的战栗，的喘息，早成残像，只在我们心的深处留下一点痕迹。不禁微笑浮上心头了。回首绵绵无尽的灰雾中，竟还有自己踏过的微白的足迹在，蜿蜒一条长长的路，一直通到现在的脚跟下。再一想踏这路时的心情，看这眼前的幕一点一点撤开时的或惊，或惧，或喜的心情，微笑更要浮上嘴角了。

这样，这条微白的长长的路就一直蜿蜒到脚跟。现在脚下踏着的又是一块新的界石了。不容我们迟疑，这条路又把我们引上前去。我们不能停下来，也不愿意停下来的。倘若抬头向前看的时候——又是一条微白的长长的路，伸展开去。又是一片灰蒙蒙的雾，这路就蜿蜒到雾里去。到哪里止呢？谁知道，我们只是走上前去。过去的，混沌迷茫，不知其所以然了。未来的，混沌迷茫，更不知其所以然了。但是我们时时刻刻都在向前走着。时时刻刻这条蜿蜒的长长的路向后缩了回去，又时时刻刻向前伸了出去，摆在我们面前。仍然再缩了回去，离我们渐远，渐远，窄了，更窄了，埋在茫茫的雾里。刚才看见的东西，一转眼，便随了这条路缩了回去，渐渐地不清楚，成云，成烟，埋在记忆里，又在记忆里消失了。只有在我们眼前的这一点短短的时间——一分钟，不，还短；一秒钟，不，还短；短到说不出来，就算有那么一点时间吧，我们眼前有点亮：一抬眼，便可以看到桌子上摆着的花的蔓长的枝条在风里袅动，看到架上排着的书，看到玻璃杯在静默里反射着清光，看到窗外枯树寒鸦的淡影，看到电灯罩的丝穗在轻微地散布着波纹，看到眼前的一切，都发亮。然后一转眼，这一切又缩了回去，渐渐地不清楚，成云，成烟，埋在记忆里，也在记忆里消失吧。等到第二次抬眼的时候，看到的一切已经同前次看到的不同了。我说，我们就只有那样短短的时间的一点亮。这条蜿蜒的长长的路伸展出去，这一点亮也跟着走。一直到我们不愿意，或者不能走了，我们眼前仍然只有那一点亮，带着糊涂走开。

当我们还在沿着这条路走的时候，虽然眼前只有那样一点亮，我们也只好跟着它走上去了。脚踏上一块新的界石的时候，固然常常引起我们回头去看，但是，我们仍要时时提醒自己：前面仍然有路。我前面不是说，我们又看到一条微白的长长的路引到雾里去吗？渺茫、自然，但不必气馁。譬如游山，走过了一段路之后，乘喘息未定的时候，回望来路，白云四合，当然很有意思的。倘再翘首前路，更有青霭流泛，不也增加游兴不少吗？而且，正因为渺茫，却更有味。当我翘首前望的时候，只看到雾海，茫茫一片，不辨山水云树。我们可以任意把想象加到上面。我们可以自己涂上粉红色，彩红色；任意制成各种的梦，各种的幻影，各种的蜃楼。制成以后，随便按上，无不适合。较之回头看时，只见残迹，只见过去的面影，趣味自然不同。这时，我们大概也要充满了欣慰与生力，怡然走上前去。倘若了如指掌，毫发都现，一眼便看到自己的坟墓，无所用其涂色；更无所用其蜃楼，只懒懒地抬起了沉重的腿脚，无可奈何地踱上去，不也大煞风景，生趣全丢吗？

然而，话又要说了回来。——虽然我们可以把未来涂上了彩色，制成了梦，幻影，和蜃楼。一想到，蜿蜒到灰雾里去的长长的路，仍然不过是长长的路，同从雾里蜿蜒出来的并不会有多大差别，我们不禁又惘然了。我们知道，虽然说不定也有点变化，仍然要看到同样的那一套。真的，我们也只有看到同样的那一套。微微有点不同的，就是次序倒了过来。——我们将先看到到处闪动着的花的红影；以后，再看到苍郁欲滴的浓碧；以后，又看到萧瑟冷寂的黄雾；以后，再看到白皑皑的雪凝结在丫杈着刺着灰的天空的树枝上。中间点缀着的仍然是亮的白天，暗的黑夜。在白天里，我们填满了肚皮。在夜里，我们咧开大嘴打呼。照样地，白天接着黑夜，黑夜接着白天。于是到了一块界石，我们眼前仍然只有那短短的时间的一点亮。脚踏上这块界石的时候，说不定还要回过头来看到现在。现在早笼在灰雾里，埋在记忆里了。我们的心情大概不会同踏在现在的这块界石上回望以前有什么差别吧？看了微白的足迹从现在的脚下通到那时的脚下，微笑浮上心头呢？浮上嘴角呢？惘然呢？漠然呢？看了眼前的幕一点一点地撤去，惊呢？惧呢？喜呢？那就都不得而知了。

于是，通过了一块界石，又看上去，仍然是红影、浓碧、黄雾、白雪。亮的白天，暗的黑夜，一个推着一个，滚成一团，滚上去，像玉盘上的珍珠。终于我们看到些什么呢？灰蒙蒙，然而不新奇。但却又使我们战栗了。——在这微白的长长的路的终点，在雾的深处，谁也说不清是什么地方，有一个充满了威吓的黑洞，在向我们狞笑，那就是我们的归宿。障在我们眼前的幕，到底也不会撤去。我们眼前仍然只有当前一刹那的亮，带了一个大混沌，走进这个黑洞去。

走进这个黑洞去，其实也倒不坏，因为我们可以得到静息。但又不这样简单。中间经过几多花样，经过多长的路才能达到呢？谁知道。当我们还没达到以前，脚下又正在踏着一块界石的时候，我们命定地只能向前看，或向后看。向后看，灰蒙蒙，不新奇了。向前看，灰蒙蒙，更不新奇了，然而，我们可以做梦。再要问：我们要做什么样的梦呢？谁知道。——一切都交给命运去安排吧。

1934年1月24日

1987年元旦试笔

从孩提到青年，年年盼望着过年。中年以后，年年害怕过年。而今已进入老境，既不盼望，也不害怕，觉得过年也平淡得很，我的心情也平淡得如古井寂波。

但是，夜半枕上，听到外面什么地方的爆竹声，我心里不禁一震：又过年了，仿佛在古井中投下了一块小石头。今天早晨起来，心中顿有年意，我要提笔写元旦试笔了。

时间本来是无始无终的，又没有任何痕迹。人类偏偏把三百六十多天定为一年，硬在时间上刻上痕迹。这在天文学上不能说没有根据，对人类生活分上个春夏秋冬，也不无意义。你可切莫小看这个痕迹，它实际上支配着我们的生命。人的一生要计算个年龄。皇帝老子要定个年号。和尚有僧腊，今天有工龄、教龄和党龄。工龄碰巧多上几天，工资就能向上调一级。什么地方你也逃不掉这一个人为的痕迹。

我也并没有处心积虑来逃掉。我只觉得，这有点自找麻烦。如果像原始人那样浑浑噩噩，不识不知，大概可以免掉不少麻烦：至少不会像后代文明人那样伤春悲秋，自伤老大。一切顺乎自然，心情或许会平静得多。

我现在心情也平静得很，是在激烈活动后的平静。当人们意识到自己老大时，大概有两种反应：一是自伤自悲，一是认为这是自然规律，而处之泰然。我属于后者。去年一年，有几位算是老师一辈的学者离开人间，对我的心情不能说没有影响，我非常悲伤。但是，在内心深处，我认为这是自然规律，是极其平常的事情，短暂悲伤之后，立即恢复了平静，仍然兴致勃勃地活了下来。

活下来，就有希望。我希望在新的一年内，天下太平，人民康乐，我那些老师一辈的人不再匆匆离开人间，我自己也健康愉快，多做点对人民有益的工作。

1987年元旦之晨

八十述怀

我从来没有想到，我能活到八十岁；如今竟然活到了八十岁，然而又一点也没有八十岁的感觉，岂非咄咄怪事！

我向无大志，包括自己活的年龄在内。我的父母都没有活过五十，因此，我自己的原定计划是活到五十。这样已经超过了父母，很不错了。不知怎么一来，宛如一场春梦，我活到了五十岁。那时正值所谓三年自然灾害。我流年不利，颇挨了一阵子饿。但是，我是“曾经沧海难为水”，在二次世界大战时，我正在德国，曾经受了而今难以想象的饥饿的考验，以致失去了饱的感觉。我们那一点灾害，同德国比起来，真如小巫见大巫，年轻时的经历让我顺利地渡过了那一场灾害，而且我当时的精神面貌是我一生最好的时期，一点苦也没有感觉到，于不知不觉中冲破了我原定的年龄计划，渡过了五十岁大关。

五十一过，又仿佛一场春梦似的，一下子就到了古稀之年，不容我反思，不容我踟蹰。其间跨越了一场“十年浩劫”。我当然是在劫难逃，被送进牛棚。我现在不知道应当感谢哪一路神灵：佛祖、上帝、安拉。由于一个万分偶然的机缘，我没有走上绝路，活下来了。活下来了，我不但没有感到特别高兴，反而时有悔愧之感在咬我的心。活下来了，也许还是有点好处的。我一生写作翻译的高潮，恰恰出现在此期间。原因并不神秘：我获得了余裕和时间。在浩劫期间，我被打得一佛出世，二佛升天。后来不打不骂了，我却变成了“不可接触者”。在很长时间内，我被分配去挖大粪、看门房、守电话、发信件。没有以前的会议，没有以前的发言。没有人敢来找我，很少人有勇气同我谈上几句话。

一两年内，没收到一封信。我服从任何人的调遣与指挥，只敢规规矩矩，不敢乱说乱动。然而我的脑筋还在，我的思想还在，我的感情还在，我的理智还在。我不甘心成为行尸走肉，我必须干点事情。二百多万字的印度大史诗《罗摩衍那》，就是在这时候译完的。“雪夜闭门写禁文”，自谓此乐不减羲皇上人。

又仿佛是一场缥缈的春梦，一下子就活到了今天，行年八十矣，是古人称之为耄耋之年了。倒退二三十年，我这个在寿命上胸无大志的人，偶尔也想到耄耋之年的情况：手拄拐杖，白须飘胸，步履维艰，老态龙钟。自谓这种事情与自己无关，所以想得不深也不多。哪里知道，自己今天就到了这个年龄了。今天是新年元旦。从夜里零时起，自己已是不折不扣的八十老翁了。然而这老景却真如王维诗中所说的“青霭入看无”，我看不到什么老景。看一看自己的身体，平平常常，同过去一样。看一看周围的环境，平平常常，同过去一样。金色的朝阳从窗子里流了进来，平平常常，同过去一样。楼前的白杨，确实粗了一点，但看上去也是平平常常，同过去一样。时令正是冬天，叶子落尽了，但是我相信，它们正蜷缩在土里，做着春天的梦。水塘里的荷花只剩下残叶，“留得残荷听雨声”，现在雨没有了，上面只有白皑皑的残雪。我相信，荷花们也蜷缩在淤泥中，做着春天的梦。总之，我还是我，依然故我；周围的一切也依然是过去的一切……

我是不是也在做着春天的梦呢？我想，是的。我现在也处在严寒中，我也梦着春天的到来。我相信英国诗人雪莱的两句话为“既然冬天已经到了，春天还会远吗？”我梦着楼前的白杨重新长出了浓密的绿叶，我梦着池塘里的荷花重新冒出了淡绿的大叶子，我梦着春天又回到了大地上。

可是我万万没有想到，“八十”这个数目字竟有这样大的威力，一种神秘的威力。“自己已经八十岁了！”我吃惊地暗自思忖。它逼迫着我向前看一看，又回头看一看。向前看，灰蒙蒙的一团，路不清楚，但也不是很长。确实没有什么好看的地方，不看也罢。

而回头看呢，则在灰蒙蒙的一团中，清晰地看到了一条路，路极长，是我一步一步地走过来的，这条路的顶端是在清平县的官庄。我看到了一片灰黄的土房，中间闪着苇塘里的水光，还有我大奶奶和母亲的面影。这条路延伸出去，我看到了泉城的大明湖。这条路又延伸出去，我看到了水木清华，接着又看到德国小城哥廷根斑斓的秋色，上面飘动着我那母亲似的女房东和祖父似的老教授的面影。路陡然又从万里之外折回到神州大地，我看到了红楼，看到了燕园的湖光塔影。令人泄气而且大煞风景的是，我竟又看到了牛棚的牢头禁子那一副牛头马面似的狞恶的面孔。再看下去，路就缩住了，一直缩到我的脚下。

在这一条十分漫长的路上，我走过阳关大道，也走过独木小桥。路旁有深山大泽，也有平坡宜人；有杏花春雨，也有塞北秋风；有山重水复，也有柳暗花明；有迷途知返，也有绝处逢生。路太长了，时间太长了，影子太多了，回忆太重了。我真正感觉到，我负担不了，也忍受不了，我想摆脱掉这一切，还我一个自由自在身。

回头看既然这样沉重，能不能向前看呢？我上面已经说到，向前看，路不是很长，没有什么好看的地方。我现在正像鲁迅的散文诗《过客》中的那一个过客。他不知道是从什么地方走来的，终于走到了老翁和小女孩的土屋前面，讨了点水喝。老翁看他已经疲惫不堪，劝他休息一下。他说："从我还能记得的时候起，我就在这么走，要走到一个地方去，这地方就在前面。我单记得走了许多路，现在来到这里了。我接着就要走向那边去……况且还有声音在前面催促我，叫唤我，使我息不下。"那边，西边是什么地方呢？老人说："前面，是坟。"小女孩说："不，不，不的。那里有许多野百合，野蔷薇，我常常去玩，去看他们的。"

我理解这个过客的心情，我自己也是一个过客。但是却从来没有什么声音催着我走，而是同世界上任何人一样，我是非走不行的，不用催促，也是非走不行的。走到什么地方去呢？走到西边的坟那里，这是一切人的归宿。我记得屠格涅夫的一首散文诗里，也讲了这个意思。我并不怕坟，只是在走了这么长的路以后，我真想停下来休息片刻。然而我不能，不管你愿意不愿意，反正是非走不行。聊以自慰的是，我同那个老翁还不一样，有的地方颇像那个小女孩，我既看到了坟，也看到野百合和野蔷薇。

我面前还有多少路呢？我说不出，也没有仔细想过。冯友兰先生说："何止于米？相期以茶。""米"是八十八岁，"茶"是一百〇八岁。我没有这样的雄心壮志，我是“相期以米”。这算不算是立大志呢？我是没有大志的人，我觉得这已经算是大志了。

我从前对穷通寿夭也是颇有一些想法的。“十年浩劫”以后，我成了陶渊明的志同道合者。他的一首诗，我很欣赏：

纵浪大化中
不喜亦不惧
应尽便须尽
无复独多虑

我现在就是抱着这种精神，昂然走上前去。只要有可能，我一定做一些对别人有益的事，绝不想成为行尸走肉。我知道，未来的路也不会比过去的更笔直，更平坦。但是我并不恐惧，我眼前还闪动着野百合和野蔷薇的影子。

1991年1月1日

新年抒怀

除夕之夜，半夜醒来，一看表，是一点半钟，心里轻轻地一颤：又过去一年了。

小的时候，总希望时光快快流逝，盼过节，盼过年，盼迅速长大成人。然而，时光却偏偏好像停滞不前，小小的心灵里溢满了愤愤不平之气。

但是，一过中年，人生之车好像是从高坡上滑下，时光流逝得像电光一般，它不饶人，不了解人的心情，愣是狂奔不已。一转眼间，“两岸猿声啼不住，轻舟已过万重山”。滑过了花甲，滑过了古稀，少数幸运者或者什么者，滑到了耄耋之年。人到了这个境界，对时光的流逝更加敏感。年轻的时候考虑问题是以年计，以月计。到了此时，是以日计，以小时计了。

我是一个幸运者或者什么者，眼前正处在耄耋之年。我的心情不同于青年，也不同于中年，纷纭万端，绝不是三两句就能说清楚的。我自己也理不出一个头绪来。

过去的一年，可以说是我一生最辉煌的年份之一。求全之毁根本没有，不虞之誉却多得不得了，压到我身上，使我无法消化，使我感到沉重。有一些称号，初戴到头上时，自己都感到吃惊，感到很不习惯。就在除夕的前一天，也就是前天，在解放后第一次全国性的国家图书奖会议上，在改革开放以来十几年的、包括文理法农工医以及军事等方面的九万多种图书中，在中宣部和财政部的关怀和新闻出版署的直接领导下，经过全国七十多位专家的认真细致的评审，共评出国家图书奖 45 种。只要看一看这个比例，就能够了解获奖之困难。

我自始至终参加了评选工作。至于自己同获奖有份，一开始时，我连做梦都没有梦到。然而结果我却有两部书获奖。在小组会上，我曾要求撤出我那一本书，评委不同意。我只能以不投自己的票来处理此事。对这个结果，要说自己不高兴，那是矫情，那是虚伪，为我所不取。我更多地感觉到的是惶恐不安，感觉到惭愧。许多非常有价值的图书，由于种种原因，没能评上，自己却一再滥竽。这也算是一种机遇，也是一种幸运吧。我在这里还要补上一句：在旧年的最后一天的《光明日报》上，我读到老友邓广铭教授对我的评价，我也是既感且愧。

我过去曾多次说到，自己向无大志，我的志是一步步提高的，有如水涨船高。自己绝非什么天才，我自己评估是一个中人之才。如果自己身上还有什么可取之处的话，那就是，自己是勤奋的，这一点差堪自慰。我是一个富于感情的人，是一个自知之明超过需要的人，是一个思维不懒惰，脑筋永远不停地转动的人。我得利之处，恐怕也在这里。过去一年中，在我走的道路上，撒满了玫瑰花；到处是笑脸，到处是赞誉。我成为一个“很可接触者”。要了解我过去一年的心情，必须把我的处境同我的性格，同我内心的感情联系在一起。

现在写“新年抒怀”，我的“怀”，也就是我的心情，在过去一年我的心情是什么样子的呢？

首先是，我并没有被鲜花和赞誉冲昏了头脑，我的头脑是颇为清醒的。一位年轻的朋友说我似乎忘记了自己的年龄。这只是一个表面现象。尽管从表面上来看，我似乎是朝气蓬勃，在学术上野心勃勃，我揽的工作远远超过一个耄耋老人所能承担的，我每天的工作量在同辈人中恐怕也居上乘。但是我没有忘乎所以，我并没有忘记自己的年龄。在友朋欢笑之中，在家庭聚乐之中，在灯红酒绿之时，在奖誉纷至沓来之时，我满面含笑，心旷神怡，却蓦地会在心灵中一闪念：“这一出戏快结束了！”我像撞客的人一样，这一闪念紧紧跟随着我，我摆脱不掉。

是我怕死吗？不，不，绝不是的。我曾多次讲过，我的性命本应该在“十年浩劫”中结束的。在比一根头发丝还细的偶然性中，我侥幸活了下来。从那以后，我所有的寿命都是白捡来的，多活一天，也算是“赚”了。而且对于死，我近来也已形成了一套完整的看法，“应尽便须尽，无复独多虑”。死是自然规律，谁也违抗不得。用不着自己操心，操心也无用。

那么我那种快煞戏的想法是怎样来的呢？记得在大学读书时，读过俞平伯先生的一篇散文《重过西园码头》，时隔六十余年，至今记忆犹新。其中有一句话："从现在起我们要仔仔细细地过日子了。"这就说明，过去日子过得不仔细，甚至太马虎。俞平伯先生这样，别的人也是这样，我当然也不例外。日子当前，总过得马虎。时间一过，回忆又复甜蜜。清人纳兰性德词云"当时只道是寻常"，真是千古名句，道出了人们的这种心情。我希望，现在能够把当前的日子过得仔细一点，不寻常一点。特别是在走上了人生最后一段路程时，更应该这样。因此，我的快煞戏的感觉，完全是积极的，没有消极的东西，更与怕死没有牵连。

在这样的心情的指导下，我想得很多很多，我想到了很多的人。首先是想到了老朋友。清华时代的老朋友胡乔木，最近几年曾几次对我说，他想要看一看年轻时候的老朋友。他说："见一面少一面了！"初听时，我还觉得他过于感伤，后来逐渐品味出他这一句话的分量。可惜他前年就离开了我们，走了。去年我用实际行动响应了他的话，我邀请了六七位有五六十年友谊的老友聚了一次。大家都白发苍苍了，但都兴会淋漓。我认为自己干了一件好事。我哪里会想到，参加聚会的吴组缃现已病卧医院中。我听了心中一阵颤动。今年元旦，我潜心默祷，祝他早日康复，参加我今年准备的聚会。没有参加聚会的老友还有几位，我都一一想到了，我在这里也为他们的健康长寿祷祝。

我想到的不只有老年朋友，年轻的朋友，包括我的第一代、第二代、第三代的学生，无论是在国内，还是在国外，我也都一一想到了。我最近颇接触了一些青年学生，我认为他们是我的小友。不知道为什么我对这一群小友的感情越来越深，几乎可以同我的年龄成正比。他们朝气蓬勃，前程似锦。我发现他们是动脑筋的一代，他们思考着许许多多的问题。他们的纯朴、直爽，处处感动着我。俗话说"长江后浪推前浪，世上新人换旧人"，我们祖国的希望和前途就寄托在他们身上，全人类的希望和前途也寄托在他们身上。对待这一批青年，唯一正确的做法是理解与爱护、诱导与教育，同时还要向他们学习。这是就公而言。在私的方面，我同这些生龙活虎般的青年们在一起，他们身上那一股朝气，充盈洋溢，仿佛能冲刷掉我身上这一股暮气，我顿时觉得自己年轻了若干年。同青年们接触真能延长我的寿命。古诗说："服食求神仙，多为药所误。"我一不服食，二不求神。青年学生就是我的药石，就是我的神仙。我企图延长寿命，并不是为了想多吃人间几千顿饭。我现在吃的饭并不特别好吃，多吃若干顿饭是毫无意义的。我现在计划要做的学术工作还很多，好像一个人在日落西山的时分，前面还有颇长的路要走。我现在只希望多活上几年，再多走几程路，在学术上再多做点工作，如此而已。

在家庭中，我这种快煞戏的感觉更加浓烈。原因也很简单，必然是因为我认为这一出戏很有看头，才不希望它立刻就煞，因而才有这种浓烈的感觉。如果我认为这一出戏不值一看，它煞不煞与己无干，淡然处之，这种感觉从何而来？过去几年，我们家屡遭大故。老祖离开我们，走了。女儿也先我而去。这在我的感情上留下了永远无法弥补的伤痕。尽管如此，我仍然有一个温馨的家。我的老伴、儿子和外孙媳妇仍然在我的周围。我们和睦相处，相亲相敬。除了人以外，家庭成员还有两只波斯猫，一只顽皮，一只温顺，也都是最可爱的猫。家庭的空气怡然、盎然。可是，前不久，老伴突患脑溢血，住进医院。在她没病的时候，她已经不良于行，整天坐在床上。我们平常没有多少话好说。可是我每天从大图书馆走回家来，好像总嫌路长，希望早一点到家。到了家里，在破藤椅上一坐，两只波斯猫立即跳到我的怀里，让我搂它们睡觉。我也眯上眼睛，小憩一会儿。睁眼就看到从窗外流进来的阳光，在地毯上流成一条光带，慢慢地移动。在百静中，万念俱息，怡然自得。此乐实不足为外人道也。然而老伴却突然病倒了。在那些严重的日子里，我再从大图书馆走回家来，我在下意识中，总嫌路太短，我希望它长，更长，让我永远走不到家。家里缺少一个虽然坐在床上不说话却散发着光与热的人。我感到冷清，我感到寂寞，我不想进这个家门。在这样的情况下，我心里就更加频繁地出现那一句话：“这一出戏快煞戏了！”但是，就目前的情况来看，老伴虽然仍然住在医院里，病情已经有了好转。我在盼望着，她能很快回到家来，家里再有一个虽然不说话但却能发光发热的人，使我再能静悄悄地享受沉静之美，让这一出早晚要煞戏的戏再继续下去演上几幕。

按世俗的算法，从今天起，我已经达到八十三岁的高龄了，几乎快到一个世纪了。我虽然不爱出游，但也到过三十个国家，应该说是见多识广。在国内将近半个世纪，经历过峰回路转，经历过柳暗花明，快乐与苦难并列，顺利与打击杂陈。我脑袋里的回忆太多了，过于多了。眼前的工作又是头绪万端，谁也说不清我究竟有多少名誉职称，说是打破纪录，也不见得是夸大。但是，在精神上和身体上的负担太重了，我真有点承受不住了。尽管正如我上面所说的，我一不悲观，二不厌世，可是我真想休息了。古人说“大块劳我以生，息我以死”，德国伟大诗人歌德晚年有一首脍炙人口的诗，最后一句是 Ruhest du auch（你也休息），仿佛都表达了我的心情，我真想休息一下了。

心情是心情，活还是要活下去的。自己身后的道路越来越长，眼前的道路越来越短，因此前面剩下的这短短的道路，弥加珍贵。我现在过日子是以天计，以小时计。每一天每一个小时都是可贵的。我希望真正能够仔仔细细地过，认认真真地过，细细品味每一分钟每一秒钟，因为每一分每一秒都不“寻常”。我希望千万不要等到以后再感到“当时只道是寻常”，空吃后悔药，徒唤奈何。对待自己是这样，对待别人，也是这样。我希望尽上自己最大的努力，使我的老朋友，我的小朋友，我的年轻的学生，当然也有我的家人，都能得到愉快。我也绝不会忘掉自己的祖国，只要我能为她做到的事情，不管多么微末，我一定竭尽全力去做。只有这样，我心里才能获得宁静，才能获得安慰。“这一出戏就要煞戏了”，它愿意什么时候煞，就什么时候煞吧。

现在正是严冬。室内春意融融，窗外万里冰封。正对着窗子的那一棵玉兰花，现在枝干光秃秃的一点生气都没有。但是枯枝上长出的骨朵儿却象征着生命，蕴含着希望。花朵正蜷缩在骨朵儿内心里，春天一到，东风一吹，会立即绽开白玉似的花。池塘里，眼前只有残留的枯叶在寒风中在层冰上摇曳。但是，我也知道，只等春天一到，坚冰立即化为粼粼的春水。现在蜷缩在黑泥中的叶子和花朵，在春天和夏天里都会蹿出水面。在春天里，“莲叶何田田”。到了夏天，“接天莲叶无穷碧，映日荷花别样红”，那将是何等光华烂漫的景色啊。“既然冬天到了，春天还会远吗？”我现在一方面脑筋里仍然会不时闪过一个念头：“这一出戏快煞戏了”，这丝毫也不含糊。但是，另一方面我又觉得这一出戏的高潮还没有到，恐怕在煞戏前的那一刹那才是真正的高潮，这一点也决不含糊。

1994 年 1 月 1 日

虎年抒怀

真没有想到，一转瞬间，自己竟已到了望九之年。前几年，初进入耄耋之年时，对光阴之荏苒，时序之飘逸，还颇有点“逝者如斯夫”之感。到最近二三年来，对时间的流逝神经似乎已经麻痹了，即使是到了新年或旧年，原来觉得旧年的最后一天和新年的第一天，其间宛若有极深的鸿沟，仿佛天不是一个颜色，地不是一个状态，自己憬然醒悟：要从头开始了，要重新“做人”了。现在则觉得虽然是“一元复始”，但“万象”并没有“更新”，今天同昨天完完全全一模一样，自己除了长了一岁之外，没有感到有丝毫变化。什么“八十述怀”之类的文字，再也写不出，因为实在无“怀”可“述”了。

但是，到了今天，时序正由大牛变成老虎，也许是由于老虎给我的印象特深，几年来对时间淡漠的心情，一变而为对时间的关注，“天增岁月人增寿”，我又增了一年寿。我陡然觉得，这一年实在是非同小可，它告诉我，我明确无误地是增加了一岁。李白诗云“高堂明镜悲白发”，我很少照镜子，头顶上的白色是我感觉到的，而不是我亲眼看到的，白色仿佛有了重量，沉甸甸地压在我的头上。至于脸上的皱纹，则我连感觉都没有，我想也不去想它。

不管我的感觉怎样，反正我已经老了，这是一个丝毫也不容怀疑的事实。我已经老到了超过我的计划，超过我的期望。我父亲和母亲都只活了四十多岁，我原来的第一本账是活到五十岁。据说人的寿限是遗传的，我绝不会活得超过父母太多。然而，五六十年，倏尔而过。六十还甲子，那时刚从牛棚里放出来，无暇考虑年龄。孔子的七十三，孟子的八十四，也如电光石火，一闪即逝。我已经忘记了原来的计划，只有预算，而没有决算，这实是与法律手续不合。可是再一转瞬，我已经变成了今天的我，已经是孑然一翁矣。按照洋办法，明年应该庆米寿了。

我活过的八十七年是短是长呢？从人的寿命来说，是够长的了。“人生七十古来稀”，我已经过了古稀之年十七岁，难道还能不算长吗？从另一个观点上来看，它也够长的。这个想法我从来没有过，我也从来没有见任何中外文人学士有过。是我“天才的火花”一闪，闪出来这一个“平凡的真理”。现在，世界文明古国的中国的历史充其量不过说到了五千年，而我活的时间竟达到了五千年的五十分之一，你能说还不够长吗？遥想五千年前，人类可能从树上下来已经有些时候了，早就发明了火，能够使用工具，玩出了许多花样，自称为“万物之灵”。可是，从今天看来，花样毕竟有限，当时所谓“天上宫阙”，可能就是指的月亮，原是可望而不可即的。可是今天人类已经登上了月球，原来笼罩在月宫上的一团神秘的迷雾，今天已经大白于天下了。人世沧桑，不可谓不大，而在这漫长的五千年中，我竟占了将近一百年，难道还能说不够长吗？

人类的两只眼睛长在脸上，不长在后脑勺上，只能向前看，想要向后看，必须回头转身。但是，在我回忆时，我是能向后看的。我看到的是一条极其漫长的隐在云雾中的道路，起点是山东的一个僻远的小村庄。从那里出发，我走到了济南，走到了北京，又走到迢迢万里的德国和瑞士。这一条路始终跟在我的身后，或者毋宁说被我拖在身后。在国外待了十年多以后，我又拖着这一条路，或者说这一条路拖着我重又回到了我亲爱的祖国。然后，在几十年之内，我的双足又踏遍了亚洲的、非洲的以及欧洲的许多国家，我行动的轨迹当然又变成了路。这一条路一寸也没有断过，它有时曲曲折折，坎坎坷坷，有时又顺顺利利，痛痛快快，在现在的一瞬间，它就终止在我的脚下。但是，我知道，只要我一抬腿，这一条路立即就会开始延伸，一直延伸到那一个长满了野百合花的地方。什么时候延伸到那里，我不知道，但是看来还不会就到的。

近几年来，我读中外学术史和文学史，我有一个还没有听说别人有过的习惯：我先不管这些灿如流星的学者和诗人们的学术造诣，什么人民性，什么艺术性，这性，那性，我都置之不理，我先看他们的生卒年月。结果我有了一个令人吃惊的发现：他们绝大多数活的年龄都不大，一般都是四十、五十、六十岁。那少数著名的夭折的诗人，比如中国的李长吉，英国的雪莱和济慈等暂且不谈，活过古稀之年的真的不多。我年轻时知道德国伟大诗人歌德活了八十二岁，印度伟大的诗人泰戈尔活了八十岁，英国的萧伯纳、俄罗斯的托尔斯泰都活过了八十岁，当时大为赞叹和羡慕。我连追赶他们，步他们后尘的念头，一点也没有，几乎认为那无疑是“天方夜谭”。然而，正如我在上面说过的那样，曾几何时，蓦回头，那一条极长极长的用我的双脚踩成的路，竟把我掩到了眼前。我大吃一惊，我今天的年龄早已超过了他们。我从灵魂深处感到一阵震颤。

我现在的心情是一方面觉得自己还年轻，在北大教授的年龄排名榜上，我距离状元、榜眼还有一大截，至多排在十五名以后。而且，我还说过到八宝山去的路上，我决不“加塞儿”。然而，在另一方面，我真觉得自己活得太久了，太累了。几十年的老友不时有人会突然离开了人间，这种“后死者”的滋味是极难忍受的。而且意内和意外的工作，以及不虞的荣誉，纷至沓来。有时候一天接待六七起来访者和采访者。我好像成了医院里的主治大夫，吃饭的那一间大房子成了候诊室，来访的求诊者呼名鱼贯入诊。我还成了照相的道具，“审问”采访的对象，排班轮流同我照相。我最怕摄影者那一声棒喝：“笑一笑！”同老友照相，我由衷地含笑，但对某一些素昧平生的人，我笑得起来吗？这让我想到电视剧《瞧这一家子》中那个假笑或苦笑镜头，心中觳觫不安。

每天还有成捆成包的信件报刊。来信的人几乎遍布全国，男女老少都有。信的内容五花八门，匪夷所思，我简直成了无所不能、无所不知的圣人、神人。我的一位老友在他的文中说：“季羡林有信必复。”这真让我吃了苦头，我不想让老友“食言”，自己又写不了那么多信，只有乞灵于我的一位多年的助手，还有我的学生，请他们代复，这样才勉强过关。我曾向我的助手说，从今以后再不接受采访，再不答应当什么“主编”、“顾问”，再不写字了。然而话音还没有落地，又来了。来了，再三斟酌，哪一个也拒绝不了，只好自食其言，委曲求全。

这就是我产生矛盾心情的根源。我非常忆念“十年浩劫”中“不可接触者”的生活，那时候除了有时被批斗一下以外，实在很逍遥自在。走在路上，同谁也不打招呼，谁也不同我打招呼，谁也不会怪我，我也不怪任何人。我现在常常想到庄子的话："大块劳我以生，息我以死。"这是真正的见道之言。

我现在有时候真想到死。请大家千万不要误会，我绝不会自杀，不必对我严加戒备。人人都是怕死的，我对于死却并不怎样害怕。在1967年，我被"老佛爷"抄了家，头顶上戴的帽子之多之大，令人一看就胆战心惊。我一时想不开，制订了自杀的计划，口袋里装满了安眠药水和药片。我是"资产阶级反动权威"，我只能采用资产阶级的自杀方式，绝不能采用封建主义的自杀方式，比如跳水、上吊、跳楼之类。我还选择好了自杀的地方，在圆明园的芦苇丛中，轻易不会被人发现的。大概等到秋后割芦苇时我才能被发现，那时我的尸体恐怕已经腐烂得不像样子了。但是我死前的心情却异常平静，我把仅有的一点钱交给婶母和德华，意思是让她们苟延残喘地活下去。然后我正想跳墙逃走时，雄赳赳的红卫兵踹门进来，押解我到大饭厅去批斗。批斗不是好事，然而却救了我一条命。提前批斗的原因是想打我的威风，因为我对"老佛爷"手下那一批喽啰态度"恶劣"。总之，我已到过死亡的边缘，离死亡的距离间不容发。我知道死前的感觉如何，我觉得没有什么了不起的。因此，从那以后，我认为，死并不可怕，而我能活到今天，多活的这几十年都是白捡的。多活一天，就是白捡一天。我还有一个教训：对恶人或坏人，态度一定要"恶劣"。态度和蔼会导致死亡，态度恶劣则能救命。

我是一个平凡的人。如果说有什么优点的话，那就是我比较勤奋。我一生没有敢偷过懒，一直到今天，我每天仍然必须工作七八个小时。碰巧有一天我没有读书或写作，我在夜间往往辗转反侧难以入睡，痛责自己虚度一天。曹操那几句著名的诗，"老骥伏枥，志在千里。烈士暮年，壮心不已"，我是非常欣赏的。我的毛病是忘乎所以，忘记了自己的年龄。我的所作所为，是"老骥伏枥，志在万里"。我仿佛像英国人所说的teenager。我好像还不知道有多少年好活，脑筋里还不知道有多少读书计划、多少写作计划好做。一个老年人忘记了自己的年龄，一方面可以说是好事，另一方面则只能说是坏事。这简直近于头脑发昏，头脑一发昏，就敢于无所不为。前两年，我从一米八高窗台上跳下，就是一个好例子，朋友们都替我捏一把"后"汗，我自己也不禁后怕不已。

就这样，我现在的心情是经常在矛盾中，一方面觉得自己活得太久了，太累了，一方面又忘记了自己的年龄；一方面也常提到死，一方面又觉得自己并不怕死，死亡离自己还颇远。可是矛盾的结果，后者往往占了上风。

在中国古代诗人中，苏东坡是我最喜欢者之一。记得十几岁作诗谜时，我采用的就是《苏东坡全集》。虽然不全懂，但糊里糊涂地翻了一遍。最近一两年来，又特爱苏东坡的词，我能够背诵不少首。我独爱其中一首《浣溪沙》，题目是“游蕲水清泉寺，寺临兰溪，溪水西流”。原文是：

> 山下兰芽短浸溪，松间沙路净无泥。萧萧暮雨子规啼。
> 谁道人生无再少？门前流水尚能西。休将白发唱黄鸡。

东坡问：“谁道人生无再少？”我答曰：“我道人生有再少。”我现在就有“再少”的感觉。这是我的现身说法。但是，我的“再少”在我的内心中似乎还是有条件的：吃饭为了活着，但是活着不是为了吃饭，而是为了工作。如果活着只是为了吃饭，还不如不活为佳。值此新年来临之际，我现在虔心祝愿我们全国安定团结，国泰民安。我祝愿全世界不再像现在这样乱糟糟的，狼烟四起，五洲震荡。祝福自己，虎年大吉。

1988年1月27日旧历元旦前夕

百年回眸

我们眼前正处在一个“世纪末”，甚至“千纪末”中。所谓“世纪”是人为地制造成的。如果没有耶稣，哪里来的什么公元；如果没有公元，又哪里来的什么世纪。这种人工制成的东西，不像年、月、日、时，春、夏、秋、冬这些大自然形成的东西，有其产生的必然性，对人类和世界万物有其必然的影响。这是一个十分浅显的道理，一想就能明白的。

可是人造的世纪，偏偏又回过头来对人类的思想和行动产生影响。19世纪的“世纪末”中，欧洲思想界、文学艺术界所发生的颇为巨大的变动，是人所共知的。然而，迄今却还没有得到合情合理的解释。

现在一个新的“世纪末”又来到了我们身边。在这个20世纪的“世纪末”中，全球政治方面的剧烈变动，实在令人有石破天惊之感。在哲学思想、文艺理论等方面的变动，也十分惊人。今天一个“主义”，明天一个“主义”，令人目不暇接，而所谓“信息爆炸”，更搅得天下不安。这些都是事实，至于它们与“世纪末”有否必然的联系，则是说不清楚的一个问题。

也有能完全说得清楚的就是，眼下全世界各国政府，以及一切懂得世纪和世纪末的意义的人士，无不纷纷回顾，回顾即将过去的20世纪，又纷纷瞻望，瞻望即将来临的21世纪。学术界也在忙着总结20世纪的成绩，预想下一个世纪的前景。几乎人人都在犯着神秘莫测的世纪病。

有人称我为“世纪老人”，我既感光荣，又感惶恐，因为，我自己还欠一把火，我只在20世纪生活了89年，还差11年才够得上一个世纪，但是，退一步想，我毕竟经历了一个世纪的百分之九十，虽不中，不远矣。回忆一个世纪的经历，我还算是有点资格的。因此，我不揣冒昧，就来一个“世纪回眸”，谈一谈我在过去一个世纪中的亲身感受。

我一向有一个看法，我觉得，每一个人的一生都是一场拼搏。人的降生，都是被动的，并非出于个人愿望。既然来到人间，就必须活下去。然而，活下去却并不容易，包括旧时代的皇帝在内，馅饼并不从天上自动掉到你的嘴里来，你必须去拼搏。这是一个人生存的首要任务。我从1911年起，就拼搏着前进，有时走阳关大道，有时走独木小桥。有时风和日丽，有时阴霾蔽天，拼呀拼，一直拼到今天，总算还活着，我的同龄人有的已经离开了这个世界。我现在的情况可以拿一句旧诗来形象地描绘：删繁就简三秋树。我这株老树身边老叶片不多了，怎能没有凄清寂寞之感呢？

再谈这一百年来我亲身经历的世界大事和国家大事。我经历过清朝帝国，虽然只有两个多月，毕竟还得算是清朝“遗小”。我经历过辛亥革命，经历过洪宪称帝，经历过军阀混战，经历过国民党统治，经历过日寇入侵，经历过抗日战争，其间我在欧洲住过十年，亲身经历了“二战”，又经历过解放战争，经历过中华人民共和国的建立。建立以后，眼前虽然有了希望了，然而又今天斗，明天斗，这次我斗你，下次你斗我，搅得知识分子如我者，天天胆战心惊，如履薄冰，斗到了1966年，终于斗进了牛棚。改革开放以后，松了一口气，然而人已垂垂老矣。

从世界范围内来看，西方工业革命以后，科技的发展给全世界人民带来极大的福利，无远弗届。这我们绝不会忘记。然而跟着来的却是无穷无尽的灾害和弊端，举其荦荦大者，如环境污染、空气污染、生态平衡破坏、臭氧层出洞、人口爆炸、新疾病产生、淡水资源匮乏，如此等等，不一而足。上面列举的弊端，都与工业生产有紧密联系，哪一个弊端不消除，都能影响人类生存的前途。现在，有识之士奔走惊呼，各国政府也在努力设立专门机构，企图解决这些问题。“天之骄子”的人类何去何从？实在成了“世纪末”的一大问题。

再说到我自己。我从1911年就努力拼搏，拼搏了一生，好像是爬泰山南天门。我不想“会当凌绝顶，一览众山小”，我只是不得不爬而已。有如鲁迅《野草》中的那一位“过客”，只有努力向前。我想起了两句旧诗“马后桃花马前雪，教人哪得不回头”，我想把这诗改为：“马前桃花马后雪，教人哪得肯回头？”我的“马前”当然指的是21世纪，“马后”就是即将过去的20世纪。“马后雪”，是可以肯定的。“马前桃花”，却只是我的希望。我真是万分虔诚地期望着，21世纪将会是桃花开满了普天之下，绚丽芬芳，香气直冲牛斗。

1998年10月15日

兔年万福

尽管目前还没有定下来，21 世纪究竟从哪一年开始，但是，这一个兔年元旦是 20 世纪最后的一次，这已经是笃定无疑的了。

在这个节骨眼上，我先向全广州以及全国的《羊城晚报》的读者们说一声：新春万福！

过去的一百年，是云谲波诡的一百年。我们中华民族摆脱了几百年的清朝廷的统治，颠颠簸簸，坎坎坷坷，历经艰险，终于在世纪中叶迎来了人民共和国，形成了全民族的大统一，人民过上了独立自主的好日子。但道路也并非是笔直的、平坦的，也有阴霾蔽天的时候。改革开放又带给我们新的希望，一直到了今天，又是桃符换旧、歌舞迎春的时候了。

但是，最重要的还是向前看。这一个世纪末，同上一个世纪末一样，给人类带来了政治上、经济上以及意识形态领域内的动荡不安，全世界并不安乐。眼前就要开始的一个世纪怎样呢？我看，用北京话来说就是“没准儿”。至于我们自己呢，我认为是“有准儿”的。我们“抬眼望尽天涯路”，在这一条漫漫的长路上，在某一个地方，我们会看到“杂花生树，群莺乱飞”，好一派旖旎的风光。

1999 年 1 月 19 日

梦游 21 世纪

21 世纪就在眼前，不久我们就能够亲身莅临，何劳梦游？但是，我们眼前还毕竟是处在 20 世纪中，要谈 21 世纪，只能梦游了。

21 世纪究竟是个什么样子呢？我不相信 20 世纪的最后一天和 21 世纪的最初一天会有什么区别。早晨，太阳照样从东方出来；晚上，太阳照样在西方落下，一切几乎都一模一样。

但是，我认为，既然是 21 世纪，必然有其特点，不过，这个特点绝不会一下子就显露出来的，这是一个缓慢的逐渐显露的过程。在这个世纪的初叶，只能渐露端倪，到了 2050 年左右，它将如日中天，整个特点都会毫无保留地显露出来。

对于那一点特点，我现在只能做梦。

我梦到，近几百年以来，西方的科学技术给全世界人民带来了空前的幸福，但是，其基础是“征服自然”，与自然为敌，因而受到了大自然的惩罚，产生了许多弊端，比如大气污染、环境污染、生态失衡、物种灭绝，如此等等，不一而足。切盼到了 21 世纪能有所改变，能改恶向善。要想做到这一点，必须以东方“天人合一”的思想，济西方思想之穷，也就是说，人类必须同大自然为友，双方互相了解，增进友谊，然后再伸手向大自然要衣，要食，要住，要行。只有这样，人类才能避免现在面临的这一些灾难。

我梦到，我们的国家继续安定团结，繁荣昌盛下去。政府中减少了官气，社会上杜绝了假冒伪劣。人民的伦理道德水平提高，人文素质教育加强。56 个民族团结得像一个人。南方不再洪水泛滥，北方没有森林火灾。天比现在蓝，水比现在清，一片祥和气象。

我梦到，在每一个家庭里，父慈子孝，兄友弟恭，夫妻相敬相爱，相忍相让。像眼前这样的一些青年对恋爱和婚姻的轻率态度，再也看不到了。对待爱情坚贞真实，谁也不做露水夫妻，把离婚当作家常便饭。原本温馨的家庭更温馨了，原本不温馨的家庭变得逐渐温馨起来。在任何时代，人生都是一场搏斗，搏斗就难免惊涛骇浪。在这样的浪涛中，有胜利者，当然也有失败者。在整个社会中，家庭对这样的浪涛来说，就是一个安全的避风港。胜利者回到这个避风港中，在温馨的气氛中，细细品味这胜利的甜蜜；失败者回到这个避风港中，追忆和分析失败的教训，家庭的温馨会增强他的斗志。回忆之余，愤然而起，他又有了足够的勇气和力量，再回到社会中，继续拼搏，勇往直前，必须胜利在握而后止。家庭的作用大矣哉！

我梦到，个人也有了新的变化和起色。对世界来说，他是一个世界公民。对国家来说，他是一个国家公民。对社会来说，他是其中的一分子。他应当在道德方面不断修养和锻炼，能做到苟日新，又日新，日日新，成为一个有用的人，成为一个正直的人。对世界，对国家和社会，对家庭都能尽上应尽的责任。他决不应当像杨花柳絮一样，虽然一时能飞满春城，但是随风飘荡，毫无自主能力，到头来，虽然给骚人墨客增添一些灵感，写出了美妙绝伦的诗词，自己最终却落到泥土地上，化为尘埃，消逝得无影无踪。

我想做和能做的梦还有很多很多，今天就先做这一些，至于能否成为现实，那就不能由我来决定，这要由每一个人自己决定，一方面要奋发图强，另一方面还必须靠点机遇，二者缺一不可。不管怎么样，我的梦是异常美妙的。我切盼，到了21世纪某一个时刻，我的梦能够完全实现，喜气盈大地，春色满寰中，全世界人民共庆升平。

1999年10月23日

豪情半怀迎新纪

再过十八天，一个新的世纪和千纪就要降临到人间了。

世纪和千纪这玩意儿本来是人为地创造出来的。没有耶稣，何来世纪与千纪？但它一旦被创造出来，就对人类的心理产生了作用。至少是在最近的几个世纪的世纪末，人类社会，特别是在意识形态方面，就发生变异。这有历史为证，绝不是信口雌黄。

现在又是世纪末了。中国以及世界各国的有识之士纷纷对即将来临的新世纪做出种种五花八门的预测和期望。我自己不敢以有识之士自居，但我是有脑筋，能思考的，我对21世纪也有我的期望。

最近若干年以来，我对世界文化的区分形成了一种看法。我认为，文化确实有东西之分的。西方文化以分析的思维模式为基础，对物质一分再分，认为可以无穷尽地分析下去；对大自然则抱着“征服自然”的态度，诛求无餍。结果产生的弊端是人所共见的，比如，环境污染、大气污染、生态平衡破坏、生物灭种、人口爆炸、新疾病产生、淡水资源匮乏，等等，无一不威胁着人类生存的前途。

东方文化以综合思维模式为基础，主张“天人合一”，也就是张载所说的：“民，吾同胞；物，吾与也。”人类要与大自然做朋友，不能征服自然。这种思想中国和东方其他一些国家是固有的。但是，近代以来，受了西方产业革命的影响，也有与大自然为敌的现象。在西方思想垄断世界思想的情况下，这是不可避免的。

我补充几句，西方也有综合的一方面，东方也有分析的一方面，不过不是主流而已。天下没有绝对纯之又纯的东西。

我对新世纪、新千年的期望，就是根据上面的想法而产生的。我期望，在新的世纪中，东西文化都将继续发展下去，而且会互相融合。但是，融合是有主次的，必须以东方文化济西方文化之穷，以东方“天人合一”的思想为中轴线而运转。

我这个看法，有人赞成，有人反对。赞成当然能使我高兴，反对也不能使我不高兴。因为21世纪毕竟还没有来到，一切对它的想法都只是像那个民间笑话“近视眼猜匾”一样的主观臆见。我对于这个问题不同任何人争论，在匾还没有挂出来之前，争论都是放空炮，“可怜无补费精神”。

就算是猜匾吧，我对21世纪这一块匾猜出了什么字没有呢？我猜出的字上面说了一点。最近读到浙江文艺出版社出版的《李政道文录》和金吾伦先生的《李政道、季羡林和物质是否无限可分》(《书与人》1999年第5期)，颇得到一些极为宝贵的启发。我发现，李政道的一些看法与鄙见颇有相同和相似之处，实在是于我“心有戚戚焉”。我现在抄几段李政道先生的原文：

> 以为知道了基本粒子，就知道了真空，这种观念是不对的……我觉得，基因组也是这样，一个个地认识了基因，并不意味着解开了生命之谜。生命是宏观的，20世纪的文明是微观的。我认为，到了21世纪，微观和宏观结合成一体。(上引书，页89)

李政道在几个地方都提到微观与宏观相结合。我认为，他的“微观”和我说的分析的思维模式相当，至少是相似。他的“宏观”与我说的综合的思维模式相当。现在再引一段话：

> 现在我们猜不到21世纪的文化是什么，就如同在19世纪我们猜不到20世纪的文化将是怎样一样。同样，若我们真能激发真空的话，很可能我们对宇宙的了解要远远超过20世纪。将来的历史会写上：是

在我们这个时代，把微观的世界与宏观的世界用科学的方法连接起来。

（引书同上，页 182）

文多不具引。最好请读者看一看这一本非常有意义的新书，会从中得到很多教益的。我现在再强调一下，微观与宏观相结合，重点应该放在过去被忽视了的宏观上。

题目本应是“豪情满怀迎新纪”，但我对 21 世纪还有一些问号，所以改为“半怀”。

1999 年 12 月 19 日

迎新怀旧——二十一世纪第一个元旦感怀

我可真正是万万也没有想到，我能够活到八十九岁，迎接一个新世纪和新千年的来临。

我经常说到，我是幼无大志的人。其实我老也无大志，那种“大丈夫当如是也”的豪言壮语，我觉得，只有不世出的英雄才能说出。但是，历史的记载是否可靠，我也怀疑。刘邦和朱元璋等地痞流氓，一无所有，从而一无所惧，运气好成了皇上。一批帮闲的书生极尽拍马之能事，连这一批流氓的并不漂亮的长相也成了神奇的东西，在这些书生笔下猛吹不已。他们年轻时未必有这样的豪言壮语，书生也臆造出来，以达到吹拍的目的。

这话扯远了，还是谈我自己吧。我的“无大志”表现在各个方面，在年龄方面也有表现。我的父母都只活四十岁多一点。我自己想，我绝超不过父母的，能活到五十岁，我就应该满足了。记得大概是在五十年代，我四十多岁的时候，忽发奇想，想到我能否看到一个新世纪。我计算了一下，我必须活到八十九岁，才能做到。八十九岁，对当时的我来说，简直是一个天文数字，古今中外的文人，有几个能活到这个岁数的？这简直像是蓬莱三山，烟波渺茫，可望而不可即。

然而曾几何时，知命之年，倏尔而逝；耳顺之年，也没有留下什么痕迹；在古稀之年也没能让我有古稀的感觉。物换星移，岁月流逝，我却懵懵然，木木然，没有一点感觉。“高堂明镜悲白发”，我很少揽镜自照，头发变白自己是感觉不到的。只有在校园中偶尔遇到一位熟人，几年不见，发已半白，心里蓦地震颤了一下。被人称呼，从“老季”变成了“季老”，最初觉得有点刺耳。此外则一切平平常常，平平常常。弹指一瞬间，自己竟然活到了八十九岁，迎接了新世纪和新千年，当年认为无法想象的，绝对办不到的，当年的蓬莱三山，“今朝都到眼前来”了，岂不大可喜哉！然而又岂不大可惊哉！

记得有两句诗：“凡所难求皆绝好，及能如愿便平常。”我现在深深地认识到在朴素语言中蕴含的真理。我现在确实如愿了。但是心情平常到连平常的感觉都没有了。现在是2000年1月1日，同1999年的12月31日，除了多了一天以外，绝没有任何不同的地方。早晨太阳从东方升起，到了晚上，仍然会在西方落下。环顾我的房间，依然是插架盈室，书籍盈架。窗台上的那几盆花草依然绿叶葳蕤，春意盎然。窗外是严冬。荷塘里只剩下了残荷的枯枝，在寒风中抖动。冰下水中鱼儿们是在游泳，还是在睡眠？我不得而知。埋在淤泥中莲藕是在蔓延，还是在冬眠？我也不得而知。荷花如果能做梦的话，我想，它们会梦到春天，坚冰融化，春水溶溶，它们又能长出尖尖的角，笑傲春风了。

荷花是不会知道什么20世纪21世纪的。大千世界的一切动植物都不知道。它们仅仅知道日和夜以及季节的变换这些自然界的现象。只有天之骄子人类才有本领要出一些新花样，自己要出来以后，自己又顶礼膜拜，深信不疑。神仙皇帝就属于这一类，世纪和千年也属于这一类。就拿昨天才结束的20世纪的世纪末来说，明明是自己制造出来的东西，却似乎有了无限的神力。多少年来，世界各国不知有多少聪明睿智之士，大谈他们自己制造出来的世纪末问题，又是总结20世纪的经验教训，又是侈谈21世纪的这个那个，喧呶纷争，煞是热闹。人各自是其是而非他人之是。一时文坛、学坛，还有什么坛，议论蜂起，杀声震天。倘若在高天上某一个地方真有一位造物主的话，他下视人寰，看到一群小动物角斗，恐怕会莞尔而笑吧。

我自己不比任何人聪明，我也参加到这一系列的纷争里来。我谈的主要是文化问题，20世纪和21世纪东西文化的关系问题。我认为，20世纪是全部人类历史上发展最快的一个世纪。在这个世纪以前西方发生的产业革命大大地解放了生产力，二百多年内，给人类创造了巨大的财富和福利，全世界人民皆受其惠。但这只是事情的一个方面。另一个方面则是并不美好的，由于西方人以“征服自然”为鹄的，对大自然诛求无餍，结果遭到了大自然的报复和惩罚，产生了许多弊端和祸害。这些弊端和灾害彰彰在人耳目，用不着我再来细数。现在世界上几乎所有的政府和人民团体都在高呼“环保”，又是宣传，又是开会，一时甚嚣尘上。奇怪的是，竟无一人提到环保问题产生的根源。为什么欧洲的中世纪和中国的汉唐时代，从来没有什么环保问题呢？这情况难道还不值得人们深思吗？

我自己把环保问题同20世纪和21世纪挂上了钩，同东西文化挂上了钩。同时我又常常举一个民间流传的近视眼猜匾的笑话，说21世纪这一块匾还没有挂了出来，我们现在乱猜匾上的大字，无疑都是近视眼。能吹嘘看到了匾上的字的人，是狡猾者，是事前向主事人打听好了的。但是这种狡猾行动，对匾是可以的，对21世纪则是行不通的。难道谁有能耐到上帝那里去打听吗？我主张在21世纪推行东方“天人合一”的思想——这是东方文化的精华——能帮助人们解决环保问题。我似乎已经看到了还没有挂出来的匾上的字。不是我从上帝那里打听来的，是我根据自己的观察和思考得出来的，我是我自己的上帝。

昨天夜里，猛然醒来，开灯一看，时针正指十二点，不差一分钟。我心里一愣：我现在已是21世纪的人了。未多介意，关灯又睡。早晨七点，乘车到中华世纪坛去，同另外九个科学界闻人，代表学术界十个分支，另外配上十个儿童，共同撞新铸成的世纪钟王二十一响，象征科学繁荣。钟声深沉洪亮，在北京上空回荡。这时，我的心蓦地一阵颤动，“二十一世纪”五个大字沉重地压在我的心头，真正感觉“往事越千年”，我自己昨天还是20世纪的“世纪老人”，而今一转瞬间，我已成为21世纪的“新人”了。

在这关键的时刻，我过去很多年热心议论的一些问题，什么东西方文化，什么环保，什么天人合一，什么分析的思维模式和综合的思维模式等，都从我心中隐去。过去侈谈21世纪，等到21世纪真正来到了眼前，心中却是一个大空虚。中国古书上那个叶公好龙的故事是很有启发意义的。

然而，我心中也并不是完全的真正的空虚，我想到了我自己。我现在确确实实是八十九岁了。这是古今中外都艳羡的一个年龄。我竟于无意中得之，不亦快哉！连我这个少无大志老也无大志的人都不得不感到踌躇满志了。但是，我脑海里立即出现了一个问题：活大年纪究竟是好事呢，还是坏事？这问题还真不易答复。爱活着是人之常情，连中国老百姓都说“好死不如赖活着”，我焉能例外！但是，活得太久了，人事纷纭，应对劳神。人世间的一些魑魅魍魉的现象，看多了也让人心烦。德国大诗人歌德晚年渴望休息（ruhen）的名诗，正表现了这种心情。我有时候也真想休息了。中国古代诗文中有不少鼓励老年人的话，比如“老骥伏枥，志在千里。烈士暮年，壮心不已”。又如“天意怜幽草，人间重晚晴”。又如“余霞尚满天”，等等。读起来也颇让老人振奋。但是，仔细于字里行间推敲一下，便不难发现，这些诗句实际上是为老人打气的，给老人以安慰的，信以为真，便会上当。

那么，老年人就全该死了吗？也不是的。人老了，见多识广，正反两面的经验教训都非常丰富，这些东西对我们国家还是有用处的，只要不倚老卖老，不倚老吃老，人类社会还是需要老人的。佛经里面有一个《弃老国缘》的故事，说的就是这一番道理。在现在的中国，在21世纪的中国，活着无疑还是一种乐事。我常常说：人们吃饭为了活着，但活着不是为了吃饭。这是我的最根本的信条之一。我也身体力行。我现在仍然是黎明即起，兀兀穷年，不求有惊人之举，但求无愧于心，无愧于吃下去的饭。

在北京大学校内，老教授有一大批。比我这个八十九岁的老人更老的人，还有十几位。如果在往八宝山去的路上按年龄顺序排一个队的话，我决不在前几名。我曾说过，我绝不会在这个队伍中抢先加塞，我决心鱼贯而前，轮到我的时候，我说不定还会溜号躲开，从后面挤进比我年轻的队伍中。

多少年来，我成了陶渊明的信徒。他的那一首诗：

> 纵浪大化中，不喜亦不惧。
> 应尽便须尽，无复独多虑。

我感到，我现在大体上能够做到了，对生死之事，我确实没有多虑。关键在一个“应”字，这个“应”字由谁来掌管，由谁来决定呢？我不能知道，反正不由我自己来决定。既然不由我自己来决定，那么——由它去吧。

2000年1月1～3日

1995年元旦抒怀——求仁而得仁，又何怨！

是不是自己的神经出了点毛病？最近几年以来，心里总想成为一个悲剧性人物。

六十年前，我在清华大学念书的时候，有一门课叫作“当代长篇小说”。英国老师共指定了五部书，都是当时在世界上最流行的，像今天名震遐迩的乔伊斯的《尤利西斯》和普鲁斯特的《追忆逝水年华》都包括在里面。这些书我都似懂非懂地读过了，考试及格了，便一股脑儿还给了老师，脑中一片空白，连故事的影子都没有了。

独独有一部书是例外，这就是英国作家哈代的The Return of the Native（《还乡》）。但也只记住了一个母亲的一句话：“我是一个被儿子遗弃了的老婆子！”我觉得这个母亲的处境又可怜，又可羡。怜容易懂，羡又从何来呢？人生走到这个地步，也并不容易。在人生的道路上，每一个人都是孤独的旅客。与其舒舒服服，懵懵懂懂活一辈子，倒不如品尝一点不平常的滋味，似苦而实甜。

我这种心情有点变态，但我这个人是十分正常的。这大概同我当时的处境有关。离别了八年以后，我最爱的母亲突然离开了人世，走了。这对我是一个空前绝后的打击。我从遥远的故都奔丧回家。我真想取掉自己的生命，追陪母亲于地下。我们家住在村外，家中只有母亲一人。现在人去屋空。我每天在村内二大爷家吃过晚饭，在薄暮中拖着沉重的步子，踽踽独行，走回家来。大坑里的水闪着白光。柴门外卧着一团黑乎乎的东西，是陪伴母亲度过晚年的那一条狗。现在女主人一走，没人喂食。它白天到村内不知谁家蹭上一顿饭（也许根本蹭不上），晚上仍然回家，守卫着柴门，决不离开半步。它见了我，摇一摇尾巴，跟我走进院子。屋中正中停着母亲的棺材，里屋就是我一个人睡的土炕。此时此刻，万籁俱寂，只有这一条狗，陪伴着我，为母亲守灵。我心如刀割，抱起狗来，亲它的嘴，久久不能放下。人生至死，天道宁论！在茫茫宇宙间，仿佛只剩下我和这一条狗了。

是我遗弃了母亲吗？不能说不是：你为什么竟在八年的长时间中不回家看一看母亲呢？不管什么理由，都是说不通的，我万死不能辞其咎。哈代小说中的母亲，同我母亲的情况是完全不一样的。然而其结果则是相同或者至少是相似的。我母亲不知多少次倚闾望子，不知多少次在梦中见到儿子，然而一切枉然，终于含恨离开了。

我幻想成为一个悲剧性的人物，是不是与此有些关联呢？恐怕是有的。在我灵魂深处，我对母亲之死抱终天之恨，没有任何仙丹妙药能使它消泯。今生今世，我必须背负着这个十字架，我绝不会再有任何形式的幸福生活，我不是一个悲剧性的人物又是什么呢？

然而我最近梦寐以求的悲剧性，又决非如此简单，我心目中的悲剧，绝不是人世中的小恩小怨、小仇小恨。这些能够激起人们的同情与怜恤、慨叹与忧思的悲剧，不是我所想象的那种悲剧。我期望的究竟是什么样的悲剧呢？我好像一时也说不清楚。我大概期望的是类似能“净化”人们的灵魂的古希腊悲剧。相隔上万里，相距数千年，得到它又谈何容易啊！

然而我却于最近无意中得之，岂不快哉！岂不快哉！这里面当然也有遗弃之类的问题。但并不是自己被遗弃，而是自己遗弃了别人。自己怎么会遗弃别人呢？不说也罢。总之，在我家庭中，老祖走了，德华走了，我的女儿婉如也走了。现在就剩下我一个孤家寡人，赤条条来去无牵挂了。成为一个悲剧性的人物，条件都已具备，只待东风了。

孔子曰：求仁而得仁，又何怨！

1995 年 1 月 2 日

九十述怀

杜甫诗“人生七十古来稀”，对旧社会来说，这是完全正确的，因为它符合实际情况。但是，到了今天，老百姓却创造了三句顺口溜：“七十小弟弟，八十多来兮，九十不稀奇。”这也是完全正确的，因为它符合实际情况。

但是，对我来说，却另有一番纠葛。我行年九十矣，是不是感到不稀奇呢？答案是：不是，又是。不是者，我没有感到不稀奇，而是感到稀奇，非常的稀奇。我曾在很多地方都说过，我在任何方面都是一个没有雄心壮志的人，我不会说大话，不敢说大话，在年龄方面也一样。我的第一本账只计划活四十岁到五十岁。因为我的父母都只活了四十多岁，遵照遗传的规律，遵照传统伦理道德，我不能也不应活得超过了父母。我又哪里知道，仿佛一转瞬间，我竟活过了从心所欲不逾矩之年，又进入了耄耋的境界，要向期颐进军了。这样一来，我能不感到稀奇吗？

但是，为什么又感到不稀奇呢？从目前的身体情况来看，除了眼睛和耳朵有点不算太大的问题和腿脚不太灵便外，自我感觉还是良好的，写一篇一两千字的文章，倚椅可待。待人接物，应对进退，还是“难得糊涂”的。这一切都同十年前，或者更长的时间以前，没有什么两样。李太白诗“高堂明镜悲白发”，我不但发已全白（有人告诉我，又有黑发长出），而且秃了顶。这一切也都是事实，可惜我不是电影明星，一年照不了两次镜子，那一切我都不视不见。在潜意识中，自己还以为是“朝如青丝”哩。对我这样无知无识、麻木不仁的人，连上帝也没有办法。在这样的情况下，我怎么能会不感到不稀奇呢？

但是，我自己又觉得，我这种精神状态之所以能够产生，不是没有根据的。

我国现行的退休制度，教授年龄是六十岁到七十岁。可是，就我个人而论，在学术研究上，我的冲刺起点是在八十岁以后。开了几十年的会，经过了不知道多少次政治运动，做过不知道多少次自我检查，也不知道多少次对别人进行批判，最后又经历了“十年浩劫”，“对酒当歌，人生几何？”我自己的一生就是这样白白地消磨过去了。如果不是造化小儿对我垂青，制止了我实行自己年龄计划的话，在我八十岁以前（这也算是高寿了）就“遽归道山”，我留给子孙后代的东西恐怕是不会多的。不多也不一定就是坏事。留下一些不痛不痒、灾梨祸枣的所谓著述，对任何人都没有好处。但是，对我自己来说，恐怕就要“另案处理”了。

在从八十岁到九十岁这个十年内，在我冲刺开始以后，颇有一些值得纪念的甜蜜的回忆。在撰写我一生最长的一部长达八十万字的著作《糖史》的过程中，颇有一些情节值得玩味。在长达两年的时间内，我每天跑一趟大图书馆，风雨无阻，寒暑无碍。燕园风光旖旎，四时景物不同。春天姹紫嫣红，夏天荷香盈塘，秋天红染霜叶，冬天六出蔽空。称之为人间仙境，也不为过。然而，在这两年中，我几乎天天都在这样瑰丽的风光中行走。可是我都视而不见，甚至不视不见。未名湖的涟漪，博雅塔的倒影，被外人视为奇观的胜景，也未能逃过我的漠然、懵然、无动于衷。我心中想到的只是大图书馆中的盈室满架的图书，鼻子里闻到的只有那里的书香。

《糖史》的写作完成以后，我又把阵地从大图书馆移到家中来。运筹于斗室之中，决战于几张桌子之上。我研究的对象变成了吐火罗文A方言的《弥勒会见记剧本》。这也不是一颗容易咬的核桃，非用上全力不行。最大的困难在于缺乏资料，而且多是国外的资料。没有办法，只有时不时地向海外求援。现在虽然号称为信息时代，可是我要的消息多是刁钻古怪的东西，一时难以搜寻，我只有耐着性子恭候。舞文弄墨的朋友，大概都能体会到，当一篇文章正在进行写作时，忽然断了电，你心中真如火烧油浇，然而却毫无办法，只盼喜从天降了，只能听天由命了。此时燕园旖旎的风光，对于我似有似无，心里想到的，切盼的只有海外的来信。如此又熬了一年多，《弥勒会见记剧本》英译本终于在德国出版了。

两部著作完了以后，我平生大愿算是告一段落。痛定思痛，蓦地想到了，自己已是望九之年了。这样的岁数，古今中外的读书人能达到的只有极少数。

我自己竟能置身其中，岂不大可喜哉！

我想停下来休息片刻，以利再战。这时就想到，我还有一个家。在一般人心目中，家是停泊休息的最好的港湾。我的家怎样呢？直白地说，我的家就我一个孤家寡人，我就是家，我一个人吃饱了，全家不害饿。这样一来，我应该感觉很孤独了吧？然而并不。我的家庭“成员”实际上并不止我一个“人”。我还有 4 只极为活泼可爱的，一转眼就偷吃东西的，从我家乡山东临清带来的白色波斯猫，眼睛一黄一蓝。它们一点礼节都没有，一点规矩都不懂，时不时地爬上我的脖子，为所欲为，大胆放肆。有一只还专在我的裤腿上撒尿。这一切我不但不介意，而且顾而乐之，让猫们的自由主义恶性发展。

我的家庭“成员”还不止这样多，我还养了两只山大小校友张衡送给我的乌龟。乌龟这玩意儿，现在名声不算太好，但在古代却是长寿的象征。有些人的名字中也使用“龟”字，唐代就有李龟年、陆龟蒙等。龟们的智商大概低于猫们，它们绝不会从水中爬出来爬上我的肩头。但是，龟们也自有龟之乐，当我向它们喂食时，它们伸出了脖子，一口吞下一粒，它们显然是愉快的。可惜我遇不到惠施，他绝不会同我争辩，我何以知道龟之乐。

我的家庭“成员”还没有到此为止，我还饲养了 5 只大甲鱼。甲鱼，在一般老百姓嘴里叫“王八”，是一个十分不光彩的名称，人们讳言之。然而我却堂而皇之地养在大瓷缸内，一视同仁，毫无歧视之心。是不是我神经出了毛病？用不着请医生去检查，我神经十分正常。我认为，甲鱼同其他动物一样有生存的权利。称之为王八，是人类对它的诬蔑，是向它头上泼脏水。可惜甲鱼无知，不会向世界最高法庭上去状告人类，还要求赔偿名誉费若干美元，而且要登报声明。我个人觉得，人类在新世纪、新千年中最重要的任务是处理好与大自然的关系。恩格斯已经警告过我们，不能过分陶醉于我们对自然界的胜利。对每一次这样的胜利，自然界都报复了我们。一百多年来的历史事实，日益证明了恩格斯警告之正确与准确。在新世纪中，人类首先必须改恶向善，改掉乱吃其他动物的恶习。人类必须遵守宋代大儒张载的话“民吾同胞，物吾与也”，把甲鱼也看成是自己的伙伴，把大自然看成是自己的朋友，而不是征服的对象。这样一来，人类庶几能有美妙光辉的前途。至于对我自己，也许有人认为我是《世说新语》中的人物，放诞不经。如果真是的话，那就，那就——由它去吧。

再继续谈我的家和我自己。

我在“十年浩劫”中，自己跳出来反对那位倒行逆施的“老佛爷”，被打倒在地，被戴上了无数顶莫须有的帽子，天天被打，被骂。最初也只觉得滑稽可笑。但“谎言说上一千遍，就变成了真理”，最后连我自己都怀疑起来了：“此身合是坏人未？泪眼迷离问苍天。”其实我并没有那么坏，但在许多人眼中，我已经成了一个“不可接触者”。

然而，世事多变，人间正道。不知道是怎么一来，我竟转身一变成了一个“极可接触者”。我常以知了自比。知了的幼虫最初藏在地下，黄昏时爬上树干，天一明就蜕掉了旧壳，长出了翅膀，长鸣高枝，成了极富诗意的虫类，引得诗人“倚杖柴门外，临风听暮蝉”了。我现在就是一只长鸣高枝的蝉，名声四被，头上的桂冠比“文革”中头上戴的高帽子还要高出多多，有时候我自己都觉得脸红。其实我自己深知，我并没有那么好。然而，我这样发自肺腑的话，别人是不会相信的。这样一来，我虽孤家寡人，其实家里每天都是热闹非凡的。有一位多年的老同事，天天到我家里来“打工”，处理我的杂务，照顾我的生活，最重要的事情是给我读报，读信，因为我眼睛不好。还有就是同不断打电话来或者亲自登门来的自称是我的“崇拜者”的人们打交道。学校领导因为觉得我年纪已大，不能再招待那么多的来访者，在我门上贴出了通告，想制约一下来访者的袭来，但用处不大，许多客人都视而不见，照样敲门不误。有少数人竟在门外荷塘边上等上几个钟头。除了来访者打电话者外，还有扛着沉重的录像机而来的电视台的导演和记者，以及每天都收到的数量颇大的信件和刊物。有一些年轻的大中学生，把我看成了有求必应的土地爷，或者能预言先知的季铁嘴，向我请求这请求那，向我倾诉对自己父母都不肯透露的心中的苦闷。这些都要我那位“打工”的老同事来处理，我那位打工者此时就成了拦驾大使。他想尽花样，费尽唇舌，说服那些想来采访，想来拍电视的好心和热心又诚心的朋友们，请他们少安毋躁。这是极为繁重而困难的工作，我能深切体会。其忙碌困难的情况，我是能理解的。

最让我高兴的是，我结交了不少新朋友。他们都是著名的书法家、画家、诗人、作家、教授。我们彼此之间，除了真挚的感情和友谊之外，绝无所求于对方。我是相信缘分的，“有缘千里来相会，无缘对面不相识”，缘分是说不明道不白的东西，但又确实存在。我相信，我同朋友之间就是有缘分的。我们一见如故，无话不谈。没见面时，总惦记着见面的时间；既见面则如鱼得水，心旷神怡；分手后又是朝思暮想，忆念难忘。对我来说，他们不是亲属，胜似亲属。“人生得一知己足矣”，我得到的却不只是一个知己，而是一群知己。有人说我活得非常滋润。此情此景，岂是“滋润”二字可以了得！

我是一个呆板保守的人，秉性固执。几十年养成的习惯，我决不改变。一身卡其布的中山装，国内外不变，季节变化不变，别人认为是老顽固，我则自称是“博物馆的人物”，以示“抵抗”，后发制人。生活习惯也决不改变。四五十年来养成了早起的习惯，每天早晨四点半起床，前后差不了5分钟。古人说“黎明即起”，对我来说，这话夏天是适合的；冬天则是在黎明之前几个小时，我就起来了。我五点吃早点，可以说是先天下之早点而早点。吃完立即工作。我的工作主要是爬格子。几十年来，我已经爬出了上千万的字。这些东西都值得爬吗？我认为是值得的。我爬出的东西不见得都是精金粹玉，都是甘露醍醐，吃了能让人升天成仙。但是其中绝没有毒药，绝没有假冒伪劣，读了以后至少能让人获得点享受，能让人爱国、爱乡、爱人类、爱自然、爱儿童，爱一切美好的东西。总之一句话，能让人在精神境界中有所收益。我常常自己警告说：人吃饭是为了活着，但活着绝不是为了吃饭。人的一生是短暂的，绝不能白白把生命浪费掉。如果我有一天工作没有什么收获，晚上躺在床上就疚愧难安，认为是慢性自杀。爬格子有没有名利思想呢？坦白地说，过去是有的。可是到了今天，名利对我都没有什么用处了，我之所以仍然爬，是出于惯性，其他冠冕堂皇的话，我说不出。“爬格不知老已至，名利于我如浮云”，或可能道出我现在的心情。

你想到过死没有呢？我仿佛听到有人在问。好，这话正问到节骨眼上。是的，我想到过死，过去也曾想到死，现在想得更多而已。在“十年浩劫”中，在1967年，一个千钧一发般的小插曲使我避免了走上“自绝于人民”的道路。从那以后，我认为，我已经死过一次，多活一天，都是赚的，到现在已经三十多年了，我真赚了个满堂满贯，真成为一个特殊的大富翁了。但人总是要死的，在这方面，谁也没有特权，没有豁免权。虽然常言道“黄泉路上无老少”，但是，老年人毕竟有优先权。燕园是一个出老寿星的宝地。我虽年届九旬，但按照年龄顺序排队，我仍落在十几名之后。我曾私自发下宏愿大誓：在向八宝山的攀登中，我一定按照年龄顺序鱼贯而登，绝不抢班夺权，硬去加塞。至于事实究竟如何，那就请听下回分解了。

既然已经死过一次，多少年来，我总以为自己已经参悟了人生。我常拿陶渊明的四句诗当作座右铭：“纵浪大化中，不喜亦不惧。应尽便须尽，无复独多虑。”现在才逐渐发现，我自己并没能完全做到。常常想到死，就是一个证明，我有时幻想：自己为什么不能像朋友送给我摆在桌上的奇石那样，自己没有生命，但也绝不会有死呢？我有时候也幻想：能不能让造物主勒住时间前进的步伐，让太阳和月亮永远明亮，地球上一切生物都停住不动，不老呢？哪怕是停上十年八年呢？大家千万不要误会，认为我怕死怕得要命，绝不是那样。我早就认识到，永远变动，永不停息，是宇宙根本规律，要求不变是荒唐的。万物方生方死，是至理名言。江文通《恨赋》中说：“自古皆有死，莫不饮恨而吞声。”那是没有见地的庸人之举，我虽庸陋，水平还不会那样低。即使我做不到热烈欢迎大限之来临，我也绝不会饮恨吞声。

但是，人类是心中充满了矛盾的动物，其他动物没有思想，也就不会有这样多的矛盾。我忝列人类的一分子，心里面的矛盾总是免不了的。我现在是一方面眷恋人生，一方面却又觉得，自己活得实在太辛苦了，我想休息一下了。我向往庄子的话：“大块载我以形，劳我以生。”大家千万不要误会，以为我就要自杀。自杀那玩意儿我绝不会再干了。在别人眼中，我现在活得真是非常非常惬意了。不虞之誉，纷至沓来；求全之毁，几乎绝迹。我所到之处，见到的只有笑脸，感到的只有温暖。时时如坐春风，处处如沐春雨，人生至此，实在是真应该满足了。然而，实际情况却并不完全是这样惬意。古人说：“不如意事常八九。”这话对我现在来说也是适用的。我时不时地总会碰到一些令人不愉快的事情，让自己的心情半天难以平静。即使在春风得意中，我也有自己的苦恼。我明明是一头瘦骨嶙峋的老牛，却有时被认成是日产鲜奶千磅的硕大的肥牛。已经挤出了奶水五百磅，还求索不止，认为我打了埋伏。其中情味，实难以为外人道也。这逼得我不能不想到休息。

我现在不时想到，自己活得太长了，快到一个世纪了。九十年前，山东临清县一个既穷又小的官庄出生了一个野小子，竟走出了官庄，走出了临清，走到了济南，走到了北京，走到了德国；后来又走遍了几个大洲，几十个国家。如果把我的足迹画成一条长线的话，这条长线能绕地球几周。我看过埃及的金字塔，看过两河流域的古文化遗址，看过印度的泰姬陵，看过非洲的撒哈拉大沙漠，以及国内外的许多名山大川。我曾住过总统府之类的豪华宾馆，会见过许多总统、总理一级的人物，在流俗人的眼中，真可谓极风光之能事了。然而，我走过的漫长的道路并不总是铺着玫瑰花的，有时也荆棘丛生。我经过山重水复，也经过柳暗花明；走过阳关大道，也走过独木小桥。我曾到阎王爷那里去报到，没有被接纳。终于曲曲折折，颠颠簸簸，坎坎坷坷，磕磕碰碰，走到了今天。现在就坐在燕园朗润园中一个玻璃窗下，写着《九十述怀》。窗外已是寒冬。荷塘里在夏天接天映日的荷花，只剩下干枯的残叶在寒风中摇曳。玉兰花也只留下光秃秃的枝干在那里苦撑。但是，我知道，我仿佛看到荷花蜷曲在冰下淤泥里做着春天的梦，玉兰花则在枝头梦着"春意闹"。它们都在活着，只是暂时地休息。养精蓄锐，好在明年新世纪、新千年中开出更多更艳丽的花朵。

我自己当然也在活着。可是我活得太久了，活得太累了。歌德暮年在一首著名的小诗中想到休息，我也真想休息一下了。但是，这是绝对不可能的。我就像鲁迅笔下的那一位"过客"那样，我的任务就是向前走，向前走。前方是什么地方呢？老翁看到的是坟墓，小女孩看到的是野百合花。我写《八十述怀》时，看到的是野百合花多于坟墓，今天则倒了一个个儿，坟墓多而野百合花少了。不管怎样，反正我是非走上前去不行的，不管是坟墓，还是野百合花，都不能阻挡我的步伐。冯友兰先生的"何止于米"，我已经越过了米的阶段。下一步就是"相期以茶"了。我觉得，我目前的选择只有眼前这一条路，这一条路并不遥远。等到我十年后再写《百岁述怀》的时候，那就离茶不远了。

2000 年 12 月 20 日

新世纪新千年寄语

人们往往有这样的经验：过去带来惆怅，现在带来迷惘，未来带来希望。

现在，一个新世纪，新千年就要来到我们的眼前了。这正是人们让幻想驰骋、对未来提出希望的最佳时刻。

在我国报纸、杂志上，在开会的发言中，人们确实已经提出了五花八门的希望。我想，全世界恐怕也是这个样子吧。许多政治家、文学家、艺术家、学者、商业界的大款等都提出了自己的希望，希望政治如何如何，希望经济如何如何，希望文学如何如何，希望学术如何如何，希望人文素质如何如何，让人眼花缭乱，煞是热闹。然而独独没有人，至少是很少有人提出如何处理好人与自然的关系问题，而我个人认为，这才是未来的关键。

恩格斯在《自然辩证法》中说："我们不能过分陶醉于我们对自然界的胜利，对于每一次这样的胜利，自然界都报复了我们。"恩格斯真不愧是马克思主义奠基人之一。在一百多年以前，当时自然界对人类的报复还不太显著或者只能说是初露端倪，可是伟大的恩格斯已经注意到了，而且给世人敲响了警钟。对这样天才的预见和警告，我们能不五体投地地赞佩吗？

眼前世界的形势已经充分地证明了恩格斯预见之伟大与睿智。许多自然界和人类社会的现象已经充分证明了自然界正在日益强烈地对我们人类进行着报复。稍有头脑的人都能看到，例子是不胜枚举的。

然而我们的反应怎样呢？除了少数有识之士外，大多数人，包括一些国家的领导人在内还在懵懵懂懂，驰骋于蜗角，搏斗于蚁冢，美国在演着总统选举的闹剧，中东在演着巴以冲突的悲剧，全球狼烟四起，动荡混乱，如果真有一个造物主的话——我不相信真有——他站在宇宙某一个地方，俯视地球村里的几台大戏正在演得红红火火，难道他不会像我们人类一样，看到地上的蚁群厮杀，积尸满地，流血——蚂蚁不知有血没有——成河，不禁莞尔而笑吗？

我虔诚希望，我们人类要同大自然成为朋友，不要再视它为敌人，成了朋友以后，再伸手向它要衣，要食，要一切我们需要的东西。

这就是我的新千年寄语。

2000年12月15日

风雨同舟五十年——我和民盟的关系

我参加民盟将近五十年了，这是我生平第一次参加一个政治组织。

五十年代，在反右之前，是中国知识分子的黄金时期。虽然差不多已经年年都有运动，但同后来比较起来，真可以说是小巫见大巫。同全国人民一样，知识分子心情舒畅，感觉到自己真正是站起来了，前途一片锦绣，走的路上仿佛都铺满了玫瑰花瓣。

我有几年的时间在民盟北京市委工作。当时市委还没有搬家，在东四北大街一条胡同里，详细地名已经记不清了。共同工作的同志有吴晗、华罗庚、冯亦代、沈一帆、金若年、关世雄、王麦初等，吴晗是主委。我曾担任过不同的职务，在高校工作委员会的时间最长，最初华罗庚是主任，我是副主任，后来我变成了主任，曾同金若年同志一起到过北京市的几所大学，参加那里的民盟支部的座谈会或讨论会，大家互相鼓励，共同搞好教学和科研工作。在市委或者高校，同志们之间关系都是非常令人满意的，非常融洽的，大家敞开心扉，为了一个共同目标，奋力前进，从来没有碰到过什么不愉快的局面。

现在回忆起来，当时市委的会似乎比较多。有多次散会晚了，就在市委餐厅里吃工作餐。晚上开会的情况也是有的。有一次深夜散会，外面是特大暴雨，街上流水成河，“水位”不低。送我们的汽车走到阜成门外，水浸灭了火。我们几个人——我记得有周一良同志——坐在车上，进退不得。看车窗外的流水，虽然谈不上惊涛骇浪，其势也颇惊人。我们像是坐在船上，但绝不是苏东坡夜游赤壁的一叶小舟，而更像是搁浅的一只遇难船。此时夜深人静，只有水声盈耳。一直等了很久，才幸遇一辆汽车，它把我们从灾难中救出。

这些琐碎的回忆，"当时只道是寻常"，现在却成了十分甜蜜的东西，有如海上三山，可望而不可即了。

1957年，一声"阳谋"，首当其冲的就是知识分子，而民盟又是一个知识分子的政党，受害最深，几个资深领导都陷入其中。从此以后，知识分子的春天结束了，知识分子美好的幻想破灭了。然而这仅仅是开端，以后一个运动接一个运动，对象无一不是知识分子。到了"十年浩劫"，达到了登峰造极的程度。杯弓蛇影，瓜蔓株连，造谣诬陷，无限上纲，实属空前，恐亦绝后。不少知识分子从此被打入阿鼻地狱矣。

此时我自己已是泥菩萨过江之势，民盟的情况不甚了了。连国家主席都能任意打倒，连全国政协都被宣布为黑组织，小小的民盟当然在劫难逃了。

十一届三中全会以后，拨乱反正，天日重明。知识分子又恢复了自己的尊严，民盟当然也恢复了自己应有的地位。我又有机会参加了民盟的一些活动。但是，我自己由于社会职务过多，国内外的活动过于频繁，已完全没有精力和时间，再像50年代前半期那样参加民盟的实际工作了。但是，我对民盟的感情是深厚的。只要民盟有重要活动要我参加，我一定遵召前往。印象最深的有两次：一次是有梁漱溟先生参加一个座谈会，一次是与朱光潜先生有关的纪念会。其余的还有一些会，记不真切了。

我参加次数最多的是民盟的机关刊物《群言》的"雅聚"。参加的人不限于民盟盟员，但都是在文史界有影响的老头儿，时间大概每年一次，由主编陶大镛同志召集，每次必到的有钟敬文老先生等，都是《文史漫笔》一栏的撰稿人。有几次是在民盟中央举行，有几次是在文采阁。每次都是菜肴精美，谈笑风生，畅谈个人感怀，纵论学坛新事，其乐融融，每次都给我留下了深刻的温馨的回忆。

谈到我们民盟当前的任务，我个人认为是加重了，而不是减轻了。我国当前最重要的前提就是安定团结，没有安定团结，任何事情也难以做成。但是，真正的安定团结，岂易言哉！特别是老知识分子，几十年来，磕磕碰碰，很有些人有一肚子愤懑并没有舒出。他们靠着中国知识分子特有的爱国热情，仍在努力工作，但心里是不痛快的。这能算是真正的安定团结吗？在这样的情况下，以高级知识分子为基础的民盟是大有可为的。民盟能帮助一些老知识分子恢复青春活力，为祖国站好最后一次岗。这对我们的社会主义建设事业会有很大的帮助，这是不言而喻的。民盟的同志们，努力向前吧！

1999 年 7 月 3 日

清华梦忆

人有人格，国有国格，校也有校格。

就以北大和清华而论，两校同为全国最高学府，共同之处当然很多，但是不同之处也颇突出。这就是所谓两校校格不同。

不同之处究竟何在呢?

这是一个大题目，恐怕开上几次国际研讨会，也难以说得明白的。我现在不揣谫陋，聊陈己见。

整整七十年前，在1930年，我从山东到北京（平）来考大学。来自五湖四海的五六千学生，心目中最高的目标就是北大和清华。但是这两所大学门槛是异常高的，往往是几十个学生中才能录取一个。我有幸被两所大学都录取了。由于我幻想给自己这一个渺小粗陋的身躯镀上一层不管是多么薄的金子，好以此吓唬人，抢得一只好饭碗。而镀金只能出国留学，留学的机会清华比北大多一些，所以我就舍北大而取清华。

在清华住了一段时间以后，对清华的校格逐渐明确了，最后形成了初步的看法。我在北大有不少朋友，言谈之间，也了解到了北大的一些情况，于是对北大的校格也逐渐形成了一个明确的概念。我恍然小悟：两所大学的校格原来竟是有许多不同之处的。

我从小处谈起，先举一个小例子。在清华，呼唤服务的工人，一般都叫作工友。在北大，据说是叫听差。而在朝阳大学则是茶房。在清华，工人和教师、学生处于平等的地位上。在北大则处于主仆的地位。而在朝阳大学则是处于雇客与旅馆杂役的地位。这是一件十分细微的末节，然而却是多么生动，多么清楚，又多么耐人寻味。

其中原因，我认为，并不复杂。清华建立的基础是美国退还的庚子赔款，完全受美国的影响，受资本主义的影响，身上没有封建的包袱。而北大则是由京师大学堂转变成的，身上背着几千年的封建传统。好的方面是文化基础雄厚，坏的方面是封建主义严重。我听人说到过——据说这并不是笑话——北大初建时，学习西方，有体操一门课，聘请了专门的体操教员，这些人当然都是平头老百姓。而被他们训练的学生则很多都是世荫的二三品大员。教员发口令时，不敢明目张胆地喊出“立正”、“稍息”，于是想出了一个奇妙的办法，改变舶来的口令，大喊：“老爷们立正！”“老爷们稍息！”从这些小事儿也可以看出来，清华多的是资本主义，北大多的是封建主义。

但是，稍有一点辩证法常识的人都会知道，世间事物都是一分为二的。北大的封建主义也能产生好的效果，如果北大没有这样浓重的封建传统或者气氛，“五四运动”，即使是注定要爆发，也绝不会是在北大。你能够想象清华会爆发反封建的“五四运动”吗？即使1919年清华已经建成了大学，而不是留美预备学校，这样的事情也绝不会出现的。人们常说，坏事变好事，北大的封建传统促成了改变中国面貌的启蒙运动，不正证实了这一句话吗？

“五四运动”对中国，特别是对中国学界，更特别是对北大，留下了深远的影响。北大学生继承了自东汉太学生起就有了的关心国家大事，天下兴亡、匹夫有责的爱国主义传统，对政治动向特别敏感，到了“五四运动”，达到了一个高潮。从那以后，历届学生运动几乎都从北大开始就是一个证明。在这方面，清华并不落后，“一二·九”运动就是一个生动的例证。在这一点上，清华与北大是有相同之处的。

我在清华呆了四年，而在北大则已经呆了五十四年，是清华的十几倍。我一直到今天还在不断考虑两校异同的问题。我一向不赞成西方那种以分析的思维模式为基础的一、二、三、四，A、B、C、D的分析方法，而垂青于中国的以综合的思维模式为基础的评断方法。中国古代月旦人物，品评艺术，都不采用分析的方法，而是选用几个简单的、生动的、形象的，看似模糊而实则内涵极为丰富的词语，形神毕具，给人以无量的暗示能力，给人以无限的想象活动的余地。根据这一条准则，我用四个字来表示清华的校格，这四个字是：清新俊逸。给北大的则是：凝重深厚。二者各有千秋，无所轩轾于其间。但二者是能够，也是必须互相学习的。这样做是互补的，两利的。谁要是想成为“老子天下第一”，那就必然会是“可怜无补费精神”。

以上是我对北大和清华两校校格的看法，也是我对两校的希望和祝福。

在母校将庆祝成立九十年华诞之际，《清华大学学报》（哲社版）的副主编刘石教授写信给我，要我写点纪念文字。这是我义不容辞的。但是，可写的东西真是太多太多了。想来想去，终于决定了写上面这一番怪论。我自己说它是“怪论”，这是我以退为进的手法，我是一点也不觉得它有什么怪的。如果我真正认为它怪，我就绝不会写出来出自己的丑。我认为，这是我一家之言，是长期思考的结果。我希望能够在北大、清华两校找到一些知音。

2000年11月7日

时　间

一抬头，就看到书桌上座钟的秒针在一跳一跳地向前走动。它那里一跳，我的心就一跳。孔子说:“逝者如斯夫，不舍昼夜！”这里指的是水。水永远不停地流逝，让孔夫子吃惊兴叹。我的心跳，跳的是时间。水是能看得见，摸得着的。时间却是看不见，摸不着的，它的流逝你感觉不到，然而确实是在流逝。现在我眼前摆上了座钟，它的秒针一跳一跳，让我再清楚不过地看到了时间的流逝，焉能不心跳？焉能不兴叹呢？

远古的人大概是很幸福的。他们日出而作，日入而息，根据太阳的出没来规定自己的活动。即使能感到时间的流逝，也只在依稀隐约之间。后来，他们聪明了，根据太阳光和阴影的推移，把时间称作光阴。再后来，人们的聪明才智更提高了，用铜壶滴漏的办法来显示和测定时间的推移，这是用人工来抓住看不见摸不着的时间的尝试。到了近几百年，人类发明了钟表，把时间的存在与流逝清清楚楚地摆在每一个人的面前。这是人类文明进步的表现。但是，正如人们常说的“有一利必有一弊”，人类成了时间的奴隶，成了手表的奴隶。现在各种各样的会极多，开会必须规定时间，几点几分，不能任意伸缩。如果参加重要的会而路上偏偏赶上堵车，任你怎样焦急，怎样频频看手表，都是白搭。这不是典型的时间的奴隶又是什么呢？然而，话又说了回来，在今天头绪纷纭、杂乱有章的社会里，开会不定时间，还像古人那样“日出而作，日落而息”，优哉游哉，顺帝之则，今天的社会还能运转吗？不管你愿意不愿意，成为时间的奴隶就正是文明的表现。

不管你意识到还是没有意识到，大自然还是把虚无缥缈的时间用具体的东西暗示给了人们。比如用日出日落标志出一天，用月亮的圆缺标志出一月，用四季（在印度是六季或者两季）标志出一年。农民最关心这些问题，一年二十四个节气对他们种庄稼有重要意义。在自然科学家和哲学家眼中，时间具有另外的意义。他们说，大千世界，人类万物，都生长在时间和空间内，而时间是无头无尾的，空间是无边无际的。我既不是自然科学家，也不是哲学家，对无头无尾和无边无际实在难以理解。可是不这样又能怎样呢？如果时间有了头尾，头以前尾以后又是什么呢？因此，难以理解也只得理解，此外更没有其他途径。

生与死也属于时间范畴。一般人总是把生与死绝对对立起来。但是，中国古代的道家却主张“万物方生方死”，把生与死辩证地联系在一起，而且准确无误地道出了生即是死的关系。随着座钟秒针的一跳，我自己就长了无法用言语表达出来的那么一点点儿，同时也就是向着死亡走近了那么一点点儿。不但我是这样，现在正是初夏，窗外的玉兰花、垂柳和深埋在清塘里的荷花，也都长了那么一点点儿。不久前还是冰封的湖水，现在是“风乍起，吹皱一池夏水”，波光潋滟，水色接天。岸上的垂杨，从光秃秃的枝条上逐渐长出了小叶片，一转瞬间，出现了一片鹅黄；再一转瞬，就是一片嫩绿，现在则是接近浓绿了。小山上原来是一片枯草，“一夜东风送春暖，满山开遍二月兰”。今年是二月兰的大年，山上地下，只要有空隙，二月兰必然出现在那里，座钟的秒针再跳上多少万次，二月兰即将枯萎，也就是走向暂时的死亡了。所有这些东西，都是方生方死。这是自然的规律，不可逆转的。

印度人是聪明的，他们把时间和死亡视为一物。梵文 hāla，既是“时间”，又是“死亡或死神”。《罗摩衍那》的主人公罗摩，在活了极长的时间以后，hāla 走上门来，这表示他就要死亡了。罗摩泰然处之，既不“饮恨”，也不“吞声”。他知道这是自然规律，人类是无能为力的。我们今天知道，不但人类是这样，世界上万事万物都有始有终，无一例外。“顺其自然”是最好的办法。我在这里顺便说一下。在梵文里，动词“死”的字根是 mn，但是此字不用 manati 来表示现在时，而是用被动式 mniyati（ti），这表示，印度人认为“死”是被动的，主动自杀者究属少数。

同印度人比较起来，中国人大概希望争取长生。越是有钱有势的人越希望活下去，在旧社会里生活在水深火热中的小百姓，绝不会愿意长远活下去的。而富有天下的天子则热切希望长生。中国历史上几位有名的英主，莫不如此。秦始皇和汉武帝都寻求不死之药或者仙丹什么的。连唐太宗都是服用了印度婆罗门的“仙药”而中毒身亡的。老百姓书呆子中也有寻求肉身升天的，而且连鸡犬都带了上去。我这个木头脑袋瓜真想也想不通，如果真有那么一个“天”的话，人数也不会太多，升到那里去干些什么呢？那里不会有官僚衙门，想走后门靠贿赂来谋求升官，没有这个可能。那里也不会有什么市场，什么WTO，想发财也英雄无用武之地。想打麻将，唱卡拉OK，唱几天，打几天，还是会有兴趣的，但让你一月月一年年永远打下去，你受得了吗？养鸡喂狗，永远喂下去，你也受不了。“不为无益之事，何以遣有涯之生！”无益之事天上没有。在天上待长了，你一定会自杀的。苏东坡说“起舞弄清影，何似在人间”，是有见地之言。我们还是老老实实待在人间吧。

要待在人间，就必须受时间的制约。在时间面前，人人平等。如果想不通我在上面说的那一些并不深奥的道理，时间就变成了枷锁，让你处处感到不舒服。但是，如果真想通了，则戴着枷锁跳舞反而更能增加一些意想不到的兴趣。我自认是想通了。现在照样一抬头就看到书桌上座钟的秒针一跳一跳地向前走动，但是我的心却不跳了。我觉得这是时间给我提醒儿，让我知道时间的价值。“一寸光阴不可轻”，朱子这一句诗对我这个年过九十的老头儿也是适用的。

2002年3月31日

当时只道是寻常

这是一句非常明白易懂的话，却道出了几乎人人都有的感觉。所谓“当时”者，指人生过去的某一个阶段。处在这个阶段中时，觉得过日子也不过如此，是很寻常的。过了十几二十年或者更长的时间，回头一看，当时实在有不寻常者在。因此有人，特别是老年人，喜欢在回忆中生活。

在中国，这种情况更比较突出，魏晋时代的人喜欢做羲皇上人。这是一种什么心理呢？“鸡犬之声相闻，而老死不相往来”，真就那么好吗？人类最初不会种地，只是采集植物，猎获动物，以此为生。生活是十分艰苦的。这样的生活有什么可向往的呢？

然而，根据我个人的经验，发思古之幽情，几乎是每个人都有的。到了今天，沧海桑田，世界有多少巨大的变化，人们思古的情绪却依然没变。我举一个具体的例子。十几年前，我重访了我曾呆过十年的德国哥廷根。我的老师瓦尔德施密特教授夫妇都还健在，但已今非昔比，房子捐给梵学研究所，汽车也已卖掉。他们只有一个独生子，“二战”中阵亡。此时老夫妇二人孤零零地住在一座十分豪华的养老院里。院里设备十分齐全，游泳池、网球场等一应俱全。但是，这些设备对七八十岁、八九十岁的老人有什么用处呢？让老人们触目惊心的是，每隔一段时间就有某一个房号空了出来，主人见上帝去了。这对老人们的刺激之大是不言而喻的。我的来临大出教授的意料，他简直有点喜不自胜的意味。夫人摆出了当年我在哥廷根时常吃的点心。教授仿佛返老还童，回到了当年去了。他笑着说：“让我们好好地过一过当年过的日子，说一说当年常说的话！”我含着眼泪离开了教授夫妇，嘴里说着连自己都不相信的话：“过几年，我还会来看你们的。”

我的德国老师不会懂“当时只道是寻常”里隐含的意蕴，但是古今中外人士所共有的这种怀旧追忆的情绪却是有的。这种情绪通过我上面描述的情况完全流露出来了。

仔细分析起来，“当时”是很不相同的。国王有国王的“当时”，有钱人有有钱人的“当时”，平头老百姓有平头老百姓的“当时”。在李煜眼中，“当时”是车如流水马如龙，花月正春风游上林苑的“当时”。对此，他没有别的办法，只有哀叹“天上人间”了。

我不想对这个概念再进行过多的分析。本来是明明白白的一点真理，过多的分析反而会使它迷离模糊起来。我现在想对自己提出一个怪问题：你对我们的现在，也就是眼前这个现在，感觉到是寻常呢还是不寻常？这个“现在”，若干年后也会成为“当时”的。到了那时候，我们会不会说“当时只道是寻常”呢？现在无法预言。现在我住在医院中，享受极高的待遇。应该说，没有什么不满足的地方。但是，倘若扪心自问：“你认为是寻常呢，还是不寻常？”我真有点说不出，也许只有到了若干年后，我才能说：“当时只道是寻常。”

2003年6月20日

九三述怀

前几天，在医院里过了一个生日，心里颇为高兴，但猛然一惊：自己已经又增加了一岁，现在是九十三岁了。

在五十多年前，当我处在四十岁阶段的时候，九十三这个数字好像是一个天文数字，可望而不可即。我当时的想法是：我大概只能活到四五十岁。因为我的父母都没有超过这个年龄，由于X基因或Y基因的缘故，我绝不能超过这个界限的。

然而人生真如电光石火，一转瞬间已经到了九十三岁。只有在医院里输液的时候感到时间过得特别慢以外，其余的时间则让我感到快得无法追踪。

近两年来，运交华盖，疾病缠身，多半是住在医院中。医院里的生活，简单而又烦琐。我是因一种病到医院里来的，入院以后，又患上了其他的病。在我入院前后所患的几种病中，最让人讨厌的是天疱疮。手上起泡出水，连指甲盖下面都充满了水，是一种颇为危险的病。从手上向臂上发展，发展到一定的程度，就有性命危险。来到三〇一医院，经李恒进大夫诊治，药到病除，真正是妙手回春。后来又患上了几种别的病。有一种是前者的发展，改变了地方，改变了形式，长在了右脚上，黑黢黢脏兮兮的一团，大概有一斤多重。我自己看了都恶心，有时候简直想把右脚砍掉，看你这些丑类到何处去藏身！幸亏老院长牟善初的秘书周大夫不知从哪里弄到了一种平常的药膏，抹上，立竿见影，脏东西除掉了。为了对付这一堆脏东西，三〇一医院曾组织过三次专家会诊，可见院领导对此事之重视。

你想到了死没有？想到过的，而且不止一次。不这样也是不可能的。人类是生物的一种。凡是生物，莫不好生而恶死，包括植物在内，一概如此。人们常说“好死不如赖活着”。江淹《恨赋》中说：“自古皆有死，莫不饮恨而吞声。”我基本上也不能脱这个俗。但是，我有我的特殊经历，因此，我有我的生死观。我在“十年浩劫”中，实际上已经死过一次。在《牛棚杂忆》中我对此事有详细的叙述，在这里不再重复。现在回忆起来，让我吃惊的是，临死前我的心情竟是那样平静，那样和谐。什么“饮恨”，什么“吞声”，根本不沾边儿。有了这样的独特的经历，即使再想到死，一点儿恐惧之感也没有了。

总起来说，我的人生观是顺其自然，有点儿接近道家。我生平信奉陶渊明的四句诗：“纵浪大化中，不喜亦不惧。应尽便须尽，无复独多虑。”在这里一个关键的字是“应”。谁来决定“应”、“不应”呢？一个人自己，除了自杀以外，是无权决定的。因此，我觉得，对个人的生死大事不必过分考虑。

我最近又发明了一个公式：无论什么人，不管是男是女，不管是外国人还是中国人，也不管是处在什么年龄阶段，同阎王爷都是等距离的。中国有两句俗话：“阎王叫你三更死，不能留人到五更。”这都说明，人们对自己的生死大事是没有多少主动权的。但是，只要活着，就要活得像个人样子。尽量多干一些好事，千万不要去干坏事。

人们对自己的生命也并不是一点儿主观能动性都没有的。人们不都在争取长寿吗？在林林总总的民族之林中，中国人是最注重长寿，甚至长生的。在过去几千年的历史上，我们创造了很多长寿甚至长生的故事，什么“王子去求仙，丹成入九天。山中方七日，世上几千年，”这实在没有什么意义。一些历史上的皇帝，甚至英明之主，为了争取长生，“为药所误”。唐太宗就是一个典型的例子。

中国古代文人对追求长生，有自己的表达方式。苏东坡词：“谁道人生无再少？门前流水尚能西。休将白发唱黄鸡。”肉体上的再少，是不可能的。时间是不能倒转的。我的理解是，如果老年人能做出像少年的工作，这就算是“再少”了。

我现在算不算是“再少”，我自己不敢说。反正我从来不敢懈怠，从来不倚老卖老。我现在既向后看，回忆过去的九十年；也向前看，看到的不是八宝山，而是活过一百岁。眼前就有我的好榜样，上海的巴金，长我七岁；北京的臧克家，长我六岁，都仍然健在。他们的健在给了我信心，给了我勇气，也给了我灵感。我想同他们竞赛，我们都会活到一百多岁的。

但是，我并不是为活着而活着。活着不是我的目的，而是我的手段。前辈学人陈翰笙先生，当他一百岁时人们为他在人民大会堂祝寿的时候，他眼睛已经失明多年，身体也不见得怎么好。可是，请他讲话的时候，他第一句话就是："我要工作。"全堂为之振奋不已。

我觉得，中国人民在过去几千年的历史上成就了许多美德，其中一条是"鞠躬尽瘁，死而后已"（出自《三国志·蜀志·诸葛亮传》）。这能代表我们中华民族伟大的一个方面。在几千年的历史上起着作用，至今不衰。

在历史上，我们的先人对人生还有一些细致入微而又切中要害的感悟。我举一个例子。多少年来，社会上流传着两句话：不如意事常八九，能与人言无二三。根据我们每一个人的亲身体会，这两句话是完全没有错的。在我们的生活中，在我们的社会交往中，尽管有不少令人愉快的如意的事情，但也不乏不愉快不如意的事情。年年如此，月月如此，天天如此。这个平凡的真理也不是最近才发现的。宋代的伟大词人辛稼轩就曾写道："肘后俄生柳，叹人生，不如意事，十常八九。"这颇能道出古今人人心中都会有的想法。我们老年人对此更应该加强警惕，因为不如意事有的是人招惹出来的。老年人，由于生理的制约，手和脑都会不太灵光，招惹不如意事的机会会更多一些。我原来的原则是随遇而安，近来我又提高了一步：知足常乐，能忍自安。境界显然提高了一步。

写到这里，我想写一个看来与我的主题无关而实极有关的问题：中西高级知识分子比较研究。所谓高级知识分子，无非是教授、研究员、著名的艺术家——画家、音乐家、歌唱家、演员等。这个题目，在过去似乎还没有人研究过。我个人经过比较长期的思考，觉得其间当然有共性，都是知识分子嘛，但是区别也极大。简短截说，西方高级知识分子大多数是自了汉，就是只管自己那一亩三分地里的事情，有点儿像过去中国老农那一种"老婆、孩子、热炕头，外加二亩地、一头牛"的样子。只要不发生战争，他们的工资没有问题，可以安心治学，因此成果显著地比我们多。他们也不像我们几乎天天开会，天天在运动中。我们的高知继承了中国自古以来知识分子（士）的传统，家事、国事、天下事，事事关心。中国古代的皇帝们最恨知识分子这种毛病。他们希望士们都能夹起尾巴做人。知识分子偏不听话，于是在中国历史上，所谓“文字狱”这种玩意儿就特别多。很多皇帝都搞文字狱。到了清朝，又加上了个民族问题，于是文字狱更特别多。

最后，我还必须谈一谈服老与不服老的辩证关系。所谓服老，就是一个老人必须承认客观现实。自己老了，就要老实承认。过去能做到的事情，现在做不到了，就不要勉强去做。但是，如果完完全全让老给吓住，什么事情都不做，这无异于坐而待毙，是极不可取的行为。人们的主观能动性的能量是颇为可观的。真正把主观能动性发挥出来，就能产生一种不服老的力量。正确处理服老与不服老的关系并不容易，二者之间的关系有点儿恍兮惚兮，其中有物。但是，这个物是什么，我却说不清楚。领悟之妙，在于一心。普天下善男信女们会想出办法的。

我已经写了不少，为什么写这样多呢？因为我感觉到，我们的生活环境和生活条件，日益改善，将来老年人会越来越多。我现在把自己的一点经历写了出来，供老人们参考。

千言万语，不过是一句话：我们老年人不要一下子躺在老字上，无所事事，我们的活动天地还是够大的。

有道是：

走过独木桥，
跳过火焰山。
豪情依然在，
含笑颂九三！

2003年8月18日于三〇一医院

狗年元旦抒怀

鸡年退位，狗年登场。

天增岁月人增寿，春满乾坤福满门。第一句话是没有错的，天和人确实都增了寿。

寿，在中国是一个非常吉祥的词儿。有什么人不喜欢增寿呢？过去，我也是这个意见。但是，宛如电光石火一般，九十五岁之年倏然而至。现在再听到增寿这样的词句，别有一番滋味在心头。我现在已是百岁老人，离开生命的极限，还有多长多远，我自己实在说不清楚，反正是不会太远了。现在再说增寿一年，就等于说，向生命的极限走近了一年，这个道理不是一清二楚吗？

然而，我并不悲观。有寿可增，总是好事，我现在最感到幸福、感到兴奋的是，我有幸活在当前的中国。自从五十多年前所谓解放以来，第一阵兴奋波一过，立即陷入苦恼和灾难中，什么事情都要搞运动。什么叫运动呢？就是让一部分人（老知识分子除外）为所欲为，丢掉法律和道德，强凌弱，众暴寡。对于这种情况，我不是空口说白话，我有现身的经历。因此，全国人民对今天的中国都感到幸福，而我这个过来人更特别感到幸福。国家领导人从来不搞大轰大嗡，而是不声不响地为全国人民做实际需要的工作，全国人民如处春风化雨中。

我写这篇短文的心情，就是春风化雨。

今天是狗年元旦。这个元旦同其他年的元旦是大同小异。但是，对我来说，却还有不同的意义。今年是我回国六十周年纪念，是我参加北京大学工作六十周年纪念，是我创办东方语言文学系六十周年纪念。虽然说了三项六十周年，在时间上只有一个六十周年。这个六十周年一过，我已经走到了九十五岁了，而且还要走上前去，一直走到不能再走的时候。

年轻时候，读过胡适之先生的一首诗：

略有几根白发，
心情微近中年。
既成过河卒子，
只有奋勇向前。

我不理解，适之先生的“过河卒子”从何而来，因此也没有过河卒子的感觉。但是，不管你是不是过河卒子，反正你必须奋勇向前。

2006年1月1日于三〇一医院

九十五岁初度

又碰到了一个生日。一副常见的对联的上联是“天增岁月人增寿”，我又增了一年寿。庄子说，“万物方生方死”，从这个观点上来看，我又死了一年，向死亡接近了一年。

不管怎么说，从表面上来看，我反正是增长了一岁，今年算是九十五岁了。

在增寿的过程中，自己在领悟、理解等方面有没有进步呢？

仔细算，还是有的。去年还有一点叹时光之流逝的哀感，今年则完全没有了。这种哀感在人们中是最常见的，然而也是最愚蠢的。“人间正道是沧桑”，时光流逝，是万古不易之理。人类，以及一切生物，是毫无办法的。“夫天地者，万物之逆旅；光阴者，百代之过客。”对于这种现象，最好的办法是听之任之，用不着什么哀叹。

我现在集中精力考虑的一个问题是：如何避免“当时只道是寻常”的这种尴尬情况。“当时”是指过去的某一个时间。“现在”，过一些时候也会成为“当时”的。这样一来，我们就会永远有这样的哀叹。我认为，我们必须从事实上，也可以说是从理论上考察和理解这个问题。我想谈两个问题，第一个是如何生活？第二个是如何回忆生活？

先谈第一个问题。

一般人的生活，几乎普遍有一个现象，就是倥偬。用习惯的说法就是匆匆忙忙。五四运动以后，我在济南读到了俞平伯先生的一篇文章。文中引用了他夫人的话：“从今以后，我们要仔仔细细过日子了。”言外之意就是嫌眼前日子过得不够仔细，也许就是日子过得太匆匆的意思。怎样才叫仔仔细细呢？俞先生夫妇都没有解释，至今还是个谜。我现在不揣冒昧，加以解释。所谓仔仔细细就是：多一些典雅，少一些粗暴；多一些温柔，少一些莽撞。总之，多一些人性，少一些兽性，如此而已。

至于如何回忆生活，首先必须指出：这是古今中外一个常见的现象。一个人，不管活得多长多短，一生中总难免有什么难以忘怀的事情。这倒不一定都是喜庆的事情，比如洞房花烛夜、金榜题名时之类。这固然使人终生难忘。反过来，像夜走麦城这样的事，如果关羽能够活下来，他也不会忘记的。

总之，我认为，回想一些“俱往矣”类的事情，总会有点好处。回想喜庆的事情，能使人增加生活的情趣，提高向前进的勇气。回忆倒霉的事情，能使人引以为鉴，不致再蹈覆辙。

现在，我在这里，必须谈一个无论如何也绕不过去的问题：死亡问题。我已经活了九十五年。无论如何也必须承认这是高龄。但是，在另一方面，它距离死亡也不会太远了。

一谈到死亡，没有人不厌恶的。我虽然还不知道，死亡究竟是什么样子，我也并不喜欢它。

写到这里，我想加上一段非无意义的闲话。对于寿命的态度，东西方是颇不相同的。中国人重寿，自古已然。汉瓦当文延年益寿，可见汉代的情况。人名李龟年之类，也表示了长寿的愿望。从长寿再进一步，就是长生不老。李义山诗：“嫦娥应悔窃灵药，碧海青天夜夜心。”灵药当即不死之药。这也是一些人，包括几个所谓英主在内，所追求的境界。汉武帝就是一个狂热的长生不老的追求者。精明如唐太宗者，竟也为了追求长生不老而服食玉石散之类的矿物，结果是中毒而死。

上述情况，在西方是找不到的。没有哪一个西方的皇帝或国王会追求长生不老。他们认为，这是无稽之谈，不屑一顾。

我虽然是中国人，长期在中国传统文化熏陶下成长起来的，但是，在寿与长生不老的问题上，我却倾向西方的看法。中国民间传说中有不少长生不老的故事，这些东西侵入正规文学中，带来了不少的逸趣，但始终成不了正果。换句话说，就是中国人并不看重这些东西。

中国人是讲求实际的民族。人一生中，实际的东西是不少的。其中最突出的一个东西就是死亡。人们都厌恶它，但是却无能为力。

上文中我已经涉及死亡问题，现在再谈一谈。一个九十五岁的老人，若不想到死亡，那才是天下之怪事。我认为，重要的事情，不是想到死亡，而是怎样理解死亡。世界上，包括人类在内，林林总总，生物无虑上千上万。生物的关键就在于生，死亡是生的对立面，是生的大敌。既然是大敌，为什么不铲除之而后快呢？铲除不了的。有生必有死，是人类进化的规律，是一切生物的规律，是谁也违背不了的。

对像死亡这样的谁也违背不了的灾难，最有用的办法是先承认它，不去同它对着干，然后整理自己的思想感情。我多年以来就有一个座右铭："纵浪大化中，不喜亦不惧。应尽便须尽，无复独多虑。"是陶渊明的一首诗。"该死就去死，不必多嘀咕。"多么干脆利落！我目前的思想感情也还没有超过这个阶段。江文通《恨赋》最后一句话是："自古皆有死，莫不饮恨而吞声。"我相信，在我上面说的那些话的指引下，我一不饮恨，二不吞声。我只是顺其自然，随遇而安。

我也不信什么轮回转世。我不相信，人们肉体中还有一个灵魂。在人们的躯体还没有解体的时候灵魂起什么作用，自古以来，就没有人说得清楚。我想相信，也不可能。

对你目前的九十五岁高龄有什么想法？我既不高兴，也不厌恶。这本来是无意中得来的东西，应该让它发挥作用。比如说，我一辈子舞笔弄墨，现在为什么不能利用我这一支笔杆子来鼓吹升平，增强和谐呢？现在我们的国家是政通人和、海晏河清，可以歌颂的东西真是太多太多了。歌颂这些美好的事物，九十五年是不够的。因此，我希望活下去。岂止于此，相期以茶。

2006年8月8日

元旦思母

又一个新的元旦来到了我的眼前。这样的元旦，我已经过过九十几个。要说我对它没有新的感觉，不是恰如其分吗?

但是，古人诗说:“每逢佳节倍思亲。”当前的元旦，是佳节中最佳的节。“天增岁月人增寿，春满乾坤福满门”，还能有比这更有意义的事情吗？还能有比这更佳的佳节吗？我是一个富有感情的人，感情超过需要的人，我焉得而不思亲乎?

思亲首先就是思母亲。

母亲逝世已经超过半个世纪了，我怀念她的次数却是越来越多，灵魂的震荡越来越厉害。我实在忍受不了，真想追母亲于地下了。

不知是出于什么原因，最近几年以来，我每次想到母亲，眼前总浮现出一张山水画：低低的一片山丘，上面修建了一座亭子，周围植绿竹十余竿，幼树十几株，地上有青草。按道理，这样一幅画的底色应该是微绿加微黄，宛然一幅元人倪云林的小画。然而我眼前的这幅画整幅显出了淡红色，这样一个地方，在宇宙间是找不到的。可是，我每次一想母亲，这幅画便飘然出现，到现在已经出现过许多许多次，从来没有一点改变。胡为而来哉！恐怕永远也不会找到答案的。也或许是说，在这一幅小画上的我的母亲，在这一元复始，万象更新之际，让这一幅小画告诫我，永远不要停顿，要永远向前，千万不能满足于当前自己已经获得的这一点小小的成就。要前进，再前进，永不停息。

2006 年 1 月 3 日

十年回顾

自己觉得德国十年的学术回忆好像是写完了。但是，仔细一想，又好像是没有写完，还缺少一个总结回顾，所以又加上了这一段。把它当作回忆的一部分，或者让它独立于回忆之外，都是可以的。

在我一生六十多年的学术研究的过程中，德国十年是至关重要的关键性的十年。我在上面已经提到过，如果我的学术研究有一个发轫期的话，真正的发轫不是在清华大学，而是在德国哥廷根大学。我也提到过，如果我不是出于一个非常偶然的机遇来到德国的话，我的一生将会完完全全是另一个样子。我今天究竟会在什么地方，还能不能活着，都是一个未知数。

但是，这个十年并不是一个简单的十年，有它辉煌成功的一面，也有它阴暗悲惨的一面。所有这一切都比较详细地写在我的《留德十年》一书中，读者如有兴趣，可参阅。因为我现在写的《自述》重点是在学术；在生活方面，如无必要，我不涉及。我在上面写的我在哥廷根十年的学术活动，主要以学术论文为经，写出了我的经验与教训。我现在想以读书为纲，写我读书的情况。我辈知识分子一辈子与书为伍，不是写书，就是读书，二者是并行的，是非并行不可的。

我已经活过了八个多十年，已经到了望九之年。但是，在读书条件和读书环境方面，哪一个十年也不能同哥廷根的十年相比。在生活方面，我是一个最枯燥乏味的人，所有的玩的东西，我几乎全不会，也几乎全无兴趣。我平生最羡慕两种人：一个是画家，一个是音乐家。而这两种艺术是最需天才的，没有天赋而勉强对付，绝无成就。可是造化小儿偏偏跟我开玩笑，只赋予我这方面的兴趣，而不赋予我那方面天才。《汉书·董仲舒传》说：“古人有言曰：‘临渊羡鱼，不如退而结网。’” 我极想“退而结网”，可惜找不到结网用的绳子，一生只能做一个羡鱼者。我自己对我这种个性也并不满意。我常常把自己比作一盆花，只有枝干而没有绿叶，更谈不到有什么花。

在哥廷根的十年，我这种怪脾气发挥得淋漓尽致。哥廷根是一个小城，除了一个剧院和几个电影院以外，任何消遣的地方都没有。我又是一介穷书生，没有钱，其实也是没有时间冬夏两季到高山和海滨去旅游。我所有的仅仅是时间和书籍。学校从来不开什么会，有一些学生会偶尔举行晚会跳舞。我去了以后，也只能枯坐一旁，呆若木鸡。这里中国学生也极少，有一段时间，全城只有我一个中国人。这种孤独寂静的环境，正好给了我空前绝后的读书的机会。我在国内不是没有读过书，但是，从广度和深度两个方面来看，什么时候也比不上在哥廷根。

我读书有两个地方，分两大种类，一个是有关梵文、巴利文和吐火罗文等的书籍，一个是汉文的书籍。我很少在家里读书，因为我没有钱买专业图书，家里这方面的书非常少。在家里，我只在晚上临睡前读一些德文的小说，托马斯·曼（Thomas Mann）的名著《布登勃洛克一家》（《Buddenbrooks》）就是这样读完的。我早晨起床后在家里吃早点，早点极简单，只有两片面包和一点黄油、香肠。到了后来，第二次世界大战爆发后，首先在餐桌上消逝的是香肠，后来是黄油，最后只剩一片有鱼腥味的面包了。最初还有茶可喝，后来只能喝白开水了。早点后，我一般是到梵文研究所去，在那里一待就是一天，午饭在学生食堂或者饭馆里吃，吃完就回研究所。整整十年，不懂什么叫午睡，德国人也没有午睡的习惯。

我读梵文、巴利文、吐火罗文的书籍，一般都是在梵文研究所里。因此，我想先把梵文研究所图书收藏的情况介绍一下。哥廷根大学的各个研究所都有自己的图书室。梵文图书室起源于何时、何人，我当时就没有细问。可能是源于 Franz Kielhorn，他是哥廷根大学的第一个梵文教授。他在印度长年累月搜集到的一些极其珍贵的碑铭的拓片，都收藏在研究所对面的大学图书馆里。他的继任人 Hermann Oldenberg 在他逝世后把大部分藏书都卖给或者赠给了梵文研究所。其中最珍贵的还不是已经出版的书籍，而是零篇的论文。当时 Oldenberg 是国际上赫赫有名的梵学大师，同全世界各国的同行们互通声气，对全世界梵文研究的情况了如指掌。广通声气的做法不外一是互相邀请讲学，二是互赠专著和单篇论文。专著易得，而单篇论文，由于国别太多，杂志太多，搜集颇为困难，只有像 Oldenberg 这样的大学者才有可能搜集比较完备。Oldenberg 把这些单篇论文都装订成册，看样子是按收到时间的先后顺序装订起来的，并没有分类。皇皇几十巨册，整整齐齐地排列书架上。我认为，这些零篇论文是梵文研究所的镇所之宝。除了这些宝贝以外，其他梵文、巴利文一般常用的书都应有尽有。其中也不乏名贵的版本，比如 Max Muller 校订出版的印度最古的典籍《梨俱吠陀》原刊本，Whitney 校订的《阿闼婆吠陀》原刊本。Boehtlingk 和 Roth 的被视为词典典范的《圣彼德堡梵文大词典》原本和缩短本，也都是难得的书籍。至于其他字典和工具书，无不应有尽有。

我每天几乎是一个人坐拥书城，“躲进小楼成一统”，我就是这些宝典的伙伴和主人，它们任我支配，其威风虽南面王不易也。整个 Gauss-Weber-Haus 平常总是非常寂静，里面的人不多，而德国人又不习惯于大声说话，干什么事都只静悄悄的。门外介于研究所与大学图书馆之间的马路，是通往车站的交通要道，但是哥廷根城还不见汽车，于是本应该喧阗的马路，也如“结庐在人境，而无车马喧”。这真是一个读书的最理想的地方。

除了礼拜天和假日外，我每天就到这里来。主要工作是同三大厚册的 Mahā vastu 拼命。一旦感到疲倦，就站起来，走到摆满了书的书架旁，信手抽出一本书来，或浏览，或仔细阅读。积时既久，我对当时世界上梵文、巴利文和佛教研究的情况，心中大体上有一个轮廓。世界各国的有关著作，这里基本上都有。而且德国还有一种特殊的购书制度，除了大学图书馆有充足的购书经费之外，每一个研究所都有自己独立的购书经费，教授可以任意购买他认为有用的书，不管大学图书馆是否有复本。当 Waldschmidt 被征从军时，这个买书的权利就转到了我的手中。我愿意买什么书，就买什么书。书买回来以后，编目也不一定很科学，把性质相同或相类的书编排在一起就行了。借书是绝对自由的，有一个借书簿，自己写上借出书的书名、借出日期；归还时，写上一个归还日期就行了。从来没有人来管，可是也从来没有丢过书，不管是多么珍贵的版本。除了书籍以外，世界各国有关印度学和东方学的杂志，这里也应有尽有。总之，这是一个很不错的专业图书室。

我就是在这样的情况下畅游于书海之中。我读书粗略地可以分为两类：一类是细读的，一类是浏览的。细读的数目不可能太多。学梵文必须熟练地掌握语法。我上面提到的Stenzler的《梵文基础读本》，虽有许多优点，但是毕竟还太简略，入门足够，深入却难。在这时候必须熟读Kielhom的《梵文文法》，我在这一本书上下过苦功夫，读了不知多少遍。其次，我对Oldenberg的几本书，比如《佛陀》等都从头到尾细读过。他的一些论文，比如分析Mah ā vastu的文体的那一篇，为了写论文，我也都细读过。Whitney和Wackernagel的梵文文法，Debruner续Wackernagel的那一本书，以及W.Geiger的关于巴利文的著作，我都下过工夫。但是，我最服膺的还是我的太老师Heinrich Lü ders，他的书，我只要能得到，就一定仔细阅读。他的论文集Philologicd Indica是一部很大的书，我从头到尾仔细读过一遍，有的文章读过多遍。像这样研究印度古代语言、宗教、文学、碑铭等的对一般人来说都是极为枯燥、深奥的文章，应该说是最乏味的东西。喜欢读这样文章的人恐怕极少极少，然而我却情有独钟。我最爱读中外两位大学者的文章，中国是陈寅恪先生，西方就是Lüders先生。这两位大师实有异曲同工之妙。他们为文，如剥春笋，一层层剥下去，愈剥愈细；面面俱到，巨细无遗，叙述不讲空话，论证必有根据；从来不引僻书以自炫，所引者多为常见书籍；别人视而不见的，他们偏能注意；表面上并不艰深玄奥，于平淡中却能见神奇；有时真如“山重水复疑无路”，转眼间“柳暗花明又一村”；迂回曲折，最后得出结论，让你顿时觉得豁然开朗，口服心服。人们一般读文学作品能得美感享受，身轻神怡。然而我读两位大师的论文时得到的美感享受，与读文学作品时所得到的迥乎不同，却似乎更深更高。也许有人会认为这是我个人的怪癖，我自己觉得，这确实是“癖”，然而毫无“怪”可言。“此中有真意，欲辨已忘言”，实不足为外人道也。

上面谈的是我读梵文著作方面的一些感受。但是，当时我读的书绝不限于梵文典籍。我在上面已经说到，哥廷根大学有一个汉学研究所，所内有一个比梵文研究所图书室还大许多倍的汉文图书室。为什么比梵文图书室大这样多呢？原因是大学图书馆中没有收藏汉籍，所有的汉籍以及中国少数民族的语言，如藏文、蒙文、西夏文、女真文之类的典籍都收藏在汉学研究所中。这个所的图书室，由于 Gustav Haloun 教授的惨淡经营，大量从中国和日本购进汉文典籍，在欧洲颇有点名气。我曾在那里会见过许多世界知名的汉学家，比如英国的 Athur Waley 等。汉学研究所所在的大楼比 Gauss-Weber-Haus 要大得多，也宏伟得多，房子极高极大。汉学研究所在二楼上，上面还有多少层，我不清楚。我始终也没有弄清楚，偌大一座大楼是做什么用的。十年之久，我不记得，除了打扫卫生的一位老太婆，还在这里见到过什么人。院子极大，有极高极粗的几棵古树，样子都有五六百年的树龄，地上绿草如茵。楼内楼外，干干净净，比梵文研究所更寂静，也更幽雅，真是读书的好地方。

我每个礼拜总来这里几次，有时是来上课，更多的是来看书。我看得最多的是日本出版的《大正新修大藏经》。有一段时间，我帮助 Waldschmidt 查阅佛典。他正写他那一部有名的关于释迦牟尼涅槃前游行的叙述的大著。他校刊新疆发现的佛经梵文残卷，也需要汉译佛典中的材料，特别是唐义净译的那几部数量极大的“根本说一切有部律”。至于我自己读的书，则范围广泛。十几万册汉籍，本本我都有兴趣。到了这里，就仿佛回到了祖国一般。我记得这里藏有几部明版的小说。是否是宇内孤本，因为我不通此道，我说不清楚。即使是的话，也都埋在深深的“矿井”中，永世难见天日了。自从 1937 年 GustavHaloun 教授离开哥廷根大学到英国剑桥大学去任汉学讲座教授以后，有很长一段时间，汉学研究所就由我一个人来管理。我每次来到这里，空荡荡的六七间大屋子就只有我一个人，万籁俱寂，静到能听到自己心跳的声音。在绝对的寂静中，我盘桓于成排的大书架之间，架上摆的是中国人民智慧的结晶，我心中充满了自豪感。我翻阅的书很多，但是我读得最多的还是一大套上百册的中国笔记丛刊，具体的书名已经忘记了。笔记是中国特有的一种著述体裁，内容包罗万象，上至宇宙，下至鸟兽虫鱼，以及身边琐事、零星感想，还有一些历史和科技的记述，利用得好，都是十分有用的资料。我读完了全套书，可惜我当时还没有研究糖史的念头，很多有用的资料白白地失掉了。及今思之，悔之晚矣。

我在哥廷根读梵、汉典籍，情况大体如此。

回到祖国

1946年至1949年

我于1945年秋，在呆了整整十年之后，从哥廷根到了瑞士，等候机会回国；在瑞士Fribourg住了几个月，于1946年春夏之交，经法国马塞和越南西贡，又经香港，回到祖国。先在上海和南京住了一个夏天和半个秋天。当时解放战争正在激烈进行，津浦铁路中断，我有家难归。当时我已经由恩师陈寅恪先生介绍，北大校长胡适之先生、代理校长傅斯年先生和文学院院长汤锡予（用彤）先生接受，来北大任教。在上海和南京住的时候，我一点收入都没有。我在上海卖了一块从瑞士带回来的自动化的Omega金表。这在当时国内是十分珍贵、万分难得的宝物。但因为受了点骗，只卖了十两黄金。我将此钱的一部分换成了法币，寄回济南家中。家中经济早已破产，靠摆小摊，卖炒花生、香烟、最便宜的糖果之类的东西，勉强糊口。对于此事，我内疚于心久矣。只是阻于战火，被困异域。家中盼我归来，如大旱之望云霓。现在终于历尽千辛万苦回来了，我焉能不首先想到家庭！家中的双亲——叔父和婶母，妻、儿正在嗷嗷待哺哩。剩下的金子就供我在南京和上海吃饭之用。住宿，在上海是睡在克家家中的榻榻米上；在南京是睡在长之国立编译馆的办公桌上，白天在台城、玄武湖等处游荡。我出不起旅馆费，我还没有上任，根本拿不到工资。

在这样的情况下，我无书可读，无处可读。我是多么盼望能够有一张哪怕是极其简陋的书桌啊！除了写过几篇短文外，一个夏天，一事无成。一个人的生命是有限的。古人说："一寸光阴一寸金，寸金难买寸光阴。"我自己常常说，浪费时间，等于自杀。然而，我处在那种环境下，又有什么办法呢？我真成了"坐宫"中的杨四郎。

我于1946年深秋从上海乘船北上，先到秦皇岛，再转火车，到了一别十一年的故都北京。从山海关到北京的铁路由美军武装守护，尚能通车。到车站去迎接我们的有阴法鲁教授等老朋友。汽车经过长安街，于时黄昏已过，路灯惨黄，落叶满地，一片凄凉。我想到了唐诗"落叶满长安"，这里的"长安"，指的是"长安城"，今天的"西安"。我的"长安"是北京东西长安街。游子归来，古城依旧，而岁月流逝，青春难再。心中思绪万端，悲喜交集。一转瞬间，却又感到仿佛自己昨天才离开这里。叹人生之无常，嗟命运之渺茫。过去十一年的海外经历，在脑海中层层涌现。我们终于到了北大的红楼，我暂时被安排在这里住下。

按北大当时的规定，国外归来的留学生，不管拿到什么学位，最高只能定为副教授。清华大学没有副教授这个职称，与之相当的是专任讲师。至少要等上几年，看你的教书成绩和学术水平，如够格，即升为正教授。我能进入北大，已感莫大光荣，焉敢再巴蛇吞象有什么非分之想！第二天，我以副教授的身份晋谒汤用彤先生。汤先生是佛学大师。他的那一部巨著《汉魏两晋南北朝佛教史》，集义理、辞章、考据于一体，蜚声宇内，至今仍是此道楷模，无能望其项背者。他的大名我仰之久矣。在我的想象中，他应该是一位面容清癯、身躯瘦长的老者，然而实际上却恰恰相反，他身着灰布长衫，圆口布鞋，面目祥和，严而不威，给我留下了十分深刻的印象。暗想在他领导下工作是一种幸福。过了至多一个星期，他告诉我，学校决定任我为正教授，兼文学院东方语言文学系的系主任。这实在是大大地出我意料。要说不高兴，那是过分矫情；要说自己感到真正够格，那也很难说。我感愧有加，觉得对我是一种鼓励。不管怎样，副教授时期之短，总可以算是一个记录吧。

1950 年至 1956 年

陷入会议的旋涡中

1949 年迎来了解放。当时我同北大绝大多数的教授一样，眼前一下子充满了光明，心情振奋，无与伦比。我觉得，如果把自己的一生分为两段或者两部分的话，现在是新的一段的开始。当时我只有 38 岁，还算不上中年，涉世未深，幻想特多，接受新鲜事物，并无困难。

我本来是一个性格内向的人，最怕同人交际；又是一个上不得台面的人。在大庭广众中、在盛大的宴会或招待会中，处在衣装整洁、珠光宝气的男女社交家或什么交际花包围之中，浑身紧张，局促不安，恨不得找一个缝钻入地中。看见有一些人应对进退，如鱼得水，真让我羡杀。但是命运或者机遇却偏偏把我推到了行政工作的舞台上，又把我推进了社会活动的中心，甚至国际活动的领域。

人民政府一派人来接管北大，我就成了忙人。一方面处理系里的工作。有一段时间，由于国家外交需要东方语言的人才，东语系成为全校最大的系。教员人数增加了十倍，学生人数增加了二百多倍，由三四人扩涨到了八百人。我作为系主任，其工作之繁忙紧张，概可想见。另一方面，我又参加了教授会的筹备组织工作，并进一步参加了教职员联合会的筹备组织工作。看来党组织的意图是成立全校的工会。但是，到了筹建教职员联合会这个阶段遇到了巨大的阻力：北大工人反对同教职员联合。当时“工人阶级必须领导一切”的口号喊得震天价响。教职员被认为是资产阶级的，哪里能同工人平起平坐呢？这样一来，岂不是颠倒了领导者与被领导者的地位？这哪里能行！在工人们眼中，这样就是黄钟毁弃、瓦釜雷鸣，是绝对不行的。幸而我国当时的最高领导人之一及时发了话：“大学教授不是工人，而是工人阶级。”有了“上头的”指示，工人不敢再顶。北大工会终于成立起来了。我在这一段过程中是活跃分子。我担任过北大工会组织部长、秘书长、沙滩分会主席，出城以后又担任过工会主席。为此我在“文化大革命”中还多被批斗了许多次。这是对我非圣无德行为的惩罚，罪有应得，怪不得别人。此是后话，暂且不谈了。

当时北大常常请一些革命老前辈到沙滩民主广场来做报告，对我们进行教育。陈毅元帅就曾来过，受到全校师生极其热烈的欢迎。其次给我留下印象最深刻的是周扬同志的报告，记得不是在民主广场，而是在一个礼堂中。他极风趣地说："国民党的税多，共产党的会多。"他这一句话，从许多人口中都听到过，它确实反映了实际情况。一直到今天，半个世纪快要过去了，情况一点没有改变。有许多次领导上号召精简会议，然而收效极微。暂时收敛，立即膨胀，成为一个极难治疗的顽症。

学校秩序还没有十分安定，中央领导立即决定，在全国范围内开展"三反"、"五反"思想改造运动。

大家都知道，运动一来，首先就是开会，大会、小会、大会套小会，总而言之是会、会、会，会开得你筋疲力尽，一塌糊涂。在北大，在奉行极"左"路线的年代，思想改造，教授几乎是人人过关。自我检查，群众评议。这种自我检查，俗名叫"洗澡"。"洗澡"有"大盆"、"中盆"、"小盆"之别。校一级领导，以及少数同国民党关系比较亲密的教授们，自然必然是"大盆"。换言之，就是召开全校大会，向全校师生做自我检查。检查得深刻才能过关。深刻与否，全由群众决定。一次过不了关，再来第二次、第三次，一直检查到声泪俱下，打动了群众的心，这个"澡"才算洗完。有一位就在自己的检查稿上加上旁注："哭！再哭！"成为一时的美谈。

我，作为一个知识分子，当然是"有罪"的。可惜罪孽还不够深重，地位也不够高，只能凑合着洗一个"中盆"。检查两次就通过了。我检查稿上没有注上"哭"，我也没有真哭，这样通过，算是顺利的了。

自己洗完了"澡"以后，真颇觉得神清气爽，心中极为振奋。我现在已经取得了资格，可以参加领导东语系的思想改造运动了，后来甚至于成了文、法两个学院的领导小组组长。秘书或副组长是法学院院长秘书余叔通同志，他曾是地下党员，是掌握实权的人物。这样一来，我当然更加忙碌了，表现出来就是开会越来越多了。白天开会，晚上开会，天天开会。

我真正陷入会议的旋涡里了。

开了三四十年的会以后，我曾对人说过：我现在的专业是开会，专门化也是开会。可惜大学里没有开设“开会学”这一门课，如果开的话，我是最理想的主讲教授。我对开会真正下了功夫，费了时间。从上到下，从里到外，从大到小，从长到短，从校内到校外，从国内到国外，形式不同，内容各异，我都能应付裕如，如鱼在水，提其纲而挈其领，钩其要而探其玄，理论和实践，都达到了极高的水平。如果教委和国务院学位委员会批准建立“开会学”博士点，我相信，我将是第一个合格的“博导”。

对 1949 年再做一点补充

在这一年，我写了两篇可以算是学术性的文章。其中一篇《列子与佛典》，上面已经谈过。如果把 1949 年分为两半的话，还有一篇文章可以说是属于后一半，这篇文章是《三国两晋南北朝正史与印度传说》。

在中国历史上，为了迷惑和欺骗人民大众，最高统治者皇帝——我看首先是他们那一批专会阿谀奉承的奴才们——想方设法，编造神话，增加自己的神秘性，以利于统治。他们往往首先从统治者的躯体上做文章，说他们生得怎样怎样与普通人不同，说他们是上天派下来专门做统治者的。这样的例子极多，特别是对创业开国之主，更是如此。我在这里只举一个例子，以概其余。《史记·高祖本纪》说：“高祖为人隆准而龙颜，美须髯，左股有七十二黑子。”这一个地痞流氓出身的皇帝居然也有“异相”了。

这是佛教传入前的情况，可以说是“土法”。佛教传入中国以后，又来了“洋法”，当时应该说是“胡法”或者“海法”。《三国演义》这一部家喻户晓的小说中说，刘备“两耳垂肩，双手过膝”，表明他与普通人不同的贵相，这是一个开国英主不能不具备的。我们平常人只知道，猪才能“两耳垂肩”，猿猴才能“双手过膝”，世界上哪能有这样的人呢？此即所谓“贵人福相”也。后来我又在许多正史里发现了类似的情况。《三国志·魏书·明帝纪》《三国志·蜀书·先主纪》《晋书·武帝纪》《陈书·高祖纪》《陈书·宣帝纪》《三国志·魏书·太祖纪》《北齐书·神武纪》《周书·文帝纪》等中都能够找到。

这是什么原因呢？上面提到的这一段历史时期，正是印度佛教汹涌澎湃地向中国传入时期，找影响来源，必然首先想到印度。当然，在中国古代类似的情况也是有的，但不这样集中。

印度别的宗教先不谈，只谈佛教一家。他们认为，释迦牟尼不是常人，而是一个“大人物”（mahāpurusa），“大人物”当然与平常人不同，他身体上有三十二“相”和八十种“好”，“相”和“好”都指的是特异之处。“相”，在梵文中叫 laksana，“好”叫 anuvyafijana。一一列举，过于烦琐。只举三十二相（Mahāpuruṣalakṣaṇa）中的几相，给大家一点具体的印象。三十二相，各经排列顺序不尽相同。按照《翻译名义大集》的顺序，第一相为“首具肉髻相”，第十八相为“正立不屈手过去（膝）相”等。再举一个“好”的例子。第六十八“好”为“耳厚修长”等。由此可见，刘备身上那两个特异之处，原来都来自印度佛典。

三国两晋南北朝的正史上许多有为的帝王都具有异相，而异相又都与佛教有关，这一点用不着再论证了。我们常讲“文化交流”，这当然是“交流”——在这里表现为向一边流——但是是否是“文化”，颇有点难说。我们应当把“文化交流”的含义扩大开来看，没有必要在琐事上纠缠。

在这里，我想顺便讲一点想法。

关于文化交流的重大意义，我最近几年在许多文章和发言中都曾强调过。中国和印度这两个世界上最大的文明古国之间的文化交流，已经有了两千多年的历史，其对于两国文化之促进作用，有目共睹。对于两国文化交流史的研究，两国学者都有各自的卓越贡献，著述累累，成果辉煌。可能有人认为，我们研究得已经差不多了。实际上却是远远不够，广度不够，深度也不够。我这一篇关于“大人相”的短文就是一个具体的例证。从两千多年的历史上来看，需要弥补之处还很多很多。特别是在汉魏两晋南北朝佛教正大力传入这一段历史上，疏漏之处就更多。我们两国的有关学者千万不要满足于目前的成绩，我们的道正远，需要做的工作正多，我们要共同努力，庶不至于辜负历史交给我们的任务。

批判的狂潮汹涌澎湃

当时流行最广也最有权威的说法是：马克思主义的本质是批判的，是斗争的。有人说:“与天斗，其乐无穷；与地斗，其乐无穷；与人斗，其乐无穷。”总而言之，斗，斗，斗，斗就是一切；批判是斗争的一种形式。有人连屁大一件小事也上纲到阶级斗争。虽然还没有像以后那样昭告天下：阶级斗争必须年年讲，月月讲，日日讲，时时讲，但是阶级斗争的势头已颇可观。并不是所有的领导人都同意这种观点。我曾在一次报告会上亲耳听到陆定一，当时的中央宣传部部长，说到当年江西苏区的一件事。一个人在街上小便，被人抓住说：在街上小便，危害公众卫生，就是危害人民的性命；危害人民的性命，就是危害革命，危害革命，就是现行反革命。陆定一是反对这样做的。可惜并不是每一个领导人都有这样的认识。于是斗争之声洋洋乎盈耳，滔滔者天下皆是矣。

有的领导人认为，阶级斗争最集中的表现是在意识形态领域内，而搞意识形态工作的都是知识分子。因此，正如我在上面已经谈过的那样，斗争和批判的目标始终集中在知识分子身上。根据我个人的观察，每掀起一个批判的运动，总先找一个人，或一部书，或一个电影当作靶子，大家把批判的利箭都射向这个靶子。批判的过程是由小渐大，由近及远，一直到全国学术界都参加进来。批判的技巧是抓住片言只字，加以歪曲，杯弓蛇影，无中生有，越“左”越好，无限上纲，最后必须同封建思想、资产阶级思想、修正主义思想挂上钩。“修正主义”这个词，50年代前半期，似乎还不大习见。等到同苏联的关系闹翻，这个词才频频出现，因为中国认为苏联变成了修正主义。但是，究竟什么叫真正的修正主义，我看，当时弄清楚的人不多。大家习以为常，彼此糊涂，彼此心照不宣。

根据我的回忆——这种回忆我只能说大概是正确的，细节方面难免有点出入——最初被选中当靶子的是两部影片：《武训传》和《早春二月》。批判的程序就是我上面讲的那样。

第一部被选中批判的电影是赵丹主演的《武训传》。这一部影片的罪名很大，很可怕。有人说，武训是封建帝王的忠实走狗，为帝王的统治当帮凶，他那一套行乞的做法，比如趴在地上让人骑在他背上，以求得几文钱来办学，等等，都是蒙蔽迷惑别人的。总之，武训的目的是想延续封建帝王的罪恶统治，罪大恶极。赵丹的演技越超绝，起的作用也就越恶劣。对于这些刀笔吏式的指摘和谴责，我无论如何也想不通。到了后来，这种指摘和谴责竟加到了历代家喻户晓、万人争颂的清官头上，比如包拯、海瑞等，他们都成了人民的罪人。因为他们的清廉缓和了人民与最高封建统治者皇帝之间的你死我活的矛盾，因此也就延长了封建帝王的统治。讲"辩证法"讲到这种程度，岂不大可哀哉！

还有一件与《武训传》有联系的极其重要的事件，必须在这里讲一讲，这就是江青的"露峥嵘"。毛泽东对江青是非常了解的。据说他有意限制江青的活动，不让她抛头露面。所以，中华人民共和国建立以后，有好多年之久，一般老百姓还都不大知道江青。然而，有朝一日风雷动，江青乘批判《武训传》的机会，从多年的"韬光养晦"中脱颖而出，顿时成为令人瞩目的人物，光芒四射，伏下了以后的祸机。原来毛泽东派江青赴山东武训的老家堂邑去调查武训的家世。个中详情，我们局外人是无法摸透的。也许因为江青原是电影演员，而《武训传》又是电影，所以就派她去调查了。所谓调查，其实是先有了结论的，只需使用演绎法，先有了公理，只需找到合乎这个公理的"事实"，加以罗织与歪曲，凡与此公理不合者一概在扬弃之列。这样的"调查"其实是非常容易的，然而江青一行却故做诡秘状，费了很长的时间才大功告成。结果在《人民日报》上发表了一篇长达若干万字的"调查报告"，把武训打成了地主狗崽子、地痞流氓，民愤极大，罪大恶极。批判《武训传》，一万个正确。从此，江青便也誉满天下、名扬四海了。

总之，对电影《武训传》的批判，是一出不折不扣的闹剧，而且埋下了极其危险的祸根。十几年后出现的"文化大革命"，与此不无关系。

批判《早春二月》是在西四西大街一所大院子里开始的。记得这是当时电影局（或另外别的名称）所在之地。把一批文化界的人士邀请了去，先让大家看电影，然后座谈，并没有什么人告诉你葫芦里卖的或者想卖什么药，只是让你随心所欲地发表意见。我的政治水平、思想水平和欣赏水平都奇低——也许并不低，因为过了若干年后，还是给《早春二月》平反了——我认为这部片子非常好，画面美丽，人情味极浓。如果我发言的话，我一定会大大地赞美一番的。可惜，或者幸而，我临时有事，提前离开会场，没有发言。过了不久，有人告诉我，在那一天发言赞美者都必须"主动"写文章，批判自己的发言，因为这一部电影被定为“坏片子”，是宣传资产阶级人道主义的。我这一次幸逃劫难，然而我却高兴不起来。

批判之风一起，便绝不会仅仅限于《武训传》，跟着来的是批判资产阶级学术思想。我不知道为什么首当其冲的竟是俞平伯的对《红楼梦》的研究，我自己虽亲自参加了这一场声势也颇为浩大的批判。但是，我对幕后的活动并不清楚，估计也有安排，什么人发动，然后分派任务，各守一方，各司其职。最后达到了批倒批臭的目的，让所谓的“资产阶级学术思想”成为过街的老鼠，人人喊打。

批判一经开始，便不会自动停下，它会像瓜蔓一样，四出蔓延。大概是因为胡适也研究过《红楼梦》，于是首先就蔓延到胡适身上。尽管他当时并不在大陆，而是在台湾或者美国。搞一个缺席批判，也无不可。许多学人一哄而起，对胡适的方方面面都批判到了。因为他本人不在现场，人们批判起来，更用不着有什么顾忌。

用的方法同以前一样，捕风捉影，无中生有，刀笔罗织，无限上纲。大家共同努力，演了一出杀鸡给猴看的闹剧。这场批判后来又扩散开来，牵涉了许多有影响有造诣的著名学者，但并没有形成人人自危的局面，因为，达到被批判的水平并不容易，必须有相当高的学术地位，才有入选资格。尽管如此，一部分自认为有候选资格者，心中总是忐忑不安，空中好像悬着一把达摩克利斯利剑。

我的学术研究

我在上面讲到了批判和开会，批判除了写文章以外，就是开会，开会与批判紧密相连，于是无日不开会矣。诗人冯至套用李后主的词，写了两句话：“春花秋月何时了？开会知多少。”从中可见当时我们的心情。

我工作的单位是在学术界和教育界。可哪里有时间来进行学术研究呢？我在下面把我的学术研究的“成绩”逐年写一下。

1950 年

一整年，我只写了两篇文章。

1.《纪念开国后第一个国庆日》

2.《记〈根本说一切有部律〉梵文原本的发现》

没有一篇学术论文，这一年等于一个零。

1951 年

这一年，我写了八篇文章。汉译马克思《论印度》出版。

1.《〈新时代亚洲小丛书〉序》

2.《语言学家的新任务》

3.《介绍马克思〈印度大事年表〉》

4.《从斯大林论语言学谈到“直译”和“意译”》

5.《对于编修中国翻译史的一点意见》

6.《史学界的另一个新任务》

7.《不列颠在印度的统治》（翻译）

8.《不列颠在印度统治的未来结果》（翻译）

也没有一篇学术论文，这一年又是一个零。

1952 年

这一年只写了一篇文章。

《随意创造复音字的风气必须停止》

这一年当然又是一个零。

1953 年

这一年写了两篇文章。

1.《学习〈实践论〉心得》

2.《纪念马克思的〈不列颠在印度的统治〉著成一百周年》

1954 年

这一年写了三篇文章。

1.《中国纸和造纸法传入印度的时间和地点问题》

这是颇费了一些力量才写成的一篇论文，其来源应该追溯到前面“出路的表现”一节中去。在那里，我讲到了回国以后，旧业无法进行，只好另寻出路，出路之一就是从事中印文化交流史的研究。而且我还想纠正“一头子买卖”

（one-way traffic）的说法，所以努力寻找中国对印度的影响。这丝毫也不意味着什么“狭隘民族主义”，学术研究贵在求真，我不过想求真而已。

纸和造纸术是中国发明的，连最有偏见的外国学者也不敢有异辞。在印度，文字的发明创造远较中国为晚。有了文字以后，文字是刻在铜板或铁板上，但最常用的是一种树叶，中国称之为“贝叶”，“贝”是“贝多罗”（pattra）的缩写，这个字本身就有“树叶子”的意思。

我从纸在古代西北一带传播的情况讲起，一方面根据中国古代文献，一方面参考考古发掘的结果，而以后者为主，因为考古发掘出来的纸是最过硬的证据。我讲到敦煌和甘肃西部，讲到新疆的楼兰、吐鲁番、高昌、焉耆、库车、巴楚、叶尔羌、和阗等地，在这些地方都发掘出来了质地不尽相同的纸。然后又越出了国境，讲到中国纸传入波斯（伊朗）和阿拉伯国家的情况。最后讲到纸和造纸术传入印度的情况。在这些叙述和论证中，我既使用了古代文献资料和考古发掘的资料，也使用了我最喜欢使用的语言资料。如果说我的学术研究有什么特点的话，利用语言资料或者可以说是特点之一。唐代的《梵语千字文》、《梵唐消息》《梵语杂名》等书中都有表示“纸”这件东西的梵文字。最值得注意的是《梵唐消息》中 saya（羡林注——这是拉丁字母转写）这个字，这很可能就是汉文“纸”字的音译。

我这篇论文的主要结论是：中国纸至迟到了唐代已经传入印度。造纸法的传入，由于材料缺乏，不敢肯定。传入的道路是陆路，也就是广义的丝绸之路。

2.《中印文化交流》

3.《中缅两国人民的传统友谊》

后两篇都不是什么学术论文。

1955 年

这一年，我写了四篇文章。汉译《安娜·西格斯短篇小说集》出版。

1.《〈金刚般若波罗蜜经谚解〉序》

2.《吐火罗语的发现与考释及其在中印文化交流中的作用》

这一篇勉强可以算作一篇学术论文，因为并没有费多少力量，不过摭拾旧文，加以拼凑，勉成一篇而已。

我先讲了讲吐火罗语在中国新疆发现的经过，利用的都是旧资料。我归纳了一下，系统化了一下，对读者不无用处。在最后一段，我针对一个问题举了两个例子。这个问题是：佛教初入中国时，最早翻译的佛典几乎很少是用梵文写成的，而是经过中亚的某一种“胡”语，其中根据现有的资料来看以吐火罗语为最多。因此，最早的汉文译名，若以梵文为标准去对比，往往不得其解；若以吐火罗语为标准，困难则迎刃而解，“佛”字就是一个最有说服力的例子。过去法国学者烈维已经举出过几个例子，但范围还过于狭隘。我在这方面下过一些功夫，做过一些笔记。在这一篇论文中，我举出了两个：一个是“恒河”，一个是“须弥山”。这两个词都不是直接来自梵语，而是经过了吐火罗语的媒介。我本来还能够举出更多的例子的，但因为想尽快结束，所以就草草收兵。

3.《中国蚕丝输入印度问题的初步研究》

这同前面 1954 年关于纸和造纸法的文章属于同一类型。我在上面下过一些功夫，可以算得上一篇学术论文。

中国是蚕丝的故乡，蚕丝从中国出发传遍了世界，从词源学上也可以证实这一个历史事实，这里不详细去谈。我在这篇论文里谈了下面一些问题：（1）中国古代蚕丝的发现。（2）蚕丝在古代西域的传布。（3）中国蚕丝输入波斯的过程。（4）蚕丝在古代西南的传布。（5）中国蚕丝输入印度的道路：①南海道。②西域道。③西藏道。④缅甸道。⑤安南道。

中国是世界上最早发现并利用蚕丝的国家，世人并无异议。中国古典文献中有大量证据，欧洲古典文献中也有记载。正如其他人类发现、发明或创造的事物一样，一旦在一个地方出现，立即向四周传布。这是人类之所以异于禽兽的重要标志之一。我讲了蚕丝在古代西域的传布，其中包括敦煌、玉门关和甘肃西部，包括楼兰等地，用的方法仍然是古典文献与考古发掘并举。我讲了蚕丝在古代西南的传布，用的主要是文献资料。我讲了蚕丝传入印度的过程。梵文中有许多含义为“丝”的词，其中多有 cīna（脂那、支那）字样。可见在古代印度人心目中，丝是与中国分不开的。最后我讲了蚕丝从中国传入印度的道路，这要比纸和造纸术复杂得多。我总共讲了上面列举的五条道路。最大的区别在于，纸最早传入印度时只有陆路丝绸之路一路。有人主张，最早的是海路，但可惜证据薄弱，牵强附会，根本不能成立。而蚕丝则略有不同，传入印度的道路最初不止陆路一途。这一点颇值得注意。

4.《为我们伟大的节日而欢呼》

这是一篇应景的杂文，毫无学术价值可言。

1956 年

这一年共写了五篇文章。汉译《沙恭达罗》出版。

1.《纪念印度古代伟大诗人迦梨陀娑》

2.《印度古代伟大诗人迦梨陀娑的〈云使〉》

3.《〈中印文化关系史论丛〉序》

4.《沉重的时刻》(译文)

5.《原始佛教的语言问题》

在以上五篇中，只有最后一篇可以算是学术论文。这是印度佛教史上和西方梵文巴利文学界的一个老问题，一个比较重要的问题。内容是：释迦牟尼有一次对比丘们说："我允许你们，比丘呀，用自己的语言学习佛所说的话。""自己的语言"，巴利文原文是 sakāyaniruttiyā。问题是："自己"指的是谁？是如来佛呢，还是比丘？印度和西方的学者们在这个问题上分成了两派，一派主张前者，一派坚持后者。我在汉译佛典中找到了多处与这一句话完全相当的话。我的结论是：指后者是对的，换句话说，佛允许比丘们用比丘们自己的话来学习佛言。这说明了，释迦牟尼的"语言政策"是开放的政策。他反对婆罗门教，所以不规定梵文为经堂语，也没有另找一个语言做经堂语。佛教一开始就能传播开来，同佛的语言政策有关。

写完了 1950 年—1956 年"我的学术研究"这一段，不算不知道，一算吓一跳，在整整七年中，有五年我的学术研究成果竟是一个零，其余两年算是写了两篇可以称得上学术论文的文章，差强人意。试问人生一世能有几个七年呀！对一个搞其他工作的人来说，这也许算不了什么。然而对我这个从事学术研究工作的人来说，时间就是性命，浪费时间，等于自杀。言念及此，心如刀割。然而，这才仅仅是一个开端，更严重的还在后头哩，奈之何哉！奈之何哉！

1957年至1965年

政治运动

我为什么把1957年作为这一个阶段之首，而又把1965年作为其末呢？对解放后“阶级斗争”的历史稍有所了解的人都能明白，其中并无什么奥妙。这两个年头是两次最大的狂风骤雨之间的间歇阶段的一头一尾。头，我指的是1957年的反右运动，尾，我指的是1966年开始的“文化大革命”。两次运动都是中国人民亿金难买的极其惨痛的教训。

在反右斗争中，我处在一个比较特殊的地位上。一方面，我有一件红色的外衣，在随时随地保护着我，成了我的护身宝符。另一方面，我确实是十分虔诚地忠诚于党。即使把心灵深处的话“竹筒倒豆子”全部倒了出来，也绝不会说出违碍的话。因此，这虽是一次暴风骤雨，对我却似乎是春风微拂。

学校虽然还没有正式宣布停课，但实际上上课已不能正常进行，运动是压倒一切的。我虽然是系主任，但已无公可办。在运动初期，东语系由于有的毕业生工作分配有改行的现象，所以有一部分学生起哄闹转系。我作为一系之长，一度成为一部分学生攻击的对象，甚至出现了几次紧急的场面。幸而教育部一位副部长亲自参加了处理工作，并派一位司长天天来北大，同我一起面对学生，事情才终于得到了妥善的解决。我也就算是过了关，从此成了“逍遥派”。这个名词儿当时还没有产生，它在“文化大革命”中出现，我在这里不过借用一下而已。

我成了“逍遥派”，既不被批，也不批别人，逍遥自在，为所欲为。现在全校到处摆满了反击右派分子的战场，办公楼礼堂是最大的一个。此外离东语系最近，我有时候就坐在办公楼前的台阶上，听大礼堂中批右派分子的发言，其声清越，震动楼瓦。听腻了，便也念点书，也写点文章。我悠闲自在，是解放后心理负担最轻的一段时间。至于传闻的每一个单位都有划右派的指标，这样的会我没有参加过，其详不得而知。“右派”是一类非常奇怪的人，官方语言是“敌我矛盾当作人民内部矛盾来处理”，其中玄妙到现在我也不全明白。可是被戴上了这一顶可怕的帽子的人，虽然手里还拿着一张选票，但是妻离子散者有之，家破人亡者有之，到头来几乎全平了反。不知道这乱哄哄的半年多，牺牲时间，浪费金钱，到底所为何来！

1958年，又开始了“大跃进”，浮夸之风达到了登峰造极、骇人听闻的程度。每一亩地的产量——当然是虚构的幻想的产量——简直像火箭似的上升。几百斤当然不行了，要上几千斤。几千斤又不行了，要上几万斤。当时有一句众口传诵的口号：“人有多大胆，地有多大产。”把人的主观能动性夸张到了无边无际。当时苏联也沉不住气了，他们说：把一亩地铺上粮食，铺到一米厚，也达不到中国报纸上吹嘘的产量。这本来是极为合情合理的说法，然而却遭到中国方面普遍的反对。我当时已经不是小孩子，已经四十多岁了，我却也深信不疑。我屡次说我在政治上十分幼稚，这又是一个好例子。听到“上面”说：“全国人民应当考虑，将来粮食多得吃不了啦，怎么办？”我认为，这真是伟大的预见，是一种了不起的预见。我佩服得五体投地。

然而，现实毕竟不是神话。接着来的是三年自然灾害。人们普遍挨了饿，有的地方还饿死了人。人尽管挨饿，大学里还要运动，这一次是“拔白旗”。每一系选几个被拔的靶子，当然都是资产阶级知识分子，又是批判，又是检查。乱哄哄一阵之后，肚子照样填不饱。

到了1959年，领导上大概已经感觉到，“共产主义是天堂，人民公社是桥梁”，仿佛共产主义立即能够实现，里面颇有点海市蜃楼的成分，不切实际。于是召开庐山会议，原本是想反左的，但后来又突然决定继续反右。会议情况，大家都清楚的，用不着我再来说。于是又一路“左”下去。学校里依然不得安静，会议一个接一个。一直到1965年，眼光忽然转向了农村，要在农村里搞“四清运动”了。北大一向是政治最敏感的地方，几乎任何运动都由北大带头。于是我也跟着四清工作队到了南口。因为“国际饭店会议”还没有开完，所以我到南口比较晚。我们被分派到南口村去驻扎，我挂了一个工作队副队长的头衔，主管整党的工作。日夜操劳，搞了几个月。搞了一些案子，还逮捕了人。听说后来多数都平了反。我们的工作，虽然还不能说全是“竹篮子打水一场空”，然而也差不多了。我们在南口村待到1966年6月4日，奉命回校。此时“文化大革命”已经来势迅猛，轰轰烈烈地展开了，一场运动就此开始了。

我是在写“学术自述”，为什么老讲政治呢？原因我想谁心里都明白：学术研究很难离得开政治。不写政治环境，学术研究是没有法子写的。并不是我偏爱政治，然而不得不尔也。

我的学术研究

我仍然按照以上使用过的办法，按照年份顺序来叙述。但因为我在这一阶段，毕竟在会议的夹缝中写了一些可以够得上是学术的论文，我就不再像前一阶段一样，把所有我写的东西都罗列出来了。我那样做是有用意的，我的用意是在“示众”。这一点我在字里行间已经说得很清楚，不必再解释了。我从此以后，只写学术论文，散文、杂文等都在排除之列。

1957 年

这一年我写了两篇学术论文。《中印文化关系论丛》和《印度简史》出版。

1.《试论 1857 年—1859 年印度大起义的起因性质和影响》

1957 年是印度民族大起义的百年纪念。我为此写了这一篇论文。后来扩大成了一本专著《1857 年—1859 年印度民族起义》，于 1958 年在人民出版社出版。在文中和书中，我利用了学习到的一点辩证法的知识，对这次大起义提出了一些新看法。

2.《中国纸和造纸法最初是否由海路传到印度去的？》

在我 1954 年写的那一篇关于中国纸和造纸法传入印度的文章中，我讲到纸是由陆路传入印度的。后来有人（算不上是什么学者）反对我的说法，主张纸是由海路传入印度的。我列举了不少论据，论证此说之不当。

1958 年

这一年，我写了三篇论文。

1.《印度文学在中国》

根据我平常阅读时所做的一些笔记，加以整理，按时间顺序排列开来，写成了这一篇文章。我在这里使用的“文学”这个词，完全是广义的，寓言、神话、小故事，以及真正的文学都包括在里面。印度文学传入中国，是多渠道的、长时间的。这篇文章中列举的材料，远远不够完全。以后在其他文章中，我还提到了这方面的问题。一直到今天，新材料仍时有发现，在这方面还大有可为。这篇文章，虽写于 1958 年，但是，由于个别领导人的极“左”思想的干扰，一直到 1980 年才发表出来。

2.《再论原始佛教的语言问题》

这一篇文章与第一篇性质不完全一样。第一篇是正面地阐明我的观点，这一篇则是一篇论争的文章。

美国梵文学者佛兰克林·爱哲顿，毕生研究他称之为 Hybrid Sanskrit（混合梵语）的佛典语言。他写的皇皇巨著《文法》和《字典》，材料极为丰富，应说是有贡献的。但是，他对我的一些论点，特别是语尾 -aṃ>o，u 的看法，持反对态度。研究学问有不同意见，是正常的，而且是值得欢迎的。但是，个人的观点必须持之有故，言之成理，无论如何也不能打自己的嘴巴。在 -aṃ>o，u 问题上，爱哲顿正是自己打自己的嘴巴。他先是否认，对《文法》中几个地方表示反对，但是到了最后却忽然说：“季羡林大概是对的。”这岂不是非常滑稽！他的观点究竟是什么呢？做学问难道能这样做吗？

3.《最近几年来东方语文研究的情况》

严格地说，这算不上是一篇学术论文。因为它材料颇多，也颇有用，所以列在这里。

1959 年

这一年只写了一篇勉强可以算作学术论文的文章。汉译《五卷书》出版。

《五四运动后四十年来中国关于亚非各国文学的介绍和研究》情况同 1958 年 3 相同。

1960 年

这一年总共写了一篇文章，勉强可以算作学术论文。

《关于〈优哩婆湿〉》

1961 年

这一年，我写了三篇学术论文。

1.《泰戈尔与中国》

原来这是一篇相当长的文章。1924 年泰戈尔访问中国。他曾访问了许多地方，包括北京、上海、济南、太原等大城市。我曾到图书馆中把他当时到过的城市的报纸，一一寻出，做了详细的抄录，编写了一个泰戈尔访华日程表，后因太烦琐，删去。这篇文章的命运同上面讲到的《印度文学在中国》一样，受到了极"左"思潮的干扰，虽写于本年，但一直到 1979 年才得以发表。泰戈尔向往进步，热爱中国，痛斥法西斯，鞭挞日本侵略，只因来华时与所谓"玄学鬼"接近了点，就被打入另册。"左"的教条主义之可怕，由此可见一斑。

2.《泰戈尔的生平、思想和创作》

这篇文章的命运与上一篇相同。虽写于 1961 年，但二十年后的 1981 年才得以发表。我在这里想讲一件与泰戈尔有关的事情。为了纪念泰戈尔诞生一百周年，国内出版了一套十卷本的《泰戈尔作品集》。为什么叫这样一个名字呢？为什么不顺理成章地称之为《泰戈尔作品选集》呢？主其事者的一位不大不小的分管意识形态工作的官员认真地说："'选'字不能用！一讲'选'就会有选的人。谁敢选肯选泰戈尔的作品呢？"最后决定用《作品集》。仿佛这些译成汉文的泰戈尔的作品是从石头缝蹦出来的似的，没有任何人加以挑选。这真是掩耳盗铃，战战兢兢，如临深履薄之举，实在幼稚可笑。没有人"选"，怎么能"集"呢？我亲自参加过这一项工作，所以知之颇详，现在写出来，也算是过去中国文坛上之花絮吧！现在这种事绝不会发生了。

3.《泰戈尔短篇小说的艺术风格》

这篇论文的运气比较好，写好立即发表了。

1962 年

这一年，散文写了不少，学术论文勉强算数的只有两篇。汉译本《优哩婆湿》出版。

1.《〈优哩婆湿〉译本前言》

2.《古代印度的文化》

1963 年

情况与前一年相同，散文创作多，而学术论文只有两篇。

1.《关于巴利文〈佛本生故事〉》

2.《〈十王子传〉浅论》

1964 年

这一年没有学术论文。

1965 年

这一年有一篇学术论文。

《原始佛教的历史起源问题》

1966 年至 1977 年

这一阶段，前后共有十二年，约占我迄今为止的生命的八分之一。如果活不到我这样大年纪，则所占的比例还要大。“文化大革命”长达十年，对于这一场所谓“革命”的评价，稍微有点良知的人心中都是有数的。它让我们伟大又有智慧的民族，一时失去了理智，好像是无端着了魔。这种耻辱永远是磨灭不掉的。我个人好像能算得上是一个有头脑的“高级”知识分子，在这次运动中，却并不比任何人聪明。一直到把我关进牛棚，受尽了殴打与折磨，我还忠心耿耿地拥护这一场“革命”。至今回想起来，我宛如做了一场噩梦，自己也无法解释。我认为，对“文化大革命”进行冷静反思和深刻剖析，对于整个中华民族进行教育，从而提高民族素质，应当是十分重要也是十分必要的事情。

在这十年中，我是自己跳出来的，却至今无悔无怨。虽然几乎把性命搭上，但证明了自己不是一个软骨头。有这一点，我愿已足，复何所求哉！我毕竟还是一个禁得住考验的人。

然而，作为一个终生从事学术研究的人，在学术研究方面，这十年却成了一个空白点。幸而，在学术研究方面，我是一个闲不住的人。在这十年内，我除了开会，被“打倒”、被关进牛棚、被批斗、被痛打之外，没有时间和心情搞什么学术研究。到了后期，虽然我头上被诬陷而戴上的无数顶离奇古怪的帽子一顶也还没有摘掉，但已走出了牛棚，被分配到东语系的办公楼和学生宿舍去看守门房，收发信件和报纸，传送电话。我作为一个“不可接触者”，枯坐门房中，有时候忙，有时候又闲得无聊。让珍贵的光阴白白地流逝，我实不甘心，挖空心思，想找一点事干。想来想去，最后想出了一个好主意：翻译印度古代两大史诗之一的《罗摩衍那》。这一史诗部头极大，一时半会儿是译不完的。这正中下怀，我当时所需要的正是这一种时间拖得很长的工作，目的只在驱除寂寞；至于出版，我连想都没有想过。关于自己的前途，一片茫然。"解放"无日，生命有限，将来还不知被充军到什么地方去哩。于是我晚上回家后把《罗摩衍那》的诗体译成散文，写成小条，装在口袋里。第二天早晨去上班守门房。我当然不敢公开把小条拿出来，摆在桌子上。那样，如果被发现，必然多增加几次批斗，现成的帽子就在手边："老保翻天"。我已经是一个被打翻在地，身上被踏上了一千只脚，永世不得翻身的人。"革命派"的掌权者，包括工宣队、军宣队和北大的一小撮人，都这样相信，我自己也这样相信。所以，我只能偷偷摸摸地从口袋里把小纸条拿出来，仔细推敲，反复考虑，把散文改成诗体，当然是顺口溜之类的东西。因为我有一个主张：原文是诗体，译文也只能是诗体，否则就是对不起原作者。不管译文的诗体多么蹩脚，反正必须忠实于原文，必须是诗体。我激烈反对有些人把原文的诗译成散文，那不能称作翻译，只能说是"释义"（paraphrase）。这就是我在"文化大革命"中最后几年所做的唯一的一件当时并没有认清它的重大意义，后来才慢慢认识到的工作。如果聊以自慰的话，这就是仅有的一点根据了。

"文化大革命"正式终结于1976年。但对我而言，1977年也是无所事事的一年。

1978年至1993年

政治环境

从我上面叙述的几十年的经验和教训来看，学术研究绝对脱离不开政治，绝不能不受政治的影响，而且，不管你有意或无意，愿意或不愿意，不管是直接或间接，它总是会为政治服务的。在新中国成立后将近五十年的历史中，根据我个人的经验，别人的经验也差不多，什么时候政治气氛宽松一点，阶级斗争强调得少一点，极“左”的东西少一点，什么时候学术研究就开展得好一点，这是一个事实，唯物主义者应该首先承认事实。

根据我个人的经验，新中国建立后将近五十年可以分为两大阶段，分界线是 1978 年，前面将近三十年为一阶段，后面将近二十年为一阶段。在第一阶段中，搞学术研究工作的知识分子只能信，不能想，不允许想，不敢想。天天如临深履薄，天天代圣人立言，不敢说自己的话，不允许说自己的话。在这种情况下，想在学术研究中搞点什么名堂出来，真是难于上青天了。只有真正贯彻了“百花齐放、百家争鸣”的精神，学术才能真正繁荣，否则学术，特别是人文社会科学，就只能干瘪。这是古今中外学术史证明了的一条规律，不承认是不行的。

从 1978 年起，改革开放宛如和煦的春风，吹遍了祖国的大地。重点转入市场经济以后，我们的经济得到了发展。虽然还有一些不尽如人意之处，但成就却是不可忽视的。在意识形态方面，从事学术研究工作的学者们，脑袋上的紧箍咒被砸掉了，可以比较自由地、独立自主地思考了，从而学术界思想比较活跃起来。思想活跃历来都是推动学术研究前进的重要条件。中国学术界萌生了生气勃勃的生机。

在这种非常良好的政治大气候下，我个人也仿佛从冬眠中醒来了，心情的舒畅是将近五十年来从来没有过的。

我的学术研究

在这样优越的政治大气候中，我的学术研究工作能够比较顺利地进行了。但小的干扰仍然不时会出现。毫无收获的会，虽然次数有所减少，但远没有绝迹。此外，还新增了一些麻烦与干扰，这占去了我不少的时间和精力。心中极以为苦，却又无可奈何。但是，不管怎样，我的学术研究时间毕竟增多了，因而成果也就出得多多了。从 1978 年一直到今天的二十年中，我的研究成果在量和质两个方面都远远超过这以前的四五十年。我有时候胡思乱想，自己开玩笑：“如果天老爷或者阎王爷不让我活这样大年纪，让我早早地离开了这个世界，那么，我肚子里还有一些丝来不及吐出来，对于我自己，对别人是这样，岂不是一个损失吗？”

在这二十年中，我没有什么根据再划分几个阶段。所以我也就不勉强去划分，只是以年为单位，叙述下去。

1978年

从1966年至1977年，我在学术研究方面是一个巨大的空白点。1978年是再生的一年，是复苏的一年，是给我将近耄耋之年带来了巨大希望的一年。在这之前，我早已放弃了学术研究的念头。然而，我却像做了一场噩梦突然醒来一般，眼前是“柳暗花明又一村”。专从写作量上来看，从前十二年的零一跃而写成了文章十六篇，其中除了散文创作之外，可以称为学术研究者共有五篇。

1.《〈罗摩衍那〉中译本前言》

在这一篇“前言”中，我首先简略地介绍了《罗摩衍那》产生的过程，然后又以最简短的词句介绍了全书七篇的内容，以及本书产生的年代，最后讲对本书的评价。关于评价问题，在当时，我觉得我写得还是符合当时一般的做法的，符合当时甚至现在的潮流的，是“允执厥中”的。所谓当时和现在的潮流，不外是思想性和艺术性，把思想性放在第一位不外是批判继承，把批判摆在前面，还有什么“破字当头，立在其中矣”这样的说法。

但是，到了最近几年我才渐渐地觉悟到，这个“老一套”有点问题。我现在认为，讲思想性和艺术性，必须把艺术性也摆在前面，因为文学作品或其他艺术产品之所以能成为为人所喜爱的作品，其原因首先在其艺术性。没有艺术性，思想性再高，再正确，再伟大，最多也只能成为宣传品，而不能成为艺术品。有一些根本没有思想性或者至少也是思想性模糊不清的作品，只要艺术性强，仍然会为人们所喜爱。据说，在音乐中有没有思想性的作品，在文学中也不乏其例。比如李商隐的许多无题诗或有题而极端模糊等于无题的诗，谁也说不清其思想内容是什么，却照样脍炙人口，传诵千古。

至于批判与继承的关系，我也认为需要认真考虑，认真对待。几千年传下来的东西，必有其优异之处、可传之处，否则早已被淘汰掉了。现在有一些先生总是强调批判，而忽视继承。我认为，与其说什么“破字当头，立在其中矣”，为什么不能说“立字当头，破在其中矣”呢？破立次序之差，表现了人们对批判与继承的看法。我绝不是说，过去的什么东西都是好的，那是不可能的，任何东西都逃脱不了时代的局限性。虽然破立必须结合，不能不结合，但我们今天的任务主要还是立，还是继承，而不仅仅是破，不仅仅是批判。

2.《〈沙恭达罗〉译本序》

印度古代首屈一指的大诗人当然是迦梨陀娑。但是，正如马克思所说的，印度古代是没有历史的。这样一个伟大作家的生卒年月，是糊涂一团的，学者们的意见分歧极大。根据我个人的看法，他生活在笈多王朝（从 320 年一直到大约 6 世纪）统治时期，是很可能的。他著述很多，但是最著名的是剧本《沙恭达罗》。我在本文中推断，他大概生于 350 年至 472 年，也只能算是一个假设。

在对《沙恭达罗》进行分析时，我的认识和做法并没能超出当时流行的水平，仍然是那一套老而僵化的教条。分析思想性时，煞费苦心地在字里行间去搜求我并不十分了解的“人民性”，有时候难免有捉襟见肘、牵强附会之嫌。幸而我还说了一句：“诗人所着重描写的还是国王豆扇陀和沙恭达罗之间的爱情。”这一点还能算是八九不离十。在分析艺术性时，我颇费了一点力量，分析了迦梨陀娑的艺术风格；分析了沙恭达罗的性格，把她同《罗摩衍那》中的悉多做了对比，又对这一出戏剧的结构形式做了细致的剖析。在这一点上，我总算是稍稍超出了流俗。当时的许多中外文学史谈作品时总是强调思想性，对艺术性则往往草草一笔带过。

3.《〈西游记〉里面的印度成分》

中国著名的古典长篇神魔小说《西游记》与印度神话的关系，多少年来在中国学者中意见就有分歧，有的学者主张是受了印度的影响，有的学者则否认此说。这个争论集中到小说主人公孙悟空（孙猴子）身上。胡适、郑振铎、陈寅恪等主前者，而鲁迅等则主后者。鲁迅在他所著的《中国小说史略》中说：“明吴承恩演《西游记》，又移其神变奋迅之状于孙悟空，于是禹伏无支祁故事遂以堙昧也。”我不敢说孙悟空身上一点无支祁的影子都没有。但是从整个的《西游记》受印度的影响至深且巨这种情况来看，与其说孙悟空受无支祁的影响，毋宁说他受印度大史诗《罗摩衍那》中的猴子那罗、哈奴曼等的影响更切合实际。

因为玄奘的其他两个弟子猪八戒和沙僧，都能在汉译佛经中找到根源，为什么独独情况最鲜明的孙悟空却偏是受无支祁的影响呢？这样说实在过分牵强。无支祁的神话，除了在中国个别地区流行外，实在流行不广，无足轻重。有的学者甚至说，《罗摩衍那》过去没有汉译本，难以影响中国。这种说法亦近儿戏。民间神话传说的流传，往往靠口头传布，不一定写成文章后才能流传，这一点可以说是已经成为常识了。

我步先师陈寅恪先生的后尘，在汉译佛典中找到了不少同《西游记》中某些故事相类似的故事，影响之迹，彰明较著。对这个问题再加争论，是“可怜无补费功夫”的。

4.《〈中印文化关系史论文集〉前言》

这虽然是一篇“前言”，但从内容来看，也可以算是一篇学术论文。我这篇文章的主要目的是纠正印度方面对中国友好的朋友们的一种意见。他们说，在中华人民共和国成立以前，印度是中国的老师，而在成立以后，则中国成了印度的老师。言外之意就是，在新中国建立前两千多年的漫长时期中，中国只向印度学习，形成了一种“一边倒”的现象。这并不符合历史事实。从表面上来看，我们中国确实从印度学习了大量的东西，丰富了我们的传统文化。但是，如果仔细研究，中国文化也传入印度，并且产生了影响。只是因为印度不大注重历史，找不到明确的记载，所以才产生了这种错觉。

我举的例子就是蔗糖的制造。中印两国古代的制糖术在这里用不着讲。到了唐代，据中国正史中的记载，唐太宗派人到印度去学习熬糖法。这说明，在当时，印度的熬糖法，较之中国必有一日之长，否则就不会万里迢迢派人去学习。但是，到了后来，在七八百年以后，中国炼制白砂糖的技术一定是又超过了印度，否则印度一些语言中绝不会用cīnī（中国的）这个词来称呼白糖。类似的例子还可以举出一些来。所以我说，中印两国总是互相学习、彼此互补的，没有什么“一边倒”的问题。

5.《〈罗摩衍那〉浅论》

这也可以算是一篇学术论文，它与下一年（1979）出版的《〈罗摩衍那〉初探》可以互补。本文首先介绍了印度古代文学的一般情况，然后谈史诗文学，接着谈《罗摩衍那》，紧接着对这一部史诗的思想内容进行了分析。今天看起来，这种分析还是老一套，没有多少新意。然而它却反映了我当时的真实水平，心中大有“觉今是而昨非”之感。勉强说有点新意的是我对书中主要人物形象的分析。我分析了罗摩、悉多、罗什曼那、阇婆离、须羯哩婆、哈奴曼、罗波那等。其中阇婆离的言论完全是印度古代唯物主义者的言论，很值得注意。由于受到了正统的保守的婆罗门的迫害，唯物主义者的言论已经很难找到了。最后我分析了《罗摩衍那》的艺术特色。虽然新意不多，但毕竟注意到了这一点，也颇可以聊以自慰了。

1979 年

这一年写作颇勤，收获也不算少。但是，真正的学术研究论文却几乎没有，写的绝大部分是抒情散文。从这些文章中可以看出，我的心情是愉快的，斗志是昂扬的。那一篇流传颇广的短文《春归燕园》是《春满燕园》的姊妹篇，可以作为例证。足见我此时对“文化大革命”的反思还很不深刻，很不彻底。

也写了几篇接近学术论文的文章，比如《纪念泰戈尔诞生 118 周年》《大力开展中外关系史的研究》《关于中国纸和造纸法输入印度问题的补遗》《吐火罗语与尼雅俗语》《漫谈比较文学史》《〈泰戈尔诗选〉序》《〈五卷书〉译本重印后记》等，大多数是重复以前的观点，或略加补正。不过，也有一点值得注意，从这年起，新疆古代语言和比较文学，以及中外文化交流史逐渐吸引住了我，这一点在以后的发展中可以看出来。

这年出版了《〈罗摩衍那〉初探》。我最初并没有打算写这样一本书，这只是一篇《罗摩衍那》汉译本的序言，后来才独立成书。我现在把书的目次写出来，内容即可想见：

六、与佛教的关系

七、成书的时代

八、语言

九、诗律

十、传本

十一、评价

十二、与中国的关系

十三、译文版本问题

十四、译音问题和译文文体问题

十五、结束语

1980年

这又是一个丰收年，全年共写文章30篇，包括学术论文、散文、杂文、序、跋、《大百科全书》词条等，其中间有重复出现者。这年《罗摩衍那》汉译本第一卷《天竺心影》出版。

从学术研究的角度来看，重点是唐玄奘与辩机的《大唐西域记》。前两年，我接受了一个任务：重新校注《大唐西域记》这一部名著。我邀集了几位学者，有的是从外地请来的。中华书局大力支持此项工作，工作得以颇为顺利地进行。我虽然没有主编的名义，实际上做的却是主编的工作。我反对挂空名不干事的主编，这是完全正确的。可惜的是，我以后迫于时势，也打破了自己定下的这一条原则，担任了一些挂名的主编，我始终内疚于心。

《大唐西域记》的重要性尽人皆知。但是一千多年以来，我国学者对这一部书的研究，较之日本，远远落后。我认为，这是我们学术界之耻，尝思有以雪之。现在时机终于来到了。于是我们这一批有同好者便齐心协力，排除了一些资料方面的困难，定好了分工制度，各人按照各自的分工范围，着手校注。日本学者以及其他国家学者的著作，我们当然会参考的。这些著作，应该说各有其优点，但当然也有不足之处，有的甚至是非常离奇的错误。我也参加了注释工作，没有具体的分工。但有几个重要的问题，我对之提出了我自己的看法。我举两个例子。一个是本书卷二，印度总述，其中有一段话："详其文字，梵天所制，原始垂则，四十七言。寓物合成，随事转用，流演枝派，其源浸广，因地随人，微有改变。语其大较，未异本源，而中印度，特为详正。”“四十七言”指的是47个字母。究竟是哪47个呢？我通读全部注释时没加注意，仍然沿用一般的说法。本书第一版用的就是这个旧说，看起来顺理成章，数目也完全符合，没有想到其中还会有问题。日本学者水谷真成译《大唐西域记》加注时，也用的是旧说，也没有发现问题。后来我治悉昙章，自己对印度古代字母的认识面拓宽了，才发现，那样注四十七言是有问题的，是不符合唐代印度实际情况的。到了1990年，我根据新的认识写成了一篇文章《玄奘〈大唐西域记〉中“四十七言”问题》，纠正了以前的注释之错误。《大唐西域记》再版时，就附在了后面。此文又见台湾东初出版社出版之《季羡林佛教学术论文集》，1995年。这些问题下面还要谈到，这里就不谈了。

除了“四十七言”外，我对《大唐西域记》的注释还做了另外一点贡献。此书卷二还有一段话：“其婆罗门学四吠陀’：一曰寿，谓养生缮性；二曰祠，谓享祭祈祷；三曰平，谓礼仪，占卜，兵法，军阵；四曰术，谓异能，伎数，禁咒，医方。”这同人们通常所讲的四吠陀，有很大的不同。我作注时，对这个问题加以详细的解释，聊备一家之言而已，不敢说就一定是正确的解释。

对于《大唐西域记》，我用力最勤的，除了通读全书注释之外，就是为这一部名著写了一篇长达近十万言的“前言”：《玄奘与〈大唐西域记〉》。我从1980年起，一直到1981年，主要精力就用到了《大唐西域记》，特别是这一篇“前言”上。

为了让读者对本书内容一目了然，我先把本书的章节列一个目录：

一　引言

二　唐初的中国

1. 佛经的翻译与翻译组织

2. 佛教教义的发展与宗派的形成

3. 佛教与儒家和道教的关系

4. 唐初统治者对宗教的态度

5. 唐代的寺院经济

三　六七世纪的印度

1. 社会发展的阶段

后期笈多

梅特腊卡

耶输达罗

穆克里族

高达族

普西亚布蒂王朝

2. 佛教的发展与衍变

a 佛教与外道力量的对比

b 佛教内部大小乘力量的对比

c 佛教部派分布的情况

d 佛教日渐衰微的趋势

3. 统治者对宗教的态度

四　唐初中印交通的情况

五　关于玄奘

1. 玄奘的家世

2. 西行求法前在国内的学习准备阶段

3. 西行求法的动机

4. 在印度的活动

5. 回国后的情况

6. 在佛教哲学方面理论与实践的矛盾

7. 翻译印度因明可能产生的影响

六　关于《大唐西域记》

[羡林按：在上面这个目录中，标明章节的数码，《中印文化关系史论文集》与《季羡林学术论著自选集》中稍有不同，比如前者用 1，而后者用（一）等。虽系细节，也请注意。我在这里用的是前者，后者乃编辑所改。]

从上面开列的目录中也可以看出来，全书涉及面是非常广的。我使用的资料多半是来自翔实准确的统计，是完全可靠的。现在我把主要内容加以综述。

因为《大唐西域记》这一部书蜚声世界，特别是享誉于天竺，由来已久，影响至大，所以我不惜以近十万字篇幅，对此书之方方面面，细致深入地加以探讨。我费的时间长，查阅的资料多，对产生这一部巨著的时代背景和地域条件都详加论列，以利于读者对此书之了解。

唐初，“丝绸之路”虽颇畅通，东西方文化交流也极频繁，但是唐统治者并不鼓励其臣民随意出国。玄奘离开中国边境时，几为巡逻者射毙，幸得脱免，终达天竺。但当玄奘在印度留学十余年回国时，他的声誉日隆，震动五天。唐太宗热烈欢迎，成为长安一大盛事。唐太宗并非虔信佛教，大概玄奘这个人有许多过人之处，从而得到了太宗的垂青，劝他还俗，许以高官厚禄。玄奘虽拒而未从，但仍与太宗诚意周旋。我因此把玄奘与德国伟大诗人歌德相比，我认为不无道理。唐王室尊老子李耳为祖，当然偏信道教。但一般说来，他们的宗教政策是儒、释、道三教并提。总而言之，佛教发展到了唐初，已经越过了光辉的顶点，虽后来有唐宪宗等沉溺之，也已无济于事。武则天崇佛，并伪造佛典，实出于政治目的。谁要是认为武则天真正信佛，那是上了当。从中国佛教史的角度来看，佛教当时已经走下坡路了。

在印度，情况也差不多。到了7世纪初期，印度教已完成了转型任务，影响日益广被。虽有戒日王之张扬，佛教已非昔日之辉煌。后来，伊斯兰教逐渐传入。在印度教和伊斯兰教夹攻之下，佛教终于在印度销声匿迹，而大行于东亚几个国家。到了最近几十年，印政府虽努力想恢复佛教，但收效甚微。

我在本书中设立专章叙述玄奘。我力图客观地评价唐代这个高僧，给他以极高的赞誉。鲁迅在《中国的脊梁》这一篇文章中隐约指出，像玄奘这样“舍身求法”的高僧也属于“中国的脊梁”之列。但对玄奘的“世故”方面，我也没有放过。我在上面已经说到，我把他同歌德相比。我的目的在于，评论人物必须客观公正。不论多么伟大的人物，都不可能是百分之百的完人，那样超凡入圣的人物，自古以来就没有过，瑕瑜混杂，反而更接近实际情况。

最后，我当然必须对《大唐西域记》这一部巨著给予我认为恰当的评价。这一部书的重要意义已为中外学者所共识。我们的《〈大唐西域记〉校注》算是做了一些贡献。工作进行情况，上面已经谈到，这里不再重复。这部书虽受到学术界的高度赞誉，也得到了国家的最高奖，但我们自己并不完全满意。校注进行时，我们国家通晓西域古代语言的学者，对它的理解还有缺漏。最近几年，由于一批青年学者的艰苦努力，那些缺漏基本上都已补全。我在前几年就有一个想法：重组班子，重新校注，期能真正达到世界最高水平。我的这个想法得到了全体有关的青年学者的热情响应，我们一定要付诸实施。还有一点，我必须在这里指出：我在那篇长文中忽视了辩机，将来必须补上。

1981年

此年共写文章23篇，包括学术论文、散文、杂文等。《罗摩衍那》汉译本第二卷和《朗润集》出版。

在23篇中，可以称为学术论文者共有9篇。现将其内容分别介绍如下：

1.《新疆与比较文学的研究》

有一个观点，我在上面已经讲到过，为了写作需要，这里再重复一下。我认为，在过去几千年的历史中，世界各民族共同创造了许多文化体系。依我的看法，共有四大文化体系：中国文化体系、印度文化体系、阿拉伯穆斯林文化体系、西方文化体系。四者又可合为两个更大的文化体系：前三者合称东方文化体系，后一者可称西方文化体系。而这些文化体系汇流的地方，世界上只有一个，这就是中国的新疆。

我这篇文章主要讲新疆的比较文学资料。由于多种文化的会合，所以新疆比较文学的资料也就丰富。我在本文里只举一个例子，这就是吐火罗文A（焉耆文或东吐火罗文）中的“木师与画师的故事”。这个故事有许多异本，我在汉译佛典中举出了几个，并不求全，只不过表示这个故事传布之广而已。这个故事，我在上面已经谈到过。

这篇文章在我一生学术研究史上的意义，下面再谈。

2.《关于“糖”的问题》

这只是一篇极短的文章，里面没有多少学术探讨，但是却有颇为重要的意义，也在下面再谈。

3.《关于大乘上座部的问题》

我自己认为，这是一篇相当重要的论文，它解决了一个印度佛教史上颇为重要的问题。大家都知道，只有小乘才有上座部、大众部等部派之别，而大乘是没有的。为什么在《大唐西域记》中却多次出现“大乘上座部”这个名词呢？这给中西佛教史学者，特别是研究《大唐西域记》的学者带来了困难和迷惑，使他们手足无所措，做出了许多自相矛盾的解释。但是，始终没有任何学者能够提供一个明确无误的说法。我在上面有关《〈大唐西域记〉校注》的那一段里，曾经提到过，是我给“大乘上座部”这个词作的注。现在这一篇论文就详细说出了我作注的根据和对这个词的解释。

我的解释是：根据巴利文佛典和锡兰（今斯里兰卡）史籍的记载，锡兰佛教信仰，虽以小乘上座部为主，但是大乘思想始终输入未断。无畏山住部受大乘思想影响更是特别深刻而显著，许多典型的大乘思想渗入小乘，在大乘萌芽时期，更为明显。这在印度佛教史上是一个非常重要的问题。锡兰小乘的三个部派，主要是两个部派，它们所遵行的律并无歧异。但是，在学说方面，无畏山住部却不断接受大乘影响。在早期，接受原始大乘的功德转让等学说，到了玄奘时候，又接受大乘瑜伽思想（可能也有中观思想）。因此，所谓“大乘上座部”，并不是大乘与上座部两种东西，而是接受大乘思想的小乘上座部一种东西，只是包含着大乘与小乘两方面的内容。《大唐西域记》的藏文译本对“大乘上座部”的译法是比较准确的。

4.《对“丝”、“纸”两篇文章的补正》

我在上面已经谈到，我写过一篇关于“丝”、一篇关于“纸”的文章，这两篇文章都涉及考古发掘和语言学。我根据当时的考古发掘工作的结果，提出了最早的“丝”和最早的“纸”出现的时期。后来考古工作又有了新的进展，我就不能不改变我的提法，因此就产生了这一篇《补正》。估计随着考古工作的不断扩大和深入，将来还会有更新的“补正”。我觉得，从事人文社会科学研究工作的学者，必须随时密切注意考古工作。在这方面，我们过去做得不够。

5.《论释迦牟尼》

这本来是我给《中国大百科全书》写的一个词条。既然是词条，就必须遵守词条的体例，文字要简明扼要，不能像论文那样旁征博引。可是它后来又作为一篇论文单独发表。词条与论文在体例上的矛盾就突显出来，我只能稍稍加以调整。

佛祖释迦牟尼有无其人，过去是有争论的。现在怀疑其人的存在者已经不见。我个人认为，他确实是一个历史人物。他活着的时候也并没有说自己是神。整个原始佛教是无神论的。有人认为这是怪论，其实它是事实。在佛教变成了宗教以后释迦牟尼才被神化。在本文中，我就是把释迦牟尼作为一个历史人物来加以评述的。我不是任何宗教的信徒，当然也不是佛教徒。

6.《〈西游记〉与〈罗摩衍那〉》

这是一篇极短的文章，只讲了《罗摩衍那》第六篇同《西游记》第六十一回“猪八戒助力败魔王，孙行者三调芭蕉扇”的关系。这属于我对《西游记》与印度影响的看法的一部分。

7.《一张有关印度制糖法传入中国的敦煌残卷》

我自己认为，这是一篇十分重要的论文。这一张敦煌残卷是伯希和带走的，原写在抄录的佛经的背面。因为当时纸张极为珍贵，所以就一纸两用。但是，佛典与制糖术相去何啻天渊，为什么竟在佛典背后出现制糖术的记载？至今还是个谜。如果允许我作“狂想曲”的话，难道当年唐太宗派人到摩揭陀国（印度）学习印度的先进的熬糖术的记录就是这一张残卷吗？这不大可能。但是与之有联系，则是可以肯定的，绝不是空想。

稍稍了解敦煌卷子的人都会知道，佛经卷子，如果没有抄写的时间，则价值不大；有了抄录时间，则价值立增。而佛典以外的东西，比如中国古籍和变文等，则视若瑰宝。至于科技资料，则直如凤毛麟角，成为瑰宝中之瑰宝了。这一张残卷就属于这一类，因而引起了中外学者的垂涎。可这是一个硬核桃，很不容易啃，想啃而啃不动，只好放弃。它辗转传到了北大历史系几位同志手中，他们拿给我看。我惊喜之至，想啃它一下。可是最初也没有啃动。我昼思夜想，逐渐认识到整张卷子的关键在“煞割令”一词。此词如能解决，则通篇皆活，否则仍然是一座迷宫。我仍然继续苦思。果然皇天不负苦心人，有一天我忽然顿悟：“煞割令”不就是梵文的 śarkarā 吗？这个键一破，我惊喜若狂，拍案而起，立即解读其他部分，都迎刃而解，就写成了这篇论文。

此文共分为以下几节：

首先解读原件，附有照片

一、甘蔗的写法

二、甘蔗的种类

三、造砂糖法与糖的种类

四、造煞割令（石蜜）法

五、砂糖与煞割令的差别

六、甘蔗酿酒

七、甘蔗栽种法

以上几节的论述都是按照原件的顺序来解释原文的。

8.《梵文本〈妙法莲华经〉（拉丁字母转写本）序》

这是一篇序，我根据自己过去对《妙法莲华经》的研究结果，重复了一下这一部佛典的重要意义，以及诸写本的差异的原因和语言特点。我自己把这篇序译为英文，以利外国读者。

9.《蔗糖的制造在中国始于何时》

这一篇论文是讲中国蔗糖史的，现收入拙著《糖史》第一编，国内编。

上面是我在1981年学术研究的概况。现在我想集中谈谈其中的两个问题：一个是蔗糖，一个是吐火罗文。从90年代第一年起，我已经进入耄耋之年，但是，精力并没有衰退，雄心壮志并没有减少，我仍然写作不休。除写了大量的学术论文、散文和杂文外，我比较集中来搞两项研究工作，就是我在上面提到的那两个。其中既有必然性，也有偶然性，而后者所占的比重还要大得多。穷数年之力，写成了两部在我一生六十多年的学术生涯中最完整的、其量最大的专著：一部是《糖史》，长达八十余万字；一部是《吐火罗文（焉耆文）〈弥勒会见记剧本〉译释》。我说这两部著作的产生，必然性和偶然性并存，是因为在我身上对这个问题研究的基因早就存在，这是必然性，而后由于出我意料的机会才促其成，这就是偶然性。详细情况和过程等到下面谈这两部书时再叙述，这里暂且从略。在本年，1981年，我的学术研究中对蔗糖研究的兴趣已露端倪，对吐火罗文的研究也已有所表现，只是还没有提到《弥勒会见记剧本》而已，这个问题我在本年中连想都没有想过。

1982 年

本年共写各类文章 35 篇，其中可以称为学术论文者共有 13 篇。本年出版了成册的书四种：1.《印度古代语言论集》，收有用中、德、英三种文字写成的论文，我在哥廷根大学的博士论文也在其中。我早年研究佛教混合梵语的成果都收在里面了。2.《中印文化关系史论文集》。3.《罗摩衍那》汉译本第三卷。4.《罗摩衍那》汉译本第四卷。

我在下面对学术论文分别加以介绍。正如人们可以预料到的那样，诸论文的分量相差极大。

1.《对〈一张有关印度制糖法传入中国的敦煌残卷〉的一点补充》

记述印度制糖法的敦煌残卷，上面已经介绍过。在那篇文章发表的同时，我已经做了一点补充。现在这一篇文章可以说是补充的补充。我在这里劝青年学者：自己的文章写成，甚至发表以后，不要抛到背后，完全忘记，而要牢牢记住，看到新材料，有的能补充或充实自己的旧说，有的甚至能推翻它。到了此时，为了真理，必须毅然放弃或纠正旧说，决不允许蒙混过关。这是闲话，暂且不表，只说我在此文中的补充。我发现，从《世说新语》直到敦煌变文，教、交、校、校、较、效、觉等字，都是同音同义。

2.《吐火罗语 A 中的三十二相》

这是一篇重头的论文。

大约在一年前，新疆博物馆的李遇春先生把新疆新发现的 44 张、88 页（每张两面都写有文字），用中亚斜体婆罗米字母写成的他们揣测是吐火罗文 A 的残卷（简称新博本）送给了我，要我释读。我在德国从 Sieg 师治吐火罗文以后，已经有三四十年的时间没有摸过吐火罗文的东西，以前学到的那点东西已经颇为生疏，心中忐忑不安，不敢贸然接受这个重任。但是，看到这样的瑰宝在前，心又不能不为所动。在思想激烈斗争之后，还是硬着头皮接受下来了，心里想：且试他一下，如果实在啃不开这个硬核桃，然后再投降也不晚。然而，幸运之神又一次光临。字母我是认识的，我试读了几张，忽然就发现一个 Colophon，明确无误地写着书的名称《弥勒会见记剧本》(下面简称《剧本》)，还有剧本的幕数。我大喜过望：这样一来，问题不就全解决了吗？而且更使我兴奋不已的是，这部书不仅仅是一部佛经，而且是一部文学作品，书名中就含有“剧本”的字样。这不但对研究佛教史有用，而且也大大有助于文学史的研究。这样的材料比单纯的佛经更为难得，更为有用，我焉能得而不狂喜、不振奋呢？

大家都知道，在佛教教义中，弥勒是未来佛。小乘中已有其名，而大盛于大乘。估计在中亚和新疆一带，有一段时间，弥勒信仰极为流行。光是吐火罗文A(焉耆文)的《弥勒会见记剧本》就有好几个本子。Sieg和siegling合著的《吐火罗文残卷》中，就收了不同本子的《弥勒会见记剧本》，都出自中国新疆。欧、美、日等地研究吐火罗文者，虽为数不多，但也颇有几个，可从来没有见其中任何人译释过其中的任何一张。非不愿也，是不能也。因为残卷真是极残，没有一页可以说是完整的，读起来困难极大。虽然德国学者写过几部语法，A和B两个方言都有，对学者有极大的帮助。可是，如果想认真译释，工具仍然不足。我从来不是一个专门从事吐火罗文研究的学者，我的兴趣也从来没有集中到吐火罗文上来，我哪里有勇气去尝试干那毕生从事吐火罗文研究的国外专家所不敢干的事呢？

可是，从发现了新疆博物馆这一批残卷的书名以后，我对吐火罗文研究的兴趣陡然腾涌。我在搞别的工作之余，开始用拉丁文转写婆罗米字母，并逐渐对本《剧本》的内容有了一些大概的了解。这些残卷出土时，页码顺序是完全混乱的。我也逐渐理出来了一个大概的顺序，为本《剧本》的译释工作奠定了初步的基础。但是，一直到这时候我还没有下决心做译释的工作，因为我十分清楚其中的难度，我只做了一点介绍工作。下面的《谈新疆博物馆吐火罗文A〈弥勒会见记剧本〉》，就是一篇介绍文章。

在整理本《剧本》的过程中，我偶尔发现在本书的几个地方都有关于三十二相的记载。所谓三十二“相”，梵文原文是Mahāpurusalaksana，直译是“大人相”。“大人”即“大人物”。既然是大人物，就应该与平常人有不同之处，特别是在生理方面。中国古代也有类似的信仰，或许是统治者故意散布的，也可能是由于老百姓的愚昧无知，自己制造出来迷惑自己的。除了三十二“相”之外，还有八十种“好”，梵文是anuvyañjana，也指的是生理特征，与“相”难以划分。佛教传入中国以后，许多中国的“正史”也受到了影响，在上面我已经谈过这个问题。但是，我的兴趣并不是研究“相”、“好”本身，而是研究吐火罗文。Sieg 和 Siegling 书中也有关于“相”的记载，但都不全。现在的新博本中居然也有，两下里拼凑起来，能够搞出一个比较完整的吐火罗文三十二相表，这会有助于对几个过去不认识的吐火罗文字的解释。于是我就参考了几种汉译佛经，还有几种梵文原文的佛经，写成了这一篇论文。

我在上面曾讲到过，治吐火罗文的重要任务之一就是：想法认识过去没有能够认识的字。吐火罗文是一种新发现的文字，没有现成的语法，没有现成的字典，通过极少数的梵吐双语文书，通过其他一些别的办法，学者们，首先是 Sieg 和 Siegling，逐渐认识了一些字，但是不认识的还比比皆是。倘若能想方设法多认识几个新字，这无疑就是重要的贡献。我在上面讲到过，通过汉译佛典《福力太子因缘经》等书的德译文，我曾帮助 Sieg 师认识了几个新字，Sieg 先生极为高兴。结果就促使他后来译释了 Tocharische Sprachreste 中的前面若干张，其中就用了我的德文翻译。我一直到今天还相信，利用汉、藏译佛典（其量极大）是今后解读吐火罗文的有效办法之一。

在这一篇论吐火罗文三十二相的论文中，我也确定了一些字的含义。我只举一个例子。elā 这个字，在《吐火罗文语法》中没有解释。到了他的 Ubersetzungen aus dem Tocharischen（APAW，1943，Philhist.Klasse，No.16）中，他把这个字译为 ging hinter den Türflügel，并注明是根据我的文章。问题的解决总算是向前进了一步。到了 Wemer Thomas 的 Tocharisches Elementarbuch 中，他毫无根据地把 elā 译为德文 hinaus（出去），我只能佩服他的勇气。这种不谨严、不负责的学风，不是德国的学风，我又只能为之惋惜。一直到 elā 这个字又出现在三十二相中，这个问题才算是得到了彻底的最后的解决。在三十二相的第十相（相的数码并不固定，因书而异）中，elā 又出现了，与之相应的梵文是 guhya，巴利文是 guyha，意思是“隐藏起来”，这才是 elā 的真正含义。

这一篇论文中还解决了几个关于字义的疑难问题，这里就不再叙述了。

3.《说出家》

这又是一篇关于吐火罗文的论文。

所谓“出家”，就是“出家当和尚”，我们一直到今天还在使用这个词。但是，在印度梵文写成的佛经中，却只用“出走”一个词，并没有说明从什么地方“出走”，也就是说没有这个“家”字。

但是，吐火罗文中却有这个“家”字。这是什么原因呢？是汉文受了吐火罗文的影响呢，还是倒转过来，吐火罗文受了汉文的影响？经过了仔细分析，我认为，是吐火罗文受了汉文的影响。在中国民族语言史上，这是一个颇有意义的现象。

4.《我和比较文学》

这是一篇关于比较文学的文章，只是一般的介绍，没有多少发挥。我对比较文学涉猎不深，没有用过苦功，所以从来不敢以比较文学家自居。如果说我对中国比较文学的兴起有什么贡献的话，那么我在推波助澜方面起的作用更大。

5.《〈妙法莲华经〉引言》

这是一篇介绍梵本《妙法莲华经》的文章，没有什么新的发挥。

6.《谈新疆博物馆吐火罗文 A〈弥勒会见记剧本〉》

这是一篇介绍新疆博物馆吐火罗文《弥勒会见记剧本》的通俗性的文章，在上面 2 中，我已经谈到过。

7.《比较文学随谈》

这是一篇漫谈比较文学的文章，不能算是学术论文。

8.《〈大唐西域记〉今译前言》

《〈大唐西域记〉校注》出版以后，我当时想到，将来要出一套有关这一部重要著作的系列丛书：一是《校注》，二是《今译》，三是英译。一般说来，这一部书并不深奥难读，但是有一些章节还是极为难懂的。我一贯反对古书今译。可我也曾多次讲过，想要消灭古书，最好的办法就是今译。我并非故作惊人之谈。因为古代许多经典，我们今天并不能全读通，比如《诗经》《书经》《易经》等，我们今天包括最有学问的人在内，究竟能读通多少？即使是最狂妄的人，也不敢说全通。在这种情况下而胆敢今译，译成什么结果，不是一清二楚了吗？最聪明而又无害的办法就是让人读原文，加以必要的注释，懂就说懂，不懂就说不懂，老老实实，这才是正道。某些高呼今译的有权有力者，我怀疑他们并没有读过几本古书，大有“初生犊子不怕虎”的气概，其志可嘉，其行则不足为训也。但是，我为什么又偏偏提倡今译《大唐西域记》呢？因为，我觉得，这一部书必须译成英文，让普天下的学人共享其利，而如果根据原文英译，则困难必多如牛毛。我们这些人究竟对本书下过一番功夫，比别人应该懂得多一点，实在一点，正确一点。不如我们来今译更为妥善。我心中今译的读者，与其说是中国一般人，毋宁说是英译者。他们必须根据我们的今译译为英文，则可避免许多错误。这就是我最原始的想法。可惜的是，今译虽出，而英译无望，只有俟诸异日了。

9.《〈印度民间故事〉序言》

我一向有一个看法，也许是一个偏见，我认为，世界上许多民族都创造了一些寓言、童话和小故事，但以印度为最多，质量也最高。鲁迅曾有类似的看法，他说：“尝闻天竺寓言之富，如大林深泉，他国艺文，往往蒙其影响。”我写过不少篇考证中国一个故事或者寓言的文章，都是为我这个主张张目的。

10.《〈罗摩衍那〉简介》

这是一篇简单介绍《罗摩衍那》的文章，没有什么新意见。

11.《关于葫芦神话》

这一篇文章虽短，然而却是极有意义的，它破除了葫芦神话只限于中国的说法。

12.《〈沙恭达罗〉简介》

只简短介绍了《沙恭达罗》，没有什么新的观点。

13.《〈五卷书〉简介》

只简短介绍了《五卷书》。

上面是我在1982年全年所写的学术论文（有的不能称为学术论文，只是介绍文章，但被介绍的作品重要，所以也纳入学术论文的范畴）的全部情况。总起来看，这一年我并没有敢偷懒。我在四个方面都或多或少地继续进行研究或者思考：一、吐火罗文《弥勒会见记剧本》，二、《妙法莲华经》，三、蔗糖史，四、比较文学。这里也表现出来了我的学术生活的一个特点：我不单打一，我往往是许多题目同时并进。而且，再扩大一下范围，学术研究与文学创作同时并进。勉强打一个比方，古人有“为学”和“为道”之说，似乎认为其间必有所矛盾与冲突。创作与科研，不是“道”与“学”的问题，但也颇有点近似之处。我觉得，二者之间，不但没有矛盾与冲突，而且能够互相促进。

1983年

本年共写各种各样的文章23篇，出版书籍一本:《罗摩衍那》汉译本第五卷。

我在上面已经说到过，自改革开放以来，我们的会少多了，也用不着天天再做自我检讨，再抓什么“活思想”。时间多了，能够多念书，多写文章。心情也平静多了，不必随时都怀着“原罪”感，总觉得自己是个罪人，心甘情愿地当“老九”。

但是，社会活动还是相当多的。从此年起，我当选全国人大代表，并被选入人大常委会。这个“全国最高权力机构”的组织，实际工作主要是立法、任命国家高级领导人。每两个月开会一次，每次十天至两周。这当然会占去很多的时间。此外，从这年起，我又当选中国语言学会会长、中国敦煌吐鲁番学会会长，当然也会占去一些时间的。

在23篇文章中够得上称为学术论文的有以下8篇。现在分别予以说明：

1.《〈罗摩衍那〉译后记》

2.《〈罗摩衍那〉译后漫笔》

严格说起来，这两篇都不能算是学术论文。那么，我为什么又把它们写在这里呢？目的只在说明我的研究工作方向。我翻译《罗摩衍那》的情况，上面已经谈到过一点。因为，我认为翻译工作不是学术研究，所以在这一部《学术自述》中，它没有地位。可是我对《罗摩衍那》的研究，不管从哪个方面来做，则都属于研究工作的范围。这两篇“译后记”，多少涉及了一点与研究工作沾边儿的问题，所以我把它们列在这里。

3.《为〈印度文学研究集刊〉而作》

严格讲，这一篇也算不上一篇学术论文。但是，印度文学是我毕生研究工作的一个方面，所以我把这篇文章也列在这里。

4.《新博本吐火罗语A（焉耆语）〈弥勒会见记剧本〉1.31/21.31/11.91/11.91/2四页译释》

这是一篇有重要意义的文章。

事情还要从头讲起。关于新疆博物馆吐火罗文A《弥勒会见记剧本》，我在上面已经多次提到，我对本书的理解是逐步深入的，我对它处理的办法也是逐步完善的。我最初确实没有翻译它的念头。因为，我知道，这是异常艰巨的工作，德国许多专门从事吐火罗文研究的专家，除了Sieg师外，也没有哪个人敢于尝试。Tocharische Sprachreste中就有许多《弥勒会见记剧本》的残卷，为什么竟没有一篇德文或其他西方语言的翻译呢？后来，我的胆子慢慢地大了起来，我的想法有了改变。我忽然发现，自己是有所恃而不恐的。我的"所恃"就是我国藏有大量的同书的回鹘文译本的残卷，虽然残缺不全，但是比起德国的收藏来是多得多的。我何不利用回鹘文译本呢？两个译本亦不完全一致，有的地方一致性多一点，有的地方少一点。这是十分正常的现象，不足为怪。我自己不通回鹘语，于是我就请了几位中国回鹘文专家来帮助我。他们是：我的学生，中央民族大学耿世民教授；我的朋友，新疆工学院李经纬教授，新疆博物馆伊斯拉菲尔·玉素甫、多鲁坤·阚白尔等先生。后来，在1987年，他们俩和阿不都克由木·霍加联合出版了《回鹘文弥勒会见记》（新疆人民出版社）。

以上几位学生和朋友，后来虽然各有译文发表，有的用外文，但当我向他们提出请求时，则是用圆珠笔写在纸上复写寄给我。只要我提出我需要的段落，他们必立即把译文寄来。这对我有极大的帮助，也增强了我翻译的信心。不言而喻，如果没有他们的帮助，我是无法翻译的，吐火罗文原卷实在太残破了。他们的隆情厚谊，我永远铭记在心。

我选了自己认为比较有把握的2张4页，译成了汉文，加上了比较详细的注释。译文和注释，后来发现，都有一些不太确切或者甚至错误的地方。我认为，这都是难以避免的。千里之行，始于跬步，我毕竟开步走了。这个发轫，这个滥觞，是十分珍贵的。一旦发轫，一旦滥觞，遂一发而不能自已，于是就一张张、一页页地翻译下去。有的在国内刊物上发表，有的译成了英文，在国外刊物上发表，有的还没有发表。终于译完了30多张，60多页。有一些张在回鹘文译本中还没有能找到相应的段落，只好留待以后解决了。

现在已经把全书整理完毕，等待明年出版。详细情况，下面将在有关的年份中介绍，这里就先不提了。

了解了我上面说的情况，就能够理解我为什么说这是一篇有重要意义的文章。

5.《〈中国比较文学〉发刊词》

这原是《中国比较文学》的“发刊词”。《中国比较文学》是中国比较文学学会创办的一个刊物。篇幅虽不是太大，但却有其意义，这毕竟是中国比较文学学者创办的第一个刊物，同世界比较文学学会和其他一些国家的相应的学术机构有密切联系和交换关系。本文不长，内容也简短扼要，只讲了建立比较文学中国学派的问题，讲了我们的信心，讲了我们现有的条件和我们的目的。

6.《古代印度砂糖的制造和使用》

这也是一篇重要的论文。

世界学术界，特别是研究甘蔗原产地问题的学者们有一个说法，说印度就是甘蔗的原生地。这个说法并没有被普遍地接受。但是，甘蔗以及造蔗糖术在印度古代文献中出现相当早，则是一个无可争辩的事实。

自从我偶尔注意到欧洲众语言中的“糖”字都来自梵文的śarkarā 以后，我写点有关糖史的文章的念头就自然萌生。但是，在最初，我的写作野心是并不太大的，只不过想写一篇万把字的文章而已。学者们大概都会有这样一个经验。当你还没有注意到某一个问题的时候，则有关这个问题的资料，你会熟视无睹。但是，当你一旦注意到这个问题，则有关资料会自然而然地奔到你眼底，令你应接不暇，有如站着看不到地上的蚂蚁，你一旦蹲下，则密密麻麻，皆蚂蚁也。甘蔗和糖的问题，对我来说就是如此。有时候，我甚至后悔，为什么不早一点注意这个问题。我过去几十年读过大量的中外杂书，现在回忆起来，其中颇有一些关于甘蔗和糖的记述，当时弃如敝屣，而今则视同珍宝。然而，时过境迁，渺如蓬莱三山，只在群书中，书深不知处了。

我注意到甘蔗和糖，不自现在始。上面 1981 年我就曾写过一篇文章叫《蔗糖的制造在中国始于何时》。回想起来，这与吉敦谕和吴德铎两先生的笔墨官司有关。我读了他们两位的许多篇辩论文章，有感而发，写了那一篇论文。在这同一年，即 1981 年，早一些时候，我曾写过一篇《一张有关印度制糖法传入中国的敦煌残卷》。这两篇论文表示我已经比较认真地注意到甘蔗和糖的问题了。

这可以算是我研究甘蔗和糖的发轫和滥觞。这个研究占用了我长达20来年的时间，已经陆续写成了一部长达80余万言的《糖史》，明年可以全部出版。

现在的这一篇论文，是研究长河中的一朵浪花。文中我根据梵文、巴利文和汉译佛典的大量的资料，论述了印度古代甘蔗种植和砂糖制造的情况。有下列一些章节：

一 比较古的佛典

二 巴利文《本生经》

（一）甘蔗

（二）糖

（三）糖粒

（四）压碎了的糖

（五）糖浆、糖水

（六）甘蔗汁酿烧酒

三 汉译律藏

（一）甘蔗、砂糖和石蜜作为药品

（1）什么叫病？什么叫药？

①按药的性质来分

②按服用的时间来分，一般分为四种：

a. 时药、夜分药、七日药、终身药

b. 时药、夜分药、七日药、尽形药

c. 时药、更药、七日药、尽寿药

d.《毗尼姆经》卷五

③按用法来分

（2）含消药

①《五分律》卷十一

②《十诵律》卷二十一

③ 同上书，卷二十六

④《十诵羯磨比丘要用》

⑤《摩诃僧祇律》与 Bhikṣuni-Vinaya

(3)七日药

数目不同，四种、五种、六种都有。

四种者有①《五分律》卷二十一②《弥沙塞羯磨本》③《四分律比丘戒本》④《根本说一切有部毗奈耶药事》卷二十四

五种者有①《摩诃僧祇律》卷二十八②《四分律》卷十③《四分僧戒本》

④《根本说一切有部毗奈耶药事》卷一

⑤《善见律毗婆沙》卷十八

六种者有①《摩诃僧祇律》卷三②《摩诃僧祇比丘尼戒本》③《根本说一切有部毗奈耶颂》卷中

(4)甘蔗

这里只作为药品

(5)只列举药名，没有说明是含消药或七日药

①《五分律》卷九②同上书，卷二十二③《摩诃僧祇律》卷三十六④《四分律》卷十⑤《四分律》卷四十六⑥《十诵律》卷十七⑦《根本说一切有部毗奈耶尼陀那目得迦摄颂》

(6)什么药治什么病?

(二)甘蔗、砂糖和石蜜作为食品

(三)甘蔗的种植，甘蔗田和甘蔗园

(四)石蜜浆、甘蔗浆、石蜜酒、甘蔗酒

(五)造石蜜法和黑白石蜜

(六)其他

结束语

上面是这一篇论文的章节目录。我所要讨论的问题一目了然。我并没有利用所有的汉译佛藏的律。如果全部利用的话，篇幅还要扩大几倍、十几倍，简直可以写成一部书了。总之，我认为，佛藏的律藏是一个巨大的宝库，不但有助于研究甘蔗和砂糖，而且对许多问题都能提供极其宝贵的资料。我们应当充分研究，加以利用。

7.《〈中外关系史译丛〉前言》

这是一篇比较短的文章，只肤浅地阐明了研究中外关系史的重要性。

8.《〈佛经故事选〉序》

此文收入1991年出版的《比较文学与民间文学》时，改名为《佛经故事传播与文学影响》。不是出自我的笔下，我觉得这个名称似有欠妥之处。内容颇简单，主要说明在印度产生的神话、寓言和童话，影响广被，连古代希腊也受到了影响，《伊索寓言》就是一个例子。后又通过佛经翻译，也影响了中国。研究比较文学而又重视影响研究的学者们，对他们来说，《佛经故事选》是很有用的。

1984年

这一年我的个人情况有点变化，北大副校长任期已满，改任校务委员会副主任；当选中国史学会常务理事、中国高等教育学会副会长。社会兼职日益增多，社会活动当然与之俱增。

在写作和学术研究方面是个丰收年。共写各类文章29篇，性质不同，长短相差极大。可以算得上学术论文的共有19篇。现在分别介绍一下：

1.《中世印度雅利安语二题》

这篇论文共谈了两个问题，所以称作“二题”。第一个问题是“再论中世俗语语尾 -aṃ>o，u 的问题”，是继1944年用德文写的那一篇内容相同的论文而写的，其间相隔四十年。在这漫长的时间里，我由于上面已经谈到过的原因而没有能做继续的研究，国外研究情况也不甚了了。只是到了80年代初才看到一些国外学者对这个问题的不同意见。学术研究有不同意见是好事，但是这些意见必须中肯、实事求是，才能对我有益，不中肯、不实事求是却也能促我思考。我思考的结果是：我在四十年前的意见是完全正确的，用不着修改，更谈不到放弃。这绝非我意气用事，我找到了大量的新资料，支持我原来的观点。我的新资料的来源包括下列诸书：

（1）犍陀罗语《法句经》

（2）吉尔吉特残卷

（3）《妙法莲华经》

（4）Prajñā-pāramitā-ratnaguna-saṃcaya-gāthā

说句老实话，我颇有一点沾沾自喜：自己四十年前提出来的结论，虽然经过了几位在国际上颇享盛名的学者的反对，到了今天，新出的资料证明，我的结论是完全正确的。我自认这并不是一件容易的事情。

第二个问题是“巴利文与不定过去时”。四十多年前，我用德文写过一篇 Die Verwendung des Aorists als Kriterium für Alter und Ur-sprung buddhistischer Texte。我想证明，不定过去时（Aorist）是印度中世东部方言、古代半摩揭陀语的语法特点之一。可是我遇到了困难。巴利文被广泛地认为是一种西部方言，可是里面的不定过去时特别多。这同我在那一篇论文中的结论颇有极大的矛盾，应该怎样来解决呢？这就是我的困难之所在。

在这里，我认为，虽然巴利文比较广泛地被认为是一种西部方言，但是这并非自古以来学者们所共同承认的结论，争论一向就有。看来这个结论现在必须重新审查了。锡兰（今斯里兰卡）传统的说法是：巴利文是摩揭陀语，也就是东部方言。近代欧洲学者中也不乏附和这种说法的人，比如 W.Geiger，Windisch 等人。最近附和这种说法者可以英国学者 K.R.Norman 为代表。如果我自己的精力来得及，我也想就这个问题继续做一点比较深入、比较彻底的探讨，以最终解决这个问题。我在上面提到的那一篇论文证明不定过去时是东部方言的特点之一，我至今仍深信不疑，因为我使用了大量的资料。搞我们这一行的，可靠的资料是重要的依据，我们不能脱离开资料讲话。关于这个问题我在上面已经谈到过了。

2.《〈东方文学作品选〉序言》

这只是一篇短文，涉及印度文学作品，没有什么新的观点。

3.《三论原始佛教的语言问题》

在研究佛教梵语方面，这也是一篇比较重要的文章。它是承我过去写的两篇文章而来的：《原始佛教的语言问题》和《再论原始佛教的语言问题》。《三论》的写成上距《再论》已经二十六年。这一段时间，对中国知识分子来说，可以说是灾难重重，闭关锁国的时代，国外学术界的情况我们几乎一无所知。改革开放，形势大变，我也得以了解了国外研究原始佛教语言的情况，读了不少这方面的文章，突然触动了往日的兴趣，于是写了这篇论文。

这篇论文涉及面比较广，共谈了以下几个方面的问题，下面分别加以简略的介绍，以节省读者读原文的精力。

一、有没有一个“原始佛典”？“原始佛典”使用什么语言？是否有个“翻译”问题？

有没有一个所谓“原始佛典”（Urkanon）是西方梵学界一个争议颇大的问题。这个问题我在上面已经谈过，现在再深入谈一谈。我在这里先主要介绍反对派的意见。这一派可以 Bechert 为代表。他竭力反对 Lüders 首先提出来的 Urkanon 这个设想，同时也就反对了所谓“古代半摩揭陀语”，也就是东部方言这个提法。1976 年在德国哥廷根举行了一次佛教研究座谈会，叫作“最古佛教传承的语言”，顾名思义，就能知道是专门讨论我在上面提到的那一个问题的。与会学者绝大部分是反对有一个 Urkanon 的，只有极少数学者例外。在反对派中，意见也并不一致。归纳起来，他们的理由约略有以下数端：

（一）语言问题与是否曾经有过一个 Urkanon 互相依存，我引 Bechert 的说法来说明有个问题。他认为佛教的经典传统是拼凑起来的，不同传统之间，即使有相同的地方，也不一定要追溯出一个原型（archetype）来。所以，对所谓原始佛典的存在必须抱最大的怀疑态度。他的意思是说，根本没有一部原始佛典，只有许多个别的佛教传统。最初佛教的传统材料是按不同的分类原则来排列分类的，后来“藏”（Pitaka）这个名称独领风骚，占据了垄断地位。Bechert 还主张，不能只根据语言方面的论证来探讨问题，必须与部派的形成相结合。不但要注意部派的历史，还要注意地域性。他的意思似乎是，Lüders 只根据语言方面的论证就“构似”出来了一个“原始佛典”，这样做是不行的。Bechert 还提出了一个“层次（stratum，复数 strata）说”。他认为，首先出现的是律条部派，后来又出现了教义部派。佛教经典的形成分为许多层次。而 Lüders 从巴利文和佛教梵文的典籍中搜集来的那一些语言特点，不属于一个层次，而属于许多不同的层次。他的“层次说”也不过是用来否定 Lüders 的论点而已。

（二）佛的语言政策如何决定佛的语言政策是比较明确的，他不允许和尚使用梵文，而允许他们使用自己的方言。顺便说一句，这一点我在我的论文《原始佛教的语言问题》中已经做了明确的论证。Bechert 等认为，佛允许和尚使用各自的方言，而方言总是多样化的。因此，不可能有一个原始佛典的语言。

（三）佛典最初只是口头流传的。Bechert 强调说，当我们在眼前的佛典中去寻求古老的语言形式时，我们必须考虑到口头流传的特点。

（四）没有一部现存的佛典能反映佛本人的语言。Bechert 说，没有一部流传给我们的佛典能准确地代表佛的语言或者仅仅代表最古的佛教传统的语言，Bechert 承认 Māgadhismus（摩揭陀语言的残余）这个词。

（五）要使用新的研究方法。Bechert 十分强调要使用新方法。在这方面，他说过许多话，比如："我不敢肯定，使用迄今使用的方法我们能否确定佛本人所使用的语言。"又比如："解释佛典诸异本不同之点，要求使用同对比阿育王碑铭诸异本完全不同的方法，虽然从语言方面和时间方面来看，这些碑铭同佛典属于同一范围。"他谴责 Lüders 只看语言形式，而不注意上下文。其他与会的学者，比如 Caillat，也提出了"新方法"，实际上并不"新"。

（六）不能使用"翻译"这个词。Bechert 反对用"翻译"（Überset-zung）这个词，他主张用Übertragung，在汉文中也就是"翻译"。他认为，现在的佛典是从较古的方言转化为另一种方言，这种情况不能称之为"翻译"。

二、释迦牟尼用什么语言说法？

在这次哥廷根的座谈会上，讨论了与这个问题有关的两个问题：

（一）佛说法是用一种语言或方言呢，还是用多种？座谈会上大多数学者都同意是用多种。他到哪里，就说那里的话。既然如此，谈一种"原始语言"，是不正确的。在这个问题上，Bechert 的态度有点模棱两可，但是，他似乎也主张佛是说多种语言的。据我个人的看法，我们现在所能掌握的资料还不足以支持佛说多种语言的说法。

（二）如果是用一种的话，这一种又是什么？如果佛只说一种语言，这种语言是什么呢？很可能是古代摩揭陀语或古代半摩揭陀语。

三、阿育王碑是否能显示方言划分？

关于这个问题，学者们的意见也是有分歧的。这并不令人奇怪，几乎对任何问题都有分歧的意见，这是常见的现象。

阿育王统治的帝国，是印度历史上空前的大帝国。为了宣传他自己的信条，教育全国人民，他在全国许多地方都树立了一些石柱和石碑，上刻铭文，就是他对全国人民的敕谕，以说教的口吻，教导人民应该如何如何做。这些铭文的语言有的是不相同的，但是内容却基本上相同。应该怎样来解释这个现象呢？

从阿育王碑或柱的地理分布情况和铭文所使用的语言来看，情况不尽相同。东方大石碑铭的语言基本上与当地方言相一致，但西方、南方和北方的三个大石碑铭文，使用的却是东部方言。这又应该如何去解释呢？唯一合理的解释，我认为就是Lüders等学者提出来的“翻译说”。意思就是，先有一个底本，然后再译成当地的方言，以利当地居民的阅读。翻译的程度有深有浅，也有根本不翻译的。至于底本的语言，看来只能是东部方言，古代摩揭陀语或古代半摩揭陀语，这是阿育王大帝国首都的语言。现在，虽然已经发现了多处阿育王的碑和柱，但是还不敢说阿育王的碑和柱都已经全部被发现了，他树立在首都华氏城的石碑就还没有被发现。有朝一日这个石碑如果被发现，对我们研究阿育王碑铭这个问题将会起极大的推动作用，是不言而喻的。K.R.Norman的说法是：碑铭的抄写员在其中起了作用，是绝对靠不住的。试问，哪一个抄写员能有这么大的胆子，敢于更改大皇帝诏谕的语言？总之，我认为，根据阿育王碑铭是能够区分方言的。

四、《毗尼母经》等经讲的是诵读方法（音调），还是方言的不同？

这是一个多少年来就争论极多的问题，至今好像还没有大家都公认的结论。因此，我用了相当长的篇幅，把这个问题的来龙去脉、讨论过程、各家异说都仔仔细细地重新检查了一遍，以期实事求是地解决这个极为棘手的老问题。这一段文章，同我在上面提到的《原始佛教的语言问题》整篇论文，所要解决的是同一个问题，只是因为时间已经相隔了很多年，我又细读了哥廷根座谈会上的一些有关的论文，我掌握的材料大大增加，视野当然也就随之而扩大。虽然得到的结论仍然不异于第一篇论文，但是其可靠性却非同当年了。读这一段文章时，最好能参阅上一篇论文。

我写这一段文章仍然从巴利文律藏Cullavagga（TheVinaya-Pi-takam，ed.by Hermann Oldenberg vol.ⅡCullavagga，p.139）那一段文章开始。我从中选出了几个关键的词：

（1）buddhavacanaṃ

（2）chandaso

（3）āropema，āropetabham，āropeya

（4）nirutti

按照汉译佛典的翻译，明确确定了它们的含义，然后得出一个结论。第一个字 buddhavacanam 有两个含义："佛经义"和"(诵）佛经"。第二个字，汉译为"阐陀至"、"世间好语言"、"通外道四国（吠）陀"、"阐陀"等。第三个字，虽然我写了三种形式，实际上都来自一个字根 ā+ruh。汉译佛典的译文是："撰集佛经，次比文句"，"修理佛经"，"诵读佛经"，"诵佛经"，"诵经"，"正佛经义"等。这一些汉译文都没有"翻译"的意思，但是我觉得，这个含义实际上已隐含其中，呼之欲出。第四个字 nirutti 是一个关键性的词。汉译文有以下几种："音"、"国俗言音"、"国音诵读"、"外国音声诵佛经"、"方国言音"、"言语"等。巴利文大注释家觉鸣（Buddhaghosa）把这个字注释为"佛所说的摩揭陀语"。西方一些学者们对以上几个字的标新立异的解释，我认为，都是站不住脚的。

解释完了我选出来的四个词，现在我来谈一个问题：Cullavagga 那一段话讲的是语言问题，还是诵经的声调问题？根据我的分析，这里讲的是语言问题，而不是诵经的声调问题。

五、我的看法

根据上面的分析，我认为，哥廷根座谈会上很多学者的意见是难以接受的。现在把我的意见综述一下。

一个宗教一旦形成或者创建，教主必将努力招收徒众，大力宣传自己的教义。印度当时还没有文字，宣传只能靠语言。佛与弟子们使用什么语言呢？佛的诞生地在今尼泊尔境内，但是他一生游行说法，虽然到过许多地方，可大部分时间都是在摩揭陀国（约在今天印度的比哈尔邦）。他的弟子们出身不同，家乡也不尽相同，因此语言也不会完全一样。但是，既然同在摩揭陀国，则这里的语言或者方言就必然会成为他们之间的交流思想的工具。他们对当地民众说法，也必然使用这种语言。但是他们所说的摩揭陀语又绝不会是纯粹的，具有三个东部方言特点的语言。所谓"古代半摩揭陀语"就这样产生了。这是一种拉丁文称之为 lingua franca 的语言。打一个比方，这有点像中国的“蓝青官话”。很多南北各省份的人聚集在政治中心首都北京，必须有一种共同的语言，这种语言当然是北京话。但是，除了本地人以外，谁也不能完全掌握北京话，于是南腔北调，甚至奇腔怪调，都出现了。无论如何，交流思想的目的总算是能达到了。如来佛的“古代半摩揭陀语”想来也大概就是这个样子。

佛教是在公元前 5、6 世纪在印度东部兴起的宗教之一，是反对西北部的婆罗门教的，所以佛祖坚决拒绝使用婆罗门教的经堂语梵文。梵文在当时还没有取得像后世那样煊赫的地位。它只是一种文化和文学的语言，还没能成为官方使用的政治语言。

释迦牟尼悟到了教义，找到了一些徒众，有了一种供他使用的语言，于是就开始“转法轮”——传教。第一次说法的内容大概是关于“四圣谛”——苦、集、灭、道的，此时当然还不会有什么佛典（Kanon）。哥廷根座谈会上，学者们心目中的佛典是包括经、律、论一整套的典籍，这在释迦牟尼生时是根本不可能形成的。Bechert 说，最古的佛典是属于律部的，这是隔靴搔痒之谈，绝对靠不住。我想拿《论语》来作一个例子或者依据，推测一下佛教 Ur-kanon 形成的过程。孔子的一些行动和同弟子们的一些谈话，被弟子们记了下来，积之既久，遂形成了《论语》。释迦牟尼恐怕也会有类似的情况。他常说的一些话，被弟子们记在心中，扩而大之，逐渐形成了一些经典中的核心。区别只在于，中国的《论语》保留了原型，没有继续发展成为成套的有体系的经典，有如天主教和耶稣教的《新约》《旧约》，以及伊斯兰教的《古兰经》。佛教经典的形成走的是另一条路，结果形成了一套汗牛充栋的经典宝库，而没有一部为各派所共同承认的宝典。后世产生的经典也往往标出“佛说”，这当然是绝对不可靠的。

印度从什么时候起开始有文字呢？确切时间还不能十分肯定。反正阿育王（约公元前 275—前 232）时代已经有了文字。有了文字，佛典就能够写定。写定的时间可能早到公元前 2 世纪末。在这里又出了一个佛典梵文化的问题，这个现象可能与佛典的写定同时并举。什么叫“梵文化”？原来佛典的语言是俗语，主要是古代半摩揭陀语。后来，这种俗语由于种种原因，其中也包括政治方面的原因，不能适应需要。政治界和宗教界都想找一个能在全国都通用的语言，选来选去，只有原来被佛祖所拒绝的梵语最符合条件。于是就来了一个所谓“梵语复兴”（Sanskrit Renaissance）。佛典也借这个机会向梵文转化，这就是“梵文化”。这是一个缓慢的过程，最初俗语成分较多，以后随着时间的推移，俗语成分渐减，而梵文成分渐增。这样的语言就被称为“佛教梵语”或“混合梵语”（Hybrid Sanskrit）。

以上是我在《三论原始佛教的语言问题》这一篇论文中，对1976年在哥廷根举行的“最古佛教传承的语言”座谈会上所发表的论文的意见。论文的最后一部分中，我又综合地讨论了下面6个问题：

（一）什么叫“原始佛典”

（二）耆那教经典给我们的启示

（三）摩揭陀语残余的问题

（四）所谓“新方法”

（五）关于不能用“翻译”这个词的问题

（六）汉译律中一些有关语言的资料

这些问题前面都有所涉及，我不再一一加以解释了。

4.《〈罗摩衍那〉在中国》（附英译文）

中国翻译印度古代典籍，虽然其量大得惊人，但几乎都是佛经。大史诗《罗摩衍那》虽然在印度影响广被，但因为不是佛经，所以在我的全译本出现以前的两千余年中中国并没有译本，至少对汉文可以这样说。我这一篇论文就是介绍《罗摩衍那》在中国许多民族中流传的情况的，共分以下几个部分：

一、《罗摩衍那》留在古代汉译佛经中的痕迹

二、傣族

三、西藏

四、蒙古

五、新疆

（一）古和阗语

（二）吐火罗文A焉耆语

结束语

前五部分的内容，我在这里不谈了，请读者参看原文。我只把“结束语”的内容稍加介绍。我谈了下列几个问题：

（一）罗摩故事宣传什么思想？印度的两个大教派都想利用罗摩的故事为自己张目。印度教的《罗摩衍那》宣传的主要是道德伦常和一夫一妻制。佛教的《十车王本生》则把宣传重点放在忠孝上。至于《罗摩衍那》与佛教的关系，有一些问题我们还弄不清楚。两者同产生于东印度，为什么竟互不相知呢？唯一可能的解释就是，罗摩的故事晚于《梵书》，而早于释迦牟尼。

（二）罗摩的故事传入中国以后，有关的民族都想利用它为自己的政治服务。傣族利用它美化封建领主制，美化佛教。藏族利用对罗摩盛世的宣传，来美化当地的统治者。

（三）汉族翻译的罗摩的故事，则强调伦理道德方面，特别是忠和孝。我总怀疑这是译经的和尚强加上去的。中国古人说：“不孝有三，无后为大。”人一当了和尚，不许结婚，哪里来的“后”呢？而许多中国皇帝偏偏好以孝治天下。这似乎是一个无法解决的矛盾。于是中国佛教僧徒就特别强调孝，以博得统治者和人民大众的欢心，以利于佛教的传播。

（四）中国人不大喜欢悲剧。罗摩故事在印度是一个悲剧，中国编译者则给了它一个带喜剧色彩的收尾。

（五）罗摩的故事传到了中国，被一些民族涂上了民族色彩和地方色彩。

最后，我谈到了《清平山堂话本》卷三中的《陈巡检梅岭失妻记》。这个话本一方面与罗摩的故事有相似之处；另一方面，又与《西游记》的神猴孙悟空有某些瓜葛。这个问题有待于进一步的探讨。

顺便说一句：这篇论文有英译本。

5.《新博本吐火罗语 A（焉耆语）〈弥勒会见记剧本〉第 39 张译释》

这里译释的是新博本《弥勒会见记剧本》第 39 张两页。详细说明已见 1983 年 4，这里不再重复。

此文有英译文。见下面 7。

6.《〈薄伽梵歌〉汉译本序》

我在这篇序言中主要介绍了印度三位学者对《薄伽梵歌》的意见，他们是高善必（D.D.Kosambi）、Basham 和恰托巴底亚耶（Chat-topadhyaya）。我认为，这三位学者对此书的意见各有独到之处，其余印度和印度以外的学者们的意见，多得不可胜数，都没有什么特异之处，我一概省略了。在序言的最后两段中，我提出了一个“天国入门券越卖越便宜”的观点。这个观点在我脑海里不断发展，到最后就形成了一个宗教发展的规律：用越来越少的身心两个方面努力得到了越来越大越多的宗教的满足。在香港中文大学讲学时我曾专门讲过一次。我个人认为，这是发前人所未发的观点或者规律。

7.Translation from the Tocharian Maitreyasamiti-nātaka the 39th leaf（2Pages）76 YQI.391/I and I.391/2 of the Xinjiang Museum Version

已见上面 5。

8.《自序——〈原始佛教的语言问题〉》

在这一篇“自序”中，我主要讲了我学习“佛教梵语”开始时的情况，接着又讲了我写《原始佛教的语言问题》和《再论原始佛教的语言问题》的来龙去脉。《再论》写于 1958 年。此后，在我研究“佛教梵语”方面是一个漫长的空白阶段。一直到 1984 年，也就是说，在二十六年之后，我才写了上面刚刚介绍过的《三论原始佛教的语言问题》。这篇文章主要是针对德国梵文学者、我的朋友 Bechert 的。在这一篇“自序”的最后，我提出了我研究“佛教梵语”的用意。我不是为研究语法变化而研究语法变化的，我希望把对佛教梵语和印度佛教史的研究结合起来。其他学者间或也有这样做的，不过不像我这样明确，这样坚持，这样有意识，这样始终如一。

9.《〈印度印地语文学史〉序》

中国研究外国文学的情况是：翻译作品较多，研究论文较少，而文学史则更少。对印度文学的研究就是这样。刘安武这一部书是十分可贵的。此书资料丰富，立论公允，必能受到读者的欢迎。印度语言极多，每种语言都有自己的文学。我国研究印度文学的现状实不能令人满意，至今连一部《孟加拉文学史》都没有写出来，遑论其他语言。没有个别语言文学史的研究，一部完整的《印度文学史》是无法写出来的。

10.《外国文学研究中的几个问题》

这是我在上海外国语大学的一篇即席的长篇发言或者报告，没有稿子，连提纲也没有。内容是讲“研究外国文学应当学习些什么东西”。我认为，首先要提高理论水平。想做到这一步，必须学习四个方面的文艺理论。第一，要学习马克思主义的文艺理论。这里包括经典作家对文艺的一些意见，我把普列汉诺夫也归入此类。这是基本立足点，不能掉以轻心。第二，要学习中国文艺理论。我们在这方面有丰富而优秀的遗产，《文心雕龙》、钟嵘《诗品》、司空图《二十四诗品》等古代名著，一直到近代王国维的《人间词话》，还有大量的“诗话”，都是非学不行的。第三，要学习西方文艺理论，自古希腊亚里士多德起，一直到近现代，西方文艺理论极其丰富。近代又出现了不知多少理论，有的“蟪蛄不知春秋”。我们必须了解，但千万不能迷信。“贾桂思想”是我们的大敌，必须彻底铲除。第四，要学习印度文艺理论。在印度，文艺理论也有极长、极辉煌的历史。过去曾影响过中国，今天我们仍要认真研究和学习。理论方面，就讲这四点。在语言方面，必须先学好汉语，包括古文诗词在内；其次，必须学好外语，只会一种还不够用，要多学几种；再次，知识面一定要广，不广没法研究外国文学；最后，还要学习科技知识，至少要能掌握电脑技术。

11.《商人与佛教》

我个人认为，这是一篇重要的论文。为了撰写这篇文章，我用了极大的精力和极多的时间。我先把全文的目次抄在下面，然后再加一些必要的解释。

一　引言

二　商人

给孤独长者首转法轮

二　汉译佛典律藏中有关佛教僧侣与商人的关系的记载

（一）一般的接触与来往

（二）结伴旅行

（三）狼狈为奸，走私漏税

（四）商人支持佛与僧

（五）佛教戒律禁止和尚捉金银，做买卖，与商争利

（六）过去世商主与佛的关系

三　商人在印度的起源和在古代社会中的地位

（一）商人起源的一般规律

（二）印度古代商人起源的特点

（三）印度河流域古代社会中的商人

（四）《梨俱吠陀》中的商人

（五）雅利安人的东进

（六）印度古代的商路

（七）《罗摩衍那》中的商人

四　商人与佛教关系密切的原因

（一）经济关系

a. 商人是施主

b. 二者都以城市为据点

c. 共同合谋偷税漏税

d. 和尚不许捉金银

（二）来源关系

e. 二者在思想上同源

（三）意识形态

f ahṃsā

g. 转轮圣王

h karman

i. 同属沙门思想体系

（四）共同的历史使命

j. 二者同是历史的不自觉的工具

五　与中国对比

（一）商人与宗教的关系

（二）商业与农业的关系，中印两国商人阶段发展的规律

仅从上面抄的目次中也可以看出来本篇论文的大体内容。我现在不再按照

目次一一介绍了。我只想讲一讲，我是怎样想到这个题目的？为什么费这样多的篇幅来写这个题目？在印度佛教史上这个题目有什么重要意义？

按照常理，商人与佛教不会有多少瓜葛，不会有太密切的关系。商人是入世的，做生意为了赚钱。而佛教僧人则是出世的，念经拜佛，坚持修行，为了成佛作祖，得到涅槃。二者互不相涉。我原来根本没有想到把二者联系到一起来。但是，在阅读佛典的过程中，我却逐渐发现或者意识到，二者有非同寻常的关系。释迦牟尼成佛后，从金刚座上下来，第一批向佛提供食品的就是两个商人。这是佛一生中一件十分有意义的事。为什么偏偏是两个商人而不是别的什么人呢？释迦牟尼最大的施主给孤独长者也是一个大商人，他曾布金满地购买了一座大花园赠送给佛祖。佛经中许许多多的地方都谈到了这一位长者，他是佛经中最有名的人物之一。因此，我们可以说，商人同佛教有某一种特别亲密的关系。

在古代社会中，不管是中国还是外国，由于生活条件的限制，特别是由于道路的崎岖坎坷和交通工具的简陋，一般人除非万般无奈是不大出门的。古人所谓"鸡犬之声相闻，老死不相往来"，讲的——至少一部分就是这种情况。现代的所谓"旅游"，不但古代稀见，连我年轻时都是少见的。现在推想起来，当时出游的人不外下列几种：外交使节，比如张骞之流，这类人数目极少；出征侵略或御敌的将士；贸迁千里万里"重利轻别离"的商人；还有为了宣扬大法、积累功德而云游的宗教僧侣。这个出游的队伍是慢慢扩大的。当时通往远方的大路，最有名的是丝绸之路，都是商人用脚踩出来的。宗教僧侣出行，当然也只能走商路。因此二者路上相遇的机会自然就多了起来，结伴同行，也就成了很自然的现象。我在本文中引用的大量佛典律藏中的资料，足以说明这个现象了。有很多故事讲到佛教和尚同商人共同想方设法在关口上偷税漏税，以及佛教僧侣对商人无与伦比的、超出度外的迁就和照顾，颇伤虔诚的佛教徒的感情，这一点我是知道的。但是，这些记载都赫然出自佛典本身，我丝毫也没有捏造。我是一个历史工作者，只能照实直书，别无选择。这一点还请佛教界的朋友们原谅则个。

本篇论文的后一半，我主要用来谈商人与佛教关系密切的原因，以及与中国对比。在这里，我个人主观的想法多一点，难免有主观臆断的地方。但是，就我个人来说，我的态度是严肃的，丝毫也没有故意标新立异、哗众取宠的想法。是非曲直，都由读者去评断吧。

12.《〈敦煌吐鲁番唐代法制文献考释〉序》

这一篇序言没有提出什么新观点。

13.《〈饶宗颐史学论著选〉序》

在这一篇序言中，我首先介绍了饶宗颐先生的生平，然后介绍他的著作。饶先生学富五车，著作等身，研究范围极广，儒、释、道皆有所涉猎，常发过去学者未发之覆。我在这里提出来了一个大家所熟知而实践者则不算太多的观点，这就是："进行学术探讨，绝不能故步自封，抱残守缺，而是必须随时应用新观点，使用新材料，提出新问题，摸索新方法。只有这样，学术研究这一条长河才能流动不息，永远奔流向前。"我认为，我这个意见很值得我们大家都来深思，而且付诸实施，任何时候也不应忘记。

我借用了先师陈寅恪先生《王静安先生遗书序》中的一段话："然详绎遗书，其学术内容及治学方法，殆可举三目以概括之者。"这三目是"取地下之实物与纸上之遗文互相释证"、"取异族之故书与吾国之旧籍互相补正"、"取外来之观念与固有之材料互相参证"。我这一篇序言主要就是根据寅恪先生提出之三点，来叙述了饶宗颐先生的学术内容和治学方法。

14.《在杭州印度两大史诗讨论会上的讲话》

这篇讲话没有提出什么新观点。

15.《外国文学研究应当有中国特色》

这一篇论文不算太长，但是代表了我在80年代前对外国文学研究、对文学批评、对美学、对文艺理论的看法。今天重读，觉得有一些说法是能站得住脚的，有一些则不然，有一些甚至幼稚可笑。到了最近几年，我对上面说的那一些问题都有了一些独特的看法，有一些我甚至称之为"怪论"。详细情况只有在下面谈了。我不知道，我这些"怪论"、这些"野狐谈禅"是表示我进步了，还是我参禅走了火？我自己当然认为自己是进步了。

闲话慢提，我现在简短地介绍一下本文的内容。我主张中国的外国文学研究应有中国特色。要想做到这一步，至少应该有三个前提或者基础：第一，必须突出理论研究；第二，必须在方法论上努力求新；第三，必须实行拿来主义，古为今用，外为中用，以我为主。世界上，文艺理论能成为体系的只有四家：马克思主义文艺理论、自古希腊罗马以来的欧美文艺理论、中国文艺理论、印度文艺理论。中国文艺理论，源远流长，丰富多彩，有一套专门名词，有许多不同的学说。我写道："这些术语和理论对中国的专家来说，一看就懂，也确能体会其中含义，但是要他用比较精确的明白易懂的语言表达出来，往往说不出。这些术语给人一个印象，一个极其生动的印象，这是好的。要把这个印象加以分析，说说清楚，则力不从心，说不出来。这不能不说是一个不足之处。"

（羡林按：从这一段话中可以看出来，我在当时仍然被西方的"分析"牢牢地捆住了手脚，而不能自拔。我现在认为，我现在终于"拔"出来了。）

在这篇论文的最后几段中，我讲到当今世界上五花八门的文艺理论体系，"江山年有才人出，各领风骚数十天"。对这些文艺理论体系，我们必须随时加以注意，努力去理解，但千万不要被它们绑在战车上，拾人牙慧。这个意思，一直到今天，我还认为是对的。

16.《展望比较文学的中国学派》

这是《北京晚报》记者的提问和我的回答的一个记录。文虽短，但谈的问题却极为重要。比较文学形成的历史虽然不长，但已经成为世界显学。可惜其中竟没有中国的声音。有一些中国比较文学学者，甚至个别的外国比较文学学者，都提出了建立比较文学中国学派的希望和呼吁。我当然也有这种希望，但绝不是出于狭隘的爱国主义或民族主义，而是出于对世界比较文学的关心。没有中国学者，再扩大一点范围，没有东方学者参加，则比较文学会是一个不完备的学科。至于如何才能形成中国学派，我除了提倡理论研究以外，其他招数也不多。

17.《吐火罗语》

18.《窣利文（粟特文）》

19.《梵文》

这3篇论文都是为《中国大百科全书·语言文字卷》所写的词条。

1985年

这一年又是丰收的一年。校内外的社会和学术活动仍多。中国比较文学学会成立，我当选为名誉会长。这一年出版了下列几本书：《原始佛教的语言问题》《〈大唐西域记〉校注》《〈大唐西域记〉今译》和译本《家庭中的泰戈尔》。是年8月，赴德国Stuttgart，参加第16届“世界历史学家大会”，在会上用英文宣读了《商人与佛教》。

本年共写32篇各类文章，其中可以算作学术论文的有14篇。下面顺序加以叙述：

1.《〈摩奴法论〉汉译本序》

“法”（dharma）这个字在印度含义颇为复杂，大体上是由宗教伦理转为政治法律。本书作者是婆罗门种姓，当然会努力维护本种姓的利益。但这一部《法论》还是非常有用的。我个人从里面找到印度封建社会起源的很多资料。关于这个问题，印度所谓历史唯物主义的史学家大都认为印度封建社会起源比较晚。我利用本书提供的资料，认为印度封建社会起源相当早。这一部书不但在印度历史上起过重要作用，到了近代，它仍有极大影响，它影响了许多周边国家，英国人为印度立法也曾加以参考。

2.《泰戈尔》——《简明东方文学史》一节

这是《简明东方文学史》第三编中第三章的第二节（该书454—470页）。

中国近现代对外国文学的研究，偏重西方文学，而忽略了东方文学，这与时代风气密切相关。西方讲欧洲中心主义，中国人也在有意与无意之间讲欧洲中心主义。这个现象并不奇怪。一直到今天，社会上某一些人的崇洋媚外思想，“崇”的多半是西方，“媚”的也多半是西方。在新中国建立前，我们对日本文学研究得颇有成绩，对日本文学作品介绍翻译得也比较多；其次是印度文学；其他东方国家的文学则受到了冷落，有的人甚至于不屑一顾，认为东方文学水平差，不能与欧美文学比肩。这大半是一种偏见，我们应该摒弃之。在印度文学中，声名最显赫、介绍得最多的是泰戈尔。其中原因，人所共知，不必详论。

改革开放以来，研究外国文学的风气为之一变。研究东方文学逐渐受到重视，队伍逐渐扩大，范围逐渐拓宽，水平逐渐提高，出现了一派生机勃勃的气象。外国文学研究人才最集中的地方有两处：一处是北京大学东方语言文学系，现东方学系；一处是中国科学院文学研究所，现中国社会科学院外国文学研究所，后者的研究人员基本上出自前者。这两处的人才通力协作，可谓得天时、地利、人和。但是，在最初，后者的力量还不够强大，我们编写《简明东方文学史》，是北大唱独角戏。后来编写规模更大的《东方文学史》，才是协作完成的。这留待下面再讲。

我写“泰戈尔”这一节，主要根据我自己对他的研究，也参考了一些国外的研究成果。我首先写了泰戈尔“生活的时代”，强调他生活在英国殖民主义者的统治下，自幼培养出了极其真挚的爱国主义热情，他为印度的独立贡献出了自己的全部力量。他与圣雄甘地可以称为“双峰并峙”，因此受到了全印度人民，以及全世界进步人民的由衷的爱戴。他对中国人民反抗日本军国主义者的同情，对侵略者的无情的鞭挞，我们中国人民永远不会忘记。

接着我写了泰戈尔的“生平”。我仍然突出了他的爱国行动，以及他的国际主义精神。1916 年，他到了日本，从那里转赴美国。他对美国的种族歧视深恶痛绝。他以“国家主义”为题，做了一些报告。他对美国一向没有好感，几次访美，都不欢而散。1919 年，发生了有名的“阿姆利则惨案”，他拍案而起，写了一封义正词严的信给英国总督，声明放弃英国国王赐给他的“爵士”称号。1924 年，他访问中国，对中国文化大加赞赏，歌颂中印友谊，并预言中国的复兴。1930 年，他访问了苏联，极有好感。1939 年，他著文怒斥希特勒。1941 年，他临终时还念念不忘中国的抗日战争。综观泰戈尔一生，主持正义，痛斥邪恶，不愧是一个完人。

下面我谈到他的思想（世界观）。他主张宇宙万物的基本精神是和谐与协调，他又提出了“韵律”是宇宙的最高原则。但是，他思想中也是有矛盾的。

接着我论述了泰戈尔的“作品”。他是一个天才作家，一个多产作家。他用孟加拉文和英文写了大量的诗歌、短篇小说、长篇小说、戏剧、杂文等，世界各国几乎都有译本。中国已经翻译了泰戈尔的全集。我还特别分析了他的艺术特色，并以短篇小说为例，细致地加以分析。他的诗歌创作曾在 20 世纪 20 年代后半期深刻地影响了中国新诗的创作。

最后，我讲泰戈尔在世界上的影响以及他与中国的关系。上面已有所涉及，在这里不再重复了。

3.《〈中国传统小说在亚洲〉中译本序》

本文原系法国学者苏尔梦著《中国传统小说在亚洲》汉译本一书的序言，收入《比较文学与民间文学》一书时，改名《文化交流与文学传播》。

我首先强调了文化交流的重要意义，这是我一贯的主张。中国文化源远流长，一方面接受其他国家的文化，一方面又毫不吝啬地把自己的文化传出国外，传布全球。中国的传统小说是传播对象之一。有一些小说也传到了欧洲，受到了像歌德这样的文化巨人的赞扬。但是，最主要的传播地带还是亚洲。中国家喻户晓的一些传统小说，比如《三国演义》《西游记》《今古奇观》《水浒传》《金瓶梅》、《聊斋志异》、《红楼梦》等，都传至亚洲许多国家。有的是华侨带出去的，不用译本；有的则有当地文字的译本，为当地居民所喜爱。这也是一种文化传播的方式，其影响更能深入人心，它加强了当地人民对中国的了解，从而增强了友谊。

我们中华民族本来有了解外国人民和民族的传统，一部《二十四史》可以为证。但是，到了近代，由于国弱民贫，外患内忧纷至沓来，这种擅长并且喜爱了解外国，古代所谓“异域”的优良传统渐趋衰微，甚至濒临灭绝的危险。而国外，特别是欧美和日本等文化技术先进国家，则越俎代庖，对中国以及中外文化交流研究得既深且透，结果是硕果累累，极富新意。他们方法新、资料丰，掌握有关的语言文字多，有时候为中国学者所望尘莫及。但是他们掌握汉语的程度是成问题的，日本学者也在所不免。我们对他们必须给以客观的实事求是的评价。

在外国汉学家中，法国汉学家是突出的。他们有比较悠久的汉学传统，名人辈出，代有传人，至今不绝。但是，老一辈汉学家“俱往矣”。在中青年汉学家中，苏尔梦是一个佼佼者。她的著作相当多，比如《适应汉文化的一个例子：十八世纪的贵州省》《雅加达的中国人，寺庙和公共生活》《印度尼西亚的中国人用马来文写的文学作品》等。此外她还写了很多论文，涉及面非常广，资料多是第一手的。

现在的这一部书是苏尔梦编著的，其中收有法、苏、德、日、朝、柬、印尼、泰、美、澳等国学者的著作 17 篇。她为此书写了引论。统观这些文章，材料大都翔实可靠，立论也平正公允。从中可见在所谓“汉文化圈”内外，中国传统小说的影响如何深厚，大大有利于了解中国文化对外影响的具体情况。

4.《印度史诗〈罗摩衍那〉的诗律》

印度古诗表现形式是诗节（sātrā），每一诗节分为 4 个音步。组成音步的方式有两种：一种是按照音节的数目，一种是按照音节瞬间（matra）的数目，前者术语叫婆哩陀（vṛtta），后者术语叫阇底（jāti）。在第一种中，要区别长短音。所谓长音是指用长元音、二合元音或三合元音，以及诗律长元音组成的音节。在第二种所谓阇底中，也讲长短，两个短元音算一个音节瞬间，一个长元音算两个。在这里，诗律不是按照音节的数目，而是按照音节瞬间的数目来计算的。

《罗摩衍那》的诗律属于第一种，是按音节数目来计算的。全部大史诗约有一万九千首诗，绝大部分都是用一种诗律写成的。这种诗律名叫输洛迦（śloka），有 4 个音步，每个音步 8 个音节，共 32 个音节。输洛迦本是最常见的一种诗律，《罗摩衍那》故神其说，说是作者蚁垤于无意中发现的。实际上连《摩诃婆罗多》用的也是这种诗律。我现在把《罗摩衍那》中最标准、最典型的一首输洛迦的诗律写在下面：

—（长）一（短）

—— —— / —— —

—— ——/ —— — —

举此一例，可见一斑。

5.《〈中国纪行〉中译本序》

中亚人赛义德·阿里·阿克巴尔·哈塔伊用波斯文写了一部《中国纪行》，记述了他于 16 世纪初（明正德年间）在中国的所见所闻，极有学术价值。张至善和张铁伟、岳家明等译为汉文。书前有李约瑟的序和我的序。

我的序言没有什么精辟新奇的见解，讲的大半都属于老生常谈之类，但都是真实的话。法西斯分子说：“谎言说上一千遍，就变成了真理。”我的看法是：谎言，即使说上一万遍，却仍然是谎言。只有真理才是越说越光明显赫。我在这里重点讲的仍然是爱国主义。

中古穆斯林旅行家和学者对人类文化做出了巨大的贡献。由于语言关系，到了今天，这个历史事实还不为世界所熟知。因为当时政治紊乱，国境经常变迁，这些旅行家和学者有时候国籍难明。本书作者也属于这个范畴，但这不是关键问题，关键在著作本身的价值。穆斯林旅行家有一个共同的特点：比较客观，比较实事求是。虽也受时代限制，难免多少有一些荒诞不经之谈，但总起来看是比较少的，他们的记述基本上是可靠的。

正如对许多中古旅行家那样，也有人怀疑，本书作者是否真到过中国。我个人的看法是，他亲身到过中国，否则有一些事件和情况，他不会写得这样亲切、具体、生动、真实。他对当时中国人民的讲礼貌、守秩序等美德倍加赞美。他写道："在世界上除了中国以外，谁也不会表现出那样一种井井有条的秩序来。毫无疑问，如果穆斯林们能这样恪守他们的教规——虽然这两件事无共同之处——他们无疑地能按真主的良愿成为圣人。"总之，通过这一部分，我们能够看到16世纪初中国的精神文明和物质文明的比较真实的情况。以后帝国主义殖民主义分子对中国加以污蔑，都是出于小人之心和侵略的需要，别有用心。眼前，我们的社会风气也有不少不能尽如人意的地方，产生这种情况的原因极其曲折复杂。我相信，有朝一日，总会慢慢好起来的。我也相信，读了这一部分，会无形中增强爱国主义精神。

6.《一部值得重视的书——读阿克巴尔〈中国纪行〉》

7.《原始社会风俗残余——关于妓女祷雨的问题》

这篇论文是读《中国纪行》的副产品。

我读《中国纪行》第11章"妓院和妓女"，其中讲到妓女的来源：犯了死罪的官员的妻女被送入妓院，供人寻欢取乐。另外还有一个任务，就是为公众祷雨。为什么利用妓女为公众祷雨呢？我立即想到了印度流传极广的鹿角仙人或独角仙人的故事，其中就有利用妓女祷雨的情节。大史诗《罗摩衍那·童年篇》（1.9.3，1.9.28）讲到了这件事，讲到了妓女，也讲到了下雨。玄奘《大唐西域记》卷二，讲到独角仙人，但没有讲求雨。在其他佛典中，这个故事大量出现。《本生经》第523和第526两个故事，内容基本一样，讲的都是独角仙人。在用混合梵文写成的《大事》中也同样可以找到这个故事。在西藏文佛藏《甘珠尔》中，在汉译佛典《佛本行集经》《佛所行赞》《大智度论》等无数的经典中，这个故事都留下了痕迹。在印度佛教艺术浮雕中，同样可以发现。这个故事或与这个故事相近的故事，在印度以外的地区也同样可以找到，比如 Rabalais，Le Fontaine，Barlaam and Josaphat 等都是如此。我现在毫不夸大地说一句，正如其他一些民间故事或民间传说那样，它几乎传遍了世界。

因此，我们很容易就能想到，这是原始巫术的残余。我引了 R.Briffault 的话说："所有的没有开化的人们都认为，种植技术比起其他活动来更依赖于巫术力量和行动，而不依赖于技巧和人力。"弗雷泽（Frazer）也说，原始人把人类生产自己的族类的过程和植物生产的过程混淆起来了。

8.《罗摩衍那》——《印度古代文学史》一章

这是《印度古代文学史》中的一章，后作为单篇论文收入《比较文学与民间文学》一书中。《简明东方文学史》中《罗摩衍那》一章也用了其中的材料。

因为我穷数年之力，翻译了卷帙浩繁的《罗摩衍那》，所以我零零碎碎、陆陆续续，写过一些关于这部大史诗的文章，长短都有。最集中的是 1979 年出版的专著《〈罗摩衍那〉初探》（下面简称《初探》），里面讨论的问题最多，涉及面最广。请参阅前面所述 1978 年至 1997 年"我的学术研究"部分中的内容。在那里，我只开列《初探》中的目次，对每一章都没有介绍。

在现在这一篇文章里，我当然会使用以前写过的一些文章中的资料和观点，特别是《初探》。但是，时间究竟已经过去了几年，我对这部大史诗的看法，当然会有所充实。所以现在这一篇文章并非全是抄袭旧说，而是有所增益。我先把本文的节段目次抄在下面，以资与《初探》对比：

一　性质和特点

二　主要骨干故事的历史真实性

三　作者

四　成书的时间和地点

五　语言和诗律

六　与《摩诃婆罗多》的关系

七　主要情节

（一）《童年篇》;（二）《阿逾陀篇》;（三）《森林篇》;（四）《猴国篇》;（五）《美妙篇》;（六）《战斗篇》;（七）《后篇》: 罗波那的故事、哈奴曼的故事、罗摩和悉多的故事。（一）故事情节层次问题,（二）悉多的身份问题,（三）《罗摩衍那》故事来源问题

八　思想内容

九　艺术风格

（一）塑造人物形象

（二）展开矛盾斗争

（三）描写自然景色

（四）创立艺术风格

十　在印度国内外的影响

十一　与中国的关系

只要把上述的目次同《〈罗摩衍那〉初探》的目次一对比，立刻就能发现其间的差别。《初探》中有的题目，我在这里省掉了，另外加了一些新题目。这说明，我在《初探》出版后的六年中，仍然对《罗摩衍那》继续思索和探讨。这可以说是我的习惯：过去写过的比较重要的文章，我不是一旦写完发表，就立即置诸脑后，甚至完全忘掉。而是，不管有多少新的课题，也不管多么忙乱，我总不会忘记，一旦遇到有关的资料，立即记下，等到有机会时写成文章，对旧文加以补充、发展，有必要时加以纠正。我个人觉得，这是一个好习惯。

9.《五卷书》——《简明东方文学史》一节

这是《简明东方文学史》第二编中第一章的第二节。

关于《五卷书》我曾写过一些文章，比如前面所述 1946 年至 1949 年“出路的表现”部分中，1946 年所写的文章《〈五卷书〉——一部征服了世界的寓言童话集》，就是一个例子。我还在许多长长短短的文章中提到过这部书。

在这里，我首先讲了《五卷书》在印度本国以不同的书名，在不同的语言中流布的情况。然后讲“时代背景”，讲“思想内容”和“结构特色”。在最后

讲结构特色时，我使用了一个新名词“连串插入式”，就是一个大故事中插入许多小故事。这种结构方式，似乎对中国也产生了影响，唐代传奇人物王度的《古镜记》就是这样。此外，《五卷书》散文和韵文相结合的结构形式，中国一些传统小说中也有，比如写到一个什么地方，就忽然插入一句话“有诗为证”，接着就是一首或长或短的诗歌。

10.《迦梨陀娑》——《简明东方文学史》一节

这是《简明东方文学史》中紧接着《五卷书》的第三节。

迦梨陀娑是《沙恭达罗》等名著的作者。正如印度文学史上其他作家和作品那样，他的诞生时代以及生平事迹，争论极多，而且时间相差悬殊极大。

我在本文中讲了一部分人的看法，我个人无法反驳，也无法证明，姑从之而已。我写他是笈多（Gupta）时代（约公元4世纪—6世纪）的人。此时梵文已经复兴，所以才能产生这样伟大的诗人。

迦梨陀娑，这个名是由两个字合成的。“迦梨”是一个女神的名字，“陀娑”意为“奴隶”，合起来就是“迦梨女神的奴隶”。关于这个名字，印度有很多传说，都不可信。关于他的生平，更是隐在一团迷雾中，谁也说不清楚。印度古代和中世文学史上，作家的情况几乎都是这样。

我比较详细地介绍了迦梨陀娑的作品。他的第一部著作是叙事诗《鸠摩罗出世》，讲的是战神塞犍陀的诞生。第二部叙事诗是《罗怙世系》，罗怙是《罗摩衍那》男主人公罗摩的曾祖父。书中第10章至第15章讲述罗摩的生平，下面讲述罗摩的后裔。迦梨陀娑只写了一篇长篇抒情诗《云使》，是印度文学史上的名篇。他的一部抒情诗集《六季杂咏》，有人怀疑是一部赝品。迦梨陀娑最享盛名的作品还是他的两部剧本：《沙恭达罗》和《优哩婆湿》，其中第一部更是蜚声全球。上面我已经介绍过了，这里就不再重复。

11.《敦煌学、吐鲁番学在中国文化史上的地位和作用》

“敦煌学”这个名词，是陈寅恪先生最先使用的，其含义比较笼统，凡研究与古代敦煌有关的学问，都可以称之为“敦煌学”。特别是有名的莫高窟石窟和19世纪初（或18世纪末，相差不过一年）发现的藏经洞，其中图籍琳琅满目，成为全世界许多国家学者研究的对象。“敦煌学”之名因之日彰。至于“吐鲁番学”这个名词，始作俑者恐怕就是不佞自己，它泛指研究古代新疆文化的学问。因为吐鲁番地区考古发掘工作做得比较多，成果比较大，所以就以“吐鲁番学”概括全疆的研究工作。其中并没有多少玄妙之处。

本文首先讲丝绸之路的重要意义：这一条贯通东西的交通大动脉，在漫长的历史时期中，在推动东西方文化交流方面，起了永不能磨灭的作用，而敦煌和吐鲁番都是丝绸之路上的重要地区。

我讲了敦煌吐鲁番学六个方面的价值：

第一，对研究中国历史和地理的价值。

第二，对研究中国文学艺术的价值。

第三，对研究语言学、音韵学的价值。

第四，对研究宗教问题的价值。

第五，对研究古代科技及其他方面的价值。

第六，对研究中外文化交流史的价值。

详细叙述，请参阅本文。

12.《在中国比较文学学会成立大会暨首届学术讨论会上的开幕词》

这本是在北京大学东方学系与比较文学研究所联合举办的全国首届东方文学比较研究学术讨论会上的发言，现收入《比较文学与民间文学》中，改名为《当前中国比较文学的七个问题》。我提出的七个问题是：

一、关于“危机”的问题

二、比较文学的范围

三、比较文学的目的或作用

四、关于新名词的问题

五、世界文学

六、日本文学的启示

七、一国中民族文学的比较问题

我对比较文学并没有深入的研究，但是我考虑这方面的问题比较多，比较广泛。以上七个问题都可以算是一得之愚。

13.《回顾与展望》

没有什么新的看法。

14.《对于〈梦溪笔谈校证〉的一点补正》

《梦溪笔谈》是享有盛誉的著作，胡道静先生学富五车，治学谨严，他的《校证》是一部优秀的著作。偶有失误，贤者难免。我的“一点补正”，不过想使这部书更为完美而已。

1986年

这一年，学习和写作的环境，同前两年差不多，没有什么特别可写的。

本年出版书两种:《印度古代语言论集》和《季羡林散文集》。前者包括用德文、英文和汉文写成的关于印度古代语言的论文，后者包括我直到这一年所写的全部散文，是一本空前完备的散文集。本年共写文章44篇，其中大体上可以算是学术著作的有下述16篇。我想在这里补上几句话：所谓学术著作与非学术著作，有的泾渭分明，有的则颇为模糊。

1.《中印智慧的汇流》

此文原系周一良主编的《中外文化交流史》中的一章，收入《佛教与中印文化交流》时改称《中印文化交流简论》。

这是一篇相当长的文章，但却只能算是综述，里面没有多少新东西。不过，对一般读者来说，它是非常有用的，他们可以从中了解中印两个大国几千年文化交流的情况。过分烦琐复杂的考据文章，虽然能推动学术的发展与前进，但是光有这个，也还是不行的。可惜有不少大学者毕生不肯写普及通俗的文章，这不能不说是一件憾事。我自己幸尚没有这个偏颇之见。我既写阳春白雪，也写下里巴人。

在这一篇文章中，我写了下列诸节。

一、滥觞——先秦

讲中印文化交流的开始，一直追溯到较古的时代。

二、大波——汉代

讲佛教从印度传入中国，丝、纸等从中国传入印度。

三、万紫千红——六朝

在这里，我主要讲印度文化传入中国的情况，因为事实上，在这期间，印度文化影响中国，方面极广，有的也极深入。我共讲了七个方面：（一）文学。（二）史学。（三）声韵学。（四）著述体裁。（五）艺术。（六）天文算术。（七）医药。其中，“著述体裁”中，有别的地方很少提到的新材料。

四、姹紫嫣红——唐代

在这里，我首先列了一个中印交通年表，从武德九年（626）到长安四年（704），这八十多年是中印交通最频繁的时期。

下面我着重谈了译经方面的活动，主要代表人物就是有名的玄奘和义净。接着我谈了这样频繁的往来所带来的文化交流方面的成果：（一）文学：我讲了传奇和变文。（二）音韵学：我讲了守温的三十六字母。（三）医学：我讲到《隋书·经籍志》中记载的印度医书，讲到《外台秘要》中的印度影响，讲到义净《南海寄归内法传》中有关印度医学理论和药材，讲到印度眼科医生到中国来行医，剥除白内障。在唐代，印度眼科恐怕在世界上是独领风骚的。（四）艺术：我讲到雕塑、绘画、音乐等。（五）宗教：当然指的是佛教，我突出讲了禅宗。（六）科技：我讲了制糖术。在制糖术方面，中印两国互相学习，共同发展，垂千有余年。详情见我新近完成的长达80万言的《糖史》。（七）中国物品传入印度：我主要讲了水果。（八）印度物品传入中国：我举了许多例子。（九）哲学：我着重讲了印度哲学宗教思想的中国化问题和中国哲学宗教思想对印度的影响。我第一次提出了“佛教的倒流”这个概念。在这里，我讲了（1）《道德经》的翻译问题。（2）佛教的倒流。（3）佛教的中国化。（十）印度杂技和幻术传入中国。（十一）印度天文历算传入中国。（十二）佛教对一般社会生活的影响。

五、余音袅袅——宋及宋以后

我讲了宋代开国初期同印度来往的情况。以后，随着佛教在印度的衰微，中国没有西行求法的佛教僧侣了，中印交通的一个主要方面，就从而断绝。代之而兴的是外交和贸易方面，规模都不像以前那样大了。在意识形态方面，则印度影响逐渐显著而深入，宋明理学就是一个著名的例子。

元代的版图空前地扩大，这当然会有利于中印交通。我列了一个简单的交通年表，可以看到在短期内两国交通之频繁。明代初年实行海禁政策，永乐年间开始打破，派郑和七次出使西洋。当时的所谓“西洋”，今天的南洋一带都包括在里面。郑和下西洋对中印文化交流的促进是不能低估的。清代中印交通未断。英国殖民主义者把印度鸦片运入中国，毒害我国人民。这一笔罪恶的黑账只能写在英国侵略者头上，与印度人民无涉。

六、涓涓细流，为有源头活水来——近代

鸦片战争以后，中印两国人民都相继爆发了反侵略或反封建统治的民族解放战争。两国人民相濡以沫，都有对对方表示同情与支援的举动。印度独立运动的伟人甘地和泰戈尔，都对中国寄予极大的同情。

2.《比较文学的“及时雨”》

本文原是乐黛云著《比较文学与中国现代文学》一书的序言，收入《比较文学与民间文学》时改今名。

本文不长，主要谈我对乐著的印象。

3.《婆罗米字母》

4.《法卢字母》

这两篇都是我给《中国大百科全书·语言文字卷》所写的词条，介绍印度古代的两种主要字母。婆罗米字母，由左向右书写，横行。而法卢字母则是由右向左书写，也是横行。在中国新疆考古发掘工作中，两种字母的残卷都有大量的发现。

5.《翻译》

这也是给《中国大百科全书·语言文字卷》所写的词条。其中阐述了我对翻译的理解或者狂妄一点说，就是“理论”。我对翻译的理解是倾向于保守的。中国有世界上最古最长的翻译的历史，理论方面也有不少建树。但是，我觉得，严又陵的“信、达、雅”仍然是平正公允的理论。现在国内外都有不少翻译理论，其中故意标新立异而实则缺乏真货色者也不在少数，这同文艺理论和语言理论等，颇有类似之处。我们不应该唯洋是尊，跟在外国学者屁股后面转。如果有人讽刺我是民族主义，我也准备了一个现成的回敬：崇洋媚外。我最厌恶学术上的“贾桂思想”。

6.《东方文学的研究范围和特点》

本文原系《简明东方文学史》的绪论，收入《比较文学与民间文学》时，改今名。

这是一篇比较长的文章，大体上代表了我在1986年前后对整个东方文学的看法。

我先讲“东方文学的范围”，回答“什么叫东方文学”这个问题。东方，最初只是一个地理概念，但也有一个发展过程，时代不同，典籍不同，“东方”的涵盖面也就不同。后来又添上了一个政治概念，“东方”成了被侵略、被剥削的代名词。此外，还要解释一个问题：为什么中国学者写的东方什么史中一般不写中国。中国不是东方大国吗？我认为，主要原因是，加入中国，则篇幅必然会大大地扩大，而且有关中国的专史，数量极大，不必再挤进东方什么史之类的书籍中，争一席之地。

接着我讲了东方文学的特点——内容和发展规律。我认为，文学的特点决定于民族心理素质和语言文字等表达工具。我把世界文化区分为四个文化体系：

一、中国文化体系；

二、印度文化体系；

三、波斯、阿拉伯伊斯兰文化体系；

四、欧洲文化体系。

一直到今天，我仍然是这个看法。不过，对第三个文化体系的名称，我曾改变过几次，目的是为了更确切、更全面，这一点我在下面还会谈到，请注意。我认为，在这四个文化体系中，前三者属于东方文化体系，最后一个是西方文化体系。这也决定了东方文学的范围。这个想法，上面已经多次涉及。

文化既分东西，必然各有其特点。我个人对东西文化特点的理解有一个漫长而曲折的过程，最初理解得比较肤浅，以后逐渐深入，逐渐细致，自谓颇能得其要领。这是后话，下面还要谈到。我在本文里引了严复的看法，又引了古代《宋高僧传·释含光传》的《系》中的说法，这些说法都能自圆其说，有一定的深度。到了20世纪20年代，又有人讨论东西文化及其哲学问题，这里的“西”有时指的是印度，与后来一般的用法稍有不同。接着我谈了一个民族的文化发展规律大体上可以分为三个步骤：第一，以本民族的共同心理素质为基础，根据逐渐形成的文化特点，独立发展。第二，接受外来的影响，在一个大的文化体系内进行文化交流。大的文化体系以外的影响有时也会渗入。第三，形成一个以本民族的文化为基础、外来文化为补充的文化混合体或者汇合体。

上面我讲的是文化和文化交流的问题，文学是文化的一个重要组成部分，文学发展的规律不能脱离文化发展的规律。因此，一个国家、一个民族的文学的发展，也可以分为三个步骤：第一，根据本国、本民族的情况独立发展。第二，受到本文化体系内其他国家、民族文学的影响。第三，形成以本国、本民族文学发展的特点为基础的或多或少涂上外来文学色彩的新文学。上面讲的文化和文学的发展三步骤只不过是一个大体的轮廓而已。

下面我讲到文学的表达工具，也就是语言文字。我在这里提出来了一个观点：内容与形式的矛盾是推动文学发展的动力。这个观点正确与否，先不去管它。我只讲一讲在1986年以前很长的一段时间内，哲学界以及一般的学术界，大兴“矛盾”之风，认为一切事物前进的动力都是矛盾。倘无矛盾，则一切都要停滞。我也莫名其妙地成了“矛盾派”，所以才产生了这个观点。我对哲学本无兴趣，后来时移事迁，我没有再继续思考这个问题。我现在怀疑，我这个观点是时代的产物。我不妨把我在本文中举的例子说上一说。我说，在远古的时候，人类的思想感情比较单纯，表达思想感情的形式是四言诗，这也就足够了。后来，随着社会的前进，人类的思想感情也日益复杂化起来，表达的形式也多样化起来。统而言之，简而言之，我所谓内容与形式的矛盾，就是这个样子。现在，连我自己也没有把握，我这个“理论”是否能站得住脚。

我在下面用相当长的篇幅，讨论了诗歌的格律问题。我在这方面是一个保守派。我从来不是什么诗人，但是，对诗也有我自己的看法，有自己的标准。对当今国内外的某一些诗歌的创作和理论，特别是所谓“朦胧诗”，我颇有点不敢苟同。这些诗歌，我一大半看不懂，看懂的一点，则觉得肤浅，故以艰深文浅陋。他们的理论，我也是大半不懂；懂了的一点，则觉得同样肤浅，也是故以艰深文浅陋。总之一句话，我认为，诗歌必须有形式，必须有格律，格律的形式可能因语言文字的不同而大大地有差异，但是必须有，则一也。我的“理论根据”实在非常幼稚。我认为，文学艺术最忌平板，必须有跌宕起伏，诗歌更甚。格律、韵律，正是这种跌宕起伏的表现和手段。我这一点幼儿园的“理论”

水平，恐将贻笑于方家，但我绝不会感到羞愧不安。

我讲了中国古诗的格律，讲了印度古诗的格律，伊朗（波斯）、缅甸、越南等国的诗律，目的在于对比，而且说明，诗律对诗歌来说是不可缺少的。

紧接着我把根本没有形态变化的汉文诗和形态变化极其复杂的梵文诗做了对比。我举了两首汉文诗，几乎只有名词，而没有动词。然而给人的印象却是鲜明生动，如在眼前，这是汉文的特点，其他语言是难以做到的。

我在本文的最后一部分里，分别介绍了几个国家或地区的文学发展情况。我首先讲了印度文学，其次是西亚与非洲文学，再次是南亚与东南亚文学，最后是日本文学。我的叙述都比较短，目的只在用这些具体的文学，来说明我在上面提到的文化和文学发展的三个步骤。其中是否有牵强之处，我自己现在也没有把握，请读者当作一家之言去看吧。

7.《比较文学和文化交流》

本文原系《中国比较大学年鉴》的“前言”，收入《比较文学与民间文学》一书时改今名。

这是一篇相当短的文章，内容主要是从文化交流的角度来谈比较文学。比较文学是文化交流的一种形式。我又谈了比较文学中国学派的问题。我认为，如果没有中国文学参加，所谓比较文学就是不完整的比较文学。至于中国学派，我指出要具有两个特点：第一，以“我”为主，以中国为主，决定对外国文学的“拿来”或者扬弃。第二，把东方文学，特别是中国文学，纳入比较的轨道，以纠正过去那一种欧洲中心主义。我们之所以这样主张，决非出于什么狭隘的民族主义，而是因为，只有这样才能真正总结出比较文学发展的规律，有利于世界比较文学的发展。同时，我们也不是为比较而比较，而是想借点东风，促进我国社会主义文学的发展。

8.《民间文学与比较文学》

9.《我同外国文学的不解之缘》

这一篇文章并不能算是一篇学术论文，其中讲了我六十年来同外国文学打交道的经历。从小学学英文谈起，一直谈到初中、高中、大学和留学时期同外国文学的关系。最初只是英文，最后扩大到了其他外国语言和文学。对我的求学的过程讲得很具体，是一篇颇为有用的资料，可以供有兴趣者参考。

我天生是一个“杂家”，学问、兴趣很庞杂。一方面，我一生也不能算是一个外国文学的专门研究者；但在另一方面，我一生对外国文学的兴趣也没有减少。一直到前不久，我还想到翻译点外国文学作品。实际上，我十几年来从事译释的吐火罗文《弥勒会见记剧本》也只能算是一部文学作品。

10.《论梵文本〈圣胜慧到彼岸功德宝集偈〉》

这是一篇相当长的论文，也是一篇相当重要的论文。我之所以认为它重要，是因为它涉及下面几个问题：

一、在佛教大乘经典中，般若部是极其重要的一个大家族。这一部《圣胜慧到彼岸功德宝集偈》》在这个般若家族中占有特殊的地位。

二、这一部经由梵文译为西夏文，由西夏文译为藏文，又从藏文译为汉文。诗的格律很奇特：每句 11 个音节，4 种不同的语言都是如此。此为译经史上所绝无仅有。

三、这部经的语言特点，与大家族其他成员都迥乎不同。其中 -aṃ>o，u 的现象，更引起了我浓厚的兴趣。

四、般若部诸经典流布的情况，我认为与佛教大乘的起源有关。

下面把论文的内容简略地加以叙述。我并不是简单地复述，而是有时候加以补充，有时候加以纠正，有时候解决了旧问题，有时候又提出了新问题。我觉得，“学术回忆”的真正的意义就在这里，否则回忆的作用就不大了。

我先把本论文的章节抄在下面。原文本来没有在文前归纳写出，对读者颇不方便。

一、般若部的一般情况

二、梵汉对比研究

三、《般若经》起源地的问题

四、梵本《圣胜慧到彼岸功德宝集偈》的语法特点

（一）《宝德藏》中没有东部方言的特点

（二）《宝德藏》中有西北部方言的特点

（三）在—aṃ>0，u 中—0 和—u 是否相等（equivalent）

五、《宝德藏》的起源地问题

六、《宝德藏》的产生时间问题

七、《宝德藏》的起源与大乘的起源问题

在下面按上列目次加以简单叙述。

一、按照 Warder 的说法，《般若经》共有 21 种，但是这不一定就是十分准确的数目。从语言方面来讲，只有一种是用“佛教混合梵语”写成的，这就是《宝德藏》，其余都用梵文写成。至于成书的时间，有二说：1. 越长越古；2. 越短越古。尚无大家都承认的看法。

二、为了具体地说明《宝德藏》的特点，我选了此经第一品的前九颂，先抄梵文原文，每行 11 个音节，再抄宋法贤译的《佛说佛母宝德藏般若波罗蜜经》，译文为每行 7 字，最后抄每句 11 个字（音节）的汉译本。西夏文和藏文译文没有抄。那是另外一个研究课题。

三、关于《般若经》的起源地的问题，有两种说法：一是南方，一是北方。南方起源说，论据多，似乎占了上风。我总共引用了八种汉译佛典，从三国一直到唐，基本上都说《般若经》起源于南天竺，然后向西方、北方等地扩展。我在这里提出来了一个大胆的说法：《般若经》有象征意义，它象征着新兴大乘佛教思潮。它的流布情况就是原始大乘的流布情况。

我细读上面讲的八部译经，突然灵机一动，想到一个问题，主南方说者利用这些资料，有一个共同的疏忽。这八部经都说，佛灭度后《般若经》传至南方。佛灭度前怎样呢？它当然不会在南方，而是东方如来佛游行传教的地方。我在上面已经提到过，大乘起源分两个阶段：一原始大乘，一古典大乘。前者只能起源于东天竺。

关于大乘佛教起源问题，因为是佛教史上的一个重大问题，国内外学者论之者众矣。有的能说到点子上，略有新意。有的另是一套，根本说不到点子上，Lamotte 等就属于这一类。中国学者吕澂对这个问题的说法颇有新意。他认为，大乘佛教的起源可以分为两个阶段：第一，主智的大乘佛教，也就是印度的大乘佛教起源于南方。第二，主情的大乘佛教起源于北方，受希腊、波斯等地的影响，主张祈祷、他力往生等。我个人认为，大乘的起源是一个十分复杂的问题，内因和外因都起了作用，但还应该分为原始大乘与古典大乘两个阶段。

四、关于《宝德藏》的语言特点问题，最重要的一点就是，此经是用“佛教混合梵语”写成的。我在本书中，在上面，已经多次提到这种混合梵语。在此经的混合梵语中，有两点值得注意：第一，它没有东部方言的残余。第二，它有 –aṃ>o，u 的现象，而这种语言现象明确无误地是印度古代西北部方言的特点。我在自己一生几十年的学术生涯中，在这篇论文之前，在这篇论文之后，都写过论证这个特点的论文。我有一个习惯：我一旦发现一个问题，就写成文章，而且终生不忘，随时积累更多的更确凿可靠的证据，来证实我原来的看法。

对 –aṃ>o，u 这个语法现象，我也是如此对待的。我又用了相当长的篇幅，大算其旧账。导火线就是日本学者汤山明研究《宝德藏》的专著。他是追随在 Lamotte 和 F.Edgerton 身后反对或者不承认我这个看法的。我觉得，每一个学者都有权提出而且坚持自己的学术观点。但是，这里有两个原则必须遵守：第一，一旦发现自己错了，必须有勇气承认而且改正；第二，错了以后，千万不要文过饰非，说一些自己打自己嘴巴的话。美国学者 Edgerton 就属于不遵守这两条原则的人。

Edgerton 先生的这种治学态度，引起了我的强烈不满。我于是又以 –aṃ〉o，u 这个语法现象对他在《佛教混合梵语语法》中的一些不明真相而又强词夺理的论点，提出了我的意见。特别是对他认为“o 和 u 不相等”这种缺少起码常识的说法，提出了我的论证。我说，0 和 U 是一个历史发展问题：

阿育王碑　O

佉卢文碑　O

佉卢文《法句经》 Ou

佉卢文尼雅俗语 Ou

佛教混合梵语　u（极个别的 O）

这样一个表，一目了然，历史发展，昭然若揭。然而 Edgerton 和他的追随者，却偏偏视而不见。他最后被迫承认了我的论点，却一不更改自己书中的错误，二又企图提出毫不沾边的理由，说什么只是由于韵律关系 –aṃ 才变成 –u。这是一种思维混乱。我讲的只是 –aṃ>0，u，而没有讲什么原因。忸忸怩怩提出了“韵律关系”，这同我的论点有何关系？我劝读者，千万不要学习这样的治学方法！

对于这个问题我还做了更多的论述，我在这里不重复了。关于Urkanon问题，我在这里又讲到了，也不再重复。我只在这里补充一点：我在本文中引用了西藏学者Buston的一句话：《宝德藏》后来被使用摩揭陀方言来宣讲。我无法理解这一句话的含义，摩揭陀语是东部方言。

五、《宝德藏》的起源地问题，我在上面已经涉及，这里不再论述。

六、《宝德藏》产生时间的问题。对于这个问题，学者们间大体上可以说是有两派意见：一派主张产生最早，一派主张产生最晚。我是主张最早的，根据就是，此经是般若部大家庭中唯一的一部用混合梵语写成的经典。可是有一个问题我迄今还没能找到解决的办法，这就是，《宝德藏》是《八千颂般若波罗蜜多经》的缩写本，为什么偏偏用混合梵语来缩写一部用梵语写成的佛典的缩写本呢？

七、关于《宝德藏》的起源与原始大乘佛教的起源问题，我在上面已有所涉及。这是一个十分复杂的问题，不是三言两语就能够回答清楚的。我在本篇论文中又借机讲了讲我一贯对大乘起源问题的看法。归纳起来，有以下几点：第一，我把大乘起源分为两个阶段：原始大乘与古典大乘；第二，大乘起源有内部因素，也有外部影响；第三，原始大乘思想，同小乘一样，萌芽于东天竺；第四，原始大乘思想的萌芽应追溯到公元前2世纪。除了以上几点以外，我又讲了我对宗教发展规律的粗浅的设想。我的规律是：用越来越小的精神和身体两方面的努力得到越来越大的对宗教需要的满足。这一条规律我在上面已经提到过。我认为，这不但适用于佛教，而且也适用于天主教和基督教。我讲到什么努力，讲到什么宗教满足，也许有人认为太空洞。我现在讲得稍微具体一点。所谓“宗教需要”，不一定每一个民族，每一个人都有，内容也不尽相同，总之不过是：高则成佛作祖，低则趋吉避凶。释迦牟尼最初并没有被神化，佛教最初也无神可拜。小乘因此就强调个人努力，进行修行。这当然要费很大的精神和身体的力量。到了后来，由于佛教内部发展的需要，再加以外在甚至外国的影响，就出现了把佛神化，加以跪拜，借他力以往生，功德可以转让，等等。发展到最后，甚至到了“放下屠刀，立地成佛”的地步。我那一条规律的内容，大体上就是这样。

至于大乘起源地的问题，我再补充几句。《大智度论》的作者龙树在本书卷67中说：“是深般若波罗蜜，佛灭度后当至南方国土者，佛出东方，于中说般若波罗蜜，破魔及魔民外道。度无量众生，然后于拘夷那竭双树下灭度。后般若波罗蜜从东方至南方，如日月五星二十八宿，常从东方至南方，从南方至西方，从西方至北方，围绕须弥山。”如果我的设想“般若部是初期大乘的象征”是正确的话，大乘佛教萌芽于东天竺，也就不成问题了。事实上，大乘区别于小乘的一些做法，比如虔诚拜祷、他力往生等，《般若经》中都能够找到。

我已经用了很长的篇幅介绍关于《宝德藏》的这一篇论文，但因论文内容过于丰富，仍难免挂一漏万，只好请读者参看原文了。

11.《我和佛学研究》

严格说，这也不能算是一篇学术论文。我在里面讲了我学习佛教史的经过，研究佛教的原因。我认为，不了解佛教，就无法了解中国哲学史，甚至中国历史。我反对对佛教加以谩骂，谩骂不是战斗。我认为，应该正确地理解佛教，佛教也有过正面的影响。宗教是人类创造的，只要人类在行动上和思想上不能完全主宰自己的命运，宗教就有存在的余地。想人为地消灭宗教，是办不到的，只能是一个并不高明的幻想。我还认为，佛教并不影响、阻碍生产力的发展，日本就是一个例子。我们中国的佛教研究实际上还很落后，应急起直追。

12.《外语教学漫谈》

本篇也算不上学术论文，只谈了我对于外国语教学的一些想法。

13.《对于文化交流的一些想法》

在精神方面和物质方面，各民族之间都有文化交流。文化交流无所不在，无时不在。世界民族，不论大小，不论新旧，都创造了自己的文化，都同别的民族进行了文化交流，虽然各民族对世界文化的贡献之大小不是等同的。中国几千年的历史告诉了我们一个经验或者规律：国力强大的朝代，比如汉唐，敢于接受外来的事物，从而丰富了自己的文化；国力衰微的朝代，胆子就小，自己文化的发展也受到了影响。

14.《我和外国语言》

这篇文章详细讲述了我几十年学习外国语言的过程。我学习外语是从十岁学英文时开始的。到了初中，有了正式的英文课，晚上还要到济南尚实英文学社去上课。这是叔父"望子成龙"，每月出学费，给我增加的学习机会。我不敢说是特别用功，但学习是有用的。到了高中，我在班上的英文程度一直高居第一，同时还开始学习德文。老师并不高明，发音多半中国化了，大概在青岛德国人办的什么公司内当过小职员。当时山东中学的英语教学水平是不高的，只读，不说，不听。1930年，我高中毕业，到北平来"赶考"。北大出的英文题中有一个是翻译李后主的词，所有的课程都考完后，又突然袭击，加试了一场"英文听写"。山东去的"举子"绝大多数如入五里雾中。到了清华大学，入西洋文学系。其时所有的课基本上都用英语讲授，课程也都一样，只是分为英、德、法语三个专门化：学习一种语言四年者，就算是某语言专门化。我的专门化是德语。此外，我还学了两年法语。1935年我远赴德国，入哥廷根大学，主系是印度学，学习梵文和巴利文。副系一个是英文，另一个是斯拉夫语言，我学习了俄文和塞尔维亚—克罗地亚文。一度我还学过阿拉伯文。第二次世界大战后期，Sieg又教我学习吐火罗文A和B。

15.《在"东方文学比较研究学术讨论会"闭幕式上的发言》

我这一篇"发言"共谈了七个问题：

一、关于"危机"的问题

二、比较文学的范围

三、比较文学的目的或作用

四、关于新名词的问题

五、世界文学

六、日本文学的启示

七、一国中民族文学的比较问题

"发言"原来没有题目，后来收入《比较文学与民间文学》一书时用今名。

16.《新博本吐火罗语A（焉耆语）〈弥勒会见记剧本〉第19页译释》（英文）

这是一份英文稿，后面谈到。

1987年

在这一年内，学术研究的环境同前几年差不多，总之是宽松的。虽然禁忌总不会一点也没有，因为那是根本不可能的，但是无谓的干扰已经基本上没有，这有利于从事学术研究，自不待言。

本年共写各类文章26篇，包括创作和学术文章。基本上可以算是学术文章的有16篇。下面分别加以介绍。

1.《欧、美、非三洲的甘蔗种植和砂糖制造》

这是一篇相当长的论文，后来作为第七章编入我的《糖史》第二编——国际编。

我在上面曾说到过我写《糖史》的原则：我并不想求全，只要Von Lippmann和Deerr两部《糖史》中已经有的东西，我尽可能不再重复，那两部著作是完整求全的。我的《糖史》第一编——国内编所用的材料基本上都是我自己多方搜罗来的。这一点那两位国外学者是根本做不到的，我们也不应当这样要求他们。在国际编内，有时候非用他们的材料不行，但我也把这种情况压缩到最低限度。换一句话说，材料也基本上都是我搜罗来的，读者一看内容就能够知道。现在这一篇论文也不例外。在这里，我使用的都是汉文资料。我是有意这样做的。结果怎样呢？由读者来评断。

下面介绍一下论文的内容。为了醒目起见，先抄目次，这是原文所缺的：

案语

前言

欧洲

　　全洲情况

　　法国

　　德国

　　英国

　　荷兰

　　丹麦

　　瑞典　挪威　意大利　俄国　西班牙

七　造糖原料问题

八　制糖技术

本篇论文的框架结构就是这样。

我在上面已经说过，我用的材料都是汉文写成的，其中有个别的书是译本。我是有意这样做的。我在别的地方也说到过：19 世纪中叶以后，中国学人中一些先进人物，锐意谋求了解外国，了解世界。这种精神值得我们钦佩，后来也不多见。他们撰著的或者翻译的有关外国史地的著作，材料往往很翔实。至于一些外交官员所撰写的游记或日记，也有同样的特点。我写这篇论文时用的就是这些材料。

正如此文最后八段文字所表述的那样，我不是为写《糖史》而写《糖史》，我有我的用意和着重点。我的着重点首先是讲文化交流；其次是阐述中国人在这些工作中所起的作用，特别是华工们所付出的劳动和做出的牺牲。是中国华工以及接近奴隶的“猪仔”，流血流汗为美洲许多国家的甘蔗种植和砂糖制造奠定了基础。最后我还特别强调从非洲被欧洲殖民主义的强盗们贩运到美洲的黑人或者“黑奴”的作用。他们牲畜般地被白人奴役，在甘蔗园中、在制糖厂中，他们也是流血流汗，甚至牺牲了自己的性命，使南美洲和中美洲产的白糖流布世界。

2.《吐火罗文 A（焉耆文）〈弥勒会见记剧本〉新博本 76YQ1.2 和 1.4 两张（四页）译释》

这是吐火罗文 A（焉耆文）《弥勒会见记剧本》新博本 76YQ1.2 和 1.4 两张四页的译释。详细情况上面已说过，不再重复。这说明，我在 1987 年仍然从事这项工作。

3.《〈东南亚历史词典〉序》

这不是一篇独立的论文，只是一篇序。中华民族是历史上最爱历史的民族。我们不但对本国历史有不间断的比较可靠的记述，对外国，其中也包括东南亚国家，也有记述。这些记述对研究有关国家的历史，有异常重要的意义。因此，我们中国学者，只要掌握了东南亚国家的语言文字，利用有关国家的史料，再加上我们史籍中的有关史料，再去研究东南亚国家的历史，包括撰写《东南亚历史词典》，自然会得心应手，左右逢源。

4.《佛教开创时期的一场被歪曲被遗忘了的“路线斗争”》

我窃不自量，认为这是一篇非常重要的论文。这个问题，在印度佛教史上，应该说是一个异常重要的问题。但是，据浅见所及，东西各国治佛教史的学者，没有哪一个把它作为一个重要问题提出来过。我认为，一部真正的佛教史，必须包含这个问题，否则这就不是一部真正反映实际情况的佛教史，是一部不完整的佛教史。

下面按内容目次对本文加以简略的阐明。

一、问题的提出

提婆达多，梵文 Devadatta，也译为“调达”等，意译是“天授”。他是佛祖释迦牟尼的堂弟，后来也随佛出了家，当了和尚。佛经中有很多地方都提到过他，把他说成是一个十恶不赦的恶人：他屡次想方设法加害佛祖，死后堕入地狱，永世不得翻身。他的主要罪恶是想争夺僧伽的领导权，破坏僧伽的统一，这种行为有一个术语，叫作“破僧”（sanghabheda）。但是，佛典在罗列他的罪状的同时，有时也会露出一点破绽：提婆达多并不那样坏，还有人信从他。我因此想到中国的一句老话“胜者王侯败者贼”，一部《二十四史》，很多地方都可以碰到这种现象。恐怕提婆达多也属于败者一类。

但是，中外佛教史专家的著作中，有的也间或提到提婆达多的名字，却没有一个人认真探讨这个问题，更没有人提到，他同佛祖的斗争不是一般的意见不合，而是有更深的含义的。我借用了我国前一段很长时间内习用的一个政治术语“两条路线的斗争”，来表示我对这个问题的看法。

二、佛典中对于提婆达多的论述

我在本文中收集了大量的有关提婆达多，特别是他与释迦牟尼的矛盾的资料，这些资料都是“胜者”释迦牟尼的徒子徒孙们，最先是口传，最后写定成书的，倾向性非常明显。但是，正如常人所说的“不能一手掩尽天下人的耳目”，其中有一些真实的材料，对我今天的探讨是非常有用的，这是如来佛忠实的徒子徒孙们始料所不能及的。

因为有关的经典太多，我最后选定了以唐义净译的《根本说一切有部毗奈耶破僧事》为依据，来叙述佛与提婆达多的矛盾与斗争。因为，这一部经名称就标出了“破僧”，是资料最集中的一部佛经，是专门讲提婆达多破坏僧伽统一的。

这一部佛典讲释迦牟尼和提婆达多的矛盾，用的是典型的印度方式，几乎是从开天辟地讲起的。它讲人类的出现、人类的堕落，由于堕落而争夺土地，于是产生了国王。又经过了不知多少年多少代，出现了释迦种。最后出现了释迦牟尼的父亲净饭王，净饭王的兄弟甘露饭王，生子提婆达多。因此，佛祖和提婆达多是堂兄弟。讲释迦牟尼的诞生，又用的是印度方式，烦琐详尽到令人生厌。两位主人公一出台，本经就讲他们之间的矛盾。为什么有矛盾？道理讲不出，也无法讲出，好像他们俩天生就是冤家对头。古今中外专讲一面之词的书籍，往往如此，因为它们实在讲不出令人信服的道理来。后来佛祖厌倦人世，出家修道。先行苦行，不久就发现：“此是邪道，非清净道。”舍之而去。在这里，这一个举措虽为所有的佛传所共载，却是一个伏笔，这与提婆达多有关，下面还要谈到。后来释迦牟尼终于在金刚座上，菩提树下，成了正果，成了佛。有了佛，才能有僧伽，有了僧伽，才有了“破”的对象，而破之者就是提婆达多。

《破僧事》接着叙述提婆达多的活动，特别是“罪行”，说他处心积虑要伤害释迦牟尼，又叙述他与未生怨王（阿阇世）的关系，二人先是仇人，后来又变成了朋友。又叙述提婆达多与六师外道之一的哺刺拿的关系。这虽是一件小事，但是其中却隐含着提婆达多的宗教哲学思想，下面我还要谈到。《破僧事》又叙述了提婆达多处处同释迦牟尼对着干，别立“五法”。这对了解提婆达多的宗教思想有极其重要的意义。这“五法”都是针对释迦牟尼的：第一，不食乳酪；第二，不食鱼肉；第三，不食盐；第四，用衣时留长缕绩；第五，住村舍内。这“五法”对于了解提婆达多同释迦牟尼的斗争，有重要作用。下面又讲到提婆达多破僧的五种禁法：第一，不居阿兰若；第二，于树下坐；第三，常行乞食；第四，但蓄三衣；第五，着粪扫服。以上这些细节，实际上是两条路线斗争的内容。《破僧事》又记述提婆达多堕入地狱，舍利弗到那里去看望他。

《破僧事》接着叙述，提婆达多原来有了神通，后来因为做了恶事又失掉神通。又叙述提婆达多率领五百苾刍（比丘）在人间游行。这说明，提婆达多还是有追随者的。阿阇世王爱乐他，送给他五百车粮食，可以想见，二人已经成了好友。提婆达多千方百计地挑拨阿阇世与自己父亲的关系，终于使阿阇世把父王囚禁至死。提婆达多又一次一次地设计害他，终未得逞。《破僧事》最后利用阿阇世对世尊讲的一番话说明了哺剌拿的主张："无善恶业，无善恶报，无施与祀，无施祀业，无父母，无父母恩，无有此世他世，无有修道得圣果者，无有圣人，无罗汉果者，四大散已，无所依止，若有人言今世后世业因业果真实有者，皆是妄言。智慧所说，愚人所谈，二俱皆空。"这一段话明确无误地说明了哺剌拿的接近印度古代唯物论者的异端邪说。可是他是提婆达多的好友，从中也可以看到提婆达多思想之一斑。

三、论述中的矛盾

常识告诉我们，只有彻头彻尾讲实话的人才能在言语中没有矛盾。《破僧事》以及其他正统正宗的佛典，对提婆达多的叙述不是实话，而是有意地歪曲与诬蔑，因此必多矛盾，这是很自然的事情。

我在本文中着重指出了两大矛盾：第一个是叙述本身的矛盾，第二个是叙述的事实与以后历史的发展之间的矛盾。第一个矛盾中又包含着两个问题：一、提婆达多真正是一个人格卑鄙干尽了坏事的家伙吗？二、提婆达多真正是一个失道寡助众叛亲离缺少徒众的坏人吗？有一些问题我在上面行文时已稍稍点到过，现在再补充几个例子。《破僧事》及其他一些佛典的律部经典都讲到一件事：如来佛派亲信舍利弗或阿难，跟踪提婆达多到王舍城去，告诉那里的婆罗门及长者居士说，提婆达多是一个坏人。这有点像中国"文化大革命"中一些"造反派"的头子们常用的手段，用他们的话说就是把某一个人"搞臭"。这样做，必须会说假话，会造谣诬蔑。不意几千年前印度的佛祖的徒子徒孙们就曾这样干过。我再举一个例子——实际上，上面已经谈到过——许多律部经典同《破僧事》一样，都记载着，提婆达多是拥有徒众的，至少有五百个。"五百"可能是一个象征的数字，说多就用"五百"，比如"五百罗汉"之类。总之，提婆达多是有徒众的，而且为数不少。徒众中不但有和尚，而且也有尼姑。

现在谈第二个大矛盾。如果提婆达多真正像《破僧事》和其他律部经典所说的那样坏的话，他活着下地狱，也是罪有应得的。可是后来的历史告诉我们的却是另外一个完全不同的事实。佛灭度将近一千年以后，5 世纪初，中国的高僧法显在拘萨罗国舍卫城中竟然看到了提婆达多的信徒们，他们供养过去三佛，唯不供养释迦牟尼。又过了二百多年，唐代的高僧玄奘在《大唐西域记》卷十，羯罗拿苏伐剌那国条中写道："别有三伽蓝，不食乳酪，遵提婆达多遗训也。"可见到公元7世纪，提婆达多一派的僧徒还在活动。"不食乳酪"一语值得注意——我在上面已经说到，提婆达多所立"五法"中第一法就是"不食乳酪"。一个微不足道的宗教禁忌竟然有这样长、这样强的生命力，真不能不令人佩服！晚于玄奘几十年到了印度的、《根本说一切有部毗奈耶破僧事》的翻译者义净，在一条夹注中说："在处皆有天授（按即提婆达多）种族出家之流。"可见其地区之广以及人数之众。可惜在以后的记载中就再也找不到这类的记述，提婆达多徒众的历史陷入渺茫之中了。

四、我的看法，几点结论

上面我简略地叙述了提婆达多同释迦牟尼的矛盾与冲突。最后提一提我的看法。我的总看法是：这不是两个人之间的恩怨，而是一场剧烈的"两条路线的斗争"。

（一）公元前6世纪北印度思想界的情况

我们首先要把眼光放远，不要只看到佛教内部，而要环视当时整个北印度意识形态领域内的矛盾与斗争。笼统说起来，当时的北印度，有点像差不多同时代的中国春秋和战国时代：百家争鸣，思想活跃。大体言之，可以分为东西两大思想体系：西方婆罗门思想体系、东方沙门思想体系。前者以外来的雅利安人为基础，崇信吠陀天启，坚持种姓制度，婆罗门至上，提倡祭祀，信仰多神中的一神，哲学思想主张梵我一如（天人合一），没有悲观思想，不主张苦行，基本上是入世的。后者看重苦行，从某种意义上来看，是无神论的，否定自我，主张非暴力（ahiṃsā），相信轮回业报。在一些重要的问题上，二者是根本对立的。

（二）沙门思想体系内部的情况

佛教、耆那教都属于新兴的沙门体系，这个体系内部的、最激烈的矛盾是正统佛徒与外道六师的矛盾。佛典中许多地方都能找到攻击谩骂六师的十分恶毒的言辞。

（三）佛教内部的情况

佛教原始时期的情况，也有矛盾与冲突，最突出的就是我在本文中所讲到的提婆达多与释迦牟尼的矛盾。对于这个矛盾的真相的说法，佛典中可谓既众说纷纭，又破绽百出，这一点我在上面已经谈过。真相究竟如何呢？我们应该公允地实事求是地加以分析。

（1）提婆达多五法的分析

我在上面已经详细地叙述了提婆达多所立的“五法”，在这里不再列举。在五法中，有二法值得注意：一个是苦行，一个是不食肉。苦行并没有明确规定，一些规定实际上与苦行是相通的。不吃肉则是明确规定的。在印度宗教史上、在印度佛教史上，这两个问题都是重要的问题。而偏偏在这两个问题上，提婆达多是同释迦牟尼对着干的。

（2）提婆达多思想的分析

苦行和吃肉属于律的范围。提婆达多与释迦牟尼的根本对立，不仅表现在律的方面，而更重要的是表现在教义方面。关于这方面，我在上面已经谈了一些。我在这里只着重举出一点，提婆达多主张：“但有此生，更无后世。”提婆达多的好友，“外道六师”之一的哺剌拿，就是这样主张的。六师中另外一位名叫末加梨拘舍梨的“外道”也主张：“无善恶报，无有今世，亦无后世。”可见他们之间“心有灵犀一点通”。我们现在可以用一张现成的标签贴在他们身上：唯物主义者。所有这些问题都是复杂的问题，详细分析请参阅我的原文。

（3）两条路线的根本对立

如果画龙点睛的话，“两条路线的斗争”是现成的说法。这个斗争，大概在释迦牟尼在世时确实发生过，以后被佛祖本人以及他的徒子徒孙们镇压了下去。但未能根本消灭，遂形成了佛教（或甚至不能称为“佛教”）的一股潜流，一千多年以后，此流还在潺潺地流动。如果真正写佛教史，不能忽视这一股潜流。中间还有一段有趣的插曲。梁僧祐《释迦谱·释迦从弟调达出家缘记》卷十说：提婆达多（调达）由于害佛，入了地狱，受大苦难，便发悔心，说了声：“南无佛。”如来佛便说，他将来会成为辟支佛。在宗教斗争史上，不乏这种例子。印度教兴起以后，也把佛祖释迦牟尼请入自己的神殿，给他在印度教众神中安排了一个座位。

最后，我还要着重说一句：以后研究佛教史的学者，必须正视佛教开创时期这一场相当激烈的“两条路线的斗争”。

（四）我的结论略

5.《cīnī 问题——中印文化交流的一个例证》

我在上面一些地方已经说到过，我研究中印文化交流史，着眼在一个“交”字上。没有“交”字怎能成为“交流”呢？我的目的是反对一些学者的说法：在过去，中印文化交流只是单向直流，换句话说就是，只有印度影响中国，而中国则没有影响过印度。我认为，这不是事实。我之所以着眼“交”字，目的就在于纠正这种错误的看法。在这方面，我已经找到过一些具体的例证，写成了文章。这一篇关于 cīnī 的文章便是其中之一。

cīnī 的意思是“中国的”，这一点明确无误，绝无可以怀疑的余地。可是偏有一位 W.L.Smith 先生写文章，否定印度许多语言中称白糖为 cīnī 这事同中国有关。他挖空心思，故弄玄虚，大绕弯子，“拙”言惑众，来证明他的观点，结果自然是削足适履，捉襟见肘，前后矛盾，闪烁其词，危言并不能耸听，白搭一支蜡。

学术探讨，空言无济于事。我们只能让历史事实来说话。历史事实是，根据马可·波罗的记述，元世祖时代，中国福建 Unguen（尤溪）地方已经从埃及人那里学会了炼制白糖的技术。所谓“白”是一个颇为模糊的词，有种种等级不同的“白”。过去中国一些医书上已经有“白糖”一词，绝不会是纯白，不过较之红糖，颜色显得稍稍淡黄而已。元代的白糖也不会是纯白。到了明代，根据刘献廷《广阳杂记》的记载：“嘉靖以前，世无白糖，闽人所熬皆黑糖也。嘉靖中，一糖局偶值屋瓦堕泥于漏斗中，视之，糖之在上者，色白如霜雪，味甘美异于平日，中则黄糖，下则黑糖也。”大概泥土中的碱性发生了作用，使糖色变白。在中外科技史上，由于偶然性而产生的新发明，并不稀见。总之，中国明代已能制白糖，这是无法否定的事实。后来，我在我的《糖史》中有专章讨论此事。这是后话，暂且不表。

中国一旦能生产白糖，立即出口外洋。中国白糖运至日本，中国典籍和日本典籍中都有确切翔实的记载。中国白糖运至印度，也是十分顺理成章的事。

这个事实，Smith 先生想否定是办不到的。白糖传到了印度以后，印度人民无以名之，就名曰“中国的”（cīnī）。至于确定传入印度的时间和地点，我仍然用我的老办法：从语言上下手，也就是从 cīnī 这个字下手。由于资料不足，我只能利用Smith 的现成的资料。他说cīnī 这个字在印度孟加拉 16 世纪时已经确立。他又推断，这个字 13 世纪时已经出现。那么，根据这个情况，我们可以推断，13 世纪中国从埃及学制的白糖已经从泉州由海路运往印度。明代生产的更白的白糖 16 世纪后又通过同一途径运至印度。这样一来，传入的地点问题也就连带解决了：是东天竺孟加拉。

根据目前的资料，仅能做这样的结论。

6.《传统文化与现代化》

传统文化代表文化的民族性，现代化代表文化的时代性。历史上的现代化（虽然当时还不会有这个名词），指当时的“现代化”，也可以叫时代化。现代化或“时代化”的目标是当时世界上文化发展已经达到的最高水平，现代化总是同文化交流分不开的。一方面大力吸收外来的文化，一方面对传统文化又进行批判和继承的工作，二者相辅相成，缺一不可。历史上任何正常发展的国家都努力去解决传统文化与时代化的矛盾。这个矛盾解决好了，文化就大大地前进一步；解决不好，则两败俱伤。只顾前者则僵化保守，只顾后者则邯郸学步。中国历史的经验值得借鉴。汉武帝时期，一方面努力保存传统文化，另一方面，又能够放眼世界，大量吸收外来的东西。在其后一段时期，情况依然未变。佛教就于此时传入中国。文化交流使汉代和中国以外的广大地区蒙受其利。在中国历史上，凡是国力强盛时，对外文化交流就进行得虎虎有生气。反之，在国力衰微时，则顾忌很多，好像一个人患了胃病，这也不敢吃，那也不敢碰，结果，对人来说是损害了健康；对国来说，则是阻碍了文化发展。在当代中国，解放初期，国家是健康的，对本国文化，实行批判继承；对外来文化也不一概拒绝。“文化大革命”时期，则是患严重“胃病”的时期。

7.《〈什么是比较文学〉序》

这是《什么是比较文学》一书的序言，篇幅极短。但是，我认为颇有意义，所以特辟此专节，议论一番。

比较文学，同近代中国的一些新学问一样，也是舶来品，而且历史并不太长。在不长的时间内，中国比较文学的研究已经开展起来了，建立了全国性研究会和一些地区性的研究机构，出版了全国性和地区性的刊物，老中青的研究队伍也逐渐形成了，一派繁荣兴盛的气象。但是，仔细评论起来，也不是一切皆好。一切新生事物都有一个成长过程，比较文学也绝不会例外。根据我个人肤浅的看法，我们的缺憾是一不够普遍，二不够深入，我们的研究工作还有不少的空白点，有待于填补。

8.《要尊重敦煌卷子，但且莫迷信》

敦煌藏书被发现以后，形成了一门新学问“敦煌学”。敦煌卷子的价值，较之学者们推崇的宋版书，实有过之而无不及。但是，正如对宋版书一样，敦煌卷子应受到尊重，但是且莫迷信。我举了一个例子，唐代崔颢的《黄鹤楼》是千古绝唱，在敦煌卷子中也有这一首诗，但与我们通常的本子微有不同。第一句诗，敦煌本是“昔人已乘白云去”，通行本“白云”是“黄鹤”。最后一句诗，通行本是“烟波江上使人愁”，而敦煌本“烟波”则作“烟花”。仔细对比两个本子，恐怕大家都会承认，通行本要比敦煌本好，特别是“烟花”二字，放在这里十分不妥。

9.《唐太宗与摩揭陀——唐代印度制糖术传入中国的问题》

这原是一篇独立的论文，后编入《糖史》第二编，国际编的第五章。第四章《古代印度砂糖的制造和使用》，前面1983年的学术研究部分已经介绍过了。这一篇副标题是“唐代印度制糖术传入中国的问题”，可以说是它的续篇。

先将目次抄在下面：

小引

第一节　唐代中印交通和文化交流

1 交通年表

2 文化交流

a 宗教哲学

b 语言

c 文学

d 艺术

e 科技

f 动植矿物

3 交通道路

第二节　印度制糖术传入中国

只看这个目次就能够知道，我是在广阔的文化交流的基础上来谈印度制糖术传入中国的，我这样做，当然有我的打算。我认为，中印文化交流，源远流长。专就印度文化传入中国而论，至晚肇始于汉代，中经魏晋南北朝，至唐则登峰造极。制糖术就是在这样的时代背景下传入中国的。

第一节 1 交通年表上限是唐高祖武德二年（619），下限是武则天统治结束的长安四年（704），前后将近九十年。在人类历史上，九十年只不过是一瞬间，但是，在这样短的时间内，中印交通竟频繁到如年表排列的那样，可见两国间的关系密切到什么程度。这些来往都是有内容的，不仅仅是礼节性的，内容就是文化交流。

唐代中印文化交流的内容异常丰富，精神的东西有，物质的也有。而且从表面上看起来，几乎是"一边倒"的样子，好像只有印度的东西向中国流，中国的东西向印度流的情况则几乎不见。事情不可能竟是这个样子，之所以看起来是这个样子的原因很复杂。这个问题，我在上面已经谈过，下面还将谈到，这里暂且不谈。

我把中印文化交流的内容大体上归纳了一下，归纳成了目次中所写的那几项，不要求十分完备。我归纳的 a. 宗教哲学；b. 语言；c. 文学；d. 艺术；e. 科技；f. 动植矿物等项，几乎是人所共知、人所共见的。具体内容，我在这里不详细介绍。读者如有兴趣，请参阅本文原文。

因为本文讲的是制糖术，这本来也是属于文化交流的范围内的，为了突出它的重要性，我特意设了一个第二节，专门讲制糖术。这里我要多说上几句话。

中国在先秦时代就已经知道甘蔗，当时写作"柘"。但只饮蔗装，还不知道制糖。汉代依然如此。后汉、三国时期起，"西国（极）石蜜"传入中国。所谓"西国"或"西极"，极可能指的是印度、波斯一带。稍后，中国就开始使用甘蔗制造砂糖，大概技术水平不会很高。到了唐初，公元7世纪，印度制糖技术在长年发展的基础上，占世界领先地位。因此，被西域诸国尊称为“天可汗”的唐太宗才派人到摩揭陀（印度）去学习熬糖法。学回来以后，太宗“即诏扬州上诸蔗，拃沈如其剂，色味逾西域远甚”。意思就是，在颜色和口味方面，远远超过印度。颜色指的是白色。这本是常见的现象，中国古语说的“青出于蓝而胜于蓝”，指的就是这个道理。

关于唐太宗派人到印度去学习熬糖法这件事，见之于所谓“正史”，可见其郑重之程度。从唐到宋，有许多书上都有这个记载，我在这里都略而不谈。有一个问题则必须谈一谈：《新唐书》221卷上《西域列传·摩揭它》说是“学熬糖法”。有的则说的是熬石蜜法。这应该怎样来解释呢？“糖”和“石蜜”是一？是二？这个问题看起来颇简单，实则很复杂。我省去那些烦琐的考证，只说一句：是两种东西。李时珍的《本草纲目》，对这个问题的提法，虽亦有可商榷之处，但他对糖和石蜜的区别，则是说得颇为清楚的。他说：“以蔗汁过樟木槽，取而煎成。清者为蔗饧，凝结有沙者为沙糖，漆瓮造成，如石，如霜，如冰者，为石蜜，为糖霜，为冰糖也。”虽然是两种东西，实际上也是一种东西，区别在于生产程序有先后，生产工具有不同而已。

现在归结到我们的主题：唐太宗派人到印度去学习的究竟是“熬糖”法呢，还是“熬石蜜”法？这问题看似难以回答，只要了解了上述《本草纲目》中所述的过程，则又十分简单。唐太宗派人学习的是全过程，既包含熬糖，也包括熬石蜜。诸书不同的记载，并不矛盾。

10.《〈中西比较文学教程〉序》

此篇收入《比较文学与民间文学》一书时，改名为《文学的经与纬》。

文中提到了闻一多的一篇文章《女神之地方色彩》。文章说：“一切艺术应该是时代的经线，同地方纬线所编织成的一匹锦。”从其中引发了我的一个想法：任何时代、任何国家的文学（文化）都包含着两方面的因素——民族性和时代性。代表民族性的民族文学传统是历史形成的，可以算是经线；代表时代性的是民族文学随时代而异的现代化，是共时形成的，可以算是纬线。经与纬相结合就产生出了每一个时代的新文学。

我认为，闻一多的这一篇文章是中国比较文学史上的一篇重要文章。我进一步又指出了，我们当前研究比较文学的重要意义在于创造新中国的新文学，在于加强世界各民族之间的理解，为全体人类走向大同之域的理想服务。我还强调，前几年比较文学工作的重点在扩大队伍，成立组织，唤起学人们的注意和重视；今后的工作要在研究的深度上下功夫。大多是老生常谈，没有多少新见解。

11.《中国文化发展战略问题》

这是一篇报告的录音整理稿，非常长，涉及的问题也非常琐细而广泛。我主要讲了3个大问题：（1）“文明”与“文化”含义的异同；（2）中国当前的社会情况；（3）怎样开展文化交流，加强精神文明的建设，理顺各方面的矛盾关系，促进生产力的发展。简述如下：（1）世界学者给“文明”或“文化”下的定义据说有几百个，这就等于没有定义。我想从另一个角度来界定二者：“文明”的对立面是“野蛮”，“文化”的对立面是“愚昧”。（2）在人类历史上，生产力的发展至关重要。共产主义的最终目标是让大家共同过上好日子，这与生产力密切相关。眼前中国社会上不正之风严重，中国民族性的消极面依然广泛存在，这不利于生产力的发展。（3）我主张，我们要开放，开放，再开放；拿来，拿来，再拿来；交流，交流，再交流。

12.《〈王力先生纪念论文集〉序》

我首先叙述了我同王力先生认识的过程，这个过程长达几十年，他是师辈，我是生辈。我认为他禀性中正平和，待人亲切和蔼，同他相处，使人如沐春风。对于他的学术成就，我归纳为八个字：中西融会，龙虫并雕。他的研究范围是语音学、汉语音韵学、汉语史、中国古文法、中国语言学史、汉语诗律学、中国语法理论、中国现代语法、同源字等。他一方面继承了中国明清直至20世纪20年代中国大师的衣钵，另一方面又受过西方严格的科学的审析音韵的训练。因此，他的成就在某一些方面超过了中国旧时的大师。他本人也成为一个大师级的学者。这是讲“中西融会”。什么是“龙虫并雕”呢？他研究极深极专，但又不忘普及。这是许多老一代专家不肯做的事。最后，我谈到了中国知识分子爱国主义思想的根深蒂固，他们是世界上最好的知识分子，王力先生是其中佼佼者。

13.《为考证辩诬》

考证，亦称考据，在清代同义理、辞章并列，是三门学问之一。当时并没有反对的人。到了20世纪20年代，胡适大搞考证，引起了一些人的责难。进入50年代以后，考证交了华盖运，同批判胡适联系了起来。说什么胡适为了反对共产主义而引导青年钻入故纸堆中，专搞考证。在“以论代史”的荒唐年代，专门讲“论”，对“论”所从来的资料，则往往歪曲穿凿，削足适履。对材料的真伪和产生时代，往往不甚措意。而要达到鉴别材料的真伪和年代，考证是行之有效的办法。这似乎是常识中的一点知识，也为一些“以论代史”者所反对、所讥笑。有相当长一段时间，中国的学术停滞不前，而且还有倒退的现象，与这股歪风不无关系。更可笑的是有人反对所谓“烦琐的考证”。考证是否要“烦琐”，全由资料的性质而定。需烦琐则必烦琐，不需则否，不能由个人的主观愿望而定。

14.《为胡适说几句话》

在中国近代学术史上，胡适是一个享大名而又颇有争议的人物。由于他政治上的偏见和错误，解放后更是屡遭挞伐，成为一个“反面教员”。人们谈胡色变，他几乎成为一个“不可接触者”。他那句有名的话“大胆的假设，小心的求证”，本来是正确的，也受到了批判。又说他对国民党是“小骂大帮忙”，把他看得比中统和军统还要危险，还要坏。我认为，这都是极“左”思潮的产物。我曾同他共事几年，他是校长，我是系主任，见面的机会非常多。他的著作我几乎都读过。可以说我对他既有理性认识，又有感性认识。他对人和蔼可亲，保护学生不遗余力，爱好政治而实为一个书呆子。

15.《〈歌德与中国〉序》

一个人和一个民族最难得的是有自知之明。中国民族也是这样。在鸦片战争以前，中国最高统治者懵懵懂懂，以“天子”自命，视所有的外国都为夷狄。鸦片战争一声炮响，起了振聋发聩的作用，中国统治者们一变而成为贾桂，拜倒在洋大人脚下。鸦片战争前，德国的（其他西方国家也一样）哲人大都赞美中国文化，德国伟大诗人歌德就是其中之一。这情况在这本《歌德与中国》一书中有所阐述。中德两国人民读了以后，都会得到“启蒙”的作用。

今天我国改革开放，目的是吸收西方的好东西，不是吸收西方的垃圾。我们中国人都应该有自知之明，对外国的东西不卑不亢，实事求是。细读这一本书，会有很大的好处。

16.《〈比较文学概论〉序》

本文原是为陈惇、刘象愚所著《比较文学概论》所写的一篇序言，收入《比较文学与民间文学》一书时改今名。

在本文中我指出了比较文学日益成为显学。原因何在呢？我借用了本书中的一句话：比较文学的发展是一种历史的必然，是不以人的意志为转移的。在中国，比较文学研究的起步，略晚于其他一些国家。近几年来，我们急起直追，总算是赶上了世界潮流，成绩是卓著的。不过，我现在——就是写这本书的现在——想加上几句话：一方面要努力学习，一方面要努力创新，最重要的是要坚决、彻底、干净、全部地扬弃那种“贾桂思想”，切勿甘居“无声的中国”这样屈辱的地位。

1988 年

本年共写各种体裁的文章 40 篇，其中可以归入学术研究一类的有 23 篇。下面分别加以论述：

1.《迦梨陀娑评》

这看起来像是一部书，实际上只是一长文。共有下列的内容：

一、名字的解释。迦梨是女神名，陀娑是奴隶，合起来就是“迦梨女神的奴隶”。

二、生卒时间。众说纷纭，一般的说法是他大概生活在约 330 年—332 年的笈多王朝时期。

三、时代特点。笈多王朝全盛时期，城市繁荣，商业兴盛，国内外交通方便，贸易发达。

四、作品。有真有伪。一般认为真者有长篇叙事诗两部、长篇抒情诗一部、抒情小诗集一部（也有人认为伪）、戏剧两部，另有一部，真伪难辨。

五、语言工具。主要是梵文，另有少量俗语。

六、艺术风格。他笔下的梵文，淳朴而不枯槁，流利而不油滑，雍容而不靡丽，谨严而不死板。

七、在国外的影响。影响极大，特别是剧本《沙恭达罗》更受到德国伟大诗人歌德等的交口赞誉。歌德和席勒曾考虑把它搬上德国舞台。

八、在印度国内的影响。影响也是非常大的。印度许多语言都有《沙恭达罗》的译本。一直到最近，还有人用梵文原文上演此剧，可见此剧为印度广大人民所喜爱。

九、迦梨陀娑与中国。他的抒情诗《云使》在几百年前就有了藏文译本，此译本至今尚存。至于汉文翻译介绍则比较晚，一直到新中国成立后才有从梵文译为汉文的著作，包括《沙恭达罗》《云使》等。本文的内容，上面已经谈到过。

2.《〈中国民族文学与外国文学比较〉序》

本文原为《中国民族文学与外国文学比较》一书的序言。收入《比较文学与民间文学》一书时，改名为《少数民族文学应纳入比较文学研究的轨道》。

这一改名，实际上是画龙点睛。因为，有一些比较文学家有一个论点：比较文学的研究只限于国与国之间。我本不是比较文学研究专家，没有读到过有这样论点的文章。但是，在深圳召开的一次比较文学研讨会上，有人向我提出了这个问题。我当时并没有过细地考虑问题的含义，率尔答曰：中国民族间文学的比较应该属于比较文学的范畴。后来，为《中国民族文学与外国文学比较》一书写序时，重新考虑了这个问题，认为自己率尔而答还是正确的。欧洲与中国不同，几乎都是单民族的国家。中国则是一个多民族——民族多到五十六个，而且还有可能增加——的国家，几乎等于一个欧洲。在这样的情况下，严格遵守欧洲学者的教条，等于“食洋不化”，是绝对不应该的。文中我还大力提倡中国民族文学间应积极进行比较的研究。

3.《〈印度社会述论〉序》

我先讲了世界上四个文化体系，可以归纳为两大体系。此时我还没有明确提出东西之分。对于这个问题，我在上面虽已多次讲过，但是此时还不像后来那样明晰，有点混乱。这是我对东西文化理解的一个过渡过程，值得注意。我把中印分列两大体系中，这是不准确的。对于中印文化的区别，我提了一些意见，也不见得很准确。比如说中国思想准确明了，印度则深邃混乱等。我当时还没有明确的“天人合一”的想法。在这方面，中印是一致的。下面我讲到中印文化交流有极长的历史，到了近代，因受外来侵略者的压迫，交流几乎中断。新中国成立、印度独立以后，情况有了改变，文化交流又开始活跃。可惜我们两国对彼此的研究，又很不够，《印度社会述论》是一部应时的好书。

4.《从学习笔记本看陈寅恪先生的治学范围和途径》

在陈寅恪先生的遗物中，有二十多本笔记本，本不厚，是二三十年代德国常用的那种样式，我于1935年到德国时还使用过。这些是20年代陈先生在德国柏林大学留学时所使用的。内容很庞杂，也颇乱，看样子像是先生上课时随手携带的。但是里面也并没有正式听课的记录，也不像是为积累写论文的资料而使用的。陈先生没有用德文写过任何论文。而且陈先生写论文积累资料的方式，不像一般学人常常使用的写卡片的办法，也不使用笔记本把有用的资料抄在里面，而是采用眉批的方式：读书时遇到有用的资料就写在书眉上，或者文前或文后的空白处，甚至在没有空白的时候，写在字里行间。比如《高僧传》、新旧《唐书》、元白诗、《世说新语》等，都采用眉批的方式。从字迹上来看，有浓有淡，有正有歪，绝不是出于一时。等到资料批够时，便从书上移到稿纸上，成为完整的论文。

但是，在上述二十几册笔记本上还没有见到这种现象。我们从中所能见到的，只是先生治学范围之广。这同他后来回国后所写的那一些有名的论文和专著中所显示的情况，是完全一致的。

5.《对当前敦煌吐鲁番学研究的一点想法》

近几年来，中国敦煌吐鲁番学研究有了长足的进步，在全世界思想文化界有了一个新动向，虽然注意的人还不够多，便已引起西方人对东方文化开始刮目相看了。西方经过两次世界大战，有识之士头脑开始清醒起来，他们认识到，只有东方文化能济西方文化之穷。我国从事敦煌吐鲁番学研究工作，研究重点之一就是东西方的文化。在这样的新形势下，我们肩上的担子不是轻了，而是更重了。我们必须跟上这个伟大时代的步伐。

6.《〈季羡林学术论著自选集〉自序》

这虽然不能算是一篇专门的学术论文，但是其中畅谈了我对学术和研究方法的看法，有相当重要的意义。

首先，从自选的文章中可以看出，我偏爱考据。事实也确实是这样，我在上面的叙述中，已经多次谈到我对考据的重视，为考据辩护。在清代学者所划分的三门学问中，我最不喜欢义理。我认为，所谓“义理”跟作诗一样，各人谈各人的，公说公有理，婆说婆有理。

至于考据（考证），则是确确实实的东西，手仿佛能摸得着，眼仿佛能看得见，不能任人胡说八道。我天性喜欢这种东西。但是，我也不同意把考据的作用夸大得无边无际。我不同意一种说法，说发现一个字的古音等于发现一颗行星，这种说法是牵强的。在考证中，我最服膺胡适之先生的两句话：“大胆的假设，小心的求证。”这两句话是一个整体，绝不能分割开来。不管是文科，还是理科，研究学问都必须先有假设。没有假设，新意何来？没有新意，则必然会故步自封，陈陈相因，学问焉得而进步？我个人认为，假设越大胆越好，胡思乱想，想入非非，都是可以允许的。但是，假设还不就是事实，而求证尚缺。求证则是越小心越好，无论小心到什么程度，都是应该赞赏的。必须上下左右，面面俱到；牛溲马勃，败鼓之皮，都能为你所用。经过反复推敲，细致琢磨，然后才能下结论。如果在求证时发现假设有问题，不管你认为你的假设有多么美妙，多么舍不得，也必须毅然决然加以扬弃。古今中外学术都有为了证实自己的假设而伪造数据或实验结果者，这是道德品质问题，必须予以最彻底的揭发和最严厉的谴责。

7.《纪念陈寅恪教授国际学术讨论会闭幕词》

我讲了三点意见：第一，大会是成功的。第二，对陈寅恪先生的学术和为人的看法大家基本一致。陈先生不标榜自己是马克思主义者，但是他的思想有朴素的唯物主义和朴素的辩证法，只能说是一个唯物主义者。第三，我们能从寅恪先生那里学到些什么？研究学问好比接力赛，青年要接陈先生手中的棒。但讲到“超越”前人，却要慎重。年轻人不能在任何方面一下子就能超越老人。

我还讲了要向陈先生学习的几点。

8.《再谈考证》

这又是一篇谈考证的文章，目的是反对有人把考证学与清代文字狱联系起来的观点。我认为，考证学之兴是中国学术发展的规律促成的，是内因决定的，而不是由于文字狱等外因。我引证了梁启超《清代学术概论》中的观点。梁认为，考证学是中国几千年学术史上四大学术思潮之一，是由于学术思潮之盛衰兴替而形成的。

9.《论书院》

这是一篇比较长的文章，主要讲中国古代书院这个教育组织形式，在今天还有借鉴意义。我列了六点：（1）书院可以成为当前教育制度的补充；（2）书院可以协助解决老年教育问题；（3）书院可以发挥老专家的作用；（4）书院可以团结海内外的学者；（5）书院可以宣扬中国文化于海外；（6）书院可以保存历史资料。我感到，教育为立国之本，但是我国教育有极大困难。首先是经济困难。教育本来可以公私两条腿走路，我们却只有公家一条腿，如加上私人一条腿，允许私人办学院，则经济困难就可以缓解。办书院还可以比较充分地发挥已退休的老专家的潜力。

10.《西域在文化交流中的地位》

这原是一篇讲演用的稿子，讲完后归纳整理成现在这样一篇文章。没有多少深入的探讨，但能代表我对世界文化体系，特别是对西域在世界文化系中的地位的看法，颇值得讲上一讲。有些观点，别的文章中也讲到过，稍有重复是不可避免的。

本文共分为四个部分：

一、西域的含义

“西域”这个名词，经常出现于中国古代典籍中，但是，含义并不是十分明确。广义的“西域”包括中国以西，甚至以南的诸多国家和地区，连印度、尼泊尔等国都包括在里面。唐玄奘的《大唐西域记》可以为证。狭义的“西域”往往只指中国新疆一带。中国古代正史上，往往有《西域传》这样一章，从章中所列的地名中可以推测出“西域”的含义。

二、世界上四大文化体系

我是主张文化多源产生论的。在林林总总的世界大小国家中，几乎每一个国家，不管它的幅员是大是小，历史是长是短，几乎都对人类文化宝库做出了或大或小的贡献。如果归纳一下的话，我认为，人类文化共有四个体系：

（1）中国文化体系；（2）印度文化体系；（3）闪族伊斯兰文化体系；（4）希腊、罗马西方文化体系。如果再进一步归纳的话，这四个文化体系又可以分为两大文化体系，前三者为东方文化体系，后一者为西方文化体系。人类全部历史创造出来的就是东西两大文化体系，没有一个第三文化体系。

对于四个文化体系的详细介绍，我在这里一概省略。因为我在前面已多次谈到，在别的地方还会谈到。

三、西域在四大文化体系交流中的地位

谈到这个题目，我先讲一句有极大概括性的话：世界上四大文化体系交融汇流的地方在全世界只有一个，这就是狭义的“西域”，也就是中国的新疆。我在本文中分别介绍了各不同时代文化交融汇合的情况：（1）汉代；（2）三国两晋南北朝时期；（3）隋唐时代；（4）宋元时代；（5）明清时代。也由于上述的原因，详细的介绍一概从略。

四、结束语

我在其中讲了两个观点：第一个观点，我认为，中华文化博大精深，传了出去，对世界文化产生巨大的影响。另一方面，我们又善于吸收其他国家的文化，从而更丰富了自己的文化。但是，对我第一个观点，今天仍然以“天之骄子”自命的西方人未必会心甘情愿地承认。他们在潜意识中，认为只有他们才能创造出灿烂的文化，中国人是不可能的。这样的西方人，忘乎所以，连自己的历史，特别是侵略掠压别人的历史，都忘得一干二净。但是，他们的祖先，在资本主义刚刚萌芽、殖民主义还没有抬头的时候，却说过一些实事求是公平合理的话，比如十六七世纪的英国哲人培根就曾大大地赞美过印刷术、火药和指南针的发明，而这三者都出于中国人之手。不幸的是，培根的不肖子孙、有的人把这些事实统统忘掉了，岂不大可哀哉！

我的第二个观点是：文化总是要交流的，文化又不能永远定于一尊，东西两大文化体系的关系是“三十年河东，三十年河西”。我说话是根据历史发展的事实的。可是直到今天，中国还有个别学者激烈地反对我这个观点。但是，我认为这不是一个理论问题，而是一个有待于未来历史发展来证明的事实问题。所以，我一不讨论，二不商榷，三更不辩论。将来有朝一日，历史的发展会指出谁是谁非。

11.《新博本吐火罗文 A（焉耆文）〈弥勒会见记剧本〉第 1.42 张译释》

这是一篇译释吐火罗文《弥勒会见记剧本》的文章。前面已经谈过几次，后面还将会谈到。因此，本文用不着再介绍。它只说明，我对这一部吐火罗文残卷的译释工作没有放松。

12.《文化交流的必然性和复杂性》

这是一篇讲座报告所使用的稿子。文化交流是我一生中最爱谈的题目之一，研究的时间颇长。这一篇报告很长，讲的问题也多。

一、文化交流的必然性。我首先给“文化”下了个定义，又区别了“文明”和“文化”的含义。我主张文化产生多元论。多元文化一旦产生，必然交流。二、文化交流的复杂性。讲了三个小问题：（1）研究的方法。我倾向于影响研究，认为平行研究难免玄乎。（2）传统文化与文化交流。传统文化表现文化的民族性，文化交流表现文化的时代性。外国汉学家撰写的《中国晚清史》中所谓“历史继承”指的就是传统文化，其所谓“现实创造”指的就是文化交流。这与“体用之争”与“本末之争”也有联系。（3）全盘西化。我们现在非西化不行，但绝不能也不会全盘。下面我举了“糖”的交流，梵文 sárkarā，印地文 cīnī，以及西方国家语言中的“糖”字，说明了交流的复杂。

13.《关于神韵》

我先补充说几句：本文发表以后，我接到一位有学问的读者的信，说“神”和“韵”在中国古代一些书中是分开讲的。这一点我在本文收入《比较文学与民间文学》时加的“补遗”中也可以看得出来。宋范温《潜溪诗眼》中谈的就全是“韵”。但是，在中国许多谈诗论画的书中，“神”、“韵”往往并提，看样子是形成了“神韵”一个词。我认为，这也未尝不可，大可不必“胶柱鼓瑟”，去勉强分开了。

在中国文学史上，“神韵”是一个常常出现的词，论诗、论画、论书法，甚至月旦人物，都使用它。到了王渔洋笔下，他论诗主“神韵说”，与袁子才的“性灵说”，翁方纲的“肌理说”，还有其他一些学说，并驾齐驱，成为中国文学史上一个著名的流派。

但是，“神韵”二字确切的含义究竟是什么呢？这有点像“公说公有理，婆说婆有理”，哪一位诗人或理论家都没能够完全说清楚。连主“神韵说”的王渔洋，也没有能完全说明白。他用来说明“神韵”的，仍然不出严沧浪那些老话，什么“镜中之像”，“水中之月”，“羚羊挂角，无迹可求”，如此等等，仍然令人如丈二和尚——摸不着头脑。

我不是文艺理论专家，本应该本本分分，来一个“不求甚解”算了。但是，我好胡思乱想，有时候想入非非。对“神韵”这一个迷离模糊的词儿，我也曾长久胡思乱想过。这一篇论文就是我胡思乱想的结果。我想援引印度古代文论的说法，来解释中国的“神韵”。

中印文化交流，源远流长，交流的面非常广阔。但是在文艺理论方面却找不出十分确凿可靠的例子。有人主张谢赫六法受到过印度的影响，但此说并不为大家所承认。我对“神韵”一词同印度文论的比较研究，至多也不过是属于平行的研究一类，绝不是什么影响研究。

印度古代文艺理论有长久的发展史，在世界文论中能自成体系，公元9世纪至10世纪是发展的全盛时期。9世纪出了一位文艺理论家欢增，写过一本著名的书，名曰“韵光”，把语法学家、逻辑学家和哲学家的分析方法运用到分析诗的形式和内容上来。10世纪又出了一位文艺理论家新护，他的名著是《韵光注》，继承和发展了欢增的理论。他从注重形式转到注重内容上来，创立了新的“诗的灵魂”的理论，也就是暗示的韵的理论，为印度古代文艺理论开一新纪元。

这个理论的轮廓大体是：词汇有三重功能，能表达三种意义：

一、表示功能表示义（字面义、本义）*

二、指示功能指示义（引申义、转义）

三、暗示功能暗示义（领会义）

以上三个系列又可以分为两类：一是说出来的，包括“一”和“二”，二是说不出来的，包括“三”。在一和二，也就是表示功能和指示功能耗尽了表达能力之后，“三”的暗示功能就发挥作用。这种暗示就是所谓“韵”。这种暗示义，也可以称之为领会义，有赖于读者的理解力和想象力，可能因人而异，甚至因时因地而异。读者的理解力和想象力有极大的能动性，海阔凭鱼跃，天高任鸟飞。这种“韵”就是产生美感的原因。在审美活动过程中，审美主体的主观能动性发挥得越大，人们就越容易感觉到审美客体的美。印度文艺理论家喜欢举的例子是“恒河上的茅屋”，详细解释，这里从略。总之，在印度的文艺理论中，凡是说不出来的或者说出来的，具有暗示功能或领会功能的东西，就叫作“韵”。

在中国文艺理论中，有与印度极为相似的情况。因为中国文艺理论，不像欧洲那样进行细致入微或者接近烦琐的分析，也不像上述的印度式的分析，而是以形象的语言，给读者一个鲜明的印象。我前不久写过一篇《门外中外文论絮语》，讲的就是这个现象，这里不再详谈。中国古代文论中喜欢用“不著一字，尽得风流”、“羚羊挂角，无迹可求”、“空中之音，相中之色，水中之月，镜中之像”等词句，来描绘说不出的或者无法可说的东西。这种做法同印度的暗示功能、暗示义或领会义，几乎完全相同。印度人称之为“韵”，我觉得，这就等于中国的“神韵”。

在本文中，接下去讲了中国一些书名和印度书名颇有类似之处。中国有《文心雕龙》《法苑珠林》之类，而印度则有《文镜》《情光》之类的书名，也颇含有一些暗示的意义，而西方书名则缺少这种现象。

14.《他们把美学从太虚幻境拉到了地面上》

世界上各种学问都有争论，但是美学的争论似乎更多。学者们仁者见仁，智者见智，各自是其是而非他人之所是。美学仿佛是处在太虚幻境里，令下界凡人莫测高深。根据我个人的经验，只有两位学者是例外，一个是朱光潜先生，一个是宗白华先生。他们讲美学讲得真切，讲得实在，令人读了明白。所以我说，他们把美学从太虚幻境里拉到了地面上。

（羡林按：这是我几年前对中国美学研究的看法。最近我的看法有了突然的转变。我认为，中国美学家跟着西方同行走进了死胡同。我写过一篇《美学的根本转型》，下面再谈。）

15.《祝贺〈外国语〉创刊十周年》

在祝贺《外国语》创刊十周年之余，我提出了一个十分重要的问题：我们要总结新中国成立后四十多年来外语教学的经验和教训。四十年来，我们在教学计划、教学法和教材三个方面付出了大量的劳动。但是，在这三个方面，几乎年年都有变动。旧的没有熟练，又来了新的。天天在学习、体会、讨论，无休无止。然而结果怎样呢？不怀偏见的人必须承认，现在大学生的外语水平比不上解放前。其故焉在？这是我们必须总结的，然而到现在还没有人去做。

16.《〈五卷书〉在世界的传播》

这是一篇讲《五卷书》在世界上流布情况的论文。同样的内容，我曾在1946年的一篇论文《梵文〈五卷书〉部征服了世界的寓言童话集》里讲过。在现在这篇论文里，我增添了一点新东西，这就是我讲到了《五卷书》同德国学者的关系特别密切。第一个把梵文本译成了德文的，并写了一篇极长的导言追踪《五卷书》在世界上流布的情况的，是德国学者本发伊。这是19世纪的事情。到了20世纪，又有一位德国学者海特尔(Johaness Hertel)写了一部书，名叫"五卷书——它的历史和流布"。这里面不一定有什么内在的必然的联系，实际上只能是一个偶合，然而却不能不说是文学史上的一个有趣的偶合。

17.《关于吐火罗文〈弥勒会见记〉》

这篇文章颇长，讲了下列几个问题：一、吐火罗文剧本的情况；二、印度戏剧的发展；三、印度戏剧在中国新疆的传播；四、印度戏剧与希腊戏剧的关系；五、中国戏剧发展的情况；六、吐火罗文剧本与中国内地戏剧发展的关系。从标题中大体上可以看出本文的内容。最后，我对比了中国戏剧和印度戏剧的特点：(1)韵文和散文杂糅，二者同；(2)梵文俗语杂糅，中国有，但不明显；(3)剧中各幕时间、地点任意变换，二者同；(4)有丑角，二者同；(5)印剧有开场献诗，中国有跳加官；(6)大团圆，二者同；(7)舞台形式不同；(8)歌舞结合，同。

18.《吐火罗文A(焉耆文)〈弥勒会见记剧本〉与中国戏剧发展之关系》

关于吐火罗文A(焉耆文)《弥勒会见记剧本》，我已经写过一些文章，或译释此书，或介绍吐火罗文。这些我在上面都已有所叙述，下面还会讲到。现在这一篇论文内容与上面已经讲过的和下面将要讲到的都不一样。我主要讲这个剧本与中国戏剧发展的关系，只能算是一个假设。

我在本文中先讲了《弥勒会见记》吐火罗文本与回鹘文本的异同问题。后者系由前者译出来，但是前者中的一些舞台术语，后者都没有。前者在书名中明明白白地使用了“剧本”二字，后者则没有，但也有暗示是剧本的地方。

下面我讲到印度戏剧的来源问题，以及与木偶剧的关系问题。它与古希腊戏剧也似乎有点联系，“幕”字在梵文中有几个字来表示，其中之一是 yavanikā，原意是“希腊的”。我又讲到，印度戏剧起源大概颇早，但是剧本则出现较晚，比古希腊要晚几百年。中国戏剧也有类似的情况，剧本出现极晚。最古的梵文剧本，未发现在印度本土，而发现在中国新疆。不管发现在什么地方，它总是印度的作品，这一点是不容怀疑的。同样发现在新疆的吐火罗文《弥勒会见记剧本》，则是另一种情况。吐火罗文虽然是印欧语系的语言，但是，残卷只发现在中国新疆，我们不能不说它是中国古代少数民族的文字；而用这种文字写成的剧本，也只能说是中国的剧本。

讲到中国戏剧起源的问题，王国维在《宋元戏曲考》中说：“歌舞之兴，其始于古之巫乎？”他接着又讲到俳优之兴远在巫之后，优多以侏儒为之，主要任务是插科打诨，与印度戏剧中必不可少的丑角，几乎完全相同。王国维在下面又说道：“盖魏、齐、周三朝皆以外族入主中国，其与西域诸国交通频繁，龟兹、天竺、康国、安国等乐皆于此时入中国，而龟兹乐则自隋唐以来相承用之，以迄于今。此时外国戏剧当与之俱入中国，如《旧唐书·音乐志》所载拨头一戏，其最著之例也。”我认为，这个意见很值得重视。它同吐火罗文《弥勒会见记剧本》有什么关系或联系，我现在还说不清楚。这是一个非常重要的问题，还需进一步研究探讨。

最后，我列出了一些印度古代戏剧和中国古典戏剧，特别是京剧之间的相似点，这些点我在上面已有所涉及：

（1）韵文和散文杂糅。

（2）雅语和俗语结合。在中国京剧中小丑和员外官员的话是不同的。

（3）剧中各幕时间与地点随意变换。

（4）都有丑角。

（5）印剧有开场献诗，华剧有跳加官。

（6）结尾大团圆。

（7）舞台，印剧方形，长方形，或三角形，华剧一般是四方形。

（8）歌舞结合。

以上都是我个人的想法。

19.《〈纪念陈寅恪先生诞辰百年学术论文集〉序》

陈寅恪先生是一代史学大师。据我的拙见，一代大师必须能上承前代之余绪，下开一世之新风，踵事增华，独辟蹊径，不能只拾人牙慧，墨守成规。寅恪先生正是这样的大师。他不但精于考证，而且重视义理。他常用佛家的“预流”二字，其含义也就是王静庵先生所说的“一个时代有一个时代的新学问”。先生还常说“发前人未发之覆”，这些他都身体力行。有一段时间，我们史学界盛行“以论代史”。这不是研究学问，而是践踏学问。如果大家都能学习寅恪先生的考证之学，必能纠正此弊。

20.《祝贺“齐文化专号”》

近几年来，在全国范围内多次掀起探讨文化问题的高潮。这是完全可以理解的。建设社会主义国家，只抓科技是不全面的，必须兼抓文化，才能算是两全其美。《文史知识》在这方面做出了好的榜样。它不仅抓一般文化，而且抓地域文化，只有这样，才能抓得更深入。“齐文化专号”就属于这一类。在过去，学者们往往笼统谈所谓“齐鲁文化”，其实细细推究起来，二者还是有区别的。齐文化的中心就在目前山东淄博市范围以内。无论是文献资料，还是考古发掘，都证明此地过去有水平相当高的独特的文化，值得我们去探讨。

21.《〈生殖崇拜文化论〉序》

赵国华著的《生殖崇拜文化论》，是一部非常精彩的书。他在书中提出了许多崭新的观点，反驳了许多前人的学说，发前人未发之覆。虽然还不敢说他的论点完全都能成立，但是他能持之有故，言之成理，令人耳目为之一新。许多具体的例子，我都不加以列举，请读者参阅赵国华原书。

我认为，赵国华最有意义的贡献，是他着重引用了恩格斯在《家庭、私有制和国家的起源》中的一段话：

“根据唯物主义的观点，历史中的决定性因素，归根结蒂是直接生活的生产和再生产。但是，生产本身又有两种。一方面是生活资料即食物、衣服、住房以及为此所必需的工具的生产；另一方面是人类自身的生产，即种的繁衍。”

这是很有名的一段话，我们都读过。可惜受了某国的影响，亦步亦趋，只敢谈第一种生产，而不敢谈第二种生产，即人类自身的生产。赵书力纠此弊，提出了“生殖崇拜文化”的论点，大谈第二种生产。可他并没有忘记第一种生产。他反对西方一些学者的产食文化的理论，他说，他们没有意识到原始思维中食与生殖的关系，更没有认识到初民是将食服务于生殖的。

原始人民为什么崇拜生殖呢？赵国华的解释是出于对“社会生产力”和“社会意志”的考虑。我个人认为，这个论点是颇值得怀疑的。在那种最原始的生产条件下，靠食物采集或渔猎为生，“社会意识”恐怕是微乎其微的。我提出了一个解决办法：用本能来解释。孔子说：“食、色，性也。”“性”就是我们今天所谓的“本能”。“天命之谓性，率性之谓道，修道之谓教”就是这个意思。人的本能很多，“食”和“色”是其中最重要的。食，就是吃饭，目的是为了个体的生存。色，就是性交，生孩子，目的是为了个体的延续，为了传宗接代。二者相辅相成，缺一不可。为了不让任何一个生物的个体本能无限制地发挥作用，造物主——如果有这么一个玩意儿的话——又往往制造一个个体的对立面——它的煞星，对它本能的发挥加以限制，否则任何一个生物都能够把地球塞满。总之，我的想法是：初民之所以努力生殖，之所以有生殖崇拜，与其说是出于“社会意志”，毋宁说是出于本能。

22.《我们的民族性出了问题》

民族性不是一朝一夕所能形成的，是逐渐积淀起来的。我们的民族性里面积淀了很多好东西，这是不言而喻的。但也积淀了一些不好的东西，这也是无法否认的。犯罪的情况，历代都有，如果现在有一点的话，那也用不着大惊小怪。可是，现在大规模地制造假农药、假种子、假化肥，一旦使用，为害极大，这决非小事。还有其他一些犯罪行为，如明目张胆地砍伐森林等等，贻害子孙，绝不能等闲视之。鲁迅曾经指出的我们民族性的一些问题，至今在一些方面仍然存在。

23.《新博本吐火罗文 A（焉耆文）〈弥勒会见记剧本〉1.8、1.41、1.13 三张六页译释》

这是吐火罗文《弥勒会见记剧本》1.8、1.14、1.13 三张六页的译释。对这种译释，我在上面已经介绍多次，这里用不着再重复。

1989 年

这一年共写了长短不一、体裁各异的文章 37 篇，其中学术论文 23 篇。下面分别予以介绍：

1.《关于“奈河”的一点补充》

1988 年，在《文史知识》第 10 期上，项楚教授发表了一篇论文，讨论“奈河”的问题。论文旁征博引，对这两个字做了极为详尽的考证。项楚先生学问极博，而且学风也极为谨严。他的考证应该说是有极大的说服力的。但是中国俗话说“智者千虑，必有一失”，项先生在这里也有了“一失”。我们知道，“奈河”是阴间地狱里的一条河，而“地狱”这个词在梵文里是 naraka，音译一般是“那若迦”，译为“奈落迦”，非无可能。根据中国词语的省略习惯，把“若迦”二字省掉，就成了“奈”河。“奈河者，地狱之河也”，这一点问题也没有。查日本学者中村元的《佛教语辞典》，他正是这样注解的。

2.《〈梨俱吠陀〉几首哲学赞歌新解》

印度最古老最神圣的经典《梨俱吠陀》中有几首一向被称作“哲学赞歌”的诗:《无有歌》《生主歌》《造一切者之歌》等，都是讲天地万物，包括人类在内，是怎样被创造出来的问题的。关于这个问题的幻想，其他民族也是有的。中国古书上“无极而太极”等的说法，也是讲宇宙起源的。大概有了点文明的初民，都会有类似这样的幻想的。

对《梨俱吠陀》的这三首“哲学赞歌”的解释，古代的印度注释家都认为这是极为神圣的东西，没有哪一个敢用“性”的观点来解释。一直到了近代，两位日本学者和一位德国学者才提出，这些“哲学赞歌”讲的并不完全是哲学，而是讲性交活动。可惜他们浅尝辄止，没能深入。我在此文中进一步对这个问题加以阐述。我的阐述并不全面。我是有意这样做的，因为全面阐述将会费极长的篇幅，是我当时做不到的。我只从三首赞歌中选出了两个重要的带关键性的问题来加以阐述，提出了自己明确的而不是闪烁其词的观点。

一、“独一之彼”

这个词儿，除了见于上述三首《梨俱吠陀》“哲学赞歌”外，还见于其他一些赞歌中。在梵文中有不同的写法：ekam，ekah，tadekam，甚至只写作 tad。ekam 的意思是“一”,tad（tat）的意思是“这个”或“那个”。在印度哲学宗教中，这是一个异常神圣而含义又异常模糊的字。它究竟指的是什么东西？我上面已经说到，这三首“哲学赞歌”指的或者影射的是人类性交活动。这一点可无疑义。既然是性交活动，那么，所谓“独一之彼”指的就是男根。我列了一个表：

独一之彼 = 生主 =linga= 男根

linga 崇拜之风至今尚在印度流行。黑格尔在他的著作中也曾提到这一件事。

二、金胎与金卵

在《生主歌》中，第一颂出现了“金胎”，第七颂出现了“胎子”，第八颂出现了“众水”，第九颂出现了“大水”。讲的都是妇女生孩子的事情。“金胎”指的是“子宫”，“水”指的是“羊水”。这一些都无可怀疑。

总之，三首“哲学赞歌”讲的都是生殖崇拜。

3.《〈东方文化丛书〉总序》

这篇论文没有提出什么新的见解，其中的见解在上面讲述的许多论文中已经谈过。我首先讲到文化产生多元论；讲到汤因比的理论：任何文明（汤的用语）都有一个发生、发展、演变、衰退的过程；讲到文化交流的作用；讲到四个文化圈和东、西两大文明体系等。我说，统治今天世界者是西方文化体系。这情况过去并没有过，今后也不会永远如此。今天我们的任务是，在学习西方文化的同时，必须努力了解东方文化。

这篇论文以后被转载于《读书》1990 年第 8 期，改名为《放眼宇宙识文化》；又被《中国比较文学通讯》1990 年第 3、4 期合期节录转载。

4.《从宏观上看中国文化》

我从那几年的“文化热”讲起。我的观点基本上是，人类历史上任何社会都不能专靠科技来支撑，精神文明和物质文明必须同步发展。也就是必须大力抓文化建设。

讨论中国文化，不能只看到眼前的情况。我们必须上下数千年，纵横十万里，目光远大，胸襟开阔，才能认清中国文化的全貌和真相。至于中国向西方学习，也就是我们平常所谓的“西化”，萌芽于明末清初，大盛于19世纪末；到了今天，衣、食、住、行，从头到脚，好些地方已经“西化”了。西方资本主义统一了世界市场，形成了马克思和恩格斯所谓“世界文学”，至少是在文学创作形式上统一了全世界，中国也不例外。

这不是一件坏事，它是不可抗御的。但当然也产生了不良的影响，“崇洋媚外”的奴才心理，在一部分人身上滋长颇盛。一部分人任意贬低中国文化，认为外国的东西一切都好。要建设中国的社会主义社会，必须克服这种“贾桂思想”。我们一方面要向西方学习，学习一切对我们有利的东西，扬弃一切对我们有害的东西。另一方面要正确地、实事求是地认识和评价中国文化。

下面我又谈到文化多元产生论以及四个文化圈和两大文明体系的问题，这里从略。我又介绍了汤因比的《历史研究》和他的学说，上面已经讲到过，也从略。

我主要要讲的是，我们自己和西方一些人士，对待中国文化，缺乏历史眼光。他们只看到眼前，忘记了过去。他们以为中国从来就是这个样子，这是一种接近愚蠢的想法。在中国汉唐文化发展鼎盛的时代，西方一些今天文化昌明的民族，那时还处在蒙昧阶段。这件事我先不谈。但是，可惜的是，连欧洲人自己好像也把这个历史事实忘得精光了。实际上，一直到19世纪二三十年代，中国人在欧洲人眼中还是有极高文化的民族。欧洲当时最伟大的德国诗人歌德在1827年1月31日同爱克曼谈话时，还对中国说出了最高赞誉的话。据我的看法，欧洲人改变对中国的观感是自1840年鸦片战争开始的。这一次战争是英国殖民主义者发动的。中国战败，割地赔款，从此天朝大国这一只纸老虎彻底被戳穿，声誉在欧洲人眼中一落千丈，一蹶不振了。连一些中国人自己也受到了传染，忘记了自己的历史，忘记了自己的文化，这是一个不折不扣的悲剧。但是，万事沧桑，万事万物无不随时变化，西方资产阶级文化也逐渐露出了破绽。这一点连一些西方人自己也并不讳言，这是我们中国人猛省的时候了。

5.《〈佛教与中印文化交流〉后记》

这是一篇很短的小文章，但是其中所谈的问题，却决非不重要。

我主要谈了两个问题。一个是专著和论文，有一些出版社重专著，轻论文集。其实内行人都能知道，真正能及时地反映学术研究最新情况的并不是专著，而是论文。我谈的第二个问题是我的特殊的研究方法。我研究佛教混合方言，当然要细致分析和探讨这种语言本身的语法变化的特点。但是，最重要的是，我通过研究佛教梵语的变化来确定佛教部派，甚至大乘起源和流布的时间和地点，因为佛教梵语各具时代和地域的特点。我认为，这是我的一种特殊的研究方法。

6.《文学批评无用论》

我以《红楼梦》为例，指出二百年来读过此书的人，不知道有多少亿了。但是根据红学专家的评论而读的人，恐怕绝无仅有，因此我说文学评论无用。但是红学作为一门独立的学问，还是很有意义的。探讨此书的思想和文字，各执一词，各树一帜，对于某一些读者，也会是有用的。

7.《〈敦煌吐鲁番学研究论文集〉序》

1988年，中国敦煌吐鲁番学会在北京召开了一次国际学术讨论会，到会的中外敦煌吐鲁番学者数十人，很多人在会上发表了论文。这一部论文集就是从发表的论文中选出来的，从中可以看出当时世界上这一门学问的研究水平。我在大会的开幕词中讲了两句话：敦煌吐鲁番在中国，敦煌吐鲁番学在世界，受到了与会者的一致赞同。因为，时至今日，学术已成了天下之公器，任何关起门来做学问的办法都行不通了。此外，最值得注意的是，一批青年中外学者脱颖而出，成果斐然，受到了不同国籍的老一代学者的赞扬。

中外青年互相切磋琢磨，时有激烈争论，但个人友谊却随之而加深加固。这都说明，在我们这一门学问中，狭隘的民族感情已经为大公无私的、唯真理是务的国际合作精神所取代。这对于敦煌吐鲁番学在国际上、在不同的国家中的发展与进步，有着不可估量的重要意义。时代不断前进，希望在于未来。中外老一代的学人，看到这种情况，能不由衷地欢欣鼓舞吗？

8.《祝贺〈比较文学报〉创刊》

这是极短的一篇文章。内容主要讲，在中国，比较文学已逐渐成为显学，老、中、青三结合的研究队伍已经形成，大量的专著和论文已经出版，这一切都已引起了国际同行们的注意。

9.《巴利文》

这篇文章很长，但是严格说来，不能算是一篇学术论文，只是一篇概述，概述了巴利文的情况。共分三部分：语言、文献、语法。第一部分讲了巴利文的系属。它不是一个统一的语言，而是一个混合方言。第二部分讲文献，共有两类：（1）巴利藏；（2）藏外典籍。第三部分讲语法，这一部分最长。先讲语音，列出了字母，并指明，从语音变化来看，同梵文相比，巴利文处于俗语阶段。把巴利文的元音和辅音都介绍了一番。然后讲语法。这里面包括名词、形容词、副词和比较法、代词、数词、动词。在动词一节中讲了人称、时间、语态、语气。总起来看，巴利文动词变化离开梵文比名词变化还要远；新形式大量出现，双数几乎完全消失，中间语态也处在消失中；完成时只剩下一些残余；许多迂回构成形式占了重要地位；现在时使用范围扩大。

总之，这一篇文章只是一个概述。

10.《祝贺〈文献〉华诞十周年》

我最怕极“左”路线盛行时的理论性的杂志。这种杂志巍然俨然，调门很高。然而，只要政治风向一变，它们立即翻脸不认人，因此我就害怕。而《文献》却是被理论家们视为“资料性的”杂志。它老老实实地安于这个地位，既无石破天惊的宏论，又毫无哗众取宠之心，本本分分，朴实无华。这就是我爱它的原因。

11.《补遗〈关于神韵〉》

在1988年，我曾写过一篇《关于神韵》，上面已经加以介绍过。到了今天，我又写了这一篇“补遗”。应该感谢敏泽先生的一封信。他在信中通知我，钱钟书《管锥编》谈及宋范温的《潜溪诗眼》。此书中有论“韵”的地方。范说：“有余意之谓韵。”这颇有点像印度的“没有说出来的”，“暗示功能，暗示义，领会义”。

12.《〈中日比较文化论集〉序》

我用黑格尔的正、反、合的理论来解释中日两千年的文化交流的关系。

1868年前，日本向中国学习。1868年后，中国也向日本学习了一些东西。从现在开始是“合”的阶段，两国互相学习，共同发展。关于“反”的阶段，可能有人不理解。实际上从19世纪末至20世纪初，中国向日本学习了大量的东西，包括许多名词和术语。

13.《新博本吐火罗文A（焉耆文）〈弥勒会见记剧本〉第十五和十六张译释》

这又是一篇吐火罗文A（焉耆文）《弥勒会见记剧本》的译释。

14.《〈历史研究〉35周年祝辞》

《历史研究》走过了三十五年，并不容易。现在有人竟然认为历史无用，这是完全站不住脚的。历史是非常有用的，不研究是不行的。今天建设有中国特色的社会主义，也非通中国历史不行。希望历史学者都能够扩大视野，开阔胸襟，放眼世界，面向未来，既有继承，又有发展，同时还要开发新的领域、新的课题。

15.《关于中国弥勒信仰的几点感想》

在佛教教义中，弥勒佛是未来佛，还没有出世，释迦牟尼才是现世佛。中国的汉族不是一个宗教性强的民族，信佛，信道，大都是马马虎虎，只要看道教庙里间或有佛像，佛教庙里也有道教的神，就一清二楚了。弥勒佛传到了中国以后，与布袋和尚相融合，成了几乎每座庙里必有的大肚弥勒佛，并不太受到佛教徒的尊敬。但是，在历史上，在政治上，这位佛爷常常受到利用。唐代的武则天就自称是弥勒转世，在一大堆尊贵的名号上又加上了“慈氏”二字。“慈氏”，梵文“弥勒”的汉译也。中国的老百姓中的革命者，起兵造反时也往往自称是弥勒佛下凡，以抬高自己的身价，迷惑别人。在中国历史上，这样的记述颇有一些。仅国祚极短的隋代，就发生了两次这样的事件，一在610年，一在613年。当然，利用其他神祇造反的记录，也有一些。

16.《中国佛教史上的〈六祖坛经〉》

在人类中，一部分人有宗教需要，一部分人则没有，宗教就是前者所创造出来而又推广出去的。宗教往往与物质生产活动和人的传宗接代有矛盾，但是宗教都有适应性。因此我对宗教发展找出了一条规律：用尽可能越来越小的努力或者劳动达到尽可能越来越大的宗教需要的满足。以佛教为例，小乘的修习方式专靠人努力，要累世修行才能得到解脱。到了大乘阶段，修习方式逐渐简化，不但人人皆能成佛，而且只需膜拜或诵佛号，就能达到目的，不妨碍人类的物质生产活动。到了后来，在渐悟的基础上又出现了顿悟，“放下屠刀，立地成佛”，天国的入门券便宜到无以复加了。顿悟的形成是在中国，关键人物是慧能，关键经典则是《六祖坛经》，全书宗旨是“顿悟见性，一念悟时，众生是佛”。

17.《梅特利亚》（附英译本）

这原是《吐火罗文A（焉耆文）〈弥勒会见记剧本〉译释》那一部专著中的一章。因为觉得可以抽出来单独发表，便是现在这一篇论文。

在人们的日常用语中，常说“大肚子的弥勒佛”。在每一个佛教寺院中，他的塑像几乎都是不可缺少的。在汉译的佛典中，有两种译法，一个是“弥勒”，一个是“梅呾利耶”。“弥勒”的原文不是梵文，而是吐火罗文A（焉耆文）。在吐火罗文B（龟兹文）中是Maitrāk，同时A和B都保留了梵文原文的形式，A作Maitreya，B作Maitreyee。德国学者Andreas说，在吐鲁番发现的中古波斯文残卷中，也有Metrak这个形式。至于“梅呾利耶”则是梵文Maitreya（巴利文Metteya）的音译。

关键问题是Metrak和Maitreya的关系。前者是出自后者吗？研究这个问题的学者几乎都有这样的看法。他们想方设法来解释，为什么Maitreya能够变成Metrak。细节请参阅我的论文，这里不详细叙述。

这些学者都能持之有故，言之成理，我不敢说他们都不正确。但是，我还是提出了我自己的一个解释方法。Sieg，Siegling和Sehulze的《吐火罗文语法》中谈到，词尾-ik加到什么字上，就变成了什么“者”，比如A kākmart，意思是“威严”，加上语尾-ik，变成了kākmartik，意思就成了“威严者”、“具有威严的人”。这类的例子颇多，不再列举。我想，梵文Maitreya，巴利文Metteya，出自Maitrī这个字，意思是“慈悲”，所以“弥勒”的意译是“慈氏”。如果Maitrī后面加上语尾_ik，变成Metrak，这是完全可能的。

在这篇论文的后一半，我谈了一个问题：为什么在汉译佛典中，“弥勒”这个词出现得早于“梅呾利耶”以及与之类似的译法？我顺便说一句：“慈氏”这个意译的词出现得也很早，同“弥勒”差不多，次数略少于“弥勒”。其所以出现这种情况，原因并不复杂。印度佛典最初传入中国，不是直接的，而是通过古代中亚，包括今天中国的新疆的一些民族的媒介。这些民族的语言，我们今天已经知道一些，但还并不是全部清楚。吐火罗文A和B就是比较清楚的语言。最初汉译佛典中有许多词，比如“佛”等，就是通过吐火罗文译为汉文的。“弥勒”也属于这个范畴。这种情况，到了后来，连极有学问、梵汉兼通的高僧如唐朝的玄奘等，都已不甚了了，动辄以“讹也”来解释。其实哪里来的什么“讹”？不过来源不同而已。

18.《〈异文化的使者——外来词〉序》

这只是一篇序，并非专门的论文。在这里，我仍然重弹老调：文化交流是促进人类社会进步的主要动力之一。我们甚至可以说，没有文化交流，人类就没有进步，就没有今天世界上这样繁荣兴旺的景象。文化交流表现的形式很多，外来词在其中占一个重要的地位。外来词可以分为两大类：一类代表精神方面的，抽象的东西；一类代表物质方面的，具体的东西。佛、菩萨、耶稣教等属于前者，沙发、咖啡等属于后者。一部分外来词保留原来的音，上面这些例子都是。一部分则先音译，后改意译，比如电话，原译名为德律风。什么字保留原音？什么字改变？决定者是人民群众，所谓“约定俗成”。至于其中的标准或规律，我们研究得还很不够。

19.《说“嚏喷”》

打嚏喷（或喷嚏）是每个人都经常有的动作，是微不足道的。然而古人和今人都似乎认为是不吉祥的。我年轻的时候，稍有点古风的人，见到小孩打喷嚏，便立刻说：“长命百岁！”以祓除这个不祥。古代有专门讲打喷嚏的书。最初我没有想到，这竟是流行全世界的一种迷信。德国人听到小孩打喷嚏，立即说：“健康！”英国人亦有此习。后读清魏源《海国图志》，见南部非洲，国王一打喷嚏，举朝举国皆同声应诺。又读佛经，见如来佛一打喷嚏，群僧皆言：“长寿！”佛徒对喷嚏还有一些别的解释。打喷嚏这一件小事，竟然在古今中外都引起了重视。我个人认为，这不是各个地方单独发明的，而是流传的。对研究民俗学者来说，这是很有意义的。

20.《中国知识分子的爱国传统》

在中国，传统文化与爱国主义是密切相连的，因为爱国主义是传统文化的重要组成部分。我常说，中国知识分子（当然其他人也一样）是世界上最爱国的最好的知识分子。我这话是有充分根据的。存在决定意识，中国的历史存在决定了中国知识分子必定爱国。中国古代以汉民族为主的政权和国家自先秦起始终受到外部势力的威胁，如汉代的匈奴，唐代的突厥，宋代的辽金，近代则有西方帝国主义。有人说，匈奴等的后裔现在已经成了中华民族的一部分，这是事实。但在当时却是威胁汉民族政权和国家的势力。我们不能把古代史近代化。如果这些人的说法能成立的话，则中国历史上就没有一个爱国者了。岳飞、文天祥等也只能算是内战的牺牲者，这岂不是荒唐透顶吗？

21.《再谈“浮屠”与“佛”》

我个人觉得这是一篇相当重要的论文，是上面介绍过的几十年前写的《浮屠与佛》那篇论文的续篇。

产生于尼泊尔和印度的佛教传入中国，是中国历史上以及中外文化交流史上的一件大事。我的第一篇论文是企图解决这个问题的一个尝试。从五十年后的今天来看，我当年的构思和解决方式都是正确的。只有汉文“佛”字是浊音，而吐火罗文 pät 与 pud 是清音，二者难以相容，当时认为是个大难题，及今视之，不过是庸人自扰而已。

我有一个习惯，也许可以说是一个好习惯吧，我一旦抓住一个学术问题就终生不忘。佛经梵语中 -aṃ>u，o 的现象，不定过去词的问题等，都是例证。“浮屠”与“佛”也算是一个。我在上面说到 pät，pud 是清音而“佛”字是浊音，我认为是个难题。虽经周祖谟先生勉强解决，但我总是耿耿于怀。四十多年后，我终于找到了正确的而不是勉强的解决办法，所以就写了这一篇论文，而且单刀直入，就从解决那个难题开始。

下面对这一篇论文的内容加以简要叙述：

一、“佛”字对音的来源

在 1947 年的那一篇论文中，我被清音与浊音纠缠住，脱不了身。实际上，当时我眼前就有一个回鹘文的 but，是浊音，我却似乎视而不见。可见我当时掌握的材料确实有限。我顺便说一句，当时有关这个问题的材料，世界学术界掌握的也不多。四十多年以后，我写《再谈“浮屠”与“佛”》时，材料已经大大地增多。我现在抄一个表在下面：

这个表一目了然。这些文字大致可以分为两系：一系是大夏文，梵文 buddha 在这里仍保留两个音节，这就是汉文“浮屠”二字的来源。一系基本上只有一个音节，这就是汉文“佛”字的来源。这一系的字几乎都是浊音，只有佛教粟特文 pwt 是清音。但是，根据 H-W.Bailey 的解释，这也不成问题。

大夏文 buddha 变为 bodo

拜火教经典的中古波斯文（巴列维文）boddo buddha 变为 bwt

摩尼教安息文 buddha 变为 bwt/but

摩尼教粟特文 /buddha 变为 bwty，pwtyy

佛教粟特文 buddha 变为 pwt

达利文 buddha 变为 bot

四十多年的一个问题，四十多年后终于圆满地解决了。

二、从“浮屠”与“佛”的关系推测佛教传入中国的途径和时间

在这一节中，我主要分析了《四十二章经》。

解决了清音和浊音问题之后，我就进一步去探讨佛教传入中国的途径和时间。我在 1947 年的论文中曾对这个问题提出了自己的看法。值得欣慰的是，那些看法，除了说佛教是直接从印度传来中国这一点以外，其余的都经受住了四十多年的考验，证明都是正确的。

经我反复考虑，我认为，关键是《四十二章经》。我于是就集中精力探讨与此书有关的问题。

（一）《四十二章经》与大月支。《四十二章经》的真伪是有争论的。梁启超疑其为伪，汤用彤信其为真。汤先生还认为，此经有两个译本，又认为，佛教入华当在永平之前，而永平求法的传说是可信的。汉明帝派使者到大月支求浮屠经时，大月支民经迁徙到了大夏。此时大月支早已皈依了佛教。

（二）《四十二章经》原本语言。《四十二章经》原本是什么语言写成的呢？我在 1947 年的那篇文章中只说是中亚一种俗语，因为当时资料不够，谁也说不明白。到了今天新的资料发现多了，对于这个问题能够进一步说点比较肯定的话了。详细考证，请参阅原文。我在这里只把我的结论写出来，我的结论是：汉

使者在大夏翻译的《四十二章经》原文是大夏文。

（三）支谦等译经的语言问题。《四十二章经》的语言既已推定，连带提出来的是后汉、三国时期最早的译经大师所译佛典的原来的语言问题。支谦、安业高等所译佛典原来的语言是什么呢？

我从梁《高僧传》中找到了一些资料，经我加以分析考证，我认为，支谦等译经所据原本，语言不是梵文，而是中亚新疆一带的吐火罗文或伊朗语系的语言。

（四）几点想法。下列几点想法，实际上就是我这一篇论文的暂时的结论。

（1）1947 年文章中提出的佛教直接从印度传入中国的论点不能成立了。但是我设想的佛教传入两阶段说仍然能够维持。我用公式来表示：

①印度—大夏（大月支）—中国

buddha—bodo，boddo，boudo—浮屠

②印度—中亚新疆小国—中国

buddha—but—佛

这两个阶段都不是直接的。

（2）我这篇论文解决了印度佛教传入中国的两个大问题：时间和途径。不敢说这就是定论，我只相信，虽不中，不远矣。

22.《敦煌吐鲁番文书研究笔谈》

这是极短的一篇文章，主要讲 1988 年我曾说过的两句话："敦煌吐鲁番在中国，敦煌吐鲁番学在世界。"当时受到在座者的赞赏，后来又得到了事实的证明。学术乃天下之公器，各国学者间应广通声气，同声相求。

23.《吐火罗文和回鹘文〈弥勒会见记〉性质浅议》

我先列举了德国出版的三本关于《弥勒会见记》的著作。此书的吐火罗文 A 本和回鹘文本在新疆多次发现。1974 年冬季在焉耆县七个星千佛洞又发现吐火罗文 A 本 44 张，88 页。这些残卷经我解读，已译为英文（1998 年在德出版）。我就本书的性质解答了下列几个问题：

一、是创作呢，还是翻译？

不是创作，也不全是翻译，而是编译。

二、内容是什么?

是一部佛典,基本上是小乘的,但已有大乘思想的萌芽。

三、体裁是什么?

这是本文探索的重点。

本书在形式上同印度古代的故事集,比如《五卷书》之类,没有差别。但是吐火罗文A本自称为“戏剧”,文中间或有戏剧术语。回鹘文本没有这一些,却在每章前标出场地名。所有这一切都说明本书是一个剧本,但是,这种剧本同我们所熟悉的西方和中国的剧本是不同的。W.Winter认为,吐火罗文剧本包括叙述和表演两部分。一个讲故事者和一个表演者互相配合。A.von Gabain说,回鹘文本是为了朗诵用的。Victor H.Mair讲到了看图朗诵的办法。H.Lüders认为,śaubhika的意思是“解释者”,是玩皮影戏的人,是朗诵者。朗诵和表演结合了起来,就形成了印度的戏剧。中国西藏有一个民间剧种,根据图画来说唱佛教故事,有点像内地的“玩洋片的”。Winter等人都讲到,吐火罗文剧本与西藏剧有类似之处。最后,我还指出了一点:新疆这地方偏爱戏剧。

1990年

本年共写各类文章37篇,出版论文集《佛教与中印文化交流》。可以算做学术论文的共有26篇。下面分别加以介绍:

1.《新疆古代民族语言中语尾 -aṃ>u 的现象》

我在上面曾说到,我有一个抓住问题不放的习惯。这一篇论文又是一个证明。1944年我在德国用德文写过一篇同样内容的论文,刊登在哥廷根科学院集刊上,曾遭到一些学者的非议。可是他们又打自己的嘴巴,承认了我的结论。这种学者真令人哭笑不得。从那以后,我又找到了大量的证据,证明我的结论是无法动摇的。我于是就在相距将近五十年以后,写成了这一篇论文。

在这篇论文的前半部分,我列举了几位反对我的结论的外国学者:比利时的Éienne Lamotte,德国的Heinz Bechert和美国的Franklin Edgerton。对于最后一位,我在1985年所写的《再论原始佛教的语言问题》中和1984年所写的《中世印度雅利安语二题》中已经进行了反驳。现在,既然又谈到这个问题,难免旧事重提,把Edgerton所著的Grammar中的有关章节重新翻腾出来,一一加以论断。

只有一点，我到现在还不明白：Edgerton 最后既然承认了在 -aṃ>o，u 的语法现象上我是对的，为什么又不把自己在上面那一些反对的话删掉呢？这不等于自己吐出来的唾沫自己又舔进嘴里去了吗？闲言少叙，书归正传。我写过了上述几篇论文以后，仍然随时留心 -aṃ>o，u 的现象。1988 年我在给蒋忠新用拉丁字母转写的梵文本《妙法莲华经》所写的序中，也列举了此经中出现的 -aṃ>o，u 的例子，证明了 Bechert 所说的《法华经》中无此音变现象的错误。后来，我又在 Ronald E.Emmerick 所著的《于阗文与图木舒克文》一文中发现了不少一 aṃ>u 的现象，我们才知道，-aṃ>o，u 的现象决不仅仅限于印度古代西北方言；在于阗文和图木舒克文中，这个现象同样存在，而且覆盖率极大，从名词、代名词，一直到数词、动词等都有。在印度雅利安语和伊朗语二者的古代语言中，都没有这样的音变现象，可见这现象是晚出的，而且出现的时间基本相同。从地域上来看，这个音变现象都发生在从印度西北部直至中国新疆的广大地区。总之，我的结论同将近半个世纪以前完全一样：-aṃ，-aṃ>o，u 是音变，既不存在变格问题，也不存在变性问题。至于一些学者坚持抓住不放的 m.c.（由于韵律的关系）的理论，拿来应用到于阗文和图木舒克文上，简直是荒唐可笑了。

2.《广通声气博采众长——〈走向世界文学的桥梁〉序》

这是给山东学者刘波主编的《走向世界文学的桥梁》一书所写的序。内容主要谈当今中国比较文学界的喜与忧。喜，因为参加的人多起来了。忧，因为发表的文章肤浅者多，而深刻有见地者少。救之之方是广通声气，努力学习。

3.《〈抗倭演义（壬辰录）研究〉序》

中、日、朝、韩立国于东亚大陆垂数千年，其间关系有友好的一面，也有磕磕碰碰的一面，《壬辰录》讲的就是后者。日本侵朝不止这一次。我认为，到了今天，我们四国人民在正视历史的同时，更应该向前看，看到我们共同的未来。我们都应该继承我们历史上文化交流的好传统，在目前形势下继续交流文化，互通有无，睦邻友好，和平共处。

4.《读日本弘法大师〈文镜秘府论〉有感》

我从日本弘法大师的《文镜秘府论》中悟到了现在的《中国文学史》论诗歌的偏颇。诗歌必讲韵律，韵律就与音乐接近。近代西方的一些诗人主张诗歌音乐化。中国“齐梁文学”的“永明体”也有类似的主张。他们想使诗歌“八音协畅”，听起来铿锵有致，能增强诗歌的感人性。当然，他们并不是主张把诗歌写成乐谱。这是不可能的，也是没有必要的。

5.《〈世界名诗鉴赏辞典〉序》

这一部辞典选的不是一般的诗，而是名诗。汉译文又大部分选的是名译。真可谓珠联璧合。我认为，这样做，至少可以达到两个目的：一个是可供欣赏，能够给不通外文的读者以美的享受。另一个是可供借鉴，意思就是为中国的新诗作者提供参考，使他们在创作中能够吸纳新鲜的营养。近年来在中国外国文学的译本并不走俏，独诗歌翻译为例外。其中原因，我曾百思不解，最终豁然开朗。我想到中国古人所说的“诗无达诂”，是非常有道理的。诗，不但指中国诗，也指外国诗。“无达诂”，意思就是理解因人而异。

这不有点迷离模糊吗？然而妙就妙在这个“迷离模糊”上，它能增加美感。

6.《对开好中国比较文学会第三届年会的两点意见》

我的两点意见是：一、提高学术研究水平。我认为，近几年来，我国比较文学有了长足的进步。但是，认真钻研、艰苦努力还不够，好文章不多。不要把比较文学看得太容易，把它看得难一点，更有好处。二、加强团结。比较文学的摊子铺大了，重要的问题就是要团结，不要讲位置分配学、座次学等。领导班子要年轻化，年老的该退就退。

7.《谈中外文化交流》

这是一篇座谈会上的发言稿。大意是：在文化交流方面，东、西各有自己的“拿来主义”，我们拿来西方文化中优秀的东西，同时又继承发扬我们自己的优良的文化传统。不但西方物质的东西我们要学，精神方面的好东西我们也要学。过去，我们从印度拿来了佛教，经过我们的改造，创造了禅宗，至今在世界上还有影响。我反对“全盘西化”论，因为，事实上办不到，理论上讲不通。崇洋与排外，都是不对的。亚洲“四小龙”的经济腾飞，可能都与中国儒家思想有关。在现代化的进程中，儒家思想可能有所作为。我们不能守株待兔，坐等西方人来拿我们的好东西，我们也可以主动送去。这里指的当然不是领土等，而是文化。

8.《比较文学之我见》

这篇短文谈的是我对所谓“比较文学危机”的看法。比较文学确有“危机”，外国的我不讲，只讲中国的。原因我认为是有人把比较文学看得太容易。这一点我在上面已经谈过。我在这里引了六七十年前陈寅恪先生的一段话：“盖此种比较研究方法，必须具有历史演变及系统异同之观念。否则古今中外，人天龙鬼，无一不可以相与比较。荷马可比屈原，孔子可比歌德，穿凿附会，怪诞百出，莫可追诘，更无所谓研究之可言矣。”真是一针见血之言。

9.《玄奘〈大唐西域记〉中“四十七言”问题》

玄奘《大唐西域记》的《校注》问世以后，颇得国内外专家们的好评。但是注中仍有错误，原文“详其文字，梵天所制，原始垂则，四十七言”，关于“四十七言”的注就是一个例子。注者把梵文现有的47个字母——元音14个，辅音33个——写在注中，数目相符，焉得有讹？外国注者也犯了同样的错误而不自觉。但是，实际上，这是不正确的。经我后来的探讨，“四十七言”应该是：

元音12个：a ā i ī u ū e ai o au aṃ aḥ

辅音35个：

喉音 k k h g gh ṅ

颚音 c ch j jh ñ

舌（顶）音 ṭ ṭha ḍ ḍh ṇ

齿音 t th d dh n

唇音 p ph b bh m

遍口音（超声）10个：

y r l v ś ṣ sh 1 1aṃ kṣa

详情请参阅原文。

10.《〈菩萨与金刚〉——泰戈尔散文之我见》

我认为，中国加入世界文学行列，自五四运动前夕鲁迅的《狂人日记》始。从那以后，介绍外国文学之风大煽。最初介绍最多的莫过于印度的泰戈尔。泰戈尔既是一个伟大的文学家，又是一个伟大的哲学家，他融哲理于文学创作之中，形成了自己独特的风格。他虽然生长在一个富于幻想的民族中，文学创作也继承了这个传统，但是他终其一生并没有把自己关在一个象牙之塔中，而是关心国内外大事，是一个真诚的爱国主义者和国际主义者。他毕生同情中国，当日寇侵华时，他拍案而起，写出了义愤填膺的诗篇，鞭挞日本军国主义分子。他同情弱小者，歌唱世界大同。所以我说，泰戈尔无论是做人，还是为文，都表现出既是慈目菩萨，又是怒目金刚。

11.《对于 X 与 Y 这种比较模式的几点意见》

既然是谈比较文学，当然要比较，这是天经地义，无可厚非。但是，有的人比较得太滥，几乎达到了"无限可比性"的程度。这种"拉郎配"式的比较，多半肤浅，比了等于没有比，这无助于比较文学的发展，只能形成比较文学的"危机"。要作比较研究，必须更加刻苦钻研，更加深入中西文学的深层，剖析入微，触类旁通，才能发前人未发之覆，得出令人信服的结论。我曾多次劝告年轻的比较文学者们，要把比较文学看得难一点，更难一点，越看得难，收获就越大。

12.《祝贺〈学林〉创刊 400 期》

《学林》是上海《文汇报》的一个副刊。我长期是《文汇报》的忠实的读者，"学林"我当然是经常读的。1991 年 1 月 6 日，《学林》第 400 期出刊，上面有许多学者的祝词，我的祝词也滥竽其中。但这篇短文是 1990 年写的，所以列入此年。文中表达了我对一种报纸特点表现在何处的意见。我认为是表现在地方新闻和副刊上，因为政治和经济新闻，每张报纸都必须刊登的，无从见其特点。我觉得，《学林》的风格清新庄重。

13.《从中国文化特点谈王国维之死》

关于王国维自沉的原因，有不同的说法。他自己说是"义无再辱"，陈寅恪先生则说与文化衰落有关。我多年不能理解寅恪先生这个观点。后来我读了许多学者关于中国文化特点的论著，他们大都认为中国文化重点在讲人，是人文主义精神。我恍然若有所得。

陈先生说中国文化的精神是三纲六纪，君臣关系是三纲之一，这样一来，王先生自沉的原因就很容易同中国文化挂上钩了。

14.《〈达·伽马以前中亚和东亚的基督教〉汉译本序》(《达·伽马以前中亚

和东亚的基督教》林悟殊编译）

在这一篇“序言”中，我首先表明了我对中德这两位同行学者（原作者及编译者）间合作的欣慰。接着我就说明了我的一些想法。首先是我认为：没有文化交流，人类文化就不会有进步，而宗教传播，也是文化交流中的重要部分。中国历史上几个大的外国宗教的传入，都能够说明这个问题。其次我想道：中亚及中国新疆是人类历史上几大文明体系和几大宗教大规模地汇流的唯一的一个地方。但是探讨这个问题并不容易，除了考古田野工作外，还要有大量的历史资料。后者只有中国可以提供，因此，必须由中西合作，才能取得令人满意的成绩。

15.《一点希望》——庆祝《文艺理论研究》创刊十周年

世界上古今文艺理论能自成体系者共有四家：中国、印度、古希腊、近代欧美。四者间有同有异，而同大于异，其间颇多相通之处。时至今日，我们要想研究中国古代文论，提高研究水平，必须兼通四者。有比较才能有鉴别，有鉴别才能深入探讨，而水平即在其中矣。

（羡林按：这是我几年前的看法。到了今年，1997 年，我的看法有了改变，后面再谈。）

16.《〈丝绸之路贸易史研究〉序》(《丝绸之路贸易史研究》李明伟等著）

横亘欧亚大陆的丝绸之路，是历史长河中东西文化交流的大动脉。如果没有这样一条大动脉，今天欧亚许多国家，包括中国在内的发展会是什么样子，简直无法想象。我在很多文章中都讲到，世界上有四大文化体系，这四个体系的文化汇流地只有一个，这就是中国的新疆及其毗邻的国外一些地区。对丝绸之路的研究，虽然我们古代史籍中对这个地域的政治、经济、文化、宗教等的记述特详，却是起步较晚的，晚于欧、美、日的一些学者。最近几十年来，我们急起直追。这一部《丝绸之路贸易史研究》就是成果之一。在某些方面，我们取得了成绩。但总起来看，还必须努力。

17.《〈东方趣事佳话集〉序》(《东方趣事佳话集》薛克翘主编）

文化交流是促进人类社会进步的动力之一。但是，学习西方，也必须看东方。看东方，至少有两种看法，一个是在学术上深入探讨，这可以说是阳春白雪。但是，光有阳春白雪还是不够的，还必须有下里巴人。把东方的趣事佳话搜集起来，编纂成书，供广大读者阅读，从中学习一些有用的东西。这二者如鸟之两翼，缺一不可。

18.《〈世界华侨华人词典〉序》（《世界华侨华人词典》，周南京主编）

我在这篇序中谈到，文化交流是促进人类社会发展的重要因素，而专就中国同外国而论，华侨和华人又是促进中外文化交流的重要因素。中国华侨史是一部触目惊心的伤心史。在旧社会，我们国内灾患频仍，民不聊生，中国劳动人民，特别是闽、粤等沿海省份的劳苦大众，被迫背井离乡，漂洋过海，到达美洲诸国、南洋群岛诸国，以及欧、亚、非一些国家，为西方的新兴的资本主义的原始积累流汗流血，有的甚至过着奴隶般的生活。这就是华侨的来源。但同时他们也把中华文化传向四方。到了今天，祖国强大了，华侨的地位在当地也相应地改变了。这就是华侨最爱国的原因。

19.《论〈儿郎伟〉》（《庆祝饶宗颐教授七十五岁论文集》）

"儿郎伟"，敦煌卷子中有一些以此为名的歌辞，唐代和宋代一些作家作品中也有这种歌辞。这三个字究竟是什么意思呢？中外研究者意见有点差异，但是倾向有意义者多，换句话说，认为"儿郎"就是"年轻人"。我个人不同意这种看法，认为"儿郎"只是音，而没有意义。我找了很多例子，处于"儿郎伟"地位的三个和声字，第二个字，同"郎"字一样都是来母字。

20.《〈吐鲁番学研究专辑〉序》

"吐鲁番学"是指研究新疆地区甚至新疆以外一些地区的文化的学问，冠之以"吐鲁番"，只能算是一个代表。陈寅恪先生说，"敦煌学"是中国一部"伤心史"。"吐鲁番学"也一样。意思是说，这一门学问最初中国学者几乎没有任何发言权，外国学者则喧宾夺主，此所谓"伤心"也。但是，最近十几年以来，情况有了翻天覆地的变化。在这个研究范围内，中国的老、中、青三代学者都茁壮成长起来了，过去不能做的工作，现在能做了。汉、维两族都有了自己的"吐鲁番学"的学者，我们真可以扬眉吐气了。这个势头真如旭日东升，方兴未艾。

21.《〈印度古代文学史〉前言》（《印度古代文学史》季羡林主编）

这是一篇简短的前言，主要说明这一部书是协作的产物。原来想写的是一部《印度文学史》，我们共同协作，用了几年的时间。等到最后集稿时，负责近现代部分的作者忽然临阵脱逃，置我们于尴尬情况之中，临时决定改名为《印度古代文学史》，及时问世。

“前言”中发了一点牢骚，说一股欧洲中心论的邪气弥漫中国社会，外国文学界亦然。有的人总瞧不起东方文学，包括印度文学在内。这种推崇西洋的歪风，至今未息。

22.《二十一世纪：东西文化的转折点》

一个世纪末并不一定意味着人类社会发展的一个转折点。但是，19 世纪和 20 世纪的世纪末却确有这个意味。英国史学家汤因比主张，每一个文明（文化）都有一个诞生、成长、兴盛、衰微、灭亡的过程，哪一个文明也不能永垂不朽。专就东、西文化而论，我主张“三十年河东，三十年河西”。现在，辉煌了二三百年的西方文化已经是强弩之末，它产生的弊端贻害全球，并将影响人类的生存前途。西方有识之士也看到了这一点。因此，我就提出了一个大胆的假设，现在这个世纪末可能就是由西向东的转折点。

23.《〈比较文学与民间文学〉自序》(《比较文学与民间文学》季羡林著）

这一项实际上包括两篇“自序”。第二篇写于 1986 年，是给中国民间文艺出版社写的，它本来准备出版这一部书，后来由于众所周知的原因，把稿子压了几年，书终于没出成。北京大学出版社慨然毅然接受了出版的工作。第一篇“自序”就是给北京大学出版社写的。这一部书终于出来了。

在第二篇“自序”里，我讲了在比较文学研究中，我赞成影响研究，而不欣赏平行研究。因为前者摸得着看得见，而后者则往往玄乎其玄，有时候甚至捕风捉影，胡说一通，让赞成者无从赞成，反对者无法反对。

第一篇“自序”则说明了我为什么把第二篇“自序”原封不动保留下来的原因。我在上面一节中介绍的我的观点，即使再写一篇新序，也不会改变，索性把原序保留下来，免得麻烦。我在这一篇新序中，还感谢了帮我编选这一部分的，我的几十年的老助手李铮先生。最后发表了一点感慨，说自己成了陶渊明的信徒。

24.《梵语佛典及汉译佛典中四流音 Ṛ ṝ Ḷ ḹ 问题》

这是一篇异常重要的论文，也是我生平写的文章中自己比较满意的一篇。

研究印度佛教史、中国佛教史、朝鲜和日本佛教史，特别是佛教密宗、悉昙都是必须认真探讨的课题。我们中国学者过去注意不够。我偶尔注意到了这个问题，发生了极大的兴趣，立下宏愿大誓，要想写一本专著。但是，从我的年龄和精力来看，这个愿望是难以实现了，结果只写成了现在这一篇论文。

我先把本文内容目次写在下面：

一、问题的提出

二、从慧琳谈起

三、四字特点及其发展的历史

（一）四字在印度的产生与演变

（二）四字在中国的发展与演变

（1）四字异译

（2）四发音的分歧

（3）发音分歧的地域问题

四、再谈慧琳

五、所谓中天音旨

六、关键所在

（一）四字的特殊性

（二）语言矛盾

（三）慧琳与昙无谶的矛盾

我在这里首先要声明，“目次”中的“五、所谓中天音旨”，暂时不见于此文中。因为时间紧迫，而这一章又异常难写，所以我临时抽掉。过了几年以后，我又重整旗鼓，写了一篇《所谓中天音旨》，作为独立的论文发表了，其实是应该归入这一篇论文的。

现在想要介绍这一篇论文的内容，感到有极大的困难。一则所谈问题过于专门，过于冷僻，论证过于琐细，过于周折。二则对于对此问题没有颇精湛研究的学者必如丈二和尚——摸不着头脑，岂非大煞风景吗？想了半天，想出了一个取巧的办法，只介绍“一、问题的提出”和“六、关键所在”，其余一概省略。我还是希望有兴趣的学者们能够耐下心来，把原文读一遍。下面先介绍“一、问题的提出”。

最初的原因是，我读唐慧琳《一切经音义》卷25《大般涅槃经》注中关于悉昙章的一段话，对悉昙产生了兴趣，特别是其中关于四流音的叙述，与我平常的理解不同，这更引起了我的好奇心，想探讨一番。后来又收到了俞敏先生的著作《俞敏语言学论文集》和饶宗颐先生的《悉昙学绪论中印文化关系史论集·语文篇》二书，读后甚有收益。其后又读了荷兰学者高罗佩（R.H.van Gulik）的著作Siddham和日本学者马渊和夫的《日本韵学史的研究》等等著作，又有所收获。我的主要精力还是放在阅读日本古代僧人关于悉县的著作上。经过长期阅读和考虑，我逐渐发现，TrU这四个流音元音在梵文字母中有特殊地位和意义，在梵文佛典中是如此，在汉译佛典中也是如此。根据我的看法，四流音元音涉及印度语言史、印度佛教史、小乘与大乘的矛盾、梵文同俗语的矛盾，等等。因此，我决定先专门写一论文谈谈四流音问题。

我在上面已经说到，我无法全面介绍此文。介绍完了“问题的提出”以后，二、三、四这三章都不介绍，都请有兴趣者自己去看。现在接着介绍“六、关键所在”。

（一）四字的特殊性。这四个流音元音同其他字母是不一样的。《悉昙藏》中讲了一个故事：一个外道（婆罗门）教一个国王学梵文，“以王舌强，故令王诵此字”。别的书中也有类似记载。这四个字是童蒙所不习学，“世所稀用”。

（二）语言矛盾。佛祖释迦牟尼是反婆罗门教的，从而也反对使用它的语言梵文。他游行说教使用的是一种或多种俗语。后来时移势迁，俗语不得不逐渐梵文化起来，到了古典大乘，就全部使用梵文了。可列一个公式：

俗语—梵文化的混合梵语—梵语

佛教的对立面婆罗门教一直使用梵文。政府部门有一个阶段也使用梵语。后来俗语又抬头。到了公元后笈多王朝时期又来了一个“梵文复兴”。也可列一个公式：

梵语—俗语—梵语

（三）慧琳和昙无谶的矛盾。根据我的考证，二人的矛盾是三重性的：沙门与婆罗门的矛盾，大乘与小乘的矛盾，俗语与梵语的矛盾。

到了慧琳时代，印度佛教的经堂语是梵语。慧琳自认为是站在大乘立场上的，但他不理解佛典语言的发展规律，也不理解佛祖释迦牟尼的“语言政策”，矛盾因此而产生。如果不了解这个背景，则无法理解，慧琳何以对一个看似微不足道的问题竟然大动肝火，高呼：“哀哉！已经三百八十余年，竟无一人能正此失！”

介绍完了，我再重复一遍：四流音问题极为复杂，牵涉的面极广，我不可能详细介绍。只好让读者好似碰到神龙，见首不见尾了。

25.《再谈东方文化》(《续补》)

这一篇论东方文化的文章，没有什么新观点，仍然是我那一套“三十年河东，三十年河西”，西方分析、东方综合的所谓“理论”。如果有点新东西的话，那就是我引用了金吾伦《物质可分性新论》。他主张物质不是无限可分的。我又引用了周文斌介绍西方一门新兴科学“混沌论”时写的一段话。我觉得，“浑沌论”的思想带有东方综合的色彩。

26.《〈纪念陈寅恪先生百年诞辰学术论文集〉序》

这是一篇很长、很重要的文章，其中阐述了我对寅恪先生比较全面的了解。简要内容如下：一、“预流”问题；二、继承和发扬乾嘉考证学的精神，吸收德国考证学的新方法；三、为中国文化所化之人：（一）中国文化的内涵，（二）外来文化与本土文化，（三）文化与气节；四、爱国主义问题。从这些简单的标题上也可以看出我对寅恪先生全面的看法。总之，我认为寅恪先生是一位有坚实的中国文化的基础，又深通西方文化的精神，能“预流”，有强烈的爱国主义，有气节的为中国文化所化的一代宗师。在学术研究上，多发前人未发之覆，开辟新天地。

1991 年

本年共写各类文章 24 篇，其中可称为学术论文的有 14 篇。

1.Translation from the Tocharian Maitreyasamiti–Nātaka One Leaf（76YQ1.30）of the Xinjiang Museum Version（刊于《冢本启祥教授还历纪念论文集》中）

这是一篇吐火罗文A（焉耆文）《弥勒会见记剧本》一张两页的译释。这样的文章过去已经写过一些，用不着再加以解释。这一篇是用英文写成，在国外发表的。

2.《〈中国古典文学在国外〉序》

我一向主张，文化交流是促进人类进步的重要条件之一，文学方面的交流当然也包括在里面。在这方面我们曾做过一些有益的工作，但是，我总觉得，工作中有极大的偏颇之处。说明白了就是：研究外国文学影响中国者多，而研究中国文学影响外国者少。这不利于真正的文化交流，也不利于外国人，特别是文学家或文学研究者对中国文学的了解。它会给外国老百姓提供不真实的信息，助长他们的“自大狂”。对中国老百姓来说，则容易助长我们的自卑心理，二者都是有害无益的。宋柏年教授长期从事中国古典文学的研究，卓有建树。他又长期从事中国文学对外国文学的影响的研究，其成绩就表现在《中国古典文学在国外》这一部书中。这样一部书纠正了我上面提到的外国文学研究中的偏颇，值得重视。

3.《〈北大亚太研究〉序言》

亚洲太平洋地区是世界上关键地区之一，从各方面来看，都是如此。世界上四个大的、独立的、历史悠久的、影响广被的文化体系，都与亚太地区有关。因此研究这个地区的政治、经济、文化等，有特别重要的意义。北京大学的亚非研究所，在全国高校中，是设备比较齐全、研究队伍比较能成龙配套、课程开设比较完备的研究机构。过去在培养学生方面、在研究成果方面，都有比较大的成绩和贡献。一年多以前北京大学成立了亚洲太平洋地区研究中心，承担起协调全校各有关系、所的工作，统筹安排，已做出了一些成绩。在校外，我们应当团结各有关院校的教学和研究机构，取长补短，互通有无，交换信息与资料，共同前进。我们既前瞻，又回顾，全国一盘棋。在这个基础上，再同世界各国的同行们团结协作，必能取得更大成绩。

4.《〈神州文化集成〉总序》

为了把“弘扬中华民族优秀文化，发扬爱国主义”这个口号化为行动，中国文化书院的同人们和一位企业家联合，推出了一套《神州文化集成》。这一篇论文就是我的总序。

论文虽长，但提出来的新论点却不多，多一半都是我以前讲过的。我说，观察中国文化应当有“上下五千年，纵横十万里”的精神，不能只就中国论中国，只就眼前论中国。这样做，有如瞎子摸象，摸不到全貌。

紧接着，我谈了世界上四个文化体系，归纳起来，又只有东、西两大文化体系。东、西之差，关键在于思维方式：东主综合，而西主分析。综合主要是有整体概念和普遍联系的概念。这在医学上表现最为鲜明。西方是“头痛治头，脚痛治脚”，而中医则往往是头痛从脚上去治。这种情况也表现在语言上、表现在绘画上。这一篇“总序”的内容人体上就是这样。

5.《〈文学解读与美的再创造〉序》

古今中外的文艺理论书籍，我都读过一些。20 世纪 30 年代初，我在清华大学听朱光潜先生的“文艺心理学”，获益良多。后来由于治学方向转变，没有继续研读下去。今天再读介绍西方最新文艺理论的书，就如读天书一般。在当代西方文艺理论派别中，德国的接受美学寿命较长。龙协涛这一部书介绍的就是接受美学。

6.《〈一七八三年孟加拉的农民起义〉序》

印度是一个缺乏历史著作的国家，对于农民起义也不重视，到了现代才有研究者，这一部书就是一个例证。

7.《“高于自然”和“咏物言志”——东西方思想家对某些名画评论的分歧》

这一篇文章虽不长，却很重要。我讲的是中、西的两幅画。西方的是荷兰大画家吕邦斯的一幅风景人物画：阳光从对面的方向照射过来，但是一丛树的影子却投向看画者的对立的那一边去。这是违反自然的，但是人们却发觉不出来。歌德说这是“高于自然”。中国的一幅画是唐王维的“雪中芭蕉”，雪与芭蕉不能并存，这也是违反自然的。陈允吉教授的解释是“咏物言志”。中、西解释的角度是不同的。

8.《在“孙子兵法与企业经营管理国际研讨会”上的讲话》

这是一篇即席讲话，虽然很长，但却没有什么新意见。我讲了四个问题：一、东方文化与西方文化；二、东方文化和西方文化的思想基础；三、文化是不是能够永存；四、孙子兵法与企业管理以及现代战争。

9.《〈中国女书集成〉序》

我对中国女书毫无通解，但是为本书编者赵丽明博士苦干和冒险的精神所感动，所以才写了这一篇序。虽然写了，也只能发空论。旧日中国女子在社会上层层的压迫下，几乎都是文盲，乡下大多数女子连个名字都没有。但是，她们也是有思想、有感情的，她们也想把这些思想、感情表露出来，又苦于不识字，没有表露工具，于是就在一个极小的地区，发明和使用了所谓“女书”。这在中国是一个极为罕见的现象。

10.《六字真言》

“六字真言”是流行于中国西藏等地区信仰喇嘛教的民族中的一个咒语。汉族亦有。音译是“唵嘛呢叭弥吽”，意思是：“唵！摩尼宝在莲花中。”明朝永乐年间，一位翰林竟然说：六字真言说的是“俺把你哄”。可见此公之庸陋。根据古籍记载，六字真言相当古老。其起源地大概不是像人们想象的那样是西藏，而是印度孟加拉地区。

11.《〈朝鲜学论文集〉序》

朝鲜学指朝鲜和韩国的传统文化的研究。朝鲜学是东方文化研究的一个重要组成部分。东方文化是东方各国，不论国大国小，共同创造的。中国、印度、日本等国家都有一份，朝鲜和韩国当然也有一份。古代高丽僧人对佛教在东亚的传布出过力量，对佛教传入日本，也起过重要作用。今天的韩国对中国的孔子和儒家都很敬重。

12.《漫谈古书今译》

弘扬中华民族的优秀文化这口号提出以后，古书今译之风顿盛。但是，我认为，并不是每一部古书都能今译的，今译应该有一个限度。纯粹讲义理的古籍，今译出来，对读者还可能有用。文学作品，特别是诗歌，既有思想内容，又有修辞、藻饰，甚至声调等，如果译为白话文，则原文韵味尽失，这绝对是不可取的。后来，我这种想法更发展了，认为今译是破坏古书的最好的办法。

13.《佛教的倒流》

我个人认为，这也是一篇重要的论文。它谈的问题，过去几乎是没有人系统地涉及过的。

佛教是从印度传入中国的，后来在中国发展的基础上，又部分传回到印度，我把这种现象称之为“倒流”。在世界宗教史上，“倒流”的现象是绝无仅有的。对于佛教的“倒流”，我在文中举了一些例子。元念常集《佛祖历代通载》卷十讲到永嘉禅师著《证道歌》，由梵僧带回印度，“彼皆亲仰，目为《东土大乘经》”。

最著名的一个“倒流”的例子是隋代智者大师（智颉）。宋赞宁《高僧传》卷二十七《含光传》说到，有一个印度僧人再三叮嘱含光，把智颉的著作译成梵文，传到印度。

赞宁是一个极有眼光、极有头脑的高僧，他给《含光传》写了一个“系”。这是一篇极有意义的文章。“系”首先肯定中国佛教有倒流的现象，他举的例子是梁武帝萧衍所撰《涅槃》《般若》《金光明》等经一百三卷，传入印度。“系”里提到了：“唐西域求《道经》，诏僧道译唐为梵。二教争‘菩提’为‘道’，纷拏不已，中辍。”实际上并没有“中辍”，这问题下面再谈。“系”接着讲，西域是佛法的根干，东夏是枝叶。但是，把枝叶植入土中，也能生根干，榕树（尼拘律陀树）就是如此。“东人敏利，验其言少而解多。西域（天竺）之人纯朴，证其言重而后悟。西域之人利在乎念性，东人利在乎解性。无相空教出乎龙树，智者演之，令西域仰慕。中道教生乎弥勒，慈恩解之，西域罕及。”赞宁在这里提出了中国同印度的相异之处，值得我们深思。

下面我谈到菩提达摩和梁的关系，又谈翻译《道德经》的问题。《含光传·系》说是“中辍”。但是，经过我仔细核对《新唐书》《旧唐书》《佛祖统纪》《集古今佛道论衡》《续高僧传·玄奘传》等书关于此事的记载，我认为，尽管佛道两家在翻译《道德经》时发生了多么激烈的争论和对抗，书还是翻成了，只是“序胤”未翻。至于玄奘的梵文是否传至印度，则我们毫无证据来肯定或否定了。

下面我又根据《含光传·系》中关于印度念性、中国解性举的两个例子智觊和玄奘，仔细对比和分析了我搜集到的资料，进一步对中国这两位“倒流”的高僧做了更细致的叙述。

先谈智觊，所谓智者大师。“系”里讲，龙树在印度创立了大乘空宗，即所谓“无相空宗”。我在论文中简短地勾勒了一下印度佛教大乘发展的情况。在这里，我想顺便改正台湾版的《季羡林佛教学术论文集》(东初出版社) 489 页、12 行的一个严重的排版错误："公元十二世纪" 应改为 "公元后二世纪"。其他发展情况，我现在都略而不重复。总之是智觊在中国发展了印度龙树的空宗理论。根据许多佛教典籍的记载，智者用力最勤的是弘扬空宗宝典《妙法莲华经》。他写了几部阐释《法华经》的著作，比如《妙法莲华经玄义》《妙法莲华经文句》等，发展了空宗的理论。有的书上说他 "灵山亲承"，也就是他在当年灵山会上亲耳聆听了如来讲《法华经》。这当然只是神话，毫不足信。智觊在中国对大乘空宗的发展 "倒流" 到了印度，是不足为怪的。

再谈玄奘。关于玄奘翻译《道德经》的经过，上面已经谈到过。这里专谈玄奘在印度留学时的一些活动。他在印度归纳起来可以说是做了三件事。第一件事是调和空、有。他的印度老师戒贤是信奉有宗的，玄奘当然会传承此说，但他也并不完全摒弃空宗。在认识真理方面，他只不过是认为空宗比有宗低一个阶段。他用梵文写了一篇《会宗论》，共三千颂，就是企图融会空、有两宗的。第二件事情是他摧破了佛教小乘正量部的理论。第三件事情是制服了外道对佛教的恶毒攻击，写了一篇《制恶见论》，共千六百颂。此外他还写了一篇《三身论》。所有这些著作都没有流传下来。玄奘在印度的所作所为，实际上也是 "倒流" 现象的另外一种表现形式。

14.《〈季羡林佛教学术论文集〉自序》

《季羡林佛教学术论文集》于 1995 年在台湾出版，这篇文章是此书的 "自序"。内容首先讲我对考证情有独钟。我研究佛教语言同研究佛教史紧密结合起来。研究大乘佛教起源问题，也必须同语言分析结合。现在全世界上已出的佛教史数量不算少，但是，真正令人满意的却如凤毛麟角。在研究佛教史方面，中国有得天独厚的条件。汉译《大藏经》和藏译《大藏经》是研究佛教的瑰宝。"近水楼台先得月"，我们应当充分利用这个瑰宝。目前，在大陆和台湾，都有一批学有素养的佛学研究者，这是我们的希望之所在。

1992 年

本年共写各类文章 41 篇，其中可以算是学术论文的有 15 篇。下面分别加以介绍。

1.《作诗与参禅》

这可以算是一篇想入非非的文章。

我对作诗与参禅都不是内行里手，而且我在上面已经多次说过，我对“义理”有不少的偏见，我不喜欢这种“公说公有理、婆说婆有理”的玩意儿。可现在自己怎么也搞起这一套来了呢？道理我说不清楚。可能是因为我自己好奇思怪想，又看别人总说不到点子上，所以便自己下了海动起手来。

作诗与参禅的关系，在中国文学史上、美学史上、艺术史上、思想史上，都是一个相当重要的问题。我对于这个问题涉猎过一点，有一些想法，可我绝不是内行，对自己的想法我也没有多少自信。别人关于这个问题的文章连篇累牍，我也看不出什么眉目来。索性把自己的想法，不管多么荒唐、多么不着边际，写了出来，“疑义相与析”。

我谈了以下几个问题：

一、中国古籍中对诗禅关系的看法

二、诗与禅的不同之处

三、诗与禅的共同之处

四、禅与中国山水诗

五、言意之辨

（一）言意之辨

（二）一个印度理论

（三）中国语言文字的特点

我在下面不按章节把论文大意综述一下。

作诗是全世界共有的活动，而参禅则只限于中国、韩国、日本等几个国家。禅宗，虽然名义上来自印度，实则是中国的创造。参禅活动一开始，立即影响了中国的诗歌创作。唐代许多著名诗人，如王维等，诗中洋溢着禅意，是众所周知的。唐宋文艺理论著作，如唐司空图的《二十四诗品》、宋严羽的《沧浪诗话》等，都富于禅境禅意，也是大家所公认的。宋韩驹有一句诗：“学诗当如初学禅”，最明确地说明了诗与禅之关系。

诗与禅有共同之处，也有不同之处。禅宗最初是主张“不立文字”的，而诗则必立文字。这是最显著的不同之处。而共同之处则有太多太多了。首先是“悟”或“妙悟”。“悟”这个字为中国所固有。《说文》：“悟，觉也。”专就佛家而谈，“悟”到的东西是“三法印”：诸行无常，诸法无我，一切皆苦。释迦牟尼在菩提树下金刚座上大觉大悟悟到的，以及后来初转法轮时所宣讲的不外就是这些东西。这些都是小乘的思想，到了大乘阶段——我在这里补充一句：佛教传入中国的基本上都是大乘——佛徒又进一步提出了“空”的思想。这种“空”的思想对中国禅宗产生了极大的影响。我们甚至可以说，没有“空”的概念，就不会有中国禅宗。这种思想对中国诗歌创作和理论也产生了极大的影响。上面提到的几部书，以及王维等诗人的创作，无不蒙受其影响。

接着我论述了禅与山水诗的关系。我认为，悟“无我”，或者悟“空”，必须有两个条件，一个是个人心灵中的悟性，一个是幽静的环境。前者不言自明，后者却需要一点解释。禅有小乘禅与大乘禅之别。中国禅宗初祖达摩属于大乘禅，修行的禅法，名曰壁观。达摩大概认为，修这样的禅必须远离尘世，因此他遁隐嵩山少林寺。达摩以后的禅宗诸祖都与山林有关。在禅宗正式建立之前，山水诗的开创者和集大成者谢灵运，虔信大乘空宗的顿悟说。他把山水诗同佛教思想融合了起来。到了唐代，王维等人的山水诗，蕴含着深沉的禅趣。宋代和宋代以后，山水诗仍然存在而且发展。

在最后一段，我谈了“言意之辨”。这是中外哲学史上的一个重要问题，至今还不能说已经得到了满意的解答。我从陶东风的《中国古代心理美学六论》中引用了拉康的理论，又引用了一个印度理论，企图对这个问题做一点满意的解释。最后我提出了中国汉语言文字的特点问题，即它的模糊性，来解释“言不尽意”的现象。我提到最近几十年在美国出现的模糊理论，我认为，这个理论应用到汉语研究上，应用到作诗与参禅的问题上，是颇能够解决一些困难或者困惑的。

2.《〈唐·吐蕃·大食政治关系史〉序》

中国古代史籍中关于西域的记载量多而质高，大大地有助于这方面的研究。但是汉文古典文献非常难读，外国学者常出现讹误。今天中国的青年学者，尽管有不少的优点，但古典汉文的造诣往往有所不足。对西域的研究，中国清代已有学者注意到了，但不通古代西域语言，很难谈到什么创获。最近十几年来，情况有了改变，一批通西域古代语言的年轻学者已成长起来，这是我们希望之所在。

3.《东方文化与东方文学》

我首先讲东方文化，仍然是我那一套：世界上有四大文化体系，四者又可分为东、西两个更大的文化体系。其差异的基础是东西方思维模式之不同，东综合而西分析。二者的关系是：三十年河东，三十年河西，哪一个文化也不能“万岁”。然后我又讲东方文学，特别是汉语文学。中国诗可以不讲人称，不用时态，读者可以根据自己的经验构成一幅图画，有绝对的自由，因而获得更大的美的享受。这有点模糊，但其妙处就在于模糊。这与东方的典型的综合思维模式有关。西方人想学习，是办不到的。西方最近几十年新兴的模糊学和混沌学等，我认为是西方思想向东方思想靠拢的迹象。至于今后如何发展，非我所能讨论的。

4.《飴餳餲餹》

这是拙著《糖史》第一编——国内编的第一章。下面介绍《糖史》时合并介绍。

5.《〈犹太百科全书〉序》

犹太民族是一个有天才的民族，历代出过许多伟大的科学家、文学家、艺术家、革命家等。但它又是一个多灾多难的民族，几千年来漂泊全球。中国开封也曾有过犹太移民。中国人民对犹太人抱有同情，但是，由于在这方面出书太少，中国人对犹太人了解得很不够。现在这一部《犹太百科全书》可以弥补这个缺憾了。

6.《对于〈评申小龙部分著作中的若干问题〉的一点意见》

学术讨论甚至争论，都应当摆事实，讲道理，而不应扣帽子。

只因申小龙讲了句“当代语言学的钟摆正摆向东方”，就引起了伍铁平、范俊军两位先生拍案而起，并且罗织到“到了21世纪，西方文化将逐步让位于东方文化”这个说法。试问这几句话何罪之有？竟蒙伍、范两位先生赐以“大国或者叫大东方沙文主义思想”的大帽子。我称这种行为为“拜倒在西方语言学脚下的、崇洋媚外的民族虚无主义”。这种“贾桂思想”是我们当前学术界的大敌，必须克服之。

7.《〈朝鲜学——韩国学与中国学〉序》

我不通朝鲜——韩国语文，但一生与两国打交道。中国的朝鲜族是一个优秀的民族，对中华民族大家庭具有向心力。在历史上，朝鲜半岛也出现过分分合合的局面；在文化交流方面也做出过贡献，唐代有很多高丽僧赴印度留学。他们一方面吸收中国佛学，另一方面又把佛教传入日本。后来他们又传入了宋明理学，并加以发扬光大。儒学在韩国至今仍有影响。

8.《佛典中的“黑”与“白”》

1948年我写过一篇短文《佛教对于宋代理学影响之一例》，讲的是朱子教人用白豆和黑豆来“系念”，起一善念，则投白豆一粒于器中，起恶念则投黑豆。这个方法实际上来自佛典。这一个小例子证明，宋代理学不但在大的方面，也就是哲学思想方面受到了佛教的影响，就是在小的方面也受到了影响。后来我翻阅佛典，陆续发现了很多相同或相似的例子。在《摩诃僧祇律》《十诵律》《根本说一切有部毘奈耶》等律中，我都找到了。它们用的是黑白筹（竹片），不是黑白豆，使用的目的不是“系念”，而是裁决。可是黑代表恶业或其他恶的东西，白代表善业或其他善的东西，则与朱子完全相同。

9.《在“〈日本学者研究中国史论著选译〉出版座谈会”上的发言》

这是在一次座谈会上发言的记录稿，是即席发言的产物。内容约略是：现在研究任何一门学问，都是国际性的，汉学也不能例外。中国学者研究汉学，近水楼台，有其有利之处。但是，外国的汉学家往往有新角度和新观点，能获得独到的成功。在这方面，法国汉学家的成就得到举世的公认。而日本汉学家由于有悠久的传统，其成就更必须刮目相看。现在比较大规模地加以汉译，此举值得欢迎。

10.《〈中国古典文学八大名著白话精缩〉序》

在五四运动以前，许多中国古典的长篇小说不能进入“神圣的”中国文学史的殿堂，现在能进入了。可是处在当前这样信息爆炸的环境中，生活速度加快，人们很难找出时间去读百多万字甚至几百万字的长篇小说。这实在是一件十分令人遗憾的事情。过去曾有人尝试过用缩写本——有人称之为“洁本”——的办法，来克服这个困难，好像不十分成功。现在两个出版社邀请了一些大学教授和中青年作家，将八部家喻户晓的长篇小说，改写为每部二十万字的白话本。我相信，这一套书是会成功的。它对弘扬中华文化，提倡爱国主义会有帮助的。

11.《历史研究断想》

历史，特别是古代史研究中的一些结论，都只是暂时的假设，绝不是结论。原因是：（1）研究的指导思想随时在变；（2）研究的手段也随时在变；（3）新材料的发现越来越多。考古发掘工作对历史研究有巨大贡献，新疆考古工作是一个典型的例子。内地的考古发掘工作也具有同样的重要意义。比如原来认为甲骨文是中国最古的文字，现在，根据考古发掘的结果，我们能够知道，在甲骨文之前，中国文字已有很长的历史。

12.《〈汤用彤先生诞生一百周年纪念论文集〉序》

在中国学术史上，每一个时代都诞生过几位大师，他们标志出这一个时代学术发展的新水平，代表着学术发展的新方向。到了中国近代，情况依然如此，但却有了新情况。俞曲园与章太炎为师兄弟，他们之间却有了一条鸿沟：俞能熔铸今古，章除了能熔铸今古外，还能会通中西。章以后几位大师莫不皆然。汤用彤先生就在这些大师之列。先生的《汉魏两晋南北朝佛教史》问世已有六十年，尚无有能出其右者。先生对魏晋玄学的研究也达到了一个高峰。在人品道德、待人接物方面，他也是我们的楷模。

13.《“天人合一”新解》

对我来说，这算得上是一篇重要的文章。我在上面以及在其他许多地方，都说过我不大喜欢义理。在这一篇论文之前，我忍不住也写过一些谈义理的文章，但篇幅大都不长，内容也不成体系。从这一篇论文起，我谈义理的文章多了起来，有的篇幅也比较长。是不是我对义理改变了态度，喜欢起来了呢？对这个问题，我自己也有点说不清楚。毋宁说，我对义理，想法多于喜悦。我爱好胡思乱想，有些想法实在是想入非非，我自己也不敢喜欢；有些想法，则自己也觉得颇有道理。别人越是反对，我越是反思，却觉得自己越来越正确。报纸杂志上的一些文章和一些消息，别人也许不屑一顾，有的我却视如珙璧，因为它证明了我的看法和想法路子是正确的。“老年忽发义理狂”，对我一生的学术研究是重要的。我甚至狂妄地想到，有朝一日，我这些想法的意义和价值甚至会超过我在考证方面所做出的贡献。至于究竟怎样，只有等待未来事态的发展来证实了。

我在下面介绍一下这篇文章的主要内容。

“天人合一”是中国哲学史上的一个主要命题，几乎所有的古代哲学家都对此有自己的解释，有自己的见解，没有哪两个哲学家的见解是完完全全一样的。我在本文开始时也简略地介绍了这方面的情况。我首先介绍了儒家，然后介绍道家、墨家、吕不韦等。要想详细介绍，我没有那么多时间，也认为没有必要。现在有的学者，在介绍“天人合一”时，这家，那家，这派，那派，连篇累牍，淋漓尽致，想借此以炫学。其实，对内行人来说，这并不难，只要多翻几本《中国哲学史》，多查几部古书，就绰有余裕。即使再撒上一点“洋胡椒粉”，也无济于事。

我自称是“天人合一新解”。既曰“新解”，必非旧说，你再引上一百个哲学家，也与我无干。即使古代某一个哲学家的见解与我的相似，也只是偶合，决非抄袭。

我也随顺流俗，介绍了一下中国古代的“天人合一”思想；孔子、子思、孟子、董仲舒、宋代理学、老子、庄子、墨子、《吕氏春秋》等，都介绍了一点。我又介绍了印度的“梵我一如”的思想。对当代的哲学家，比如冯友兰、侯外庐，甚至杨荣国，我也加以介绍。

对我写这篇论文启发最大的是钱穆。他一生最后一篇文章《中国文化对人类未来可有的贡献》我全文抄录。我的“新解”，其灵感就是从这一篇文章得来的。钱先生并没有明确的结论，他只讲，“天人合一”是“中国传统文化思想之归宿处”，“中国文化对世界人类生存之贡献，主要亦即在此”。他说，自己已年老体衰，思维迟钝，无力对此再做阐发，唯待后来者之继续努力。我不揣谫陋，对钱先生的提示提出一个“新解”。

我认为，在历史上，世界人类共创造了两大文化体系，一东一西。其间根本区别来源于思维模式之不同，东方主综合的思维模式，西方主分析的思维模式。“天人合一”的思想就是东方思维的最具有代表性的表现。我理解的“天”

是指大自然，“人”指我们人类。人与自然应该成为朋友，而不应当像西方那样要“征服自然”，视大自然为敌对者。当今世界上许多弊端，比如生态平衡被破坏、物种灭绝、环境污染、臭氧层出洞，如此等等，无一不与西方工业革命以后“征服自然”的思想和行动有关。在将来，我们必须以东方文化之优点“天人合一”的思想济西方文化之穷，人类庶不致走上绝路。东、西文化关系的特点是“三十年河东，三十年河西”。

14.《〈伊朗学在中国学术讨论会论文集〉序》

伊朗学研究在中国起步较晚，但进步颇快，对其原因我做了两个解释。第一，伊朗同中国一样，有极为古老的又极为辉煌的迄未中断的文化传统。古代波斯对世界文化宝库做出了巨大的贡献，出过伟大的诗人菲尔多西；在医学、哲学和自然科学等领域内，也成就巨大，影响了全世界。第二，伊朗同中国有极悠久的文化交流的历史。即以糖一项而论，中国汉末出现的所谓“西极（国）石蜜”，很可能就来自伊朗和印度。这在南北朝许多正史中都有记载。

15.《〈韩国学论文集〉新序》

这一篇我名之曰“新序”，有别于以前为《朝鲜学论文集》写的那一篇序。内容仍然讲，到了21世纪，包括韩国文化在内的东方文化，将重现辉煌，把全人类的共同文化推向一个新的高峰。我在这里不仅谈了文化，也谈了经济。中、韩、日等国的一些学者有一个不约而同的共同的看法，即21世纪世界经济文化中心将是亚太地区，再缩小一点范围，将是中、韩、日三国的金三角地带。经济学家从经济发展的速度方面明确无误地论证了这个问题。

1993年

本年共写文章31篇，数量不算太多。文章中可以算作学术论文的共有15篇。下面分别加以介绍：

1.《所谓“中天音旨”》

前面1990年学术研究部分，介绍我在当年写过的一篇论文《梵语佛典与汉译佛典中四流音OU]问题》时，我曾提到，本文的第五段的题目是“所谓中天音旨”。但在写作过程中感到，文章已经够长，而关于“中天音旨”这一段的材料又特别多，因此临时决定，这一段先不写，等以后再补上。现在介绍的这一篇文章，就是偿宿愿之作。本应与上文合在一起的，但既然已经独立了，就让它独立下去吧。

本文一开始就用了颇长的一段话，介绍了《梵语佛典与汉译佛典中四流音Ṛ ṝ Ḷ ḹ 问题》的大体轮廓。接着就引用了玄奘和智广的说法，说明中天音旨的重要性。

接着我就论证了中天音旨的一些问题。我先将章节目录抄在下面：

（一）中天竺在佛徒心中的地位

1. 众佛诞生地

2. 神仙说中印度话

3. 大乘诞生地

（二）中天竺语发音的特点

1. 中天音兼于龙宫

2. 鼻音

（三）四流音在中天的地位及其发音特点

（四）中天音同余国音的关系

（五）汉音与吴音　中国与印度

我在下面把主要内容介绍一下，不再分章节。印度古代佛徒相信，中天竺乃众佛诞生地，众神都说中印度话，而且大乘也起源于此。他们不可能有“佛教混合梵语”的概念。他们知道，天竺语言有中天、南天、北天、东天、西天、胡地之别。但他们认为，借用玄奘的话来说：“而中印度特为详正，辞调和雅，与天同音，气韵清亮。”其中的含义是什么呢？

当时的佛教徒相信：“中天音兼于龙宫。”其中当然有幻想、迷信的成分。《悉昙要诀》说：“夫人有刚柔异性，言音不同，斯则系风土之气，亦习俗所致也。今案此意云：龙性刚，故其音浊欤？北天风强，故其音亦浊欤？南天风柔气温，故其音柔清欤？”总之，音之清浊是由于风土和习俗之不同。

下面，我经过详细的分析和论证，证明中天音的特点是鼻音。我从日本玄照撰《悉昙略记》中抄了一个完整的梵文字母汉译音表，证明了我这个说法。表很长，不便抄录。读者如有兴趣，请自行参阅。

接着我谈了“四流音在中天的地位及其发音特点”。慧琳是激烈地排斥四流音元音的，唐代日本僧人的著述中也多有排斥之者。可是在我抄录的那个字母表中，四流音元音却赫然与其他梵文并列，这是梵文的特点之一。原因大概是，此时梵文在佛教中已经取得了正统的垄断的地位。密宗或其他宗的经典都用梵文写成。连大师如玄奘者也不了解，古代佛典有一些是用俗语或佛教混合梵语以及中亚古代语言写成的这个情况。

最后我论述了汉音和吴音的关系以及中国和印度。唐代的日本僧人非常重视二者的区别。他们所谓吴音，含义是清楚的；所谓“汉音”则指中国北方的音。他们认为，中天音似汉音，南天音似吴音。《悉昙三密钞》说：“然中天音并以汉音得呼梵音，若以吴音不得梵音。其南天音并以吴音得呼梵音，若以汉音不得梵音。”原因可能是，唐代佛教密宗大盛，诵念咒语，必须十分准确，否则就会影响咒语的神力。所以日本和尚才这样重视汉吴之分。

2.《中国古史应当重写》

中国过去写历史，基本上都是黄河文化或北方文化中心论。但是，事实上，早在先秦时期，楚文化或南方文化，或长江文化，就已经发展到了很高的水平。近年来，考古发掘出来的编钟被称为“世界第八奇迹”。即以楚辞论，没有一个长期发展的背景，是不可能出现的。总之，写中国历史必须包括南方。中国历史必须重写。

3.《〈东方文学名著鉴赏大辞典〉序》

新中国建立以来，中国研究外国文学的学者，约略可以分为两大“阵营”：一个是综合大学外语系和外国语大学的老师们组成的，一个是由中文系教外国文学课的教师组成的。二者各有优缺点：前者外语水平高而文艺理论和汉语水平往往较低；后者文艺理论和汉语水平高而外语水平则较低，甚至不能通解。两个“阵营”如能协作，则能互助互补，其结果必有极可观者。四十多年的历史证明了，两者是能愉快地协作的。由此产生了许多水平比较高的大学外国文学的教材和研究专著。这一部《东方文学名著鉴赏辞典》就是双方协作的结果。作者两个“阵营”里的学者都有，因此这一部辞典的学术水平得到了可靠的保证。

4.《〈人学大辞典〉序》

人类自称为“万物之灵”，这话不能说没有道理，但这道理是颇为有限的。

人生于世，必须正确处理好三个关系：（1）人本身的关系，人体解剖我们能够做到，但是，一遇到神经问题、气功问题等，便束手无策。（2）人与人的关系，也就是社会关系。（3）人与大自然的关系。后二者我们都没能处理好，处理不好，则对人类生存前途有不利的、甚至致命的影响。

5.《关于“天人合一”思想的再思考》

我在上面1992年13中介绍了我的《“天人合一”新解》，其中颇有遗漏：引古人的著作有遗漏，引今人的著作也有遗漏，因而写了这一篇《再思考》，意在弥补该文中存在的缺憾。

在“补充”部分，我补充了：

（1）宋代大哲学家张载的学说，把他的《西铭》全部抄录下来。

（2）日本的资料，主要是仓泽行洋的论述。

（3）朝鲜的资料。我列举了一批程朱理学的代表人物，比如李穑、郑梦周、郑道传等等。我特别介绍了权近的关于“天人合一”的学说。

统观我的《新解》和《再思考》两篇文章，中、印、日、朝（韩）等主要东方国家，都有“天人合一”的思想，这现象很明确，很值得重视。我说，“天人合一”思想是东方思想的特征，不是没有根据的。

下面我介绍了李慎之先生的一篇文章《中国哲学的精神》。慎之先生说，原来他认为我们的意见“大相径庭”，后来又发现“我们的看法原来高度一致”。但是一致中还有不一致的地方。我现在专谈不一致。首先，在对西方科学技术的副作用问题的看法上，我们不一致。他认为我看得太多，我认为他看得太少。其次，在东西方文化融合的问题上，我们的意见也不一致。从人类历史上来看，文化一旦产生，必然就会融合。我当然不会反对融合，问题是“怎样融合”。他的论点似乎是东、西文化对等地融合。我则认为，融合有主次之分。过去的融合，以西方为主，21世纪的融合则必以东方为主。这就是我经常说的“三十年河东，三十年河西”。对于这两句话，慎之先生激烈地反对，屡屡形诸文字。然而，回顾一下东、西文化融合的历史，回顾一下汉唐时期中国文化在世界上的地位，事情就一清二白，皎若天日了。最后还有一点分歧。李先生认为，西方科技所产生的弊端，只要西方科技进一步发展就能够铲除。我认为，这是不可能的。西方科技，如不改弦更张，则越发展，弊端也会越多。语云“解铃还需系铃人”，这话在这里用不上。

下面我介绍了郑敏教授的一篇文章《诗歌与科学：世纪末重读雪莱〈诗辨〉的震动与困惑》。文章介绍了英国浪漫诗人雪莱对工业发展恶果的预言。诗人真不愧是预言家，在西方工业正蓬勃发展的时候，诗人却预言到它将来的恶果。到了今天，预言已经变成了现实，郑敏教授“震动”，我们也“震动”。诗人对这些工业弊端或灾害开出的药方是诗与想象力，再加上一个爱。对这个药方，我不发表意见。我也有我自己的药方：正确处理好人与大自然的关系，宣传“天人合一”（我的新解）的思想，西方要向东方学习。我又讲了东西方有两种不同的思维方式。郑教授在文章中讲到，西方新兴解构主义吸收了一些东方思想，比如“道”等。

在这篇文章的最后，我补充了一点中国少数民族关于“天人合一”的思想，说明在中国范围内有这种思想的不限于汉人。

6.《〈清代海外竹枝词〉序》

“竹枝词”是一类文学作品的总名，其产生地我觉得可能是四川东部巴渝一带地区。最初流行于民间，后来为文人学士所采用。它的内容和形式都生动活泼，给人一种新鲜感觉。它可能与带有点浪漫主义色彩的楚辞有一些联系，与北方的《诗经》颇异其趣。所谓“海外竹枝词”是指中国诗人用竹枝词的体裁和情趣歌咏在外国所见所闻的事物的。我写有关中印关系的文章时，就曾引用过清尤侗的《外国竹枝词》。

7.《〈孟加拉国政治与经济〉序》

孟加拉，明初几部记载南洋或“西洋”情况的书中译为“榜葛剌”，是当时南亚次大陆文化最昌明、经济最繁荣的地区，同中国往来最频繁，交流成果最丰富。一直到近现代，孟加拉国以及印度的西孟加拉邦，仍然是人文荟萃之地。孟加拉国建国后，同中国的关系一向友好，是我们的友好邻邦。

8.《漫谈文学作品的阶级性、时代性和民族性》

这是一篇颇短的文章，然而却提出了一个过去不大有人敢明目张胆地提出来的问题。我从诸葛亮的《出师表》、李密的《陈情表》和韩愈的《祭十二郎文》三篇古文出发，谈到了文学的阶级性、时代性和民族性。这些性质都是不能否定的。可为什么这三篇文章，还有其他许多篇文章，以及李杜的诗，一直到今天还为广大读者所爱读而且读后受到感动呢？这证明，在那“三性”之上还巍然高踞着一个人性。

9.《〈文学语言概论〉序》

所谓“文学语言”，不出两途：一曰修辞，一曰风格，后者尤难于前者。古代以及现代散文大家，大都有自己鲜明的风格。在眼前的散文文坛，我认为，可以分为两派：一曰搔首弄姿派，一曰松松散散派。前者刻意雕琢，后者故意或非故意松垮，我皆难以接受。

10.《〈东方文学史〉序》

这一部《东方文学史》长达120万言，在中国是空前的一部，在世界上也是少有的。

我的这一篇序，比起我在1986年为《简明东方文学史》写的那一篇颇长的“绪论”来，对东方文学有了不少新的看法。但是，同我最近一些年来所写的谈东、西文化的同和异的文章相比，则没有什么新东西。我在这里讲的仍然是东西方思维模式不同，我宣扬的仍然是东方的“天人合一”的思想。

11.《〈关于“天人合一”思想的再思考〉的一点补充》

写完了《关于“天人合一”思想的再思考》一文后，接到韩国东国大学吴亨根教授的信，信中说：《大乘起信论》中的“色心一如”的思想，还有僧肇的“天地与我同根，万物与我一体”，这都是东洋思想的最极致。我把吴教授的意思补充上去。

12.《在昆明郑和研究国际会议上的发言》

郑和，在中国和世界历史上都是一个伟大人物。云南有郑和，是云南的骄傲。研究郑和，不出三途：出使目的、出使次数和所产生的影响。我个人认为，应多研究其结果、其影响，对目的和动机不必过分探求。从今天的国际形势看起来，郑和实已成为中国与南洋和西洋国家友谊的象征。

13.《再谈cīnī》

cīnī这个字在印度许多语言中义为“白砂糖”，它的原意是“中国的”。可见“白砂糖”是从中国传入印度的。W.L.Smith写文章反对此说。我于1987年写文章驳之。后来我在《明史》321卷“榜葛剌”条找到了证据，这里说，孟加拉“百工技艺悉如中国，盖皆前世所流入也”。我认为，“百工技艺”中就包括制白砂糖术。这问题我在《东方文化集成》《文化交流的轨迹——中华蔗糖史》中有详细论述，可参阅。这一个小例子说明，中印文化交流绝不是“一边倒”的。

14.《〈南亚政治发展研究〉序》

中国同南亚诸国都可以说是近邻，在历史上文化交流频繁。中国史籍中关于这些国家的记载，对研究这些国家的历史有无法估量、无法代替的重要意义。可惜自欧风东渐，许多国家沦为殖民地，中国同它们的文化交流几乎中断。近几十年来，情况有了好转。这一部书对我们了解南亚情况极有帮助。

15.《国学漫谈》

自从《人民日报》1993年8月16日发表了《国学，在燕园中悄然兴起》以后，在全国一部分学人中，特别是青年学生中，颇引起了轰动。这不是没有原因的。我认为，原因就在于“弘扬中华民族的优秀文化”这个口号的提出。这个口号顺乎人心，应乎潮流，它说到了人们的心坎上。“国学”的目的，我理解，就是从事探讨研究中华文化优秀之处究竟何在？国学绝不是发思古之幽情，而是与现在和过去有密切联系，又与未来有密切联系。我们现在常讲建设有中国特色的社会主义，“中国特色”表现在什么地方呢？绝不会仅仅表现在科技上。因为，即使中国科技能在世界上占第一位，同别的国家相比，也只是量的差别，而绝不是什么“特色”。特色只能表现在哲学、宗教、文学、艺术、伦理、道德、经营、管理等方面。我称前者为“硬件”，后者为“软件”。“软件”中的许多学问都包含在国学范围以内。另外，国学还能帮助我们弘扬中华民族的爱国主义传统。说到爱国主义，我们就必须分清“正义的爱国主义”，也就是被侵略被屠杀的国家或民族的爱国主义。而在另一方面，侵略人、屠杀人，也就是奴役别国人民的所谓“爱国主义”是邪恶的非正义的“爱国主义”。中国的爱国主义从古至今，都属于前者。国学的好处还可以举出一些来，现在暂且不举了。但是，世界上离奇的事情之多是颇令人吃惊的。竟有人对国学研究大唱反调，真不知是何居心！我现在再补上一句：有人竟说搞国学是对抗马克思主义的。我除了摇头叹息之外，还能说些什么呢？

世纪回眸

我被姚明大姐尊为世纪老人，心里颇有点忐忑不安，觉得还欠一把火。因为我在本世纪只活了八十九年，还差十一年才够一百年。但是，如果四舍五入的话，也就八九不离十，我可以心安理得了。

可是，如果让我讲一点世纪感想之类的东西，我却还真有点困难，一部二十四史，不知从何处说起了。

从时间上来看，过去的一个世纪几乎可以整整齐齐地切为两半，前一半是所谓旧社会，后一半就是新社会。前一半经历过许多大的事变：大清帝国、中华民国、洪宪王朝、军阀混战、国民党政府、第一次国内革命战争、日寇侵略、第二次国内革命战争，一直到新中国的建立。在后一半中，虽然没有像前一半那样有那么剧烈的变化，然而，道路也并不平坦。总的发展趋势是，光明—黑暗—光明，光明将把我们带向21世纪。

姚明大姐主办《老人天地》，沙洪同志妇唱夫随，也关心老人事业。我作为老人之一，对他们表示衷心的谢意。我对我国的老人事业有一些想法，想借这个机会表白一下。

首先，我觉得，现在我国规定60岁为老年，这有点太性急了，在旧社会这样规定是可以的，当时我国人民的平均寿命不高。可是现在情况大大地改变了，平均寿命几乎增加了一倍。60岁正是有所作为的时期，绝大多数60岁的人满头黑发，精力旺盛。在我眼中，他们正当壮年，怎么一下子竟把他们推向老年，打入另册呢？这对人尽其力是极不妥的。

“老龄化社会”这样的词儿，我总疑心是舶来品，是西方实用主义社会的产品。表面上似乎是尊重老年人，实际上却是想告诉老年人：“你不行了，不中用了，要靠社会来赡养了。”我不知道西方的老人对此有什么反应，作为一个中国的老人我认为，中国传统的伦理道德是尊重老人的。现在弄来了这样的洋玩意儿，天天在我耳边聒噪，心里很不耐烦。我看到很多60岁以上的老人，仍然鼓足干劲，认真做着自己的工作，并没有都成为社会的负担。我希望，好心人不必这样担心，不必这样天天聒噪，让我们老人耳根清静，安心干自己的活。

对于老人，在常常提到的几句话中有“老有所乐”、“老有所养”、“老有所为”等，我认为应该强调“老有所为”，给老人多鼓干劲，我想多数的老年人会乐意听的。我看到不少的老人真正是“老骥伏枥，志在千里。烈士暮年，壮心不已”。有这样的一些老年人，即使按照西洋的标准，一个城市甚至整个国家都进入了老龄化城市、老龄化国家的范畴，天也塌不下来。人类的年龄将会越来越高，这是一切科学家都承认的事实，将来全球都会老龄化的。现在有些人就天天吆喝“老龄化”、“老龄化”，真正是“可怜无补费精神”。

1999年6月17日

千禧感言

稚珊来信，要我写一篇关于世纪转换的文章。这样的要求，最近一个时期以来，我已经接到过不知多少次了，电台、报纸、杂志等，都曾对我提出过这样的要求。但是，我都一一谢绝了。原因不是由于这样的文章难写，恰恰相反，这样的太容易写，只须写上几句大话和套话，再加上几句假话，不费吹灰之力，一篇文章就完成了。这样的文章，除了浪费纸张和人们的时间以外，一点效果也不会有。

但是，稚珊的要求我没加考虑就立即应允了。原因是，《群言》是一份比较敢讲一点真话的杂志，而我又与《群言》有多年的友谊。为《群言》写点什么，是我的光荣，也是我的义务。我也想通过我写的东西多少能够反映出像我这样平民老百姓的心声，对我们的领导机关会有益处的。我写的东西，不会有套话、大话，至于真话是否全都讲了出来，那倒不敢说。我只能保证，我讲的全是真话。

旧日每逢新年，总有贴新门联的习惯，门联辞藻美而丰富，最常用的是“一元复始，万象更新”。对仗工整，含义深刻。但是，汉语是一种模糊性很强的语言，我们使用这种语言的人，往往习以为常，不去推敲。即如上面这两句话，说的是具体情况呢，还仅仅是希望？我个人的语感是，这仅仅是希望。一元虽已复始，眼前万象还未必就能更新。我现在要说：世纪甚至千纪一复始，万象更新，也绝不是说，2000 年的第一天同 1999 年的最后一天，其间会有天大的变化。就以常识而论，那也是绝不可能的，这不过是表示我的愿望而已。21 世纪的特点是一定会出现的，不过绝不会一蹴而就。

我对21世纪究竟有什么希望呢？

先从大的讲起。首先，我希望世界和平，民族团结。但是，我自己立即否定了这个希望，这是根本办不到的。眼前的世界大国，特别是那一个唯一的超级大国，一点也没有接受20世纪两次世界大战的惨痛教训，仍然自我感觉良好，颐指气使，横行霸道，以世界警察自居。我希望，我们中国人民不要为巧言花语所迷惑，奋发图强，加强团结，随时保留一点忧患意识，准备对付一切可能发生的外来的侵略，保卫我们的祖国。

其次是对我们国家的希望。改革开放确实给我们国家带来了翻天覆地的变化，经济繁荣，政局安定，人民生活有了提高。总起来看，确有一个安定团结的局面。但这仅仅是一面，也不是没有令人担忧的一面。我不懂经济，但是我从《参考消息》上看到一则外国评论中国经济的报道，其中讲到中国国有经济在某一些方面给中国带来了一些麻烦，详情我不清楚，不敢妄加评论。但是，《参考消息》敢于刊登，其中必有依据，我们的最高领导班子对这个问题是十分清楚的，也正在采取措施。我希望这个问题能够尽早地尽善尽美地得到解决。

从人类生存的前途来看，多少年来，我就提出了一个看法：西方自产业革命以后，恶性膨胀逐渐形成的对大自然诛求无餍的要求，也就是所谓“征服自然”的做法，现在已经产生了严重的后果。现在全世界各国政府都对环保问题异常重视。但是，却没有什么人追究造成这种现象的根源。我认为，这是一种缺少远见卓识的表现。我一向主张，中国的，同时也是东方的“天人合一”的思想，也就是人类要与大自然为友，不要为敌的思想，能济西方思想之穷。我这种想法，反对的人有，赞成的人也有。我则深信不疑。我希望，21世纪走到某一个阶段时，人类文化会在融合的基础上突出东方文化的作用，明辨而又笃行之。

还有一件让我忧心忡忡的事，那就是中国公民中某一些人素质不高，道德滑坡的现象。谁也无法否认，中华民族是一个伟大的民族。但是，在伟大的后面也确有不够伟大的地方，对此熟视无睹是有害无益的。例子用不着多举，我只举一个随地吐痰的坏习惯。这样做是一切文明国家所没有的，然而在中国却是司空见惯，屡禁不止。前不久，中国庆祝建国五十年的喜事，北京市政府和各界人士，费了九牛二虎之力，把北京打扮得花团锦簇，净无纤尘，谁看了谁爱。然而，国庆后不到一个月，许多地方又故态复萌，花坛和草地遭到破坏践踏，烟头随处乱丢，随地吐痰也不稀见。还有一些破坏公共设施的现象，连风光旖旎的燕园内也不例外。这种破坏对肇事者本人一点好处也没有，对群众则带了莫大的不方便。我真不了解，这些人是何居心。这样的人，如果只有几个，则世界任何文明国家都难以避免。可惜竟不是这样子，看来人数并不太少。这一批害群之马，实在配不上是伟大民族的一部分。救之方法何在？我觉得，过去主要靠说教，事实证明，用处不大。我认为，必须加以严惩。捉到你一次，罚得你长久不能翻身。只有这样才能奏效，新加坡就是一个例子。在此万象更新之际，我希望在21世纪某一个时候，这种现象能够绝迹，至少是能够减少。伟大的中华民族真正能显出伟大的本色，岂不猗欤休哉！

我在20世纪，有“世纪老人”之称。到了21世纪，绝不可能再成为“世纪老人”了。但是，我对21世纪却不知道有多少希望，凡是20世纪没有能够做到的事情，我都寄希望于21世纪。希望太多，只能举出上面说到的几个，以概其余。在世纪之初，本来是应该多说一些吉利话的。但是，我在上面已经声明过，我不说大话，不说假话。我认为，那样做，既对不起《群言》，也对不起全国人民。其实我说的话，不管听起来多么不顺耳，里面却有大吉大利的内涵。如果把那些弊端除掉，不就是大吉大利了吗？我真希望，大吉大利能降临我国；我真希望，国泰民安；我真希望，人民的素质越来越提高；我真希望，人民越过越幸福；我真希望，我国能成为一个名副其实的经济文化大国，巍然立于全世界民族之林。

1999年11月1日

希望21世纪家庭更美好

家庭是组成社会的细胞，集无数细胞而成社会。家庭安则社会安，家庭不安，则社会必然动荡。这个道理明白易懂。

人类不是一开始就有家庭的，人类社会进步到某一个阶段而家庭出。在中国几千年的历史上，崇尚大家庭成风。四世同堂为一般人所艳羡，这通常指的是直系亲属。不是直系亲属而属于同一曾祖，或甚至祖父的叔伯兄弟，也往往集聚一个大家庭中。读一读《红楼梦》，这情况立即具体生动地展现在眼前。宁荣二府，以贾母为首的正头主子不过几十人，然而却楼台殿阁，千门万户，男仆如云，使女如雨，天天过着花天酒地的日子，享尽了人间荣华富贵。表面上看起来，繁荣兴盛，轰轰烈烈。然而，在内部却是钩心斗角，笑里藏刀，互相蒙骗，互相倾轧，除了宝玉一人外，大概没有人过得真正称心如意的。

《红楼梦》时代渺矣，遥矣。就在解放前，我还在济南见到一些聚族而居的大家庭。规模虽然不能像贾府那样大，但是，几个院子，几十口人，几十间房子总是有的。聚居的人，不是大爷，就是二婶，然而境遇却绝对不同。有的摆小摊，有的当县长，有的无所事事，天天鬼混。他们之间，恩恩怨怨，搅成一团。所谓“清官难断家务事”者，即此是也。

建国以来，由于社会的变化，这样的大家庭几乎全已失踪。家庭越变越小，儿女结婚后与父母同住者，也已少见。最典型的家庭是一夫一妻，再加上一个小孩。由于双职工多，生了小孩，没人照管，于是就请来男的母亲或女的母亲，住在一起，照管小孩，这样就产生了一个新名词儿“社会主义老太太”。

依我的推断，到了21世纪，这样的家庭还会继续下去。我不希望看到目前间或有的不办结婚登记手续而任意同居的家庭，这样的家庭是由“露水夫妻”组合成的，说聚就聚，说散就散，这不利于社会的安定团结。像美国那样的同性恋的“家庭”，中国目前似乎还没有，我在将来也不希望看到。这样的超时髦的玩意儿，还是没有的好。

一个人不可能没有一点缺点，也不可能不犯一点错误。只要到不了触犯刑律的程度，夫妻间就应该互相理解，互相原谅。相互理解是夫妻间最重要的行为。俗话说“情人眼中出西施”，在热恋阶段往往看不到对方的缺点，一旦结婚，往往就会应了我们常说的两句话：“凡所难求皆绝好，及能如愿便平常。”或如西人所说：“结婚是爱情的坟墓。”我希望，中国不要让这一句话兑现。我希望，结婚以后，爱情的温度会以另外一种形式与日俱增，而不是渐趋冰冷。

我在很多地方被别人认为是保守派，我也以保守派自居，并不是一切时髦的东西都是好的。在婚姻和家庭问题上，我也宁愿保守。我还是宣传我那一套，家庭中必须要有忍让精神，夫妇相互包涵，相互容忍，天天为了一点芝麻绿豆大的小事而吵架，我不认为是好现象。

一夫一妻一个孩子的家庭，是历史演变的结果，是当前以及以后相当长的时间内形势的需要。我现在还想不出将来的家庭形式会变成什么样子，21世纪也不会改变。我不希望，中国的社会有朝一日会改变复古，复古到没有家庭的社会，男女杂交，只知有母而不知有父。我希望，21世纪中国的家庭会在保留这种形式的基础上，多增加一些温馨，多增加一些理解，多增加一些和谐，多增加一些幸福。

1999年11月3日

新世纪，新千年

今年正值建国50周年，又是本世纪的最后一年。这真可以说是一个关键时刻。在这样一个关键时刻，回顾一下过去的年代，进行一些必要的反思，是非常有意义的。

我自己已至望九之年，50年占了我生命的一大半。这一大半同前一小半比较起来，显然更为重要，更为值得反思，因为它是我为祖国教育事业竭尽绵薄的一半，是我从中年步入老年的一半，虽然一直到现在我自己还并没有多少衰老的感觉。

怎样来回顾这50年呢？编者提出可写“一人一事”，我揣测他是怕大而无当，空而无实。但是，“事”有大小之别，我取其大者，我一生唯一的一个职业，就是教书，过去50年也是如此。我的一事就是教书。我这样做，还有一个好处：涵盖面大。中国是世界上人口最多的国家，从事教书这个职业的知识分子无虑数千百万，我在其中宛如大海中的一滴水。但是，一滴水中可见大海，这已属于常识之列。我认为，从我这一滴水中可以看出整个大中小学教员的真实情况。当然，每个人的情况都有特性，不能一概而论。但是，自其大者言之，共性会大于特性。因此我在下面讲我自己的情况与感受，就颇具一些代表性了。

我想勉强借用一下黑格尔对事物发展的正、反、合三阶段的说法，来概括过去的50年。前8年为正，中间21年为反，最后21年为合。这当然只能是极为粗略的概括，历史的发展绝不是这样泾渭分明的，你中有我，我中有你，是绝对不可能避免的。

在第一阶段中，也就是建国初期，全体教员，甚至全体知识分子，再甚至全国人民，无不喜气洋洋，兴高采烈。三座大山毕竟推倒了，中国人民毕竟站起来了，我们毕竟看到我们前途的光辉了。我们前进的路上仿佛铺满了玫瑰花，玫瑰花香仿佛弥漫整个宇宙。虽然已经有了一些小的磕磕碰碰，但是涉及面不大，只能算是小事一桩，无伤大雅。

但是，到了 1957 年，风云突变，一场涉及整个知识界的反右斗争在人们措手不及的情况下开始了。不管是“阴谋”，还是“阳谋”，还有什么“引蛇出洞”，反正许多正直的肯说真话的包括教员在内的知识分子，怀着一腔爱国爱党的虔诚，提了一些现在看起来不过是些鸡毛蒜皮的意见，他们就被“阳谋”射中，成了出洞的蛇，被戴上了最初还掂不出轻重的帽子。个别优秀的天真的党员，为了完成本支部被分配的右派指标，自动站出来要完成党的任务而戴上这一顶帽子。他们哪里会想到后果呢？有的比较快地得到了平反，有的则家破人亡，妻离子散，抱恨终生。这一点，任何受过难的教员和其他知识分子都不会忘记的。

然而，这仅仅只是开始。从那以后，一个运动接着一个运动，马不停蹄，而运动的对象都是包括教员在内的知识分子。今天你斗我，明天我斗你，弄得人人胆战，个个心惊。哪里还有什么团结？哪里还有什么合作？最令我们新老教书匠不能容忍的是挑动学生斗教师，美其名曰评教评学。实际上，评学是虚，评教才是实。师生定期开会，学生对老师评头论足，有的态度也并不诚恳，说话没有分寸。老师的学问有高有低，教学方法有巧有拙，无论如何总是查书备课，辛辛苦苦，到头来被学生数落一顿，你想，当教师的心里是什么滋味？唐代韩愈说过，“师不必贤于弟子，弟子不必不如师”，这是非常通达的话。可是老师毕竟是多活了几岁，多读过几本书，教学生或多或少总是有点资本的，否则老师这个职位就根本没有必要存在了。还有更荒唐的，就是让一年级的学生编三年级的教材，名之曰放卫星，这究竟是一颗什么样的卫星？脑筋不太糊涂的人一想就能明白了。

又一个“然而”，这也仅仅只是开始，到了 1966 年爆发了所谓“无产阶级文化大革命”。众所周知，这是一场极端野蛮、极端残酷、极端荒谬、极端愚昧、极端灭绝人性、极端违反天良的空前绝后（这仅仅是我的希望）的人类悲剧。别的界我不谈，我只谈学界。前一阶段开始的学生斗老师的现象后来达到无法无天登峰造极的地步。前一阶段，不管怎样说，还只是“文斗”，后来则发展为“武斗”。有的中学教师活活被自己的学生打死，这种前所未闻的禽兽行为给伟大的中华民族脸上抹了黑。结果是全国大乱，不是乱了敌人，而是乱了自己。经济走近破产，文化教育走近灭亡。

以上可以算是反的阶段。

1978年十一届三中全会的召开，开辟了一个新纪元。天日重明，拨乱反正。这给政治经济带来了生机，给人民带来了希望，给知识分子带来了思想解放，打掉了戴在他们头上几十年的紧箍，使他们心情愉快，能有机会发挥他们真诚的爱国主义情操。中华民族获救了，普天同庆。

以上可以算是合的阶段。正是这个合的阶段把我们带进一个新的世纪，一个新的千年。

1999年

《季羡林小品》自序

当王小琪同志向我提出自选一些小品文集成一个集子的时候，我一则以喜，一则以惑。喜从何来？出一本新书总不会让作者感到不高兴的。我未能免俗，于是就喜。但是惑又从何而来呢？“小品文”这一个词儿的含义我自认曾经了解过。当我在大学读书时，小品文正盛极一时。明末的公安派和竟陵派更是十分走俏。滔滔者天下皆小品文矣。当时大家对小品文的理解就是抒情的或叙事的短篇散文，我也并无异议。然而到了今天，我从文坛下面向坛上瞅了一瞅，小品文的含义好像是扩大了不少。至于扩大到什么程度，我无从探讨，于是就惑。

经小琪女士耐心启发，李春林男士又从旁猛敲边鼓，我老年昏聩的脑筋终于豁然开朗，知道什么叫小品文了。于是就着手选起来。

选并不难。我从许多已经出版的散文和非散文的集子中，根据我对小品文含义的新理解，选成了一个集子，按照规定，有十五万字左右。内容约略有下面几个方面：回忆师友的散文、叙事散文、抒情散文、小小的考证，也可以称作科学小品吧；还有杂文。选的标准并不严格。既然叫作小品，篇幅就不能太长，否则就会有名实不符之虑。名不正则言不顺，古有明训。我恪守古训，不得不尔也。不管怎样，选文的工作是非常顺利的。

但是，表面上的顺利并不等于一切都顺利。在挑选文章的几天内，我碰到了一件无论如何也从来没有想到过的事情：我那已经退休的女儿患了不治之症。这十分剧烈地撞击着我的灵魂。我走过了80年的总起来说是相当坎坷的道路。

虽然也不缺少柳暗花明，但是山重水复也碰到过不少。如今已是桑榆晚景，幸尚时有余霞满天之感，觉得今生大概能够比较顺利地结束了，然而天有不测风云，我当头挨了一棒。我虽然自信已能参透人生，乐天知命，但是感情上的障碍，我还无力排除。我一方面选文章，一方面忆起往事，面影迷离，旧梦扑朔，时常会不由自主地吟起纳兰性德“当时只道是寻常”那一句词来。这是一句貌似寻常但有极深刻的内涵的词，值得每一个人仔细玩味的。

文章选完了，自序也写好了。但愿我还能看到“柳暗花明又一村”。

1991 年 12 月 25 日

《季羡林文集》自序

确确实实完全没有想到，自己竟出起《文集》来。白居易有一首诗，叫作“编集拙诗，成一十五卷。因题卷末，戏赠元九、李二十”：

一篇长恨有风情
十首秦吟近正声
每被老元偷格律
苦教短李伏歌行
世间富贵应无分
身后文章合有名
莫怪气粗言语大
新排十五卷诗成

像白乐天那样伟大的诗人，只不过编好了一部有十五卷的诗集，竟然高兴到“气粗言语大”的程度。像我这样一个平凡的人，陡然编成了一部有二十几巨册、长达800万字的《文集》，难道还需要隐蔽自己那无比的欢喜吗？

我舞笔弄墨六十余年，至今年届耄耋而积习未改，看来我同学术研究似有天生的缘分。其实这是一个误会。我常说，我少无大志。这绝非自谦之词。十几岁的时候，我连报考济南赫赫有名的一中的勇气都没有，心甘情愿地走进一所带“破”字诨名的私立中学。进了学校，也不知道用功，整天钓蛤蟆、捞虾。

一直到了高中，瞎猫碰到了死老鼠，我考了一个甲等第一名，平均分数超过了95分，成为全校之冠，受到了前清状元、山东大学校长兼教育厅厅长的表扬。在名的诱惑下，我才开始用功。但是对于研究学问，仍然连想都没有想过，认为这是别人的事，与己无干。甚至考上清华大学以后，也没有改变我这种态度，梦想毕业以后，当上一名中学教员，养老抚幼，就可以了此一生，心满意足了。细算起来，仅仅由于一个偶然又偶然的机会，我到了德国，才算真正走上了研究学问的道路，到现在也已有五十多年了。

有经验的过来人都会知道，做学问这一条道路走起来并不是那么容易，路上有玫瑰花，也有荆棘；有山重水复，也有柳暗花明。有时候要忍饥受寒，因为忘记了穿衣吃饭；有时候会连夜失眠，因为脑袋里考虑的问题太多，神经禁受不住压力；有时候会给别人的自行车撞倒，因为自己边走路边思考问题，目中无人；有时候会被人嘲为痴呆，因为心不在焉所答非所问；有时候还要冒点生命的危险，因为怕浪费时间，病了不去医院；有时候会受到商店售货员的白眼和训斥，因为不修边幅，说话啰唆，如此等等，不一而足。在最近几十年来，还要抗得住"智育第一"、"业务至上"的帽子，不怕"修正主义"这一根大棒，以及"白专道路"和"名利思想"的嘲讽。走在这样一条做学问的路上，简直是酸甜苦辣咸五味俱全，个中甘苦诚不足为外人道也。

然而，根据我个人的经验，人一旦走上了这一条路就很难回转。我个人由于一点偶然性，踏上了这一条道路，走来走去，好像真成了必然性。我现在是勇往直前，义无反顾。更何况自己已是桑榆晚景，没有后退的可能，也没有后退的必要。在这一条路上，我已经走得很远很远——已经走到了出《文集》的地步了。

大家都会明白，出《文集》这一扇门并不是对每一个人都敞开着的。既然这一扇门对我敞开了，我本想利用这个机会，谈一谈自己在这样一条漫长的道路上，在这样漫长时间内亲身感受到的一些经验与教训，这样做对己对人都会有些用处的。但是，我继而一想，莫若再等上四五年，等全部《文集》都已出完，读者对我的著作都已有了程度深浅不同的了解，到那时候再来做这一件事，效果可能会更好一些。我在这里先卖一个关子，来一点"厚黑学"，做一点自我宣传：读者朋友们！读一读我的《文集》吧，文章货真价实，童叟无欺，妙笔生花，誉满全球。等到书出完了，我还会有精彩的惊人的表演，你们绝不会失望的。

我这些话里面真真假假，假假真真，读者自能明辨，用不着我多费笔墨，耳提面命。无论怎样，即使几年以后，《文集》出全了，我也绝不会就此打住，相信我也不会寿终正寝。我还是要在这一条自己选定的道路上走下去的。我觉得，学术研究是一场接力赛，一代传一代，代代有所增益。但是，这一场接力赛是永无止境的，谁也别想跑最后一棒，一个猛冲，就能抓到绝对真理。

这话说远了。我还是回头来讲点当前心里面非说不行的话吧。现在中国出版界的情况，大家都心中有数。出版家面临的困难，更是有目共睹。在这样的困难中，江西教育出版社还有江西省新闻出版局的领导同志，竟垂青到我身上来，实出我意料。我自谓颇有点自知之明。我不说，我的文章全是垃圾，这不符合实际情况，这不是谦虚，而是虚伪。我也不说，我的文章全是精华，这也不符合实际情况，是自我吹嘘。实际情况恐怕是垃圾与金银并举，精华与糟粕共存。我跑的这一棒在接力赛中也起了一点作用。话至多也只能说到这个程度。在这样的情况下，出版社选张三可以，选李四也未始不可。结果却选到了我头上，仅仅说一声“感谢”能完全表达出我的心情吗？我在这里特别要提到熊向东同志、秦光杰同志、杨鑫福同志和吴明华同志，没有他们的支持，我这个《文集》是绝对出不来的。熊向东同志热心的精神和坦荡的胸怀，更给我们留下了深刻的印象，预示我们的合作一定能顺利进行。

集中的作品大多发表或出版过。有的多次重印。但因为语种多，古怪东西也不少，我们国家的校对制度还不够健全，所以鲁鱼亥豕在所难免。现在有了这样难得的机会，我们决心改正这个缺点，为了全国和国外读者的利益，我们不能再辞辛苦。我们特别成立了一个编委会，集合有关方面的专家，对所有收入本《文集》的作品，一律从严仔细审阅，尽可能地消灭一切错误。对文中引文一律加以核对。有一些作品是在国外写的，引用的书中国全国任何图书馆中都查不到。只有这种情况才迫使我们网开一面。

俗话说“万事开头难”。这个困难的头我们已经开了。我个人虽已老迈，但尚未龙钟。我决心追随诸年轻的君子之后，尽上我的绵薄，把事情办好。四五年以后，我们大家来共同庆祝胜利。

《怀旧集》自序

《怀旧集》这个书名我曾经想用过，这就是现在已经出版了的《万泉集》。因为集中的文章怀念旧人者颇多。我记忆的丝缕又挂到了一些已经逝世的师友身上，感触极多。我因此想到了《昭明文选》中潘安仁的《怀旧赋》中的文句："宵展转而不寐，骤长叹以达晨；独郁结其谁语，聊缀思于斯文。"我把那一个集子定名为《怀旧集》。但是，原来应允出版的出版社提出了异议："怀旧"这个词儿太沉闷，太不响亮，会影响书的销路，劝我改一改。我那时候出书还不能像现在这样到处开绿灯。我出书心切，连忙巴结出版社，立即遵命改名，由《怀旧》改为《万泉》。然而出版社并不赏脸，最终还是把稿子退回，一甩了之。

这一段公案应该说是并不怎样愉快。好在我的《万泉集》换了一个出版社出版了，社会反应还并不坏。我慢慢地就把这一件事忘记了。

最近，出我意料之外，北大出版社的老友张文定先生一天忽然对我说："你最近写的几篇悼念或者怀念旧人的文章，情真意切，很能感动人，能否收集在一起，专门出一个集子？"他随便举了一个例子，就是悼念胡乔木同志的文章。他这个建议过去我没有敢想过，然而实获我心。我首先表示同意，立即又想道：《怀旧集》这个名字可以复活了，岂不大可喜哉！

怀旧是一种什么情绪，或感情，或心理状态呢？我还没有读到过古今中外任何学人给它下的定义。恐怕这个定义是非常难下的。根据我个人的想法，古往今来，天底下的万事万物，包括人和动植物，总在不停地变化着，总在前进着。既然前进，留在后面的人或物，或人生的一个阶段，就会变成旧的，怀念这样的人或物，或人生的一个阶段，就是怀旧。人类有一个缺点或优点，常常觉得过去的好，旧的好，古代好，觉得当时天比现在要明朗，太阳比现在要光辉，花草树木比现在要翠绿，总之，一切比现在都要好，于是就怀，就“发思古之幽情”，这就是怀旧。

但是，根据常识，也并不是一切旧人、旧物都值得怀。有的旧人，有的旧事，就并不值得去怀。有时一想到，简直就令人作呕，弃之不暇，哪里还能怀呢？也并不是每一次怀人或者怀事都能写成文章。感情过分地激动，过分悲哀，一想到，心里就会流血，到了此时，文章无论如何是写不出来的。这个道理并不难懂，每个人一想就会明白的。

同绝大多数的人一样，我是一个非常平常的人。人的七情六欲，我一应俱全。尽管我有不少的缺点，也做过一些错事，但是，我从来没有故意伤害别人，如有必要，我还伸出将伯之手。因此，不管我打算多么谦虚，我仍然把自己归入好人一类，我是一个“性情中人”。我对亲人，对朋友，怀有真挚的感情。这种感情看似平常，但实际上却非常不平常。我生平颇遇到一些人，对人毫无感情。我有时候难免有一些腹诽，我甚至想用一个听起来非常刺耳的词儿来形容这种人：没有“人味”。按说，既然是个人，就应当有“人味”。然而，我积八十年之经验，深知情况并非如此。“人味”，岂易言哉！岂易言哉！

怀旧就是有“人味”的一种表现，而有“人味”是有很高的报酬的：怀旧能净化人的灵魂。亲故老友逝去了，或者离开自己远了。但是，他们身上那一些优良的品质，离开自己越远，时间越久，越能闪出异样的光芒。它仿佛成为一面镜子，在照亮着自己，在砥砺着自己。怀这样的旧人，在惆怅中感到幸福，在苦涩中感到甜美。这不是很高的报酬吗？对逝去者的怀念，更能激发起我们“后死者”的责任感。先死者固然能让我们哀伤，后死者更值得同情，他们身上的心灵上的担子更沉重。死者已矣，他们不知不觉了。后死者却还活着，他们能知能觉。先死者的遗志要我们去实现，他们没有完成的工作要我们去做。即使有时候难免有点想懈怠一下，休息一下。但一想到先人的声音笑貌，立即会振奋起来。这样的怀旧，报酬难道还不够高吗？

古代希腊哲人说，悲剧能净化（katharsis）人们的灵魂。我看，怀旧也同样能净化人们的灵魂。这一种净化的形式，比悲剧更深刻，更深入灵魂。

这就是我的怀旧观。

我庆幸我能怀旧，我庆幸我的“人味”支持我怀旧，我庆幸我的《怀旧集》这个书名在含冤蒙尘十几年以后又得以重见天日，我乐而为之序。

1994 年 10 月 22 日

《人生箴言》序

本书的作者池田大作名誉会长，译者卞立强教授，以及本书一开头就提到的常书鸿先生，都是我的朋友。我同他们的友谊，有的已经超过了40年，至少也有十几二十年了，都可以算是老朋友了。我尊敬他们，我钦佩他们，我喜爱他们，常以此为乐。

池田大作名誉会长的著作，只要有汉文译本（这些译本往往就出自卞立强教授之手），我几乎都读过。现在又读了他的《人生箴言》。可以说是在旧的了解的基础上，又增添了新的了解。在旧的钦佩的基础上，又增添了新的钦佩，我更以此为乐。

评断一本书的好与坏有什么标准呢？这可能因人而异。但是，我个人认为，客观的能被一般人都接受的标准还是有的。归纳起来，约略有以下几项：一本书能鼓励人前进呢，抑或拉人倒退？一本书能给人以乐观精神呢，抑或使人悲观？一本书能增加人的智慧呢，抑或增强人的愚蠢？一本书能提高人的精神境界呢，抑或降低？一本书能增强人的伦理道德水平呢，抑或压低？一本书能给人以力量呢，抑或使人软弱？一本书能激励人向困难做斗争呢，抑或让人向困难低头？一本书能给人以高尚的美感享受呢，抑或给人以低级下流的愉快？类似的标准还能举出一些来，但是，我觉得，上面这一些也就够了。统而言之，能达到问题的前一半的，就是好书。否则，若只能与后一半相合，这就是坏书。

拿上面这些标准来衡量池田大作先生的《人生箴言》，读了这一本书，谁都会承认，它能鼓励人前进，它能给人乐观精神，它能增加人的智慧，它能提高人的精神境界，它能增强人的伦理道德水平，它能给人以力量，它能鼓励人向困难做斗争，它能给人以高尚的美感享受。总之，在人生的道路上，它能帮助人明辨善与恶，明辨是与非；它能帮助人找到正确的道路，而不致迷失方向。

因此，我的结论只能是：这是一本好书。

如果有人认为我在上面讲得太空洞，不够具体，我不妨说得具体一点，并且从书中举出几个例子来。书中许多精辟的话，洋溢着作者的睿智和机敏。作者是日本蜚声国际的社会活动家、思想家、宗教活动家。在他那波澜壮阔的一生中，通过自己的眼睛和心灵，观察人生，体验人生，终于参透了人生，达到了圆融无碍的境界。书中的话就是从他深邃的心灵中撒出来的珠玉，句句闪耀着光芒。读这样的书，真好像是走入七宝楼台，发现到处是奇珍异宝，拣不胜拣。又好像是行在山阴道上，令人应接不暇。本书中的第一段话，就值得我们细细地玩味："我认为人生中不能没有爽朗的笑声。"第二段话："我希望能在真正的自我中，始终保持不断创造新事物的创造性和为人们为社会做出贡献的社会性。"这是多么积极的人生态度，真可以振聋发聩！我自己已经到了耄耋之年，我特别欣赏这一段话："'老'的美，老而美——这恐怕是比人生的任何时期的美都要尊贵的美。老年或晚年，是人生的秋天。要说它的美，我觉得那是一种霜叶的美。"我读了以后，陡然觉得自己真"美"起来了，心里又溢满了青春的活力。这样精彩的话，书中到处都是，我不再作文抄公了，读者自己去寻找吧。

现在正是秋天，红于二月花的霜叶就在我的窗外，案头上正摆着这一部的译稿。我这个霜叶般的老年人，举头看红叶，低头读华章，心旷神怡，衰颓的暮气一扫而光，提笔写了这一篇短序，真不知老之已至矣。

1994 年 11 月 8 日

《季羡林文集·第十三卷》后记

在人的一生中，思想感情的变化总是难免的。连寿命比较短的人都无不如此，何况像我这样寿登耄耋的老人!

我们舞笔弄墨的所谓“文人”，这种变化必然表现在文章中。到了老年，如果想出文集的话，怎样来处理这样一些思想感情前后有矛盾，甚至天翻地覆的矛盾的文章呢？这里就有两种办法。在过去，有一些文人，悔其少作，竭力掩盖自己幼年挂屁股帘的形象，尽量删削年轻时的文章，使自己成为一个一生一贯正确，思想感情总是前后一致的人。

我个人不赞成这种做法，认为这有点作伪的嫌疑。我主张，一个人一生是什么样子，年轻时怎样，中年怎样，老年又怎样，都应该如实地表达出来。在某一阶段上，自己的思想感情有了偏颇，甚至错误，绝不应加以掩饰，而应该堂堂正正地承认。这样的文章绝不应任意删削或者干脆抽掉，而应该完整地加以保留，以存真相。

在我的散文和杂文中，我的思想感情前后矛盾的现象，是颇能找出一些来的。比如对中国社会某一个阶段的歌颂，对某一个人的崇拜与歌颂，在写作的当时，我是真诚的；后来感到一点失望，我也是真诚的。这些文章，我都毫不加以删改，统统保留下来。不管现在看起来是多么幼稚，甚至多么荒谬，我都不加掩饰，目的仍然是存真。

像我这样性格的一个人，我是颇有点自知之明的。我离开一个社会活动家，是有相当大的距离的。我本来希望像我的老师陈寅恪先生那样，淡泊以明志，宁静以致远，不求闻达，毕生从事学术研究，又绝不是不关心国家大事，绝不是不爱国，那不是中国知识分子的传统。然而阴错阳差，我成了现在这样一个人。应景文章不能不写，写序也推托不掉，“春花秋月何时了，开会知多少”，会也不得不开。事与愿违，尘根难断，自己已垂垂老矣，改弦更张，只有俟诸来生了。

这与我写一些文章有关。因写“后记”，触发了我的感慨，所以就加了这样一条尾巴。

1995年3月18日

《人生絮语》序

浙江人民出版社的杨女士给我来信，说要编辑一套《禅趣人生》丛书，“内容可包括佛禅与人生的方方面面”。“我们希望通过当代学者对于人生的一种哲学思考，给读者特别是青年读者一些中国传统文化的熏陶，给被大众文化淹溺着的当今读书界、文化界留一小块净土，也为今天人文精神的重建尽一份努力”。无疑，这些都是极其美妙的想法，有意义，有价值，我毫无保留地赞成和拥护。

但是，我却没有立即回信。原因绝不是我倨傲不恭，妄自尊大，而是因为我感到这任务过分重大，我惶恐觳觫，不敢贸然应命。其中还掺杂着一点自知之明和偏见。我生无慧根，对于哲学和义理之类的东西，不感兴趣。特别是禅学，我更感到头痛。少一半是因为我看不懂。我总觉得这一套东西恍兮惚兮，杳冥无迹。禅学家常用“羚羊挂角，无迹可寻”来做比喻，比喻是生动恰当的，然而困难也即在其中。既然无迹可寻，我们还寻什么呢？庄子所说得鱼忘筌，得意忘言。我在这里实在是不知道何所得，又何所忘，古今中外，关于禅学的论著可谓多矣，我也确实读了不少。但是，说一句老实话，我还没有看到任何书、任何人能把“禅”说清楚的。

也许妙就妙在说不清楚。一说清楚，即落言筌。一落言筌，则情趣尽失。这种审美境界和思想境界，西方人是无法理解的。他们对任何东西都要求分析、分析、再分析。而据我个人的看法，分析只是人的思维方式之一，此外还有综合的思维方式，这是我们东方人所特有，至少是所擅长的。我现在正在读苗东升和刘华杰的《混沌学纵横谈》。“混沌学”是一个新兴的但有无限前途的学科。

我曾多次劝人们，特别是年轻人，注意“模糊学”和“混沌学”，现在有了这样一本书，我说话也有了根据，而且理直气壮了。我先从这本书里引一段话：“以精确的观察、实验和逻辑论证为基本方法的传统科学研究，在进入人的感觉远远无法达到的现象领域之后，遇到了前所未有的困难。因为在这些现象领域中，仅仅靠实验、抽象、逻辑推理来探索自然奥秘的做法行不通了，需要将理性与直觉结合起来。对于认识尺度过小或过大的对象，直觉的顿悟、整体的把握十分重要。”这些想法，我曾有过。我看了这一本书以后，实如空谷足音。对于中国的“禅”，是否也可以从这里“切入”（我也学着使用一个新名词），去理解，去掌握？日前我还说不清楚。

话扯得远了，我还是“书归正传”吧！我在上面基本上谈的是“自知之明”。现在再来谈一谈“偏见”。我的“偏见”主要是针对哲学的，针对“义理”的。我上面已经说过，我对此不感兴趣。我的脑袋呆板，我喜欢摸得着看得见的东西，也就是实实在在的东西。哲学这东西太玄乎，太圆融无碍，宛如天马行空。而且公说公有理，婆说婆有理。今天这样说，有理；明天那样说，又有理。有的哲学家观察宇宙、人生和社会，时有非常深刻、机敏的意见，令我叹服。但是，据说真正的大哲学家必须自成体系。体系不成，必须追求。一旦体系形成，则既不圆融，也不无碍，而是捉襟见肘，削足适履。这一套东西我玩不了。因此，在旧时代三大学科体系义理、辞章、考据中，我偏爱后二者，而不敢碰前者。这全是天分所限，并不是对义理有什么微词。

以上就是我的基本心理状态。

现在杨女士却对我垂青，要我做“哲学思考”，侈谈“禅趣”，我焉得不诚惶诚恐呢？这就是我把来信搁置不答的真正原因。我的如意算盘是，我稍搁置，杨女士担当编辑重任，时间一久，就会把此事忘掉，我就可以逍遥自在了。

然而事实却大出我意料，她不但没有忘掉，而且打来长途电话，直捣黄龙，令我无所逃于天地之间。我有点惭愧，又有点惶恐。但是，心里想的却是按既定方针办。我连忙解释，说我写惯了考据文章。关于“禅”，我只写过一篇东西，而且是被赶上了架才写的，当然属于“野狐”一类。我对她说了许多话，实际上却是“居心不良”，想推掉了事，还我一个逍遥自在身。

可是我万万没有想到，正当我颇为得意的时候，杨女士的长途电话又来了，而且还是两次。昔者刘先主三顾茅庐，躬请卧龙先生出山，共图霸业。藐予小子，焉敢望卧龙先生项背！三请而仍拒，岂不是太不识相了吗？我痛自谴责，要下决心认真对待此事了。我拟了一个初步选目。过后自己一看，觉得好笑，选的仍然多是考据的东西。我大概已经病入膏肓，脑袋瓜变成了花岗岩，已经快到不可救药的程度了。于是决心改弦更张，又得我多年的助手李铮先生之助，终于选成了现在这个样子。这里面不能说没有涉及禅趣，也不能说没有涉及人生。但是，把这些文章综合起来看，我自己的印象是一碗京海杂烩。可这种东西为什么竟然敢拿出来给人看呢？自己“藏拙”不是更好吗？我的回答是：我在任何文章中讲的都是真话，我不讲半句谎话。而且我已经到了耄耋之年，一生并不是老走阳关大道，独木小桥我也走过不少。因此，酸、甜、苦、辣，悲、欢、离、合，我都尝了个够。发为文章，也许对读者，特别是青年读者，不无帮助。这就是我斗胆拿出来的原因。倘若读者——不管是老中青年——真正能从我在长达八十多年对生活的感悟中学到一点有益的东西，那我就十分满意了。至于杨女士来信中提到的那一些想法或者要求，我能否满足或者满足到什么程度，那就只好请杨女士自己来下判断了。是为序。

1995年8月15日于北大燕园

《赋得永久的悔》自序

我向不敢以名人自居，我更没有什么名作。但是当人民日报出版社的同志向我提出要让我在《名人名家书系》中占一席地时，我却立即应允了。原因十分简单明了：谁同冰心、巴金、萧乾等我的或师或友的当代中国文坛的几位元老并列而不感到光荣与快乐呢？何况我又是一个俗人，我不愿矫情说谎。

我毕生舞笔弄墨，所谓“文章”，包括散文、杂感在内，当然写了不少。语云：“当局者迷，旁观者清。”自己的东西是好是坏，我当然会有所反思，但我从不评论，怕自己迷了心窍，说不出什么符合实际的道道来。别人的评论，我当然注意，但也并不在意。我不愿意像外国某一个哲人所说的那样“让别人在自己脑袋里跑马”。我只有一个信念、一个主旨、一点精神，那就是写文章必须说真话，不说假话。上面提到的那三位师友之所以享有极高的威望，之所以让我佩服，不就在于他们敢说真话吗？我在这里用了一个“敢”字，这是“画龙点睛”之笔。因为，说真话是要有一点勇气的，有时甚至需要极大的勇气。古今中外，由于敢说真话而遭到厄运的作家或非作家的人数还算少吗？然而，历史是无情的。千百年来流传下来为人所钦仰颂扬的作家或非作家无一不是敢说真话的人。说假话者其中也不能说没有，他们只能做反面教员，被钉在历史的耻辱柱上。

但是，只说真话，还不能就成为一个文学家。文学家必须有文采和深邃的思想。这有点像我们常说的文学的思想性和艺术性的问题。我说“有点像”，就表示不完全像，不完全相等。说真话离不开思想，但思想有深浅之别，有高下之别。思想浮浅而低下，即使是真话，也不能感动人。思想必须是深而高，再济之以文采，这样才能感动人，影响人。我在这里特别强调文采，因为，不管思想多么高深，多么正确，多么放之四海而皆准，多么超出流俗，仍然不能成为文学作品，这一点大家都会承认的。近几年来，我常发一种怪论：谈论文艺的准则，应该把艺术性放在第一位。上面讲的那些话，就是我的“理论根据”。

谈到文采，那是同风格密不可分的。古今中外，有成就的作家都有各自的风格，泾渭分明，决不含混。杜甫诗云：“清新庾开府，俊逸鲍参军。”这是杜甫对庾信和鲍照风格的评价。而杜甫自己的风格，则一向被认为是“沉郁顿挫”，与之相对的是李白的“飘逸豪放”。对于这一点，自古以来，几乎没有异议。这些词句都是从印象或者感悟得来的。在西方学者眼中，或者在中国迷信西方“科学主义”的学者眼中，这很不够意思，很不“科学”，他们一定会拿起他们那惯用的分析的“科学的”解剖刀，把世界上万事万物，也包括美学范畴在内肌分理析，解剖个淋漓尽致。可他们忘记了，解剖刀一下，连活的东西都立即变成死的，反而不如东方的直觉的顿悟、整体的把握，更能接近真理。

这话说远了，就此打住，还来谈我们的文采和风格问题。倘若有人要问：“你追求的是一种什么样的文采和风格呢？”这问题问得好。我舞笔弄墨六十多年，对这个问题当然会有所考虑，而且时时都在考虑。但是，说多了话太长，我只简略地说上几句。我觉得，文章的真髓在于我在上面提到的那个“真”字。有了真情实感，才能有感人的文章。文采和风格都只能在这个前提下来谈。我追求的风格是：淳朴恬澹，本色天然，外表平易，秀色内涵，形式似散，经营惨淡，有节奏性，有韵律感，似谱乐曲，往复回还，万勿率意，切忌颟顸。我认为，这是很高的标准，也是我自己的标准。别人不一定赞成，我也不强求别人赞成。喜欢哪一种风格，是每一个人自己的权利，谁也不能干涉。我最不赞成刻意雕琢，生造一些极为别扭、极不自然的词句，顾影自怜，自以为美。我也不赞成平板呆滞的文章。我定的这个标准，只是我追求的目标，我自己也做不到。

我对文艺理论只是一知半解，对美学更是门外汉。以上所言，纯属野狐谈禅，不值得内行一顾。因为这与所谓“名人名作”有关，不禁说了出来，就算是序。

1995 年 11 月 3 日

《我的心是一面镜子》自序

完全出于一个偶然的机会，我最近结识了延边大学出版社的贾锐同志。虽然初次见面，但是我们颇能谈得来。佛家讲因缘，中国老百姓讲缘分。我不是宗教家，但缘分我却是相信的。原因何在呢？原因就是你非信不行。哲学上讲偶然性，你能把偶然性说清楚吗？偶然性其实就是除掉迷信成分的缘分。

我们这份缘分还是有点来源的。来源就是贾锐同志的夫人延边大学副教授王文宏女士。文宏曾来北大从中文系刘烜教授进修过，所以我们早就认识。她是一位心地善良，感情超过需要的，有才华而又勤奋努力的女青年学者，成绩斐然。由于她的缘故，我才认识了她的丈夫。在这里，我不禁又要讲缘分了。如果没有缘分，我怎么能同来自几千里外的文宏认识了呢？

闲言少叙，书归正传。贾锐同志以其出版家的敏感和善于捕捉“战机”的本领——我几乎想说是“本能”——突然向我提出建议，要想出我一本书，书名原定为《心声集》，后又改名为《我的心是一面镜子》，都是出于我两篇文章的名称。书名如何定，我毫无疑义，怎样定都行，反正内容都是一样的。但是，对于这个建议，对于出我的书，却大出我意料。我几乎没加考虑，就予以断然拒绝。我不是不感激他们的感情，不是对出书不高兴，而是别有原因。我以毕生心血倾全力搞的研究工作，完全是另外一码事。写点抒情散文或杂文之类，是情动之中不能不抒发时“流”出来的。我从来没有意为文，“为觅新词强说愁”。因此我对自己写的这类东西，既偏爱，又不太重视。我从来不敢以作家自命。在文坛上或什么坛上获得的那一点青睐，在高兴之余我并不十分看重。在潜意识中，恐怕难免有点“雕虫小技”之感。

此外，还有另外一个原因。最近几个月以来，有几个出版社，北京、上海、浙江、天津等地都有，给我出了几本选集，有的已出版，有的正在印刷中。虽然编排的目的和原则都不一样，但是所选的文章，则难免有所雷同。我颇听到一些读者或买书者抱怨之声。重复选编，大作家可以，如我辈戋戋者则不可。这是我个人的“活思想”。因此，我出于“私心”——公心大概也有一点吧——断然拒绝了贾锐同志和文宏的建议。

但是，贾锐同志坚忍不拔，继续向我“说法”，文宏又从旁大敲边鼓。看样子，我如果不应允，他们绝不会善罢甘休的。当年，生公说法，顽石还能点头。我这个活人，难道连顽石都不如吗？此外，我还有一点想法，可能算是“私心杂念”吧。写文章的人总喜欢或者希望别人能够读自己的文章。如果有人说，自己的文章不喜欢或者不希望别人读，那你就把自己的灵感闷在肚子里好了，何必写出来灾梨祸枣呢？这样过分的矫情形同虚伪，为我所不取。而且他们两位还说，在延边根本买不到我的书。根据上面这一些复杂而又曲折的考虑，内因与外因相结合，我终于点头同意。

“我的心是一面镜子”，我看，谁的心都是一面镜子。不过，这一面镜子有大，有小；有明，有暗；有的有时明有时暗，有的总是明或总是暗。有的人意识到它，有的人没有意识到；有的人意识到而能反映出来，有的人意识到却反映不出来。在这花花世界，众相纷杂。在三千大千世界中，只要有动物的地方，就都会有这种现象。此事太玄远幽奥，恐怕只有无所不见无所不知的佛祖或上帝，也许再加天老爷，才能了知，我辈凡人大可以不必操这一份心了。

我现在只讲凡人的事，只讲我这个凡人的事。我绝没有什么过人的地方，我不比别人多一只眼睛，多一个耳朵，多一颗心。但是，差堪自慰者，我不糊涂，或者不太糊涂，我敏感，我有感情。世界上的万事万物和芸芸众生，风花雪月，阴晴寒暑，一旦触及我的五官，就必然映现在我心里这一面镜子上。我这面镜子能辨邪正，分是非，能使魑魅魍魉现形，能使牛鬼蛇神无所逃遁。我对它是颇有自信的。物换星移，85 年于兹矣，它至今仍旧朗然。有时候，我无端会可怜起我这一面镜子来，它的负担实在太大太大了。从高中时起，我受了几位老师的影响和鼓励，开始舞笔弄墨。以后，虽然倾全力搞的是另一个行道，可是积习难除，每有所感，我的心这一面镜子每有什么映像，我自然而然地就会拿起笔描绘下来，我识人成千上万，游踪遍亚、欧、非三大洲。国内、国外、伟人、猛人、君子、小人，地、富、反、坏、右、叛、特、走资、臭，我无不接触，我自己就是其中的“老儿”嘛！至于浩渺大洋，巍峨峻岭，瑰丽春花，晶莹秋月，夏日红荷，三冬冰雪，更是每年一度会面，从不爽约。所有这一切纷纭繁复的五光十色的人和物，都反映到我的心镜中。一旦心血来潮，也通过笔墨流到了纸上，装订成集。积之既久，我的所谓“作品”，数量也就颇为可观了。

特别值得一提的是，在我的心镜中赫然有一个延吉，有延边大学，有长白山，有天池，有图们江。前几年访问延边大学时，承老友郑判龙教授和当时的校长垂青，我曾在延大做过一次所谓“学术报告”，认识了许多学有根底的教授。在招待方面，判龙兄自不必说，卢处长、王文宏、金宽雄等一批朋友，包括司机金师傅和小夏在内，无不争先恐后，真使我“宾至如归”，高谊隆情，永志不忘。长白山和天池的瑰丽风光永远映在我的心镜上，图们江的流水和浪花永远映在我的心镜上，延吉市独特的市容永远映在我的心镜上，延边朝汉两族祥和亲切的气氛永远映在我的心镜上，延边人喝啤酒不论瓶而论箱的豪迈气概永远映在我的心镜上，延边青年朋友食蛇饮酒的胆量也永远映在我的心镜上。从这一面心镜上也流出了几篇散文，汉文原文已出版，朝文译文听说也已出版了。所可惜者，当时贾锐同志出差在外，未能识荆，直到几年后才在北京见面。不管怎样，在我这一面长达八十多年的至今仍不失其光辉的心镜上，延边和延边人给涂上了绚丽夺目的色彩，给我增添了无量情趣，我感到无比的安慰和幸福。

我在上面已经说到，真是十分出我意料，现在延大出版社竟要给我出一本散文选集《我的心是一面镜子》。这样一来，我同延边的关系，我同延边大学的关系，我同延边方面的新老朋友的关系，就能够更固定下来而且长久化了——我不说“永久化”，因为我这些拙作绝不会永久化的。这样一件对我来说是天大的好事，我最初竟然企图坚决推掉。断章取义，借用一下郑板桥的“难得糊涂”或可自我解嘲。倘若借用佛家的说法，或更贴切。佛家有“顿悟”、“渐悟”之分。我根底瘠薄，生性鲁钝，“顿悟”之时几乎没有，我大概是“渐悟”一流。但是“渐悟”总比“不悟”要强得多。在出书方面，虽然经过了点波折，我总算“觉今是昨非”了，我这个孺子还是“可教”的。因喜而写了这一篇自序。

1996 年 3 月 13 日

《季羡林与东方文化》序

约摸在十年前，由老友郑判龙教授的介绍，我认识了延边大学中文系年轻女学者王文宏副教授。她当时大概还不到30岁。第一次到我家来时，局蹐地坐在一把椅子上，不大说话，浑身拘谨的神气，我对她还毫不了解，但是她那天真无邪的面部表情，却给我留下了难以磨灭的印象。

以后，王文宏几次来北大访问进修，曾由刘烜教授指导，在这里进修过一年。因此，我们会面的机会就多了起来。她专治文艺理论，古今兼顾，中外会通。出版了专著，发表了多篇论文，时有新意，多创奇解，得到了同行们的赞赏。她又能诗善文，在延大有才女之誉。

我对王文宏的治学虽然有了一点了解，因为毕竟接触不多，对她的为人，对她的待人接物，却所知甚少。可是终于有了机会。有一年夏天，我接受了郑判龙教授的邀请，到延边大学去访问。王文宏自始至终陪伴我们，从机场一直到大学招待所；从招待所到大学讲堂；从大学校内，到延吉街头；从延吉街头到她家里。我们走到哪里，她就陪到哪里。她仿佛成了我们的影子。看她忙前忙后，忙左忙右，力量充沛，精神抖擞。只要我们有什么要求，稍一示意，她必然竭全力满足我们的要求。我们去延边，本来有避暑之意，不意到了延吉时，正值十分稀有的酷热。我很想要一把折扇，她一听，立即倾全力行动。后来跑了很多商店，都没有找到，最后她硬是从一个高个的老妇人手中求索到了人家正在使用的一把折扇。事情确实很小，但是意义却极大，让我毕生难忘。

她和郑判龙教授亲自陪我们，乘坐延大最好的一辆车，由车队长亲自驾驶，沿图们江走了上百里的路。隔江就是朝鲜，层峦叠嶂，绿树茂密。树枝疏稀处，隐约能见红色的标语牌，是用朝文写成的，我看不懂，大概不外“伟大的什么者万岁”之类。江水很浅，江中心游泳的儿童，据说都是朝鲜的。沿途风光秀丽，目不暇接。由于正在修路，也曾遇到大家一起下车把拦路的大块石头推开的小插曲。中午在某一个地方吃午饭，吃的是朝鲜冷面，饭碗大如小盆，让我这饭量大的北方大汉都望而生畏。这一次图们江之游，我闻所未闻，见所未见，度过了一生最愉快最难忘的若干日子中的一天。

去年秋天，王文宏又来北大进修、访问，为期一年。我可万没有想到，她选择的合作伙伴竟然是不佞我自己。我在上面已经说到，她专治中外文艺理论。对于文艺理论，我要说是一窍不通，那不是谦虚，而是虚伪。要说我懂得很多，那不是真话，而是吹牛。我在清华读书时，曾读过西方文论，也曾选修过朱光潜先生的“文艺心理学”，平常也好涉猎文艺理论的书籍。至于中国诗话以及文论专著如《文心雕龙》《诗品》《沧浪诗话》等，也曾粗粗地翻阅过，至于罗根泽、郭绍虞、敏泽等专家的著作，也并不陌生。但所志不专，有似玩票，最终还是介乎通与不通之间。现在忽然有一个真正的专家要向我来“问学”，我焉得不诚惶诚恐！但我心里是愉快的，因为来的不是别人，而是王文宏。差幸我藏书颇多，又同文艺理论界广通声气，每有新著，他们总先对我垂青赐寄。因此，这一方面的新著我收藏颇富，有的连图书馆都不见得会有。同时又因为我家里有闲房一间，虽然也同样塞满了书，但却仍有回旋余地，因此我索性请她到我家来住，主要是因为看书方便。蒙她不弃，怡然搬来。她为人极好，同我身边几位帮我工作的人，不论是女是男，是我的学生还是我的朋友，都处得极好，处得极其融洽，他们之间也结成了深厚的友情。我们共同读书，共同聊天。在我这个五湖四海凑成了一家的餐桌上，天天笑语不断，其乐融融。对于吃饭烹调，我是“口力劳动者”，只能说，不能做。不意我出了几次点子，竟都获得了意外的成功，弄得我也有点飘飘然了。按照我的处境说，我本来应该是孤独、寂寞、凄凉、悲哀的，现在却成了我一生最愉快、最难忘的一年。佛家讲缘分，德国诗人 Hölderiin 讲 Schicksal，这不是缘分，不是 Schicksal 又是什么呢？

我们当然也谈学问，也谈文艺理论。因为我是半个外行，是一个“槛外人”，没有内行里手那些“槛内人”必有的顾虑，什么面子、什么权威等等，我能够无所顾忌，放言高论，“语不惊人死不休”——我绝无意这样去做的——而我所说的话，王文宏似乎都能听得进去。这越发助长了我的谈兴。有时候，在黄昏时分，我们几个人坐在楼前荷塘边上的大石板上，开怀畅谈，上至宇宙，下至蚊子，谈时事则共同嘘唏，论学问则相偕兴奋。于时朗月当空，荷香四溢，垂杨拂肩，人影在地，飘飘欲仙，遗世独立。小猫毛毛大概把水中月影误作“白玉盘”，猛然跳入水中去捕捉，转瞬又纵身上岸，水淋淋地逃往家中。我们大家顾而乐之。我们此时几乎忘记是置身人间，仿佛已经进入了“琼楼玉宇，高处不胜寒”的神仙境界。

王文宏是值得羡慕的。父母慈爱，家庭和睦，丈夫忠诚干练，女儿聪慧淳朴。自己不到不惑之年，已经提为副教授，在学术上早已脱颖而出，多有建树。她的前程，如日中天，辉煌可待。她学习勤奋，是我目睹的。才能加勤奋，是治学者唯一的成功之路，对任何人都不例外。然而做到这一点也并不容易。王文宏能把这两者天衣无缝地结合起来，连我这个垂暮之年的过来人，也不禁赞叹和羡慕了。

说到王文宏的为人，我经过十年的观察，觉得颇有点说话的资格。我已年届耄耋，生平走过三十几个国家，接触过的各国各阶层的人士，无虑上千上万。我自觉已经成了一个“世故老人”，“世故老人”的本钱就是识多见广，如燃犀照妖，物无遁形。我见人一面，这个人是个什么样的人，我大概就能估摸个八九不离十。对于王文宏，我似觉更有把握。老友李玉洁曾对我说过一句话：“在王文宏眼中，天底下没有坏人。”她这真是见道之言，一语破的。我也曾对她说过：“天底下不都是好人。”她圆圆地瞪大了两眼，一片怀疑的神情，凝然可掬。

王文宏就是这样一个人，在我生平所遇到的芸芸众生中她是性格最温柔，感情最充沛，心地最善良，思想最天真，作风最淳朴，待人最宽厚的人中之一。我甚至想，倘若把“之一”二字抹掉，也许更接近事实。

写到这里，我憬然顿悟：你这是写到哪里去了？你这不是“下笔千言，离题万里”了吗？《颜氏家训》引邺下俗语：“博士买驴，书券三纸，不见驴字。”我难道不成了那样一个“博士”了吗？然而我立即想到：否，否，我并没有离题。我是给一本书写序，这一本书是王文宏选（高鸿曾加以协助），季羡林作。我必须先把选者与作者的关系说明白，然后别的问题就好谈了，我自认这正是抓纲之举，是不能缺少的。

顾名思义，这一本书是选我谈东方文化的文章的。我曾多次说过，我不是研究文化的专家。只因我不安分守己，好胡思乱想，时作惊人之语，并无哗众之意。但在学术界颇引起了一些议论，有赞同者，有反对者，有态度不明者，我一概坦然处之，因为这本是正常现象，用不着高兴或扫兴。话虽这样说，但是遇到赞同者，心里总会觉得舒服的，否则就是矫情，为我所不敢取。现在偏偏遇到了一个王文宏，对我这一套议论，简直是毫无保留地全盘接受。我心中什么滋味，可想而知。她又偏偏要选一些这样的文章，形成一本书，自己还加心加意地写了一篇详细介绍的文章，说是准备出版。我告诉她，我已经选过一本《东西文化议论集》，收了我的文章和别人赞同或反对的文章，大家来议论一番，我一不“争论”，二不“辩论”，所以采用了“议论”二字。倘她再选，难免重复。但是她仍然坚持己见。她说，在东北地区，买到我的书比较难，而且她选的面比我选的那一本书在选我的文章方面要广得多，有许多篇是我那一本书中没有的。我对王文宏采取的也是“议论”政策，不争论，不辩论，于是这一本书就选成了。

但是，王文宏还不满足，她一定要我写一篇序。我愉快地接受了她的要求。并不是因为我时间很富裕，没有多少工作。事实上正相反，我现在以耄耋之年天天超负荷地工作着，心理上和身体上压力是极重极重的。我为什么又答应写序而且又真正写了呢？中国古人说：“人之相知，贵相知心。”我长王文宏四十多岁，是她祖父一辈的人物。如果有“代沟”的话，我们之间，应该是双重代沟，但我们相识十余年，特别是最近一年朝夕相聚，我发现我们之间没有什么“沟”。我看她能理解我，我觉得也能理解她。这是并不容易的事。宋代大诗人苏东坡《和子由渑池怀旧》诗说：“人生到处知何似？应似飞鸿踏雪泥。”就让这一本书成为我们的“雪泥鸿爪”吧。我虽年已老迈，但尚未有“遽归道山”的计划。因此，这也绝不会是我们最后的“雪泥鸿爪”。今后我们见面相聚的日子还多着哩。“但愿人长久，千里共婵娟。”很多“雪泥鸿爪”还在前面等待着我们。

1996年6月21日写毕

《夜光杯文丛：人生漫谈》小引（代序）

上海《新民晚报》，发行量大，内容丰富，编排又有新意，能满足社会各界人士的需要。仰其大名久矣。

近蒙“夜光杯”编辑贺小钢垂青，来信约稿，又惠赐报纸。“投桃报李”，古有明训。这也是我们中华民族的美德之一，我焉敢有违！但是，正如大家所能够想到的，我手中的“李”只有一种，这就是舞文弄墨。俗话说“秀才人情半张纸”，我这个秀才也只有半张纸的本钱了。

我这半张纸写点什么东西呢？这就给我出了难题。“夜光杯”规定只要“千字文”。我这个人搞了一辈子所谓“学问”，我过去写的几乎都是长篇大论，短则一两万字，多则六七万以至十万字，都是文章，而非专著，有如张翼德，只会使用丈八长矛，如果递给他一把短剑，他必然是缩手缩脚，施展不出威风来。

我现在就处手持短剑的张翼德的尴尬的地位上，无计可施。

我行年八十有五矣，在旧中国，能活到这样高龄，就有了被称作“人瑞”的资格。我读中外文学史或学术史，往往有一个怪习惯：我喜欢计算文人的生年卒月。我发现，能活到像我现在这样的人是非常少的，我感到幸福。虽然我自知见到鲁迅《过客》中说到的长野百合花的地方，还有一段距离。但是，总有一天会给自己的生命画上句号的。

活老了有什么好处呢？有很多好处。小说上常读到老人自我吹嘘：“我吃的盐比你吃的面都多，我过的桥比你走的路都长。”颇有点英雄气概，让我兴奋鼓舞。

盐吃多了，桥过多了，我没有白吃白过。我曾到过世界上三十多个国家，上至总统、总理，下至引车卖浆者流，不管肤色是黑，是黄，是白，我都见到。至于文人、学士、流氓、无赖，诸色人等，我也见了不少。即使我自命为“世故老人”，也不为过。我在国内，在八十多年的生活历程中，我逢到过“山重水复疑无路”，也逢到过“柳暗花明又一村”，颠颠簸簸，坎坎坷坷，摇摇晃晃，趔趔趄趄，走过了这样漫长的道路。我耳虽不太聪，但能听得见；眼虽不太明，但看得清；心虽有点毛病，但还是“难得糊涂”。我经常考虑和回忆过去的事情，研究和观察眼前的事。我的心是一面镜子，明亮照见众生相。有时也想写点什么。但是心有所感想写的东西，与我手中的丈八长矛对不上号。现在“夜光杯”需要千字文，可以说是正中下怀。何不就试它一试呢？我想到的东西，上至三千大千世界，下至苍蝇蚊子，无所不包，一时一篇是写不完的。因此立了一个总题目，叫作“人生漫谈”。先写“小引”如上。

1996年10月29日

《季羡林文集》后记

《季羡林文集》，经过了五六年的努力，初步定下的24卷，现在已经全部出齐了。这些所谓文章，虽然其量不菲，但是对于我国学术恐怕不会起多大的作用。可是对于我个人来说，这些东西毕竟是我六十多年来日夜辛勤心血的结晶。敝帚自珍，先贤难免；藐予小子，何敢矫情。心里有点高兴，自在情理之中。

回忆将近七年前，江西教育出版社的吴明华先生，不远千里，从南昌打来长途电话，告诉我，江西教育出版社准备出我的《文集》。这消息实在非常突然，是我连做梦都不敢想到的。我是颇有点自知之明的。我当时虽已开始被“炒”，还远远没有炒到这个程度。我巴不得有人出自己的文集。现在陡然福从天降，我焉得不喜？当然一拍即合。其后又有几家出版社同我洽商出文集的事宜，这当然都成了马后炮。同江西教育出版社的合作就继续了下来，一直到今天，终于大功告成了。

因此，我在这里首先必须向江西方面的熊向东局长、杨鑫福副社长，还有吴明华等朋友表示我最诚挚的感谢。他们完全不考虑经济效益，用最精美的印刷，用最精美的纸张，用最精美的装帧，出版了这一部书。不但在国内属于一流，即使置之世界书林中，也是佼佼者，决不逊于任何国家。像我这样的所谓文章，竟能受到这样礼遇，我实在是喜出望外，受之有愧。唯有铭诸五内，视之为对自己的鼓励与鞭策，永志不忘。

其次，我必须对参加编纂工作的各位副主编和全体编委——我这里顺便说几句，王邦维先生和高鸿先生应当列入编委名单的，因为全《文集》两部重头著作《糖史》和《吐火罗文〈弥勒会见记〉译释》的校对工作，他们俩付出的劳动最大。只因当时定编委名单时，他们还没有参加工作，因而遗漏——也表示最诚挚的感谢。在我这些论著中，有一部分是非常容易编纂校订的。有一部分则有许多稀奇古怪的东西，汉文和外国以及国内的语言文字都包括在里面。字母离奇，符号繁多，外行人视之，几乎是鬼画符。校对这些东西，除了细致和耐心外，还需要有点专门的知识，否则绝难胜任。编委们分头把关，把原来在著名的出版社出版的校订已经够细的一些著作，都从头认真地重校一遍，从而避免了一些错误，对本《文集》的质量做出了重要的贡献。

我在这里特别要提一提李铮先生。我们认识了已经将近半个世纪。近二十年来，他一直是我的主要助手，帮助我搜集资料，整理文稿，校阅文字。人一上了年纪，身体部件老化，记忆力亦然。提笔忘字，下笔写错字，都是难以避免的。先师朱光潜先生晚年告诉我，他手不离字典。我当时颇为诧异。到了今天，我也是手不离字典了。我劝年轻人勤查字典，恐怕他们也会诧异的。但是根据孟实先生和我自己的体验，我仍然劝说不绝。在这方面，我的许多年轻的朋友，其中也包括李铮，曾帮过我的忙。李铮工作认真细致，是大家异口同声赞佩的。

我向不悔少作，我不像古今中外一些文人那样，到了老年要出文集时，或者把少作整个摒除，仿佛它们从来没有存在过似的；或把它们找出来，刮垢磨光，打磨得溜光锃亮，把开裆裤改造成长袍马褂，或者西装革履。我认为，这有点作伪的嫌疑，为我所不取。我决定把少作收入《文集》中，以求全存真；除非万不得已，决不加以改动。但是，好多少作，我自己都忘掉了。李铮却不畏艰险，在尘封的旧报纸和旧杂志中细心搜罗，终于找出了一些我自己都忘记了的文章，有的就属于开裆裤一类，我却敝帚自珍。总之，如果没有李铮的参加，我的这一部《文集》绝不会编成现在这个样子。

其他各位编委也都认真负责地完成了自己应该完成的任务，这一点我在上面已经提到。李玉洁和肖淑敏两位女士也帮我找人拍摄插图照片。我在这里向他（她）们表示诚挚的谢意。

24卷《文集》算是胜利出版了。但是，我还活着，我也没有制订攀登八宝山的计划，看样子离我给自己的生命画句号的日子可能还有一段时间。既然活着，就一定还会写作；既然写作，就一定还要出版，24 卷绝不是最后的数字。第 25 卷想成为一部索引专卷。索引的用处之大，尽人皆知。但是，在中国，由于过去学术界受古老传统的影响，一直到今天，索引还没有被重视。最近读到报刊上批评这种现象的文章，实在可以说是当头棒喝，我非常同意，而且同意要用行动来加以证实。我想邀请一些人，把《文集》中几部部头很大而有点学术价值的书做成索引。我想这会得到广泛的欢迎。听说，我的助手中有人已经积累了一些索引的资料，做起来会得心应手。但是，做索引是一件十分麻烦，需要高度的细心的工作，这一点内行人都会知道的。第 26 卷准备包容两部书：一部是《梵文基础读本》，是翻译；一部是《牛棚杂忆》，顾名思义，就知道是写“十年浩劫”的，早已写成，因时机未成熟，尚未发表，将来时机一旦成熟，当立即发表。第 27 卷的内容和编排方法，就同以上许多卷大异其趣，内容是 24 卷《文集》出版后所写的东西。以前许多卷的编排方法基本是分类的，但是，在第 27 卷以后，此法无法实行。我今天写学术论文，明天写散文，后天又写杂文和序跋之类，事前无法分类，又不能再等上 10 年 20 年，等到稿子已经积累到相当大的数量，再分类编排出版，我活不到那么大年纪，我也没有那耐心。只好写到够一卷的数量，就出上一卷，只能按写作时间顺序编排，有点像《鲁迅全集》那样。究竟能出到多少卷呢？那只有天知道了。

“后记”写完，意犹未尽，殿以打油诗一首：

廿四卷成楮墨新
书香飘拂慰我心
平生多少断肠事
幸未逐波做懒人

1997 年 2 月 24 日

几点说明

“后记”已经写完，但仍感言犹未尽，因此又给“后记”添了一条尾巴：“几点说明”。

第一“后记”本应放在全书的最后面。原意以本书《糖史》为最后一卷。但是阴错阳差，本书虽是后出，但在全文集编号中却放在了前面。最后一册第24卷已先出。没有办法，只能把“后记”放在这里，敬请读者原谅。

第二本书原设一个编辑委员会，负责全书的编辑工作。但是，时移世异，编委会有的成员到了退休的年龄，离开了工作岗位。我们的编委会本来没有规定什么退休年龄的，可也受了影响，就不是全体列名的人员都参加编辑工作了。我的这一部《糖史》，还有《吐火罗文〈弥勒会见记〉译释》这一部书，就正碰到这个节骨眼上。如果想做到实事求是的话，编委会的名单应当重新安排。但是，继而一想，又觉不妥，技术上也有困难，于是决定编委会名单一概不变。

但是，这似乎也有不妥之处。付出了很多劳动，帮助我整理校对这两部书的人的名字不见于编委会，似乎极不公允合理。我想来想去，只有用写“后记”的办法才能弥补这个缺憾。我现在就把名字写了出来。整理编校《糖史》第一编的人有：经济日报出版社的胡子清编辑、北京大学东方学系的王邦维教授和高鸿博士。整理编校其余两部书的人有王邦维教授和高鸿博士。对他们的劳动我表示最诚挚的谢意。至于江西方面的熊向东局长、周榕芳社长、杨鑫福副社长、吴明华责任编辑等，他们付出了巨大的精力和物力，把拙著编辑、印刷和装帧得完全能达到国际一流水平，见之者无不交口称誉，我更是感激之至了。

1998年2月18日

《季羡林自选集》序

年前，山东教育出版社的朱晓晨同志来到舍下，要我在《世纪学人文丛》中选一部《自选集》。初听之下，我颇有点迟疑。因为我已经出了两部《自选集》：一部是北京师范学院（现首都师范大学）出版社刊行的《季羡林学术论著自选集》，一部是台湾东初出版社刊行的《季羡林佛教学术论文集》。两书名称虽不同，但是部分内容却是重复的。如果现在再出第三部《自选集》，内容不可避免地会有点重复，难道不会有叠床架屋之嫌吗？可是朱晓晨女士却说，那并无妨碍。这些书出的册数都不多，多出一部，对读者只会有好处的。我认为她的话也不无道理，于是就订约出书。

虽然说重复一点是难以避免的。但是，在这第三部《自选集》中，我仍然想改变一下我在以上两部书中的选文的指导思想和个人的爱好或者甚至偏见。在第一部《自选集》的“自序”中，我写过一段话：“但是，选完了以后，再加以仔细思考，却发现了一些自己从没有意识到的现象。我挑选的时候，丝毫也没有先入之见，一定要选哪一类的文章。我只是根据自己的喜爱近乎本能地挑选自己比较满意的文章，就说是‘精华’吧。但是，挑选的结果，入选的全是属于考证一类的文章。这明确无误地告诉我，自己的兴趣或者自己的能力究竟在什么地方。”

第二部《自选集》，虽然挑选的重点不同，其指导原则却是完全相同的。

我在这里必须加一点补充：我并不是纯粹的考据派。在我的考据文章中，几乎都有一点近似义理的内涵。纯粹的义理，比如哲学，我总觉得太玄虚，太不容易把握。我不喜欢那种公说公有理，婆说婆有理；今天这样说，有理，明天那样说，又有理的哲学学说。倘若细心揣摩，必然会发现：在我的考据文章中总有一些与事物或宗教发展有联系的规律性的东西，比如我关于佛教史的那几篇考据文章，就是这样。

现在，在这个第三部《自选集》中，我想改一改表现在第一和第二两部中的那种偏见或者偏好，在考据文章之外，加选几篇非考据性的甚至专谈义理的文章，一改考据文章一统天下的局面。我觉得，这样会对读者有些好处，而对我自己也会同样有些好处的。《自选集》的任务应该是展现作者全面完整的情况，不应给读者一个不真实的偏颇的印象。

这一部《自选集》就是按照这个指导原则编选成的。

出版社规定，要写一篇自序。我实在没有什么话好说，只能拉杂写这么多。读者如有兴趣，可以参阅一下第一部和第二部《自选集》的“自序”。

编第一部《自选集》是在1988年，当时我还没有进入耄耋之年，但心中已颇有老意，觉得自己眼前能走的路已经不太长了。到了今天选这第三部《自选集》时，时间已经过去了九年，自己已经到了望九之年。然而心中却老意全失，眼前仿佛还有好长好长的路可走。难道世上真有返老还童这一说吗？

1997年2月26日凌晨

在搜集整理论文的过程中，我多年的助手李玉洁女士和我的学生高鸿，做了不少的工作，谨志于此，以申谢忱。

1997年3月7日

《书海浮槎》序

古今中外赞美读书的名人和文章，多得不可胜数。张元济先生有一句简单朴素的话：“天下第一好事，还是读书。”“天下”而又“第一”，可见他对读书重要性的认识。

为什么读书是一件“好事”呢？

也许有人认为，这问题提得幼稚而又突兀。这就等于问“为什么人要吃饭”一样，因为没有人反对吃饭，也没有人说读书不是一件好事。

但是，我却认为，凡事都必须问一个“为什么”，事出都有因，不应当马马虎虎，等闲视之。现在就谈一谈我个人的认识，谈一谈读书为什么是一件好事。

凡是事情古老的，我们常常总说“自从盘古开天地”。我现在还要从盘古开天地以前谈起，从人类脱离了兽界进入人界开始谈。人变成了人以后，就开始积累人的智慧，这种智慧如滚雪球，越滚越大，也就是越积越多。禽兽似乎没有发现有这种本领。一只蠢猪一万年以前是这样蠢，到了今天仍然是这样蠢，没有增加什么智慧。人则不然，不但能随时增加智慧，而且根据我的观察，增加的速度越来越快，有如物体从高空下坠一般。到了今天，达到了知识爆炸的水平。最近一段时间以来，克隆使全世界的人都大吃一惊。有的人竟忧心忡忡，不知这种技术发展伊于胡底。信耶稣教的人担心将来一旦克隆出来了人，他们的上帝将向何处躲藏。

人类千百年以来保存智慧的手段不出两端：一是实物，比如长城等；二是书籍，以后者为主。在发明文字以前，保存智慧靠记忆；文字发明了以后，则使用书籍。把脑海里记忆的东西搬出来，搬到纸上，就形成了书籍，书籍是贮存人类代代相传的智慧的宝库。后一代的人必须读书，才能继承和发扬前人的智慧。人类之所以能够进步，永远不停地向前迈进，靠的就是能读书又能写书的本领。我常常想，人类向前发展，有如接力赛跑，第一代人跑第一棒，第二代人接过棒来，跑第二棒，以至第三棒、第四棒，永远跑下去，永无穷尽，这样智慧的传承也永无穷尽。这样的传承靠的主要就是书，书是事关人类智慧传承的大事，这样一来，读书不是“天下第一好事”又是什么呢?

但是，话又说了回来，中国历代都有“读书无用论”的说法。读书的知识分子，古代通称之为“秀才”，常常成为取笑的对象，比如说什么“秀才造反，三年不成”，是取笑秀才的无能。这话不无道理。在古代——请注意，我说的是“在古代”，今天已经完全不同了——造反而成功者几乎都是不识字的痞子流氓，中国历史上两个马上皇帝，开国“英主”，刘邦和朱元璋，都属此类。诗人只有慨叹“可惜刘项不读书”。“秀才”最多也只有成为这一批地痞流氓的“帮忙”或者“帮闲”，帮不上的就只好慨叹“儒冠多误身”了。

但是，话还要再说回来，中国悠久的优秀的传统文化的传承者，是这一批地痞流氓，还是“秀才”？答案皎如天日。这一批“读书无用论”的现身“说法”者的“高祖”、“太祖”之类，除了镇压人民剥削人民之外，只给后代留下了什么陵之类，供今天搞旅游的人赚钱而已。他们对我们国家竟无贡献可言。

总而言之，“天下第一好事，还是读书”。

1997年4月8日

《思旧集》序

在拙作《怀旧集》的序中，我提出来了一个观点：怀旧能净化人的灵魂。最初，我觉得没有什么，继而又觉得颇有点什么，最后，我豁然顿悟，觉得其中大有什么，这简直是“天才的火花”，不禁手之舞之足之蹈之了。愧我愚陋，我还没有发现任何人曾提出这样的石破天惊的观点。

《昭明文选》中有两篇题目相似的赋：一篇是向秀的《思旧赋》，一篇是潘安仁的《怀旧赋》，前者是怀念嵇康和吕安的，后者是怀念自己的岳父杨肇的。三个人当然都有值得怀念的地方，才能引起向秀和潘岳的哀思，不仅仅是出于私人关系。潘岳在赋中说：“步庭庑以徘徊，涕泫流而霑巾。宵辗转而不寐，骤长叹以达晨。”他一夜失眠，心里想些什么呢？必然是思念岳父的有盛德之处，思念岳父对自己的爱护。在这样的情况下，心中如有什么疙瘩，有什么不洁之处，必然会得到“净化”。这是人之常情，用不着过多的解释。

我们且看一看，张守常兄的《思旧集》中“思”的是一些什么人：赵万里、李苦禅、朱自清、柴德赓、陈垣（援庵）、李广田、何仙槎、奚啸伯等先生。除最后一位外，我都认识。他们所业不同，年岁各异，但道德文章，有口皆碑。怀念这样一些师友先辈，而不被其人格的魅力所熏染者，未之有也。

我所说的“怀旧能净化人的灵魂”，指的就是这种情况。

守常告诉我：他原来想以“怀旧”命集，因为我“捷足先登”，所以就让给了我。好在《文选》有两篇同样的文章，所以他拔了二筹，以《思旧》命集。后来者只能望《选》生叹，因为其中没有第三篇了。

愿天下“有情人”都能够“怀旧”或“思旧”，以净化自己的灵魂，在人格修养上，“更上一层楼”。

是为序。

1997年4月14日

《拂晓集》序

守常兄辑其青年时所为文：小说、散文、杂文、散文诗、诗、评论等为一集，名之为“拂晓集”，志旭日之尚未升也。他为此集索序于我。我因患目疾，未能一一仔细拜读，颇以为慊。但仅就浏览所及，发现各类文体皆有一种朝气。朝气是与暮气相对的。到了今天，守常未必肯写，也未必能写这样的文章了。把这样的文章保存下来，对于守常个人，对于读者都是有些好处的。有如当年压在书中的一片红叶，今虽干瘪，但在当时却是艳若春花的。让一点红艳永远保留在自己的记忆中，不也是人生一快事吗？

守常在“前言”中说，他不悔少作，这唤起了我心中戚戚的共鸣：我也是从不悔少作的。我在结集少作时有一条原则：决不任意改动。我觉得那样做，是欺骗自己，蒙蔽读者。如言之过甚，可以把删改少作的做法归入假冒伪劣之列。我看，守常同我一样，并没有对自己的少作，加以“斧正”。我认为，这种做法是完全正确的，值得肯定的。

集子中的文章的写作年代，主要是从抗战胜利到中华人民共和国的建立，个别篇是新中国成立初写成的。这一段时间，正是中国知识分子和全国人民一样，最兴高采烈、意气风发的时代。我是其中一分子，有亲身的感受。在那时候，我们眼前遍地都是玫瑰鲜花，足下走的全是金光大道。人类最高的幸福境界，仿佛就在眼前。天色特别蓝，草色特别青，月色特别明，水色特别清。行走时，身轻如燕，睡觉时，好梦常圆。好像把几千年来压在身上的重担一一抛掉，自己仿佛要羽化而登仙了。

我想，守常的心情同我的几乎是完全一模一样的。这在他的文章也有所表现。这现象是十分正常的。因为，在全世界知识分子之中，中国的知识分子最具有爱国心。“天下兴亡，匹夫有责”，有哪一个国家的知识分子曾经说出了这样的话过？我们作为中国知识分子，是应该引以为自豪的。可惜，现实毕竟不是天堂乐园。从那以后，知识分子那些不切实际的幻想，逐渐被现实撞得有点摇摇欲坠。这怪不得任何人，只能怪我们知识分子本身，我们有时太容易空想了，我们“唯心主义”太根深蒂固了。

但是，尽管如此，一直到今天，我仍然相信，中国的知识分子绝大部分仍然热爱我们的伟大祖国，对她怀有希望。质诸守常，不知以为然否？

话说得远了一点，现在回头仍然谈《拂晓集》。我诚挚希望，守常“拂晓”时分所写的文章，文章中所保留的春花似的红艳，能够永远保留下去，为了守常，也为了读者。

1997年4月15日拂晓时分

《岁月游虹》序

卞毓方先生是北京大学东方学系（原名东方语言文学系）的毕业生，专修日本语言和文学，跟我不是一行。但是，我担任了几十年之久的系主任，所以，从广义上来讲，他也可以算是我的学生，我是他的老师。古人说："人之患，在患为人师。"我之为师，难矣哉。

卞毓方毕业后，长期从事国际国内的新闻工作，兼搞文学创作。这几年在《人民日报》文艺部，写作的重点转为散文，成绩斐然。卞毓方的散文，是广义的散文。什么叫广义的散文呢？这是我杜撰的一个词儿。因为，我一向有一个偏见，我觉得只有英国人所谓的 Familiar essay，即过去一度被称作小品文的，才是真正的散文，其他的政论、报告文学等，都不能算是散文。在这方面，过去一提到散文，首先提到英国，其次算是法国。英国确实出了不少的散文大家，如兰姆、C. 吉辛、德·昆西、切斯特顿等，法国则有蒙田。同样作为文学大国的德国与俄国，散文作家却非常稀见，这恐怕与他们的民族气质和思维方式有关吧。当然，我们中国实际上是真正的散文大国。我们从小就背诵的名篇，如司马迁的史作，如我们平常所说的"唐宋八大家"，以及明末的公安派和竟陵派，清朝的桐城派，等，都是地地道道的散文。我对散文提出来的标准是一个"真"字，换句话说，就是必须有真感情，连叙事散文也必须"真"，不能捏造，不能胡编。韩愈的《祭十二郎文》充满了灼人的炙热，司马迁的《报任少卿书》等洋溢着真情实感，就连柳宗元的那些写景文，字里行间，也莫不有情感的火花闪烁明灭。甚至苏轼的那些类似政论的文章，比如《留侯论》《范增论》等，也都弥漫着浓厚的抒情气息。其余可以依此类推。

我从内心深处喜欢的就是这样的散文。然而，只是到了最近几年，才逐渐发现，这是我个人的偏见。散文的天地其实广得很，比如我先前称赞过的张中行先生的“学者散文”，时下也颇注目。而我以往的偏见或多或少影响了我对文学作品的欣赏。我在审美方面未免有点太褊狭了。

当然，我仍坚持认为，文学作品之所以成其为文学作品，艺术性是第一位的。如果没有一点艺术性，没有一点文采，结构不是变化多姿，节奏不是起伏有致，词句不是清新独到，蕴藉不是广博深厚，乏情感，少意境，欠神韵，那么，思想性再强，也不能成为文学作品，至少是不能成为好的文学作品。这个道理并不难明白。

如果承认我这个看法是正确的话，那么，广义的散文尚矣。广义的散文，不管是政论，还是其他非狭义散文的文章，只要有艺术性，有文采，能给人以美的享受，这就是好的、优秀的文学作品，绝不能囿于我原有的那一种偏见，对它另眼相看。这样不利于文学创作的繁荣与发展，既不利于作者，也不利于读者。

卞毓方先生的文章，我读过一些，但是读得不太多。仅就阅读所及，我觉得，他的文章可以归入广义的散文这个范畴。最重要的是，无论抒情、纪事，或是说理，他的笔下常常有一种奇幻的光，与之相辅，艺术性强，文采葳蕤，颇具气韵、底蕴。

1997 年 4 月 17 日

《人世文丛》序

人世多悲欢，珍重生命的人，会寻求一种较合理的人生态度。我所欣赏的人生态度，是道家的一种境界。正如陶渊明诗中所云：

纵浪大化中，不喜亦不惧。应尽便须，尽无复独多虑。

人总希望活下去，生与死是相对的。

印度梵文中的“死”字，是一个动词，而不是名词，变化形式同被动态一样。这说明印度古代的语法学家，精通人情心态。死几乎都是被动的，一个人除非被逼至绝境，他是不会轻易抛弃自己生命的。

我向无大志，是一个很平常的人。我对亲人，对朋友，总是怀有真挚的感情，我从来没有故意伤害过别人。但是，在那段“浩劫”的岁月里，我因为敢于仗义执言，几乎把老命赔上。那时，任何一个戴红箍的学生和教员，都可以随意对我进行辱骂和殴打，我这样一位手无缚鸡之力的老人，被打得一佛出世，二佛升天，这种皮肉上的痛苦给心灵上带来的摧残是终生难忘的。

我的性命本该在那场“浩劫”中结束，在比一根头发丝还细的偶然中我没有像老舍先生那样走上绝路，我侥幸活了下来，被分配淘厕所、看门房、守电话，我像个患了麻风病的人，很少人能有勇气同我交谈，我听从任何人的训斥或调遣，只能规规矩矩，不敢乱说乱动。

我活下来，一种悔愧耻辱之感在咬我的心。

我活下来，一种求生本能之意在唤我的心。

我扪心自问：我是个有教养、有尊严、有点学问、有点良知的人，我能忍辱负重地活下来，根本缘由在于我的思想还在，我的理智还在，我的信念还在，我的感情还在。我不甘心成为行尸走肉，我不情愿那样苟且偷生，我必须干点事情。二百多万字的印度大史诗《罗摩衍那》，就是在那段时期，那个环境，那种心态下译完的。我活下来，寻找并实现着我的生命价值……

几十年过去了，回忆往昔岁月，依旧历历在目。中国的知识分子，尤其是老知识分子生经忧患，在过去几十年的所谓政治运动中，被戴上许多离奇荒诞、匪夷所思的帽子。磕磕碰碰，道路并不平坦。他们在风雨中经受了磨炼，抱着一种更宽厚、更仁爱的心胸看待生活，他们更愿讲真话。

敢讲真话需要极大的勇气，有时甚至需要极硬的“骨气”。历史上，因为讲真话而受迫害，遭厄运的人还少吗？

我们北大的老校长马寅初先生，在1957年曾发表过著名的《新人口论》，他讲了真话。但到了1959年，这个纯粹学术探讨的问题，竟变成了全国性的政治讨伐。面对数百人的批判，老马拼上一身老骨头，迎接挑战。他曾著文声明：“这个挑战是合理的，我当敬谨拜受。我虽年近八十，明知寡不敌众，自当单身匹马，出来迎战，直至战死为止，决不向专以力压服而不以理说服的那种批判者投降。”马老很快遭了厄运。但他的精神，他的“骨气”，为世人所钦仰、所颂扬，因为他敢于维护自己的信念，敢于坚持讲真话。他成为我们这一代知识分子的楷模。

我国著名老作家巴金先生，对30年前那场“浩劫”所造成的灾难，认真地反思，他在晚年，以老迈龙钟之身，花费了整整七年的时间，呕心沥血地写成了一部讲真话的大书《随想录》。这部书的永恒价值，就在于巴老敢于在书里写真话。

当然，只写真话，并不一定都是好文章，好文章应有淳美的文采和深邃的思想。真情实感只有融入艺术性中，才能成为好文章，才能产生感人的力量。我所欣赏的文章风格是：纯朴恬澹、本色天然、外表平易、秀色内涵、有节奏性、有韵律感。我不喜欢浮滑率意、平板呆滞的文章。

现在，善待知识分子已成为我们的国策，我希望中国年青一代知识分子，不要再经受我们老辈人所经受的那种磨难，他们应该生活在一种更人道的环境里。当然，社会是发展的，他们会在新的环境里，遇到更激烈的竞争。但这是一种智力上的公平竞争，是现代社会中一种高尚的、文明的竞争。它的存在，是社会进步的表现。

有志于使中华民族强盛的人们，尤其是年轻一代知识分子，你们的生命只有和民族的命运融合在一起才有价值，离开民族大业的个人追求，总是渺小的。这就是我，一个老知识分子的心声。

我在写这篇序文时，窗外暗夜正在向前流动着，不知不觉中，暗夜已逝，旭日东升。朝阳从窗外流入我的书房。我静坐沉思，时而举目凝望，窗外的树木枝叶繁茂，那青翠昂然的浓绿扑人眉宇，它给我心中增添了鲜活的力量。

北京师范大学出版社出版由钟敬文先生等担任顾问，张岱年先生、邓九平先生主编的《人世文丛》，将20世纪八百余位学者、作家的千余篇美文佳作汇集成册，这是一件极有价值的工作。我相信，志在弘扬中华优秀文化的人，会喜爱这套丛书的，我乐而为之序。

1997年5月5日

《透过历史的烟尘》序

我认识黛云已将近半个世纪了。当时我们都还没有搬出城外，仍在沙滩红楼。她是一个十几二十岁的大学生，我是一个还没有走出青年时期的年轻的大学教师。因为不在一个系，所以并没有接触的机会。她认识我，并不奇怪，因为教授的人数毕竟是极少的。我知道她，却颇有点不寻常。她为人坦诚率真，近乎天真；做事大刀阔斧，决不忸忸怩怩，决不搞小动作。有这样禀性的人，在解放后30年来的连绵不断的政治运动中而能够不被溅上一身污泥浊水、戴上五花八门的莫须有的帽子，简直是难以想象的。事实上，她也确实没有能幸免。这一点在本集的文章中也有所透露。

最近几年以来，我心中萌发了一个怪论：中国知识分子，特别是年纪比较大一点的知识分子，在历次的政治运动中，被整，被污辱，被损害，是正常的。这证明，他们起码还是些好人。这样的人，仰不愧于天，俯不怍于地，他们堂堂正正做人，用不着反躬自思。他们应该以头上被戴上的帽子为荣，他们可以以此自傲。反过来，如果有的知识分子，平安地走过了历次政治运动，没有被溅上任何的污泥浊水，没有被戴上任何莫须有的帽子，这样的人，我认为，反而应该反躬自首：自己在处世做人方面是否有什么不足之处。不然的话，为什么能够在那种黄钟为轻、蝉翼为重，颠倒黑白，混淆邪正的运动中安稳过关？我不敢说，我这个想法能适用于一切人，但适用于大部分人，则是可以肯定的。

黛云的前半生，走的道路并不平坦，坎坎坷坷，磕磕碰碰，一直走过了中年。然而，根据我个人的观察，她依然是坦诚率真，近乎天真，做事仍然是大刀阔斧，决不忸忸怩怩，决不搞小动作，锐气有盛于当年。就凭着这一股劲，她在研究中国现代文学的基础上，拓宽了自己的研究范围，开阔了自己的眼光，为中国比较文学这一门既旧又新的学科的重建或者新建贡献了自己的力量。比较文学在中国原来是一门比较陌生的学问。最近几年来，由于许多学者的共同的努力，它已经浸假步入显学的领域。在这里，黛云实在是功不可泯。佛经常说："功不唐捐。"黛云之功也不会"唐捐"。张皇比较文学，对中国文学的研究，也起了推波助澜的作用。有了比较，多了视角，以前看不到的东西能看到了，以前想不到的问题能想到了，这必能促进中国文学的研究，是很显然的。黛云不但在中国国内推动了比较文学的研究，而且，更重要的是，她奔波欧美之间，让世界比较文学界能听到中国的声音。这一件事情的重要意义，无论如何也绝不能低估。所有这一切，在本书中的许多文章中都有轨迹可寻，我就不再啰唆了。

最值得一提的是，正如我在上面提到过的，黛云的前半生，屡遭磨难，透过历史的烟尘，她看到过极其令人愤懑的东西，然而她那一颗拳拳爱国之心丝毫未改。这些年来，别人昼思夜想使自己在国外的居留证变成绿色，对于这些人来说，太平洋彼岸就好像是佛经中常描述的宝渚，到处是精金美玉，到处开满了奇花异卉，简直是人间的乐园，天上福地。留在这样一个地方，对黛云和一介来说，唾手可得。然而他们却仍然选择了中国。在中国，本来她也有很多机会，弄上一顶乌纱帽，还可能是一顶令人艳羡不止的驻外的乌纱帽。然而她却偏偏又选择了北大，一领青衿，十年冷板凳，一待就是一生。我觉得，在当前的中国，我们所最需要的正是这一点精神，这一点骨气。我们中华民族所赖以屹立于世界民族之林的也正是这一点精神，这一点骨气。我们切不可以等闲视之。

黛云集其近年来所写之散文为一集，索序于我。我虽谫陋，义不容辞，拉杂写来，遂成此文。这能算是序吗？我怀疑。但是序无定型，自古已然。就把它当成一篇序吧。

1997 年 5 月 22 日

《20世纪外国文化名人书库》序

一个人，一个组织，一个国家，在永恒不断流逝的时间的长河中，到了一定的时候，应该回头看一看，看看走过的历程中自己走得是否都完全正确，正确的要坚持，不正确的要扬弃。这是十分必要的。我们古人在这方面有许许多多的教导，最为大家所熟知的是“前车覆，后车戒”，通常作“前车之覆，后车之鉴”。这两句话表面讲的仅仅是反面的经验，也就是教训。但是其中隐含着“前车不覆”也是“后车之鉴”的正面的经验。

所谓“一定的时候”，可能短到只指一天，而长则是无限制的，一般的是一年、十年、百年。如果制订几年计划，则在计划结束后，也必须回头看一看，算一下总账，都在达到前车之覆或不覆，以决定后车如何走法的目的。

当前，我们中国的国家和人民，以及全世界的国家和人民，都正处在一个新的“世纪末”中；再想得远一点，是处在一个新的“千纪末”中。这是一个非常的关键时刻。我在很多地方都讲到过，世纪或千纪都是人们人为地制造出来的，没有什么先天的必然性或必要性。试想，如果没有耶稣和耶稣教，哪里来的什么“世纪”和“千纪”？但这只是事情的一面。事情的另一面则是，既然人们制造出来了“世纪”和“千纪”，它们就起了作用，而且正在起着作用。这是不以人们的意志为转移的客观事实。

世纪末和千纪末，现在都不是第一次。然而全国和全世界都承认，眼前的这个世纪末和千纪末同过去的都不一样。由于科学技术的惊人的进步，特别是交通通信工具方面的突飞猛进，用一些人使用的形象的说法，世界变得越来越小了，产生“蝴蝶效应”等的理论，绝不是偶然的。已覆的前车历历可数。当前世界各国政府和一些有识之士高呼“环保”，其声震天动地。这绝不是没有根据的，这也让我们这些忧天的杞人感到点安慰。然而，就我个人浅见所及，高呼“环保”而不从事实的发展中，特别是从思想的高度上和哲学的高度上，来探索环境之所以必须保护，环保工作之所以是火烧眉毛的紧迫工作的根本原因。这有点舍本逐末的意味，实在为愚陋如不佞者所难以理解。

总之，我们眼前所处的世纪末就是这样的一个世纪末。

我在本文一开头就说到，到了一定的时候，一个人，一个组织，一个国家就应该回头看一看，看一看在过去一段行程中车行和车覆的经验和教训，以决定今后的走法。现在正是这样的时候了。而且，我认为，应该回头看的不仅仅是一个人，一个组织，一个国家，而是整个的世界。

正在这样关系到人类前途的关键时刻，上海远东出版社不惜人力物力，编辑出版了一套《20世纪外国文化名人书库》，实在是顺乎潮流，应乎人心的壮举，我想，谁也不会吝惜对此举的赞誉。出版社提出的方针，虽然重点是放在人文精神上，然而，大家都会理解，人文精神是指导人类社会前进的关键精神，它是龙头，它同推动人类社会前进的物质的和精神的努力，是密不可分的，抓住人文精神这一条纲，则纲举而目张，提要而勾玄。这实在是一个非常聪明的打算。

为什么单单举出“外国文化名人”呢？中国《诗经》上说：“他山之石，可以攻玉。”这两句富有哲理而又明了形象的话，千百年来，为中国人民所接受，广为流传，几乎家喻户晓。远东出版社之所以选外国名人，我想其故就在这里。

对于入选的这几十位“名人”中的某一些人，中国学术界肯定会有不同的意见。这是很自然的事，不足为怪，不这样才是怪事。但是，我相信，对绝大多数的入选者来说，大家都会同意的。这些名人，时代有先后，治学有专精，影响有大小，造诣有高低。但是，他们在不同程度上影响了过去一个世纪世界人文精神的发展，则是没有问题的。我们常讲，对世界上万事万物都要一分为二。对这些“名人”，当然也不能例外。我们一定要分清他们思想中的精华与糟粕，以便决定我们的去取。这话实际上已成为老生常谈，不用我说，大家也会明白的。

但是，我们拿一个什么样的标准来分清精华与糟粕，来决定我们的去取呢？精华与糟粕，说起来明白如日月经天，但实则是泾渭并不分明，而且随时代的推移，有时候还会转化，我们绝不可掉以轻心。我个人的想法是，标准只有一条，那就是“以我为主”，不能喧宾夺主；以我们目前的需要为主，绝不能陈义过高或过低，提出一些不切实际的想法或者甚至幻想，那样是有害无益的。

我们目前的需要是什么呢？我们是一个有12亿人口的大国，目前正在进行着建设有中国特色的社会主义社会。这是一件空前伟大的工作，直接的借鉴，中国没有，外国也不会有。但是，间接的借鉴，就算是“前车之覆”吧，则是能够找到的。我说的“以我为主”，就是指以我国当前的实际为主。外国名人的思想中，对这个当前的实际有用的，我们则吸收之，否则则扬弃之。这是天经地义，用不着探讨与辩论。

但是，非常遗憾——至少我这个喜爱忧天的杞人觉得遗憾，我发现我们学术界少数人有一种不正之风，“不正”二字加起来就成为“歪”字，说不好听一点就是“歪风”，还需要再加上两个字“邪气”，才算完整。他们拜倒在外国“名人”，或者并非“名人”，或者在成为名人之前已经销声匿迹的“预备名人”，拜倒在这些人的脚下，战栗觳觫。一听到中国人有什么新的理论，就笑得连鼻子都想笑歪，鄙夷之态可掬。用“崇洋媚外”这个词儿，有点刺耳，就改用一个比较文雅一点的“贾桂思想”吧。在这些人眼中，只有外国人才有资格，才有能力，才有天才，才有权利来创建新理论。在国际学坛上，中国只能成为一个“无声的中国”。对于这种现象，我实在觉得悲哀而又凄凉，可叹而又吃惊。

我对眼前外国各种学科的新理论要说知道得很多，那不是事实，而是吹牛。要说我一点都不知道，那也不是事实，则是撒谎。我对这些新理论了解一个大概其，有些新理论，就像时装一样，“蟪蛄不知春秋”。我曾套用赵翼的两句诗“江山年有才人出，各领风骚数十天”，说明我对这些风起云涌转瞬又风吹云散的所谓理论的看法。对待这些新理论，我的态度是：我们必须学习，必须弄通，然后实事求是地予以公允的评价。拒而不学，决不应该；顶礼膜拜，大可不必。后者不应该是一个学人，不管是中国的还是外国的学人应有的态度。眼前我们最重要的工作是彻底扬弃“贾桂思想”，还我一个堂堂正正身。

现在，这一套“书库”已经整整齐齐地摆在我们眼前了。外国的原作者都可以算是“名人”，书中包含着他们的智慧，当然是精华与糟粕并存，经验与教训共处。我们应当怎样对待这一套书呢？我个人认为，我在上面刺刺不休地讲的那一些话，就是我们对待这一个书库的准则。首先，书中必有“前车之鉴”，关键在于我们怎样去识别和利用。其次，这一些书都是“他山之石”，我们用它来“攻”我们的“玉”。最后，“以我为主”，以我们当前的需要为主，这一点无论如何也不能忽视。我们要按照我们当前的需要，来细致鉴别书中的精华与糟粕，以决定吸取或者扬弃，主动权完全掌握在我们手中，这一点是含糊不得的。如果某一些富于“贾桂思想”的人士，在膜拜当今外国那一批风云变幻，乍起又落的“名人”、“准名人”或“候补名人”之余，又来膜拜这一批已经成为“名人”的大菩萨，则我期期以为不可。

1997 年 8 月 12 日

《沧桑十年》序

所谓“无产阶级文化大革命”是中国五千年历史上一场空前的大灾难，这一点现在几乎没有人敢反对了。我个人认为，我们眼前的首要任务，不是追究哪一个人或哪一些人的责任或者罪行，而是不要放过这个千载难遇的机会，研究一下它产生的原因，真实公正地记录下它发展的过程，给我们后世子孙留下一点难得的经验和教训，使我们这个伟大的民族不要再蹈覆辙，不要再演出这样骇人听闻的悲剧。我认为，这是我们这些亲身陷入这场“浩劫”的人们的不可推卸的责任。

我现在痛苦地发现，“浩劫”结束才不过二十来年，今天再同年轻人谈到“浩劫”中的一些真实的情况，他们竟瞪大了迷惑的双眼，认为我们是谈“天方夜谭”，是“海客谈瀛洲”，他们决不相信的。在另一方面，许多真正蹲过牛棚，受过迫害的人们，由于自然规律的作用，已经离开了这个世界，他们记忆中那些极可宝贵的经历，特别是受迫害的经历，随着他们的消逝而永远消逝了。这是我们民族的损失，绝不是个人的问题。照这样下去，随着时间的推移，走的人越来越多，消逝的记忆也越来越多，再过上十年八年，这一场空前的悲剧真会变成了“天方夜谭”。我们许多人的血白流了，性命白丧失了，应得的教训白白放过了。说不定到了什么时候，气候和环境一旦适合，这一场惨绝人寰的悲剧又会在我们神州大地上重演。

就是由于这个原因，出于这样的考虑，我出版了我写的《牛棚杂忆》。我的主要论点是：不管是打、砸、抢者，还是被打、砸、抢者，我们基本上都是受害者。前者是糊涂油蒙了心，做出了伤天害理的恶事；后者是在劫难逃，受了皮肉之苦，甚至丢掉了性命。我自己属于后者，是“明知山有虎，偏向虎山行”，是自己跳出来的，结果一下子就跳进了牛棚，险些把小命丢掉。然而我却一直到1976年“四人帮”垮台，还在拥护“文化大革命”。这不也是糊涂油蒙了心吗？

一个人，一个团体或组织，甚至一个国家或一个民族，犯点错误，是不可避免的。关键是犯了以后怎样对待。对待之方，不出两途：一是掩盖，一是坦率承认。前者文过饰非，讳疾忌医，结果是往往自食其果，到了以后某一个时候，旧病复发。轻则病魔缠身，不能自脱，重则呜呼哀哉，终于抱恨。我个人认为，聪明人，还有点良心的人，或组织或国家民族应采取后者的态度。中国古人说：“君子之过也，如日月之蚀，人皆见之。”蚀过之后，天日重明，绝无损于日月之光辉。

“文化大革命”既然已经发生了，就无法不承认这个事实。在这里，有两类人至关重要：一类是害人者，一类是被害者。那一群广大的旁观者是怎么想的，怎么看的，就应该排在次要的位置上了。对那些害人者也应该区别对待。绝大部分是由于糊涂油蒙了心而害人的，在某种意义上来讲，他们也是受害者，这一点我在上面已经说过。对这种人，我只期望他们反躬自省，这对于他们今后的做人会有极大的好处的。但在害人者之中有一小撮人则应另当别论。这种人挖空心思，采用一些极其残酷的匪夷所思的手段折磨别人，比医学上所谓“迫害狂”还要厉害百倍千倍，说他们是畜生，是抬高了他们，他们应当位居畜生之下。当年我在德国曾参观一个法西斯集中营，一位当年的“犯人”而今天是幸存者告诉我们说：“一位法西斯看守人员，每天晚上必须亲手枪毙一个‘犯人’，陈尸床下，他才能在醉醺醺中睡去，否则就睡不着觉。”中国“十年浩劫”中那一小撮折磨人的人，同这个法西斯有何区别！畜生能干得出这样的事来吗？然而，这一小撮人，虽然当年被划为“三类分子”，而今却一变而飞黄腾达，有的竟官居要津了。难道说，这些人不是我们社会主义社会潜伏的癌细胞吗？要这些人拿出良心来写一点当年折磨人迫害人的实际行动和心理状态，如果他们做了，这会给我们子孙后代留点极其宝贵的遗产；然而，这是与虎谋皮，戛戛乎难矣哉！

现在，我们只能寄希望于那些受害者了。这些人是“童子何知，躬逢胜饯”。他们有幸成为这一场空前的、千载难遇的悲剧的参与者，其中有一些“自绝于人民”者，无从追踪了。我们这一些厚着脸皮活下来的人，决不应当错失良机，无所作为，否则就对不起这个上天的恩赐。我的意思是说，我们应当像我在本文开头时所说的那样，真实、公正、平允、客观地写下我们当年的遭遇，给后世子孙留一点极可宝贵的、千金万金难买的教训，杜绝这样悲剧的再发生。

前不久，我发表了我的《牛棚杂忆》。完全出乎我的意料，在极短期间竟成了一部畅销书，同一些明星、名主持人、名演员的书共同陈列街头巷尾、地铁、车站的小书摊上，“世间多少伤心事，到处听人说牛棚”，找我签字者络绎不绝。我舞文弄墨一辈子，原来我并没有特别垂青于《牛棚杂忆》，写的时候也是颇为随便的。可是最近听人说，我写到《牛棚杂忆》，就达到了光辉的顶点，今后大概不会再有了。

我曾苦口婆心地劝说我的“棚友”们写下自己的经历，然而言者谆谆，听者藐藐，我感到极大的失望。现在“棚友”马识途同志的《沧桑十年》可能就要问世了。马识途“棚友”的经历同我是不同的，他是老革命，是著名的作家。他在牛棚中的经历，同我大同而小异，殊途而同归。他肯写出来，对我来说，实如空谷足音。我翻看了他的原稿，觉得他的写法同我不完全一样，他写得更详尽、更质直，但是我们的目的却完全一样，是我们留给后代的最佳礼品：

它带去的不是仇恨和报复，
而是一面镜子，
从中可以照见善和恶，美和丑，
照见绝望和希望。
它带去的是对我们伟大祖国和人民的一片赤诚。

1998年6月4日

《世纪清华》序

唐代大诗人元稹有一首著名的诗："寥落古行宫，宫花寂寞红。白头宫女在，闲坐说玄宗。"讲的是唐玄宗的一座行宫，在开元、天宝时期，一定是富丽堂皇，美轮美奂。然而，时移世迁，沧海桑田，到了今天，已经寥落不堪，狐鼠成群。当年大概也属于"后宫粉黛三千人"的一些宫女，至今已老迈龙钟，便被流放在这一座离宫中，白发青灯，宫花寂寞。剩给她们的只是寂寞、孤独、凄凉、悲伤；留给她们的只有回忆，回忆当年的辉煌，从中吸取点温馨。她们大概都是相信轮回转生的；她们赖以活下去的希望，大概只有渺茫幽杳的来生了。

现在收入我们这一本集子中的文章，都属于回忆一类，是清华人自己回忆水木清华的。写的人有的出身于清华学校，有的人出身于清华大学；有的人已经离开人世，有的人还活在人间。活着的人大都已成了"白头宫女"，这一点是毫无疑问的。但是，同样是回忆，我们今天清华人的回忆，却同唐代的老宫女迥异其趣，有如天渊。我们不是"闲坐说玄宗"，我们是"白头学士在，忙中说清华"。我们一不寂寞、孤独，二不凄凉、悲伤，我们绝不是"发思古之幽情"。

那么，我们为什么写这样的回忆文章呢？

几年以前，我曾揭橥一义：怀旧回忆能净化人们的灵魂，能激励人们的斗志，能促使人们前进，能扩大人们的视野。试读集中的文章，或回忆水木清华之明秀；或回忆图书馆收藏之丰富和实验室设备之齐全；或回忆恩师们之传道授业，谆谆教诲；或回忆学友们之耳鬓厮磨，切磋琢磨。清华园中的一山一水，一草一木；师友们的一颦一笑，一词一语，无不蕴含着无量温馨。西山紫气，东海碧波，凝聚于清华园中，幻成一股灵气。天宝物华，地灵人杰，几十年来清华造就了大量人才，遍布全中国，扩大到全世界，行当不同，各界都有，而且都或多或少地做出了自己的贡献，岂无因哉！回忆到这一切的时候，哪一个清华人会不感到温馨，感到自豪呢？白头学士，忙说清华，岂无故哉！在这样的情况下，我们的忆旧，能不净化我们的灵魂吗？

“净化”二字是我从古代希腊 Catharsis 一词借来的。古希腊哲学家主张，悲剧能净化人们的灵魂。他们自有一番说法，是很能持之有故，言之成理的。我借来一用，也有我的说法。我同古希腊的说法，不是没有相通之处的，但是，基本上是“外为中用，古为今用”的。我相信，我的说法也是能持之有故，言之成理的。这个“净化说”能不能用到唐朝的“白头宫女”身上，我姑且存而不论。用到清华的“白头学士”身上，却是毫无疑义的。

今天清华的“白头学士”也同唐代“白头宫女”一样会看到我们的未来。但是，我们的未来绝不是来生。那一套我们是不相信的，也是用不着相信的。我们要看的未来是就要来到我们眼前的21世纪，以及其后的还不知道多少世纪。今天的清华已经有了过去的辉煌和眼前的辉煌。但是，清华人——其中包括本书中忆旧的这一批清华人在内——并不满足于过去的辉煌和眼前的辉煌。我们看得更远，更高。我们看到的是比过去和眼前辉煌到不知多少倍的未来的辉煌，我们对全中国和全世界还会做出更大的贡献。我们这些“白头学士”虽然垂垂老矣，但是我们是有后来人的。清华今天在校的学生，以及还不知道有多少届未来的学生，都是后来人。我们是暂时的，但是清华却会永存。

1998年7月28日

《清华旧影》序

是由于因缘和合呢，还是出于一种什么神力？清华大学竟然诞生在“水木清华”这个地方。“清华”二字连用，中国古代典籍中已有先例，十分确切的解释也还没有。我们现在就利用模糊语言的理论，先模糊它一下子。一看到“清华”这两个字连在一起，立即产生一个印象：清新俊远，生机盎然。我想，这是人之常情。

奇怪的是，将近九十年来的清华学风和校风，我认为，只有这八字可以概括。

先放下我这一套拆字算卦的把戏，谈一点实际的问题，说一点实际的经验和体会。在全国两座最高学府北大和清华这一个双子星座中，我在清华待过四年，在北大待了五十二年，我应该说是最有资格谈论两个学校的个性的人。两个学校当然有一些共同的地方，比如永远革命，永远向前，重视学术，重视育才，同为我们国家培养了大量优秀人才。但是，两者间不同之处也异常突出，皎如日星。勉强打一个比喻的话，清华似李白，北大如杜甫，这可以意会而不可言传，其他的比喻，由读者自己去打吧。

我现在不是在谈北大和清华的对比问题，而是在谈清华，特别是清华的“旧影”，北大暂且不去谈了。

清华的“旧影”有什么可谈的呢？

在这里，我必须又要扯远一点，否则问题就说不明白。我曾应《光明日报》韩小蕙小姐之邀，写过一篇回忆母亲的文章《赋得永久的悔》。题目是她出的，文章是我写的，形似科举，宛如八股，因此名之曰“赋得”。题与心合，正中下怀，于是笔走龙蛇，文不加点，一气呵成，生平快事。此文得到了意外的——其实也是意内的——强烈的反响，得到了最高文学奖，获得了大量的读者和爱好者，至今还能接到读者的来信。其中一封信给我留下的印象最深。这是武汉大学的两位研究生写来的，文笔流利畅达，感情诚挚恳切，可见他们对中国文化和文学造诣之高。他们提出了一个观点：爱国必自爱母始。这观点多么平易近人，但又是多么石破天惊；多么明白易懂，但又是多么切中肯綮。乍读之下，我的心立即颤抖起来，钦佩之情，油然而生。

我想把这个观点引申一下：爱国必自小处爱起，必自近处爱起，必自身旁爱起。国家是一个大概念，几乎是广阔无垠的。世界上没有无缘无故的爱，也没有无缘无故的恨。我们之所以爱这个广阔无垠的国家，存在决定意识，这个爱必有决定之者。笼统说起来，决定之者也并不难找。我们有五千年光辉灿烂的文明，我们对人类做出了巨大的贡献，我们有勤劳、勇敢、智慧的人民，几千年中，我们大都有“边患”，受到最初是外来民族（今天有的已经融入中华民族大家庭中）的侵扰，甚至屠杀，我们产生了世界、历史上最多的最著名的爱国者。如此等等，不一而足。因此，我们这个国家是必须爱的。有这样的国家而不爱，是违反天理，违反人情的。

但是，正如我在上面所说的，国家这个概念毕竟太大了。我们每天在国家中，我们又往往会感到见不到国家在哪里。我们能够见到的，能够感觉到的往往是我们身边的人和事。只有感到身边的人和事可亲可爱，才能推而广之，大到一个城市和一个地区，最后大到国家。这样产生的爱才真正是摸得着看得见的，才真正是具体的，才真正能持久。爱国必自爱母始，就是一个最好的最具体的例子。

爱国必自爱母始，这一点已经成为事实。爱国为什么不能自爱校始呢？只要读一读这一部《清华旧影》，就必须承认爱国也能从爱校始的。

试读本书中选入的文章，不管是“校史沿革篇”，还是“清华求学篇”，或是“逝者如斯篇”，篇篇怀旧的对象不同，抒发的感情不同，但是，不管有多少小“异”，却有一个大“同”。我们写这样的文章，绝不是仅仅想“发思古之幽情”，我们回忆“旧影”，我们另有新图，我们获得了全新的收获。我们回忆水木清华，我们回忆良师益友，我们回忆园中的一草一木，一山一水，我们回忆一切美好的东西，所有这一些回忆带给我们的是一种无法用言语形容的温馨。我们的母校清华是极端可爱的，由不得我们不去爱她。但是清华是伟大祖国的一部分，西山紫气，东海碧波，共同成为清华的屏障和背景。这些都是伟大祖国的一部分，由不得我们不爱我们伟大的祖国。爱国必自爱校始。

“难道你们这一部书是只给清华人看的读的吗？”我仿佛听到有人这样质问了。我敬谨答曰：“不是，绝对不是！”清华非清华人之清华，她是全国十几亿人口的清华，谁也没有权力把清华据为己有。况且，以中国之大，除了清华外，还有许许多多别的大学，哪一个大学的人不热爱自己的学校呢？再况且，以中国之大，除了大学以外，还有别的组织机构。除了组织机构以外，还有广大的人民群众和广大的地区。如果每个人都爱自己的地区和机构，都爱自己的学校，这一些都是极其珍贵的“小爱”。如果清华人以外的人也都读一读我们这一本决非专为清华人所写的书，他们也都会感受到一种温馨，一种爱。把这些“小爱”融合在一起，一定会孕育出一种其大无垠的“大爱”，大家共同爱我们伟大的祖国。

1998 年 7 月 29 日

《中国文化名人忆母亲丛书》序

大千世界，爱有多端，但是最纯真、最无私、最无要求回报之心，几乎近于本能的爱，就是母爱，古今名人谈到母亲的文章，不胜枚举。我为什么只信“古今”而不讲“中外”呢？因为在这一方面，中外是不相同的。

谈到母亲，或回忆母亲的文章虽然极多，可是我在汗牛充栋的中国的古今典籍中，从来还没有见到哪一个文人学士把这方面的文章搜集在一起供人阅读的。我们不得不承认这是一件极大的憾事。

在年高德劭为众人所尊敬的钟敬文先生的启迪下，邓九平和他的友人们，付出很大的劳动和很多的时间，穷搜博采，搜集现当代数百位作家、学者、艺术家回忆母亲的文章，这种异想天开有如张骞凿空之盛举，完全弥补了上面提到的憾事。他们给学术界立了一大功，将会受到中国学术界以及一般人民大众的欢迎，这是毫无问题的。

谈母亲的文章有什么重要的价值和意义呢？每个人一生下来，感受到人间的第一爱就是母爱，告诉他人间并不凄清而是充满了温暖的是母亲。但是人间毕竟不总是充满了温暖的，你前进的道路上也并不总是铺满了玫瑰花。“人有悲欢离合，月有阴晴圆缺，此事古难全”，遇到欢的时候，你会情不自禁地想到要分给母亲一份；遇到悲的时候，你只要一想到母亲，你就会立即喜上心头，化悲为喜，又抖擞精神，抬起头来，勇敢地冲向人生的前程。

我曾经有一个说法：回忆能净化人的灵魂，我至今仍坚持此说。你可以回忆你的老师，回忆你的朋友，回忆你的所有亲爱者，所有这一切回忆都能带给你甜蜜和温馨，甜蜜和温馨不正是净化和抚慰你的灵魂的醍醐吗？但是，对母亲的回忆又岂是对老师对朋友等的回忆所能媲美的呢？

我是一个从小就失去母爱的人。这是我心灵中最大的创伤，虽起华佗或岐伯于地下，也是无法治愈我这个创伤的。我一生走遍了大半个地球，不管到了什么地方，也不管是花前月下，只要想到我那可怜的母亲，眼泪便立即潸潸涌出。一直到了今天，我已是望九之年，还常有夜里梦见母亲哭着醒来的情况。嗟乎！此生已矣，我又不相信来生，奈之何哉！奈之何哉！

《韩诗外传》上说："树欲静而风不止，子欲养而亲不待。"这是古今同恨的事。唯愿读这一套书的读者们，仔细玩味每一篇文章中所蕴含的意义，考虑一下自己对待父母的情况，再背诵一下孟郊那一首有名的诗：

慈母手中线，游子身上衣。
临行密密缝，意恐迟迟归。
谁言寸草心，报得三春晖。

读者们如能做出应有的结论，庶几不致辜负这一套珍贵的书的期望。

1998年10月26日

《人生漫谈》自序

约摸在三年前，我接到上海《新民晚报》“夜光杯”版的编辑贺小钢（我不加“同志”、“女士”、“小姐”等敬语，原因下面会说到的）的来信，约我给“夜光杯”写点文章。这实获我心。专就发行量来说，《新民晚报》在全国是状元，而且已有将近七十年的历史，在全国有口皆碑，谁写文章不愿意让多多益善的读者读到呢？我立即回信应允，约定每篇文章一千字，每月发两篇，主题思想是小钢建议的。我已经是一个耄耋老人，人生经历十分丰富，写点“人生漫谈”（原名“絮语”，因为同另一本书同名，改）之类的千字文，会对读者有些用处的。我认为，这话颇有道理，我确已经到了望九之年。古代文人（我非武人，只能滥竽文人之列）活到这个年龄的并不多，而且我还经历了中国几个朝代，甚至有幸当了两个多月的宣统皇帝的臣民。我走遍了世界三十多个国家，应该说是识多见广，识透了芸芸众生相。如果我倚老卖老的话，我也有资格对青年们说：“我吃过的盐比你们吃的面还多，我走过的桥比你们走过的路还长。”因此，写什么“人生漫谈”，是颇有条件的。

这种千字文属于杂文之列。据有学问的学者说，杂文必有所讽刺，应当锋利如匕首，行文似击剑。在这个行当里，鲁迅是公认的大家。但是，鲁迅所处的时代是阴霾蔽天，黑云压城的时代，讽刺确有对象，而且俯拾即是。今天已经换了人间，杂文这种形式还用得着吗？若干年前，中国文坛上确实讨论过这个问题。事不关己，高高挂起，我并没有怎样认真注意讨论的过程和结果。现在忽然有了这样一个意外的机会，对这个问题我就不能不加以考虑了。

自从改革开放以来，20年内，原先那一种什么事情都要搞群众运动，一次搞七八年，七八年搞一次的十分令人费解的时代，已经一去不复返了。光天化日，乾坤朗朗，我国在政治、经济、文化、教育等各个方面都有了显著的进步和变化。人民的生活有了提高，人们的心情感到了舒畅。这个事实是谁也否定不了的。但是，天底下闪光的不都是金子。上面提到的那一些方面，阴暗面还是随处可见的。社会的伦理道德水平还有待于提高，人民的文化素质还有待于改善，丑恶的行为比比皆是。总之一句话，杂文时代并没有过去，匕首式的杂文，投枪式的抨击，还是十分必要的。

谈到匕首和投枪，我必须做一点自我剖析。我舞文弄墨，70年于兹矣。但我始终认为，这是自己的副业，我从未敢以作家自居。在我眼目中，作家是一个十分光荣的称号，并不是人人都能成为作家的。我写文章，只限于散文、随笔之类的东西，无论是抒情还是叙事，都带有感情的色彩或者韵味。在这方面，自己颇有一点心得和自信。至于匕首或投枪式的杂文，则决非自己之所长。像鲁迅的杂文，只能是我崇拜的对象，自己绝不敢染指的。

还有一种文体，比如随感录之类的东西，这里要的不是匕首和投枪，而是哲学的分析，思想的深邃与精辟。这又非我之所长。我对哲学家颇有点不敬。我总觉得，哲学家们的分析细如毫毛，深如古井，玄之又玄，玄妙无门，在没有办法时，则乞灵于修辞学。这非我之所能，亦非我之所愿。

悲剧就出在这里。小钢交给我的任务，不属于前者，就属于后者。俗话说，扬长避短，我在这里却偏偏扬短避长。这是我自投罗网，奈之何哉！

小钢当然并没有规定我怎样怎样写，这一出悲剧的产生，不由于环境，而由于性格。就算是谈人生经历吧，我本来也可以写“今天天气哈，哈，哈”一类的文章的，这样谁也不得罪，读者读了晚报上的文章，可以消遣，可以催眠。我这个作者可以拿到稿费。双方彼此彼此，各有所获，心照不宣，各得其乐。这样岂不是天下太平，宇宙和合了吗？

然而不行。我有一股牛劲，有一个缺点：总爱讲话，而且讲真话。谎话我也是说的，但那是不得已而为之的，更多的还是讲真话。稍有社会经历的人都能知道，讲真话是容易得罪人的，何况好多人养成了“对号入座”的习惯，完全像阿Q一样，忌讳极多。我在上面已经说到过，当前的社会还是有阴暗面的，我见到了，如果闷在心里不说，便如骨鲠在喉，不吐不快。我的文字虽然不是匕首，不像投枪，但是，说不定什么时候就会碰到某一些人物的疮疤。在我完全不知道的情况下，就树了敌，结了怨，这是我咎由自取，怪不得他人。

至于另一种文体，那种接近哲学思辨的随感录，本非我之所长，因而写得不多。这些东西会受到受过西方训练的中国哲学家们的指责。但他们的指责我不但不以为耻，而且引以为荣。如果受到他们的赞扬，我将斋戒沐浴，痛自忏悔，搜寻我的“活思想”，以及“灵魂深处的一闪念”，坚决、彻底、干净、全部地痛改前非，以便不同这些人同流合污。讲到哲学，如果非让我加以选择的话，我宁愿选择中国古代哲学家的表达方式，不是分析，分析，再分析，而是以生动的意象，凡人的语言，综合的思维模式，貌似模糊而实颇豁亮，能给人以总体的概念或者印象。不管怎么说，写这类的千字文我也决非内行里手。

把上面讲的归纳起来看一看，写以上说的两类文章，都非我之所长。幸而其中有一些文章不属于以上两类，比如谈学习外语等的那一些篇，可能对读者还有一些用处。但是，总起来看，在最初阶段，我对自己所写的东西信心是不大的，有时甚至想中止写作，另辟途径。常言道，实践是检验真理的唯一标准。出我意料，社会上对这些千字文反应不错。我时常接到一些来信，赞成我的说法，或者提出一些问题。从报纸杂志上来看，有的短文——数目还不是太小——被转载，连一些僻远地区也不例外。这主要应该归功于《新民晚报》的威信，但是，自己的文章也不能说一点作用都没有起。这情况当然会使我高兴。于是坚定了信心，继续写了下去。一写就是三年，文章的篇数已经达到70篇了。

对于促成这一件不无意义的工作的《新民晚报》“夜光杯”栏的编辑贺小钢，我从来没有对于性别产生疑问，我也从来没有考虑过这个问题。试想钢是很硬的金属，即使是“小钢”吧，仍然是钢。在我的想家中，贺小钢一定是一位身高丈二的赳赳武夫。我的助手李玉洁想的也完全同我一样，没有产生过任何怀疑。我们通信三年，没有见过面。今年春天有一天，上海来了两位客人。一见面当然是先请教尊姓大名，其中有一位年轻女士，身材苗条，自报名姓：“贺小钢。”我同玉洁同时一愣，认为自己的耳朵出了问题，连忙再问，回答仍然是

“贺小钢”。为了避免误会，还说明了身份:上海《新民晚报》“夜光杯”的编辑。我们原来认为是男子汉大丈夫的却是一位妙龄靓女，我同玉洁不禁哈哈大笑。小钢有点莫名其妙。我们连忙解释，她也不禁陪我们大笑起来。古诗《木兰诗》中说:“同行十二年，不知木兰是女郎。”这是古代的事，无可疑怪。现在是信息爆炸的时代，上海和北京又都是通都大邑，竟然还闹出了这样的笑话，焉能不叫人哈哈大笑?这也可能算是文坛——如果可能我们都算是在文坛上的话——上的一点花絮吧。

就这样，我同《新民晚报》“夜光杯”的文字缘算是结定了，我同小钢的文字缘算是结定了。只要我还能拿得起笔，只要脑筋还患不了痴呆症，我将会一如既往写下去的。既然写，就难免不带点刺儿。万望普天下文人贤士千万勿“对号入座”，我的刺儿是针对某一个现象的，决不针对某一个人。特此昭告天下，免伤和气。

1999年8月31日

《季羡林文集·续编》说明[①]

《季羡林文集》已经出完了24卷，其中所收的文章，起自我十几岁时所写的一些十分幼稚的东西，时间下限截止到1992年，时间跨度约为七十年，算是告一段落。所谓段落并没有严格的规定，只是偶然在那个时候编完，偶然又从那个时候出版，如此而已。其中也有两个例外，一个是长达80万字的《糖史》，一个是用英文写成的《吐火罗文A（焉耆文）〈弥勒会见记剧本〉译释》。出版家认为这两部书分量重、意义大，唯恐出版晚了，影响本《文集》的价值，主张打破时间界限提前收入，我个人则是无可无不可，完全同意了。

我还活着，虽然年迈，但还不算太昏聩，还能够思考，还能够写作。编完24卷时，我已经想到，《文集》还要继续出下去的，等到我走了，或完全不能写作时，就改称《全集》，为我一生的写作画上一个句号。

编辑前24卷《文集》时，我们遵行几条原则：在排列顺序上把散文创作排在最前面，后面以题材和体裁为标准，分门别类划分了几卷，时间先后不是标准，最后殿以翻译作品《罗摩衍那》。我在一篇后记中讲到，出版24卷以后的若干卷时，由于文章积累不会太多，无法严格分类，因此就采用编年的形式，按文章发表的时间顺序加以编排，不再计较文章的内容。但在实际编排过程中，发现了新问题，不得不把编排原则稍加变动。除了零篇的文章外，还有几部内容相当长的整部的作品，若与零篇文章等同编排，内容很不协调，所以决定把

① 《季羡林文集·续编》未编成出版。

这样的著作单独编排，编成独立的卷，以醒耳目而便读者。

在编纂前24卷时，实际上我们也是有一个编纂原则的，只是在任何地方都没有加以说明。现在继续编纂，我想把原则明确提出来，略加说明，我的原则是四个字，两个概念：求全，存真。

所谓求全，就是把过去70年来所写所译的东西尽量收集齐全，不遗漏一篇。这样长的时间跨度，又经历了几个性质完全不同的时代，再加上受自己天资的限制，所写的东西不可能完全都是好的。观点，包括政治观点在内，不可能完全都是正确的，而且政治观点的正确与否完全是相对的，绝不是绝对的。在这样的情况下所写的文章怎么能一贯正确呢？古代文人到了晚年往往自订文集，殚精竭虑，选精拔萃，把自己一生的文章仔仔细细地审查一遍，把自己不满意的全部删除，只留下自己认为满意的若干篇编为文集，藏之名山，传之其人。听说当代也有一些文人，到了晚年，自订文集，采取上述的古人的原则。这种做法，我期期以为不可，总觉得这有点欺骗读者的嫌疑。我最讨厌说什么是什么的上帝，但我现在不得不说"读者是作者的上帝"。上帝是不能、不应欺骗的。自己的一生是个什么样子，应该赤裸裸地摆在上帝面前，由上帝去去伪存真，去粗取精，从而能够得到点有益的东西，这是唯一的正道。

其次谈存真。存真是不删改文章，与求全的不删掉文章密切联系。除了明显的错别字外，一律不改，特别是对于年轻时的作品更不想用今天八九十岁的水平来加以窜改，不能让年轻的脸上于思于思，以假乱真。对某一些引证的错误，我也主张，除了加注纠正外，也一律不加改动。鲁迅《阿Q正传》第一段对《赌徒别传》的作者就引错了，但他并不改正。我想效法鲁迅。这样做有什么意义呢？我觉得，其意义就在于示人以本来面目，不加伪装，不加藻饰，让读者实事求是地了解自己，以决定去取。金无足赤，人无完人，人所共喻，古有明训。我想说几句近似开玩笑的话。坐在圣庙里的圣贤，其塑像无不威仪俨然，他们生时确有威仪俨然的时候，但也会有不是这样的时候。古人说：闺房之内有甚于画眉者，我们的圣贤就不会有这种情况吗？

编纂的办法，上面已经谈过，这里不再重复。

在编纂《文集》最后八卷时，主其事者是我长期的助手李玉洁女士和我的学生高鸿博士。他们留心收集原稿，精心加以编纂，做了大量的工作。如果没有他们参加的话，这后 8 卷是出不成的。我对他们致以诚挚的谢意。江西教育出版社的周榕芳社长、杨鑫福副社长、吴明华编审有远见卓识，在出完了 24 卷以后，又继续出版这后 8 卷。我无论如何也不能不对他们表示发自内心的感谢。

2000 年 3 月 20 日

《人生小品》序

常言道，老马识途。这话是正确的，因为禁住了实践的检验。

老人能不能识途呢？我看未必。马们有自己的一套特异功能，而人们虽然有思想，脑筋复杂，却缺少那种特异功能，未必真能识途。有些老人常常以老自傲，对青年人说什么“我吃的盐比你吃的面还多，我过的桥比你走的路还长”。这种话是信不得的，与江湖术士的话差不太多。

但是，话又要说回来，一个人老了，他毕竟经历的事情多，不管是盐还是面，都比年轻人吃得多。阳关大道，他走过；独木小桥，他也踏过。车马盈门，他有过；世态炎凉，他也尝过。他替别人抬过轿子，别人也替他抬过轿子。总之，一句话，世事把他塑造成了一个世故老人。

我窃自附于这样的老人。虽然我禀性木讷，不擅义理，但是，最近几年以来，却忍不住写了一些总名之为“人生漫谈”的短文，已经出过几本小册子。现在于青同志又编选这一册《人生小品》，我感谢她的鼓励，同意她的做法。野叟献曝，对青年人也许有点用处吧。这是我的希望。是为序。

2001年2月18日

《千禧文存》自序

这一本小册子是周奎杰女士、张世林先生和李玉洁女士共同策划的。它收集了我在2000年所写的除了《龟兹焉耆佛教史》以外的全部散文、杂文、序等文章。他们的用意是，给我在世纪转折的一年中的笔墨生涯留下点痕迹，并对我今年的90寿辰表示点庆祝之意。所有这一切，我都是感激的。

去年这一年可以分为两大阶段，五月中下旬以前是“目中无人”的阶段，以后是“大放光明”的阶段，转折点就在眼睛上。在前一阶段，我那动过白内障手术的右眼又长出了一层薄膜，把眼球蒙住了，几乎完全失明。没有动过手术的左眼视力只有0.2。我走在路上看不见人，看不清脚下的台阶。在家里，我就靠这点微弱的视力同稀奇古怪的文字拼命，探讨龟兹和焉耆佛教传入和发展的情况。同人们打交道，对面相距二尺，才能识得庐山真面目，窘态可掬，心中郁闷。忍到五月下旬，我下决心来一个“二进宫”，再次住进了同仁医院，右眼打激光，左眼动手术。二者进行得都非常顺利，于是“大放光明”了。

这就是《千禧文存》产生的时代背景。

交代完了时代背景，我似乎就无话可说了，因为，要说的话在《文存》中，特别是在《九十述怀》中已经说了个淋漓尽致了，再说就难免有蛇足之嫌，自己写起来无聊，读者读起来乏味，费力不讨好，何苦为之！

抬头看窗外，荷塘里的冰虽然还没有全融化，嫩柳鹅黄仍然要等一些时候，但是，春意已经迎面扑来，玉兰花的蓓荚越来越大，我仿佛看到荷塘里淤泥中沉睡了一个冬天的荷花也已睁开惺忪的睡眼，打着哈欠，一旦头上的冰层融掉，就长出嫩叶，笔傲春风。我自己虽然不会冬眠，但也深切感到春意盎然。我今天已届九旬高龄。一个人的寿夭基本上不由自己来决定，我能够活到如此高龄，毕竟难得。同去年比较起来，缺一个“目中无人”的阶段，这是好事。所以，虽然增长了一岁，却觉得身心两健。希望在今年结束时，在舞文弄墨方面能够有更大更好的成绩，庶不致辜负这个新千年的第一年。

2001年3月1日

《新纪元文存》自序

今年春天，新世界出版社的周奎杰女士、张世林先生和我的助手李玉洁女士，共同想出了一个新招：把我在2000年所写的文章，除了《焉耆龟兹佛教史》以外，都搜集在一起，出一个集子，名之曰“千禧文存”。我在过去已经出过不少书了，但是这样做还是第一次，这可以说是一次新的尝试吧。以后的实践证明了，这一次尝试是异常成功的。春末交稿，出版社以最快的速度付印，发行。初版六千册，在不太长的时间内即销售一空，立即加印了五千册。这在我一生出版的书中，除了《牛棚杂忆》以外，是绝无仅有的。

山有根，水有源，大千世界中万事万物无不有其根源。《千禧文存》走红的根源是什么呢？难道是因为书中的文章字字珠玑，句句梦笔生花吗？否，绝不是的，有的文章连我自己都不喜欢，遑论读者。想来想去，根源只能有一个，就是文章新，都是在最近一年中制造出来的，不像我那些大量的散文选集，东选一篇，西选一篇，杂凑成集，重复在所难免。我个人认为，这样的选本出多了，是对读者的愚弄，是不道德的行为。可是这种不道德的行为我竟犯过多次。绝不是为名为利，而是抵挡不住组稿者的如簧之舌，只有败下阵来。我在一本散文集的自序中竟写出了这样的话：“如果读者认为集中文章重复过多，可以不买这一本书，只看一看自序就够了。”这有点像美国香烟盒上印上了dangerous（危险）这样的字样，多么可笑！又是多么可悲！不管怎样说，《千禧文存》没有这种现象，于是就获得了读者的青睐了。

我还想在这里给自己评点功，摆点好。这一本小书引起了一些连锁反应。

小书一出，许多年高德劭的著名学者，比如钟敬文、张岱年、侯仁之、何兹全、周一良、任继愈等先生，他们都早已功成名就，是出书的“消极分子”，轻易不肯把自己的著作拿出来出版的。这一次也都参加到“随喜”的队伍中来，为中国学坛增添了一些奇花异卉。为了这一件事，至少应该给我记一个六等功吧。

《千禧文存》小小的胜利，给三位策划者带来了颇大的欣慰。他们想依样画葫芦，把今年，也就是2001年我所写的文章收集在一起，编成一个集子出版。征求我的意见，我当然不会有异议的。事情就这样决定了。准备工作并不难。我先请李玉洁把我今年所写的全部文章的手稿搜集在一起。我今年写得最长的一篇文章《故乡行》，长达两万五六千字，稿子写完，还没有来得及再看上一遍。我只须再看上一遍，同其他稿子加在一起，便大功告成了。事情看上去就是这样简单。

然而，正如俗话所说的那样，“天有不测风云”。我仓促住进了医院。既然“仓促”，当然是急症。但是，请读者诸君放心，我得的绝不是“虎来拉”一类的急症，只不过是沉淀既久，一旦暴发而已，总之，来势颇为迅猛。看到马桶里鲜红的颜色，我一时目瞪口呆，大为吃惊。我在今年12月7日的日记中写道：“早晨一起来，在不太长的时间内，就便血四五次。这可能是一个不祥之兆。但是我却处之泰然，心情极为平静。文章照写不误。”实际上，我当时想了很多很多，浮想联翩，也想到了那一种最可怕的病。这种想法像是一团魔影萦绕在我的脑际，一直陪我到了西苑医院，又住进了301医院。即使是这样，我确实做到了日记中所说的“处之泰然”。这一点颇令我自己感到无限的欣慰。

近几十年以来，我成了陶渊明的忠实的崇拜者。首先我当然崇拜他的诗歌。其次我对他那带有道家色彩的人生观和世界观兴趣也越来越浓。他的四句诗，“纵浪大化中，不喜亦不惧。应尽便须尽，无复独多虑”，实际上已经成为我的座右铭。但是，话虽然说得很容易，关键是能不能身体力行。这就需要有真正的考验。对我来说，从突然发病一直到住进301医院，就是一次真正考验的过程。

我曾在北京几家最著名的大医院中查过体，比如北京医院、友谊医院等。后者是众所周知的北大合同医院。实际上，这个说法是不全面的。北大只有十几位一二级教授和学校领导的医疗关系是在友谊医院，其余都在北医三院。这十几个人在友谊医院享受的是高干待遇，每年查体一次。最初几年，我还有点积极性，遵照规定到医院去检查身体。为时既久，忽然萌生了厌烦的情绪。每次检查，先得饿上半天肚子，到了医院以后，敲敲打打、推推拿拿，到头来一切OK，一无所获。于是我就开始逃学，我已经有五年没有到友谊医院去查体了。

这一次，鬼使神差，来到了301医院。第一道关口仍然是检查身体。我原以为不过仍然是友谊医院那一套，不会有什么花样翻新的，因此我十分镇定，无动于衷。友谊医院那一套这里确实全有。可是不久我就发现，这里不但花样翻了新，而且翻得很厉害。许多体检设备我不但没有见过，连听说也没有听说过。我仿佛刘姥姥进了大观园，见了世面，开了眼界。我在这里必须补充一句话：我见到的友谊医院的体检设备，可能只是一部分，而不是全部。

但是，我现在的身份是一个病人，不是记者，不是一个旁观者。所有的这一切体检的设置，我当然不能，也没有必要一一尝试。但是其中有一些我要"以身试法"的。试过几次法以后，我才恍然大悟：这里的体检同友谊不一样。虽然同是高干待遇，但那里是在一年以内集中在一天检查，是大批量生产。门门俱到，科科都全，每个门口都排成了长龙。因此每个人所需要的时间必须大大压缩，有时难免草草了事。从早晨9点到12点，十几个检查都完整无缺地做完。打道回衙，万事大吉，再等第二年了。

在301医院却完全不是那个样子。我住在医院里，查体往往是单独进行的。我曾在许多部门里检查过身体，这里没有必要一一详细叙述。

我只举两个印象特深的例子。一次是检查头部，专门名称我没有记住，以前也从来没有做过。台子上摆满了稀奇古怪的仪器，荧屏上闪出了耀眼的光芒，上面显示出一些数字或者弧线什么的，闪烁不定。大夫手里拿着什么东西，按在我脑袋的许多部位上，一按荧屏上就出现弧线，是什么意思，我完全不懂。这一次体检用了将近一个小时。坐轮椅回到房间里，浑身疲惫不堪。另一次是检查肺活量，以前也从来没有做过。我原以为这玩意儿不会太麻烦。事实上还是真麻烦。我要遵照大夫的口令，或呼或吸。有时还要用尽全力去呼或吸，有时又要缓慢地呼或吸。大夫的口令不停，我的呼或吸也不停。原来认为不起眼的一次体检，竟用了一个多小时，结果是弄得我竟在寒冬中浑身上下大汗淋漓。

最伤脑筋的，经过反复思考甚至严重的思想斗争的，甚至有过一次大反复的是膀胱镜的试验。我患的病属于泌尿科。据说，在泌尿科中膀胱镜是最高的最后的检查方式。具体的过程是把一面极小的镜子通过尿道口送进去，一直进入膀胱。如此则平常无论如何看不到的膀胱内部的情况此时却了如指掌，如果其中有什么病变，轻的可以用激光消灭之，重的则需要动大手术了。我这一个外行，只是浮光掠影地一想，就觉得这玩意儿决不轻松，绝不会毫无痛苦的，问题只在痛苦大到什么程度。正在这时候，许多来病房看我的人，其中也有大夫，一提到膀胱镜，他们异口同声地说：痛苦。这引起了我的激烈的思想斗争。第一次斗争的结果是彻底的失败。我想到，自己已经活到91岁，离画句号的时间不太长了。这次体检的结果无论是没有问题，还是有严重的问题，我都泰然处之。不管怎样，胡乱对付上几年，不就可以涅槃了吗？我又何必忍受极大的痛苦搞什么劳什子膀胱镜呢？这完全是消极、悲观、苍凉的思想，一个健康的人是不应该有的。但我是一个不爱说谎话的人，我把我的想法竹筒倒豆子一般地全部告诉了我的主治大夫，并递上了一份申请不做膀胱镜的信。大夫看我情真意切，勉强同意了，给我一份文件，让我在上面签了字。事情好像是就这样决定了。但是那一位年轻的大夫仍然没有放弃对我进行说服工作的努力。他从各个方面摆事实，讲道理，总之是劝我要做，免得留下后患，那样则悔之晚矣。他说，他不敢说做膀胱镜痛苦，也不敢说不痛苦，因为他自己没有做过。这些话朴实无华，平凡得像真理一样，却深深地打动了我的心。我窃自思念，如果到了301医院而不做膀胱镜，那不就像是唐僧到了西天印度却不登灵山那样了吗？那岂不是功亏一篑了呢？最后，我还是下定了决心去做膀胱镜手术，不管多痛，都在所不惜。当我坐上轮椅被推往手术室去的时候，心里面大有“风萧萧兮易水寒，壮士一去兮不复返”的气概。结果膀胱镜手术终于做了，十分顺利，除了有时候有点小小的痛苦外，总起来说是没有痛苦的。我自己除了大大地松了一口气之外，忍不住暗自嘲讽：你已经活到了如此高龄，自谓博古通今，见多识广，无所不能，无所畏惧。然而一次微不足道的考验，竟把你吓得像见了猫的耗子，你不觉得自己肤浅，你不觉得脸红吗？是的，我确实感到了自己的肤浅，确实觉得脸红。我还要进一步加强自我修养，加强读书养气。一个人一生的修养是无穷无尽的。

在这个漫长的体检之旅中，膀胱镜是最高的一次，也是最后的一次。我在上面提到的那一团魔影陪我住进了医院。随着体检的前进，魔影逐渐消失。等到膀胱镜一做完，魔影也消失得无影无踪了。只是到了此时，我的心情才有余裕来观察和思考我周围的环境和所遇到的人物。我的总印象是：这里毕竟是解放军医院，气氛肃穆活泼，个人职责清楚，而且纪律严明。所有超出自己职责范围的事情，无论大小，都必须请示汇报。那种令不行，禁不止的作风，这里是找不到的。我在医院的两周，成了我“学军”的两周。

至于我所遇到的人，首先应当提到的是副院长牟善初大夫。他是我60多年前在省立济南高中教书时的学生。我虽然是清华西洋文学系毕业，但教的却是国文。牟善初在全班四十来名学生中是国文状元。他写的文章不但文从字顺，通畅流利，而且有自己的风格，这对一个只有十六七岁的孩子来说，是十分难得的。我常想，如果牟善初在高中毕业后考入某一个名牌大学的中文系，他会成为一个非常优秀的作家。然而，一个人的命运并不总是掌握在自己手中的。“世事纷纭果造因”，一个微不足道的因素就可能改变一个人一生的行程。牟善初不知怎样一来参了军，在解放军医科大学里受到了严格的训练，成了一名医术精通的大夫，曾为一些国家领导人担任过保健医生。又焉知在几十年以后，我在海外漂泊十余年又回到了祖国。我压根儿不会想到牟善初这个名字的。可能是在“十年浩劫”之后，有一天，他带着儿女来到我家，拜见一别数十年的老师。我也曾带着孙子和孙女到301医院去回访过一次。从那以后，除了在一次同学会上见过一次面以外，再也没有见面，因为我根本不生病，同301医院从来没有打过交道。这一次，我突然发病，之所以最终选择了301医院，虽然不是直接通过善初，但与他也不无关联。善初为人纯朴厚道，不善言辞。虽然年已85岁，每天仍然穿上白大褂，履行一个大夫的职责。在我住院期间，他常常由周大夫陪伴着到我的病房里来探视，聊天。我一生没有离开过学校，门生遍天下。能有牟善初这样一个学生，我认为是一种骄傲。

我在301医院里的病房，具体全面地说应该是：南八楼二区13床。在这里负责的是一位卢主任，卢晓行大夫，一位和蔼可亲的中年女大夫。还有一位聂道海大夫，是一位精明强干，很有才华的人，是不是什么“主任”，我始终没有弄清楚。我初入院时，有几天我们天天见面。后来听说他们休假了，再没有见面，直到我出院前夕，才又见到他们，我们彼此都感到像老友似的亲切了。最初我的主治医师好像是张玉玲大夫，只见过几次面，听说是休假了，再也没有见面，接她的班的是史军大夫，才三十多岁，头脑明敏，善于思辨，分析问题，有条有理。书好像读得很多，文医兼备。我认为，这是一位有光辉前途的年轻的大夫。我在上面提到过关于膀胱镜的风波时讲到的那位年轻的大夫就是史军。现在回想起来，如果没有他的劝说，我坚持不做，那将是我终身的憾事。我将永远感谢他。

我在病房里认识了李炎唐大夫，他是泌尿科的大专家，也曾担任过中央最高领导人的保健医生。因为我患的病与泌尿科有关，王晓棠将军就将李炎唐介绍给我，我入院后不久就见到了他。他这个人一身豪气，满腔热忱。交谈没有多久，他立即履行了医生的职责，他用手在我的肛门里摸了许久，摸得很仔细，然后大声告诉我说：“绝没毒瘤的危险！我的手比 B 超还要可靠。”他这几句简单的话正碰到要害处，我所最担心的正是毒瘤。他的话像是一股仙风吹散了我脑袋中的愁云惨雾。当时他就做了决定，要亲手给我做膀胱镜检查，怕我翻案，他用有力的右手紧紧地跟我握手，好像小孩子相互钩小手指一样。后来我果然想翻案，详情上面已经谈过了。到了做手术的那一天，李炎唐大夫在手术室门口等我，我的第一句就是：“李大夫！我向你投降来了。”李炎唐大夫最终胜利了。

我在医院里还结识了很多给我会诊的大夫，比如王思让大夫、孟书礼大夫、盖鲁粤大夫等。因为接触不多，没有多少好谈的。但是，不久我就发现，这里的大夫几乎都喜欢文学，他们都读过或多或少的文学作品。我的那一位老学生牟善初能写出那么漂亮的文章，我当年并没有问过他。现在问到了，他告诉我，他当年读过许多文学作品，这个谜才解开。眼前各位大夫中最突出的是史军。我曾同他几次谈到文学。我做膀胱镜的那一天，他在值夜班一夜没有睡的情况下，坚持送我到李炎唐大夫的手术室。在通过长长的地下室的时候，有时候他竟亲自推我坐的轮椅。他一直等到我手术完毕回到病房才回家休息。此情此景，什么人能不感动呢？在坐轮椅的过程中，我又同他谈起了现当代的中国文学，他娓娓谈来，了若指掌，真使我吃惊不已。我认为，当一名大夫，或做任何非文学性的工作，读一点文学书，总会有好处的。这样做能使人得到美感享受，高之则能净化人的灵魂，提高人的素质，有百利而无一弊，实在值得大大提倡的。

在医院里，我除了认识了一些大夫之外，还认识了一些护士。实际上，她们同我的接触要比大夫多得多。每天，从早晨八点开始一直到晚上八点，她们经常要到我的病房里来，取尿样、试体温、量血压，以及其他我不大懂的措施。最后几天，连续输液，又离开她们不行。她们是一群年龄不到二十岁的小丫头，个个活泼伶俐，认真敬业，说话时天真纯朴，干活时却一丝不苟。她们有时称我为“爷爷”，我也把她们当作孙女来看待，实际上我恐怕比她们祖父的年龄还要大。她们中我能记住名字的有张文娟、颜娜、杨英等人。她们都喜欢文学。在寂静肃穆的病房里，凭空添了这样一群小白衣天使，顿觉其乐融融。

话虽然这样说，到了住院的最后几天里，一股强烈的烦躁情绪突然在我胸中翻滚腾涌，怎样也抑制不住。出院无日，而后顾有忧。我在外面兼职颇多，挂名主编着几个大型的丛书或全集。现在到了年终岁尾，大概总有些事情要处理吧，我却被困在医院中，有力无处使。我交游遍天下，到了此时，海内外的朋友们总应该有信或书寄来吧，我在医院里却是看不到的。我还反反复复想到一些琐细的事情。门前的玉兰花长了多少骨朵儿了？池塘中的季荷今年遭受了严重的干旱，有很长的时间，塘中一滴水也没有。可万没有想到，季荷居然开出了不少的花，依然红艳耀目。我离开燕园时，水还没有灌。校中别的湖泊已经结了冰，这里依然是赤地一片。不知道现在灌水了没有。对面岛上中国经济中心新建起了一片楼房，雕梁画栋，美轮美奂。其中最高的楼名曰万众楼，匾额是我题写的。我从来不是什么书法家。既然写了，就挂了出来。通过我卧房中书桌前的玻璃窗子，抬头正好看到那金光闪闪的“万众楼”三个大字，颇觉得有趣。现在我在医院里也看不到了，生活中好像缺了点什么。我最想念的还是那一只浑身雪白长毛的长得像一只小狮子似的波斯猫。它是我故乡临清的特产，名流全国。这只猫已经三岁了，极为顽皮聪明。它对我特别亲昵。我一坐下，它立即跳上来躺在我的怀抱里。我出门散步，它也跟着，我行它行，我止它止。等到我坐在湖边的椅子上时，它当即跳上椅子，卧在我的身旁。每天同小猫玩耍一会儿，成了我在吃饭睡觉之外每天不可或缺的活动。可我现在几乎两周没有见到它了，没有听到它的叫声了，我忍受不住！我甚至想到了养在山东大学校友张衡送给我的仿古大瓷缸里的几只乌龟。乌龟的智商大概远不如猫，它们是不会认识我的。可是我是认识它们的。也许有人认为我这是庸人自扰。我宁愿做一个对所有动物都有感情的庸人，也不愿做一个对一切生物都麻木不仁的聪明人。

现在，我终于在2001年的最后一天，又回到我在燕园的老房子里来了。只睡了一夜，就换了一个年头，现在已经是2002年了。“天增岁月人增寿，春满乾坤福满门”，天确实增了一岁，我也当然增了一岁。春满乾坤，自然规律。福满门，相信也会实现的。至少我的小猫依然顽皮，对我依然亲昵，我一坐下，立即跳入我的怀中，一蓝一黄的两只大眼睛仿佛在问：“老朋友！你这一阵子到哪里去了？”门外的玉兰花树上结了不少骨朵儿，今春会开出洁白的花朵。荷塘里结满了冰，大概在我住院期间灌过一次水。我为季荷感到庆幸。它们忍受了半年多的干旱，终于又有了源头活水。它们现在在淤泥深处做着夏天的梦，梦到夏天来临时大干一场，香飘十里，绿盖擎天。我坐在书桌前，抬头通过玻璃窗又看到了万众楼。我写的那三个大字在夕阳的余晖中发出了闪闪的金光。室中那些插架一直到屋顶的书籍，窗台上、桌子上摆着的那些奇石和玉器，看上去依旧令人心旷神怡、欢愉满怀。总之，我现在看什么都称心如意。即使是现在就说我是“福满门”，那也决不过分的。我对今年一年以及以后的若干年的“福满门”是完全有信心的，我颇有点手舞足蹈之意了。

这一篇《〈新纪元文存〉自序》本意只想写上千把字，把问题交代明白就算了，没想到中间插入住院这一段经历。这是非写不行的。如果没有这一段过程，说不定我还会受旧习惯势力逼促写一篇《九十一岁述怀》之类的文章。人一病，“怀”都仓皇逃遁，想“述”也没有了，只剩下了病房里的感受，我都写在《自序》中了。

这一篇《自序》，从北大写到医院，又从医院写回到北大，可以算是我去年的最后一篇文章，也可以算是今年的第一篇文章。写得冗长拉杂，请读者原谅则个。

2002年1月4日写毕

《往事琐忆》序

景瑞是我的同乡，是小同乡，小到同村，我们都出生在山东省临清市康庄镇官庄。官庄是临清境内相当贫困的一个小村庄。

景瑞家和我家是世交。我直到现在还搞不清楚，我小的时候竟有一位老师，名叫马景（金？）恭。我六岁就离开了官庄，而且家里极穷，按年龄，按家境，都请不起一位老师的。可我偏偏有一位老师。他是景瑞的什么人，我不知道。当时我们家住在村南一个单独的宅子里。原来是一个四合院，后来，北房正房和东房都被拆掉，卖了砖瓦，只留下西房，供我们一家住。房前有一棵高过屋顶的杏树，结的是酸杏，而马老师偏偏爱吃酸杏。马老师站在树下摘杏的影像，至今还历历浮现在我的眼前。

景瑞和我是忘年交，我长他二三十岁。我在北大教书，他正上大学。忘记了是在一个什么场合下我们见了面，认识了，成了朋友，这友谊一直维持了几十年，至今不衰。他给我的第一个印象是，温文尔雅，面有书卷气。我暗自思忖：官庄出了个人才。

我的想法和希望没有落空，景瑞大学毕业后，在临清一中教了一阵子国文。他是科班出身，兼又工作努力，因而做出了成绩，得到了赞誉。后来弃学从政，担任了市领导职务，也为人民做了不少好事。最后，因年龄关系，退休在家。

景瑞其实并没有休。他是读书人出身，读书就是生活的第一需要。他现在摆脱了政治活动和社会活动，有了充足的时间，读书、练字，而且又拿起笔来，写一些散文之类的短文。现在出的这一个集子就是从众多散文中挑选出来的。

中国现代文学史，一般都认为是从五四运动开始的，主要标志当然就是文言变白话。八十多年以来，在诗歌、小说、戏剧、散文等方面，应该说，都做出了成绩，但是并不是都斐然可观的。小说和戏剧，在形式上，已经全部欧化，这里不去谈它。最有成绩的，我认为就是散文。这现象解释起来并不困难。散文没有固定的形式，而且中国自古就是世界散文大国，创作传统底蕴丰厚，现在再融入一点西方散文家的韵味，因此产生了不少风格各异、气韵生动的散文作家，为读者普遍所喜爱。但是，同样毋庸讳言的是，有极少数散文作家，成名心切，想走捷径、出冷门，写出了一些词句不通，内容含混，恐怕连他们自己也不懂的所谓散文。这充分表明了一部分人的浮躁心情，我们应当引以为戒。

景瑞的散文创作，走的是一条传统的道路：专事白描，不求藻绘；注重明朗，力避晦涩。因为学的是国文，教的又是国文，所以谋篇布局，遣词造句，中规中矩，不事诡异。内容也是一片真诚，决不胡编硬造。写亲情，写师德，写劳动琐事，娓娓道来，亲切感人，是青年学生绝好的读物。

谈到白描手法，许多人，也包括我在内，都认为吴敬梓的《儒林外史》是圣经宝典。但是《儒林外史》是以讽刺为中心的文学作品。寥寥几笔，不露声色，但是棉花里包裹着的却是刺，读到这样的文章，一方面令人忍俊不禁，一方面却又令人惊心动魄，有如看一幅漫画一般。景瑞的散文描写的却是正面人物，我们不能要求他能达到这个境界。

前不久，景瑞把他新编成的散文集《往事琐忆》中的一些文章拿给我看。我年迈龙钟，老眼昏花，看东西很吃力。本来想等一些日子再看。现在正是星期天凌晨，燕园后湖，静寂无人。窗外细雨潺潺，夏意弥天。我是农民的孩子，一听雨声，心里就乐开了花。门前数亩荷塘，莲叶擎天，独独有一朵花，捷足先登，首先开放，而且正对着我的窗子。“万绿丛中一点红”，似有佳兆。于时我逸兴遄飞，心花怒放，观眼前之雨景，发思古之幽情。拿起稿子，一口气读完。濡笔抻纸，写了这一篇序。尚望景瑞有以教我。

2002 年 6 月 23 日

《季羡林论中印文化交流》序

中国和印度是邻国，至少在两千余年来一直是好邻居。我们在包括哲学、宗教、艺术乃至自然科学和技术在内的不同领域里不断进行交流，从而使我们两国的文化丰富起来。甚至可以这样说，如果中印两国之间没有文化交流，两国文化的发展就可能不是今天这个样子。

今天的世界，正处在一个新的历史时期，中国和印度也都处在一个新的发展阶段。中国在迅速发展，所取得的成就，为世界所公认；印度亦在日新月异地发展变化，尤其是高科技的发展，为世界所瞩目。在新的形势下，中印两国为了更好地建设各自的国家，相互学习，彼此交流，则显得更为重要。这对我们两国文化的发展，经济的繁荣，人民的物质生活和精神生活的改善，将会起到促进作用。

我的学生王树英，对我的一些关于中印文化交流的文章和讲话一直很感兴趣，他建议我出个专门的集子，并亲自进行了选编，现已汇集成册。我想，这些年来，中印两国之间，无论是官方互访，还是民间往来，都在日益增多，合作项目与合作领域亦在逐渐扩大，两国间的友谊得到了进一步的发展，这些可喜的事情，令人鼓舞。在这种形势下，我的这些分散的文章和讲话，若汇集成册问世，也许有利于中印文化交流与合作，有助于中印友谊不断和谐地发展，对两国，甚至对世界和平，都会有好处的。因此，最后我同意出版这个集子。是为序。

2005年9月10日

《季羡林序跋集》序

听说有人要出我的序跋集。在欢喜之余，赶快抢先写一篇序。我为什么对于序这样喜欢呢？不，“喜欢”二字是不够的，应该说，为什么这样热爱呢？其中并没有什么深文奥义，只有一点零星的感受。

我舞文弄墨七八十年于兹矣，几乎贯穿了我整个一生。从今天看起来，我生得不算晚，但也只是当了几个月的大清臣民，没有赶上写八股文考秀才。我从小学起写作文用文言文，一直到高中前半，读的是唐宋八大家，中间也读了不少桐城派的古文，据我看，桐城派的古文和八股文，实在是一丘之貉。只是八股文必须代圣人立言，而桐城派古文则多少可以抒发点自己的感情和思想而已。写这样的文章，仿佛必然峨冠博带，装模作样，装腔作势，戴着枷锁跳舞，而这些枷锁是自己装到身上来的。

在这样的情况下，如果偶尔给自己的一本书，或别人的一本书写一篇不太长的序或跋，则创作心态立即改变。在这里，装模作样、峨冠博带派不上用场。代之而来的是直抒胸臆，山巾野服。如果让我在这二者间选取一个的话，我选取哪一个，不是很明白吗？

这就是我热爱序跋的原因。

但是，我写的序并不都是一模一样的。除了上面谈到的比较短的序以外，我也写过几篇比较长的序。比如《胡适全集》《赵元任全集》的序，都有将近两万字的篇幅。这与平常的短序不一样，实际上都是学术论文，不能与短序相提并论也。

2005 年 11 月

《病榻杂记》序

此书原拟定名为《新生集》，后来张世林兄建议改为“病榻杂记”。我稍一寻思，立即欣然赞同，我认为，世林兄不愧是内行，能点铁成金。“新生”二字干瘪无味，不知所云，经这样一改，则全书皆活矣。此书编纂过程中，我的助手李玉洁女士、杨锐女士付出了颇多的劳动，谨致谢意。为了保存历史原状，《新生集序》可作一单独的文章，仍然保留下来。

2006年9月10日

纪念开国后第一个国庆日

纪念今年的国庆日是有特殊意义的，我们甚至可以说，是有空前的意义的。是不是因为这是开国后第一个国庆日呢？这当然也是原因之一。但据我们看，这还不是唯一的原因，而且也不是最重要的原因。

我们先向国外看一看国际形势。已经到了穷途末路的以美帝为首的帝国主义者们现在恼羞成怒，发起疯来。美国竟公然侵略台湾，侵略朝鲜。对帝国主义者侵略别人，我倒并不觉得奇怪。野兽本来就是要吃人的，要它不吃人，只有打掉它的牙。我只替美帝觉得有点遗憾的是，他们的记忆力何以竟坏到这个地步。去年今日毛主席在天安门上向全世界正式宣告中华人民共和国的成立的时候，全世界爱好和平的人民，连美国人民也在内，都同声庆祝。当时美帝战争贩子们夹起了尾巴，躲到一边去，大约他们脑子里还没有忘记被人民解放军赶出中国去的狼狈的情形。但隔了还不到一年，这群家伙竟又耀武扬威地向全世界表演起他们的嘴脸来。我们的办法很简单：我们要用和平的力量压倒这一群战争贩子，假如他们真不识相，那我们也就用不着客气。对待疯狗只有棍子最有效。

今年的国庆日，我们就向这群战争贩子示威，我们要帮助他们恢复记忆！

我们再向国内看一看。一年来，在人民政府领导下，各方面的进步真是说也说不完。三句话不离本行，我只谈一谈我比较熟悉的吧。据我的了解，自从中国有历史以来，就有少数民族问题。但在几千年以来这问题解决过没有呢？一点也没有。大民族主义一直在作祟。结果是我们的兄弟民族有的被赶到深山密林里去，有的人口日渐减少，眼看就有灭种之虞。他们以前当然也有机会到首都来，但那是来进贡的。在皇帝老子跟前三跪九叩之余，也许被赏吃一顿饭。吃完仍然是回家去，等候“天兵”剿抚。但现在不同了，除了全国的解放，我们的兄弟民族也翻了身。今年国庆日有几百位代表到人民的首都来。他们不是来进贡，他们不再是奴隶，他们同样成了主人。这是中国几千年历史上破天荒的事情。这象征中国各民族永远大团结，象征一个光明的未来的开始。

对外向帝国主义战争贩子示威，对内是全国大家庭的大团结，这就是我所了解的今年国庆的意义，也就是我上面说的空前的意义。

1950 年 9 月 18 日

充满了信心，迎接1955年

中国解放已经五年多了，每到旧年结束新年开始回顾过去的时候，我总觉得过去一年生活很充实，比以往的任何一年都更充实。五年以来，年年如此，今年也不例外。

为什么有这样的感觉呢？说起来可就话长了。我们先从眼前的事物说起吧！今年夏天，我们学校的印度教员陪一位访问中国的印度朋友参观校园。走到离他们宿舍不远的地方，我们的印度教员忽然感觉像是迷了方向，眼前矗立着一座崭新的、他们从没有注意到的金碧辉煌的大楼，仿佛是魔术师一夜之间从地里面咒出来似的挺立在那里。印度朋友们都大为吃惊。他们吃惊的是中国人民建设的能力和建设的速度。他们再三说：假如不是亲眼看到，亲身经验到，无论谁也不会相信这是事实。

这是一件小事情，但是因小可以见大。我们的学校这样，我们人民的首都——北京也是这样。只要我一个星期不进城，再进城就会发现沿途有一些地方变了样子。再扩大一下范围，我们全国各地也都是这样。我们不是天天在报上读到各地建设的消息吗？我们全国人民一齐努力，为和平而建设，为社会主义而建设。我们修建学校、医院、工厂、文化宫，我们也修建巨大的水利工程，修建铁路。一切有利于人民的，有利于和平的我们都修建。过去一年内，我们就修建了不知多少。我说过去一年的生活是空前地充实，难道不是普遍的感觉吗？

但是，这不过是一方面。在其他方面，我们也获得了空前的成就。全国人民代表大会召开了，新的国家领导工作人员选举出来了，保证我们胜利地完成过渡时期的任务的根本大法《中华人民共和国宪法》制定了，我们以五大国之一的身份出席了日内瓦会议，我们的国际地位大大地提高了。这一点大概远在国外的华侨同胞更容易感觉到。谁还会否认我们在过去一年内的生活特别充实这个事实呢？

三年多以前，我听过一位负责同志的报告，他说的几句话我永远不会忘记。他说："中华民族是勤劳、勇敢，具有高度智慧的民族。过去受了封建主义和帝国主义的压迫，力量都潜藏着没有发挥出来。毛主席就像是一把钥匙，他一开，我们的力量都给他开出来了。"这几句话虽是一个比喻，但却是真理，我们中国人民现在之所以能蓬蓬勃勃、生龙活虎一般从事各种建设事业，使我们的祖国天天在改变着面貌，我们之所以能取得上面那些胜利，是和毛主席，和中国共产党的领导分不开的。有了这样的领导，再加上全国人民的努力，我们一定能建设成社会主义社会，这就是我自己，也就是全国人民在这新旧年交替时所想到的。

伟大的1954年过去了，1955年将会带给我们更辉煌、更伟大的胜利。在这新的一年内，我们的生活将会比过去的一年更充实。我充满了信心，迎接1955年。

1954年11月

为我们伟大的节日而欢呼

伟大的国庆节就要来到了。我们全国人民、全体华侨都将为这个普天同庆的节日而欢呼。我们虽然一年一度地庆祝国庆，但是每年的意义都不相同。这就说明，我们的祖国每年都有新的成就，它正在我们的人民政府和毛主席的领导之下日新月异地向着光辉灿烂的社会主义社会迈进。每一个国庆都是前进路上的一个新的里程碑。

在过去一年我们有哪些成就呢？我们的成就是说也说不完的。在工业和农业方面，规模宏大的新厂建立起来了，丰富的资源被发现了，铁路线延长了，水库修成了，荒地开垦了，农作物产量普遍提高了。在文化教育方面，教学改革有了新的进展，科学研究工作普遍展开了，为国家建设培养干部的质量和数量都有所提高。我们在任何方面都有了进步，有了光辉的成就。至于我们身边又添了几座大楼，修了几条新的马路，那更是司空见惯，谁也不会再觉得奇怪了。

假如要我们说出一件突出的事情，谁都会立刻想到第一届全国人民代表大会第二次会议通过的第一个五年计划。这第一个五年计划是为我们社会主义工业化和社会主义改造事业创建基础的发展国民经济的计划。这个计划的提出，给全国人民明确地指出了努力的方向。它有无比重要的意义。自从这个伟大的计划公布以后，全国各地各阶层的人民都欢欣鼓舞，劳动热情空前地高涨，纷纷表示决心，要提前实现这个计划。在今后几年内，它将会成为我们工作的主要动力。

以上谈的是国内的情形。国际上的情形怎样呢？我们在过去一年内在国际上同样获得了极其光辉的成就。去年夏天周恩来总理访问印度和缅甸的时候，同印度总理尼赫鲁和缅甸总理吴努先后共同发表了和平共处的五项原则，并且首先把这些原则应用于中印、中缅关系之中。从那时以后，中国同印度、缅甸和印度尼西亚的关系就成为世界上不同社会制度的国家和平共处的范例。铁一般的事实证明了帝国主义分子宣传的那一套全是谎话。今年4月周恩来总理亲自出席了亚非会议。他抱着真诚坦白的态度，坚持求同存异的原则，同亚洲和非洲的二十几个国家的领导人会谈，终于使亚非会议获得最后的胜利。虽然在会议文件的词句上没有用五项原则，实际上五项原则的精神在这个会议上已得到贯彻。许多以前不了解新中国，甚至对新中国有某些误解的国家都开始了解了新中国。即使还没有建立正常的外交关系，我们同许多国家都成了朋友。埃及就是一个显著的例子。

要想详细叙述过去一年内我们和平外交政策的成就是需要很多篇幅的，我们在这里只能极简略地谈一下。侨胞们身处国外，一方面关心国内的建设，另一方面也同样关心我们的国际关系的进展，这样谈一谈还是非常有必要的。一谈到国际关系，恐怕我们首先想到的就是埃及。解放后，我们同埃及一直还没有建立正常的外交关系。但是在过去一年内，埃及部长级的领导人物却曾两度访华，第一次是宗教事务部长艾哈迈德·哈萨尼·巴库尔，第二次是工商部长穆罕默德·阿卜·努赛尔。这充分说明了中埃两国的友谊日益增长。

至于日本，过去一年内我们来往也很频繁。李德全、廖承志、雷任民、刘宁一都访问过日本。日本各阶层领导人物到中国来的更是不胜枚举。同我们的老朋友印度、缅甸、印度尼西亚的来往不用说是愈来愈多，我们同这些国家人民的友谊愈来愈厚。这三个国家的政府领袖都来访问过中国，受到中国政府和人民的极热烈的欢迎。文化交流工作也加强了。以郑振铎为首的中国文化代表团曾于去年年底访问印度、缅甸，今年6月26日又到印度尼西亚去访问。以阿尼尔·库马尔·钱达为首的印度文化代表团也于今年6月8日来到我国，到全国各大城市去演出，都受到热烈的欢迎。

一年的时间并不算长，但是现在我们回想起过去一年在各方面的成就来，就会觉得这一年还算不短。这伟大光辉的成就难道真是在短短的一年内完成的吗？我们不相信什么奇迹，地球上一切事情都是人做出来的。过去一年内，我们这些近于奇迹的成就就是中国六亿人民在人民政府和毛主席领导之下勤勤恳恳不屈不挠地做出来的。经过一年的愉快的劳动，现在我们又走了一个新的里程碑，我们发现，我们的生活愈来愈愉快，我们的前途愈看愈光明，我们愈来愈接近光辉灿烂的社会主义社会。谁能抑制住心头的愉快和兴奋呢？让我们为这伟大的节日而欢呼吧！

1955 年 9 月

入党一年

去年4月4日，北京大学东语系教员党支部大会讨论并通过了我入党的请求。今年4月4日，支部大会又讨论并通过了我转正的请求。我想谈谈在过去一年内，自己在提高觉悟、改正缺点方面的一些肤浅的体会。

对年纪比较大的知识分子来说，提高觉悟和改正缺点并不像一些人想的那样十分困难，当然也不会特别容易。组织上的教育，同志们的帮助，以及个人的努力，三者缺一不可。前二者可以说是外因，最后一条可以说是内因。只有内因与外因相结合，觉悟才能逐渐提高，缺点才能逐渐改正。

这些话都是老生常谈，不用说大家也知道。但只有在实践中，我们才会发现，能够把内因与外因结合得恰如其分却绝不是一件容易的事情。

在最初，并不是所有组织上和同志们提出的意见自己都能完完全全心悦诚服地接受。其中难免有跟自己的想法和看法相抵触之处，因此就产生了思想斗争。在斗争中自己能不能胜利，能不能比较迅速地胜利，其中有一个根本的关键就是自己是否时时刻刻都想到党的事业和人民的事业。

拿文人相轻来做个例子吧。文人相轻，自古已然。过去很多文人都有这个毛病，而且大家都认为这是一个小毛病，历史上许多患自大狂的文人轻蔑别人的故事还传为文坛佳话。到了今天，中国知识分子虽然有了很大的进步，但在这方面却仍然是流风虽息，余音犹存。从个人的角度来看，这也许是一个小毛病。但是如果从党的事业这个角度上来看，这就绝不是什么小毛病，而是能影响党的事业的大毛病。想通了这一点，改正这个缺点也就有了真正的动力，真正的把握。

再拿组织性和纪律性来做例子。据我的了解，年纪比较大的知识分子之所以不肯申请入党，原因之一就是害怕党的组织性和纪律性。我有一个很好的朋友，二十年来一向靠拢党，但是他不肯入党，原因就是害怕党的纪律。年纪比较大的知识分子入党后，最初也容易在这方面感到不习惯。这里也就产生了思想斗争。怎样在这个斗争中胜利呢？关键也就是要时时刻刻想到党的事业。党是一个战斗的组织，必须有高度的组织性和纪律性，否则战斗就无法进行，胜利就无从获得。这只是一方面。另一方面，党也并不是孤立地强调组织和纪律。高度的组织性和纪律性是与高度的民主相结合的。党内生活是极严肃的，同时又是极活泼的。体会到这些，就能够把组织性和纪律性放在自觉的基础上。能够把组织性和纪律性同自觉的精神结合起来，那么组织性和纪律性就不但没有什么可怕，而且会觉得非这样不可了。

我上面说到内因与外因结合得恰如其分是不容易的。怎样叫作恰如其分？据我的了解，那就是实事求是。拿批评和自我批评来说，抗拒批评，不接受别人的意见，当然是不对的；异常容易地接受别人的意见，把别人的意见一股脑儿全接受下来，这里面也有问题。难道别人提出的大大小小的意见都完全正确吗？能做自我批评，这当然是很好的。如果一个人总是自我批评，一做就非常过火，把自己说得一文不值，这里面同样也有问题。难道他就真的一点优点都没有吗？

这样做，就不是实事求是，就是违反马克思列宁主义。如果再往思想深处挖一步，就会发现，这是个人主义在作祟。别人提的意见，自己不见得完全同意，但是为了息事宁人，干脆全盘接受下来，免得麻烦。自己也不见得就认为自己真有那一些缺点，但是为了“过关”，免得别人给自己提意见，先下手为强，干脆给自己戴上一大堆帽子。这不是另一种自私的个人主义吗？

上面说到的那些顾虑、想法和缺点，我自己都有过。在过去一年内，通过外因和内因，终于有了上面这些认识。

古代的贤人子路据说是“闻过则喜”。我以前认为世界上不会有这样的人，这只是古人的幻想。在受了一年的党的直接教育之后，我觉得，这个境界是可以达到的。毛主席曾说过，天下没有不犯错误的人。但是，党对同志们缺点的态度，却是“与人为善”的。在组织上和同志们指出我的缺点的时候，我能够感到这一点。当然，我也并不否认，受批评总不如受表扬舒服。这是人之常情，谁也否认不掉的。我觉得，听同志们给自己提意见，好比吃橄榄，最初的确有点苦，但是余味却是甜的。即使改正缺点还要有一个过程，发现了缺点就能对症下药，改正它也就有望了。所谓“喜”也者，恐怕就是这个意思吧！

根据上面的一些感受，即使我目前还有许多缺点，将来也还可能有新的缺点产生，但是我却坚决相信，我能够改正任何的缺点。给了我这样的信心的就是我们的党。

1957 年 4 月

又是光辉的胜利的一年——国庆日的感想

又是光辉的胜利的一年。

祖国的面貌在日新月异地改变着。

现在，在国庆日的时候，要想给过去的一年算一笔细账，对我来说，几乎是不可能的。因为每天都从各条战线上传来各种各样的胜利的消息——从工业战线上，从农业战线上，从科学研究的战线上，每天都有令人兴奋的消息，一年 365 天，天天这样，一时要让我从脑筋里把这些旧账都翻一遍，我实在不知道应该怎样下手。

但是，在过去 365 天内，我看到、听到或者读到这些令人兴奋的胜利时，我的心情的激动，却是在任何时候都能清晰地回忆起来而且描绘出来的。我现在每天都感觉到，生命愈来愈充实，愈来愈有意义了。

这是不是只是我一个人的感觉呢？我想不是的。因为我相信，每个人每天都有看到、听到或者读到祖国各方面伟大胜利的体验，并感受到深深的幸福。就拿海外的侨胞来说吧！他们虽然身在海外，但是却心悬祖国，他们眼前看到的，可能是金光闪闪的佛塔，可能是茏葱苍翠的椰子林，可能是汪洋浩瀚的大海，也可能是四季如春的绿岛。尽管与我们看到的有所不同，心里想的一定跟我们一样。他们也一定是每天都能从报纸上读到祖国建设的消息。他们也一定为了这些胜利的消息而欢欣鼓舞，而手舞足蹈。海外的侨胞同祖国的兄弟姐妹们，尽管相距百里、千里，甚至万里，但是我们的思想感觉是一样的，我们的心是挨得很近的。

前几天，我去看北京大学副校长汤用彤先生。我对这一位老人一向有很高的敬意。特别是在解放以后，他无形中给了我许多启发和教育。他对我们的党、我们的毛主席的热爱，对新社会一切伟大的成绩、一切可歌可泣的事迹的欢欣鼓舞，使我非常感动。这一天，我走进门，他正在同别人谈话。他谈的是他们的一个学生，这个学生不久以前来看过他。因为才从西藏回来，就谈到路上的情形。这个学生说，他坐着中国自己制造的解放牌的汽车，走过新开辟的公路，七八天的时间就从拉萨到了青海的省会。这位老人回忆起自己童年时走过这地方的情形，今昔一对比，高兴得站起来热烈地拥抱他的学生。他再三说："我是很少拥抱人的。"然而这一次，他竟忍不住拥抱了。用不着多说，他的心情我们每个人都可以体会到。如果我们身处其境，相信我们也会不自主地站起来拥抱别人。说实话，在现在的新中国，值得拥抱一下的事情也实在太多了。每天从工业战线上，从农业战线上，从科学研究的战线上传来的那一些大大小小各种各样的胜利的消息，都值得我们相互拥抱的。远的不必说了，只说近的吧！尽管今年许多地区有不同程度的自然灾害，但是南方许多省份稻米又获丰收。听到这样的消息不值得我们相互拥抱吗？祖国最大的河流长江几千年几万年以来，从来没有什么人能够在它身上架上一座桥。但是新中国的人竟有这个胆量。几天以前，第一列火车已经胜利地通过了长江大桥。听到这样的消息不值得我们相互拥抱吗？

这种事情真是俯拾即是，说也说不完的。在这国庆日的时候，我实在没有法子给过去一年的辉煌的胜利来算一笔细账。但是，有一点我是知道的，不管这些胜利是大是小，也不管它们是来自哪个方面，当我看到、听到或者读到的时候，我的心就经过一番震动。它们又带给我更大的信心，更多的勇气，我将工作得更带劲。祖国的面貌在日新月异地改变着，每一个劳动的中国人民都为此尽了一番力量。我自己也献出了自己的绵力。我坚决相信，在明年国庆节的时候，海外的侨胞们和国内的兄弟姐妹们，会看到、听到或者读到更光辉更伟大的胜利，我们祖国的面貌会改变得更迅速。

1957年9月

在大跃进声中庆祝国庆节

几年以来，每年在庆祝国庆节的时候，我都要给侨胞们谈一谈祖国建设的情况，说一说自己的感想。我以前常用“祖国的建设简直是日新月异”这一句话，但是在今年，这一句话无论如何也不够了。如果允许我杜撰的话，我想改为“祖国的建设简直是秒新分异”。

自从我们的党向全国人民提出了“鼓足干劲，力争上游，多快好省地建设社会主义”的总路线以来，全国人民热烈响应。现在全国真是万马奔腾，一日千里。“一天等于二十年”的情况，我们现在亲身经历到了。我们的大跃进是全面的，是千头万绪的。要详细谈各方面的情况是不可能的。我在下面只能举几个例子。

在过去几千年的历史上，小麦的产量每亩只能达到几十斤，最多也不过一二百斤。稍稍高过这个产量，大家就奔走相告，以为奇闻了。因此小麦向来就被称为低产作物。然而在新中国，低产作物竟一变而为高产作物。最初在报纸上读到有人想亩产千斤的时候，我的脑袋里也满是问号，然而不久亩产千斤的纪录就出现了。不但出现了，而且像是给风吹着一样，纪录一天天升高。有的时候晚报上的最高纪录，第二天早晨就被打破。有一些科学家也着了慌，他们用最高深的数学、物理和化学来证明，小麦每亩最高产量是三千多斤。然而事实却打了他们一记耳光，纪录一直升到七千多斤。这是人类历史上前所未有的纪录。现在有许多农民和科学家已做出计划，明年的产量不是以千斤计，而是以万斤计。

稻子也一样。早稻的最高纪录已经达到亩产三万六千九百多斤，中稻竟达到四万三千多斤。有些人觉得这些数字简直是神话，他们有点半信半疑。信嘛，他们不能够想象，在那有限的一点点地方，这样多的稻子如何摆得下；疑嘛，他们又知道，中国报纸从来不说谎话。不管这些人怎样想，我可以告诉诸位侨胞：这些纪录还只是牛刀小试，不用说明年，就是在今年，也还会有许多地方打破这一些纪录。至于最高纪录究竟是多少，现在很难预言。我只希望侨胞们有一个思想准备，将来不至于过分吃惊。

我们都知道，在解放前，我们国家的粮食是不够吃的，经常要从外国输入。但是现在经过了短短八年的努力，今天我们所考虑的问题已经不是什么粮食够不够的问题，而是粮食多了如何处理的问题了。

在炼钢方面，我们同样创造了人类历史上的奇迹。蒋帮统治了几十年，最高纪录只能生产几十万吨。我们在八九年内，就增加到几乎十倍。现在全国除了有规模极大的炼钢厂外，还有不计其数的用土法炼钢的小炉。我们的口号是土洋并举，大中小相结合。在这样的情况下，今年钢的产量更突飞猛进。至于明年，那就将有更大的发展。我们要在十五年或者更短一点的时间内赶上英国。这个“短”字里面大有文章。我不想在这里充当预言家，预言究竟短到什么程度。大概在不久的将来，侨胞们就可以知道其中底细了。

这样的事情是说也说不完的。侨胞们也许愿意知道一些学校里的事情，我就来谈一谈我身边的一些事情吧！

我们学校里正在搞一个科学研究大跃进的运动。科学研究也能跃进吗？对许多人来说，这的确是一个问题。最初，我们这里也有一些观潮派，他们不相信这个办法，他们准备以后同我们算账。然而这运动开始到今天才不过二十几天，由于全校师生员工的共同努力，已经取得了出人意料的辉煌的战果。只是化学系一个系，就完成了研究项目一千多项。经过严格的审查，其中七十几项超过国际水平。这种事情是以前连想都不敢想的，现在我们敢想了，而且敢做了，而且已经做出了成绩。观潮派不得不认输了。

我所在的东语系，在这短短的二十几天以内，也取得了极大的成绩。我们已经完成了很多项规模异常的大、做起来异常的艰巨的工作，我指的是词典编纂工作。我们已经编成了《汉朝词典》、《朝鲜外来语词典》、《华日词典》、《越汉词典》、《乌尔都汉语词典》、《印地汉语词典》等词典。《印尼汉语词典》、《阿拉伯汉语词典》、《蒙汉词典》，正在编纂中，《泰汉词典》、《缅汉词典》、《波斯汉语词典》已经开始编纂。在这些词典里，最大的一部包括词汇十万。无论是从量的方面来看，还是从质的方面来看，都已达到世界先进水平。这种事情也是我们以前连想都不敢想的，现在我们敢想了，而且敢做了，也做出了成绩。

了解中国过去亚非语言研究情况的人，就会知道，编纂这些词典有多少重大的意义。现在中国同其他亚非国家的来往日益密切，人民之间的友谊日益增长，我们迫切希望能够互相学习更多的东西。但是过去由于没有合用的词典，工作中有很大困难。现在，词典编纂出来了，这大大有助于我们同亚非各国的文化交流，有助于我们的互相学习，互相了解。

前几年，我们用了四五年的长时间，五个教员长期脱产，经历了千辛万苦，勉强编了一部《朝汉词典》。现在我们编这一部《汉朝词典》，实际上只用了八天，而且质量还相当高。这一件事情不是可以充分说明破除迷信、解放思想、坚决走群众路线的正确性吗？

在全国大跃进声中，我们这些工作只是沧海之一粟。现在，在全国各地、各个行业、各个机关，没有一个地方不是用这种惊人的速度向前跃进。这种速度在人类历史上是从来没有过的。在过去，一年本来是很短的一段时间，但是现在一年却是很长很长的了。可以预料，到明年国庆节的时候，我们伟大的祖国会出现更新的面貌。

1958 年 9 月

迎春杂感

“人生易老天难老”，每年都有一个春节，今年的春节又快来到了。可是，解放15年以来，每届春节，我的感受都有所不同，心情也就不一样。年年有喜事，岁岁乐满怀，而且是一年比一年乐。今年春节我的心情怎样呢?

先从老话谈起。在解放前，我曾在欧洲住过十年多。在这一段漫长时间内，我的心情一直是抑郁的。因为，随时随地，我都被提醒我是一个中国人，而“中国人”这个词儿在当时是并不光彩的。租房子，会碰到困难，在英国尤甚。旅行，会碰到困难。甚至走在街上，坐在饭馆子里，也会遇到一些意外的“横祸”。见到人，人家总问我:“你是日本人吗？”第一次这样问，我没有在意。第二次、第三次又这样问，这就引起了我的疑心。我问:“你为什么不问我是不是中国人呢？”对方说:“我这样问曾碰过日本人（当然是那些法西斯分子）的钉子。”于是我的心头投上了一片暗影，沉沉地压在那里，一压就压了十年多。

解放以后，我又曾多次出国。每一次出国我都有新的感受。我觉得，新中国在日新月异地变，外国人对中国人的看法也在随着变。“中国人”这一个词儿越来越增添着光辉，它已经走向它解放前含义的反面了。

去年夏天，我参加中国教育代表团访问非洲。从开罗到卡萨布兰卡，从阿尔及尔到巴马科、科纳克里、阿克拉，所到之处，迎接我们的都是亲切的笑容、温暖的双手。从政府领导人，一直到工厂里的工人，农村的农民，学校里的大学生和小学生，都把我们看成是亲密的朋友，有的人甚至把我们称作“兄弟”。

我们随时随地沉浸在真挚的友谊中。这些人绝大部分都没有到过中国，有的人甚至从来没有见过中国人。但是他们向往新中国，热爱新中国，感觉到同中国人民同命运共呼吸。他们有一些人读过毛主席的书，对这一位伟大人物有真诚的尊敬，他们说毛主席是“革命的灯塔”。

最使人感动的是这些国家的小孩子们。这些天真无邪的儿童们对于世界大事不一定很明了，对于自己祖国同中国的关系不一定很清楚。他们可能只是从父母和老师的嘴里听到了一些关于中国的情况，于是就在小小的心灵里埋上了一颗向往和热爱中国的种子。见到我们，他们眼前总算是看到中国人了，这种子就开了花，结了果。他们向我们欢呼鼓掌，有的也不知从哪里学来了一句中国话“你好”，这时也搬了出来。有的甚至喊：“北京——毛泽东”、“北京——周恩来”。有的什么也不说，只用自己的语言说：“中国人，中国人！”这个词儿是我当年住在欧洲时听惯了的。然而，今天听起来，味儿却同当年大不相同。我只觉得它异常顺耳，异常亲切，异常甜蜜，异常动人。我感到自豪。

还有一件使我感到自豪的事情，这就是，我在许多国家都遇到中国的专家。这些人背井离乡，来到迢迢几万里之外的地方，在同祖国迥乎不同的气候条件和生活条件下，同当地的工人农民同吃同住同劳动，创造出许多奇迹。他们从来不考虑自己的生活问题，只是一心一意地为当地人民服务。当地人民也不把他们当成是外国人。这同其他一些国家的所谓专家一比，形成了鲜明的对照，那些人一下飞机，就提出不知道多少条件：要冷气设备，要电气冰箱，要延长假期，要带家眷，要汽车，要洋房，要外汇，要这要那。这不能不使我想到，如今作为一个中国人，是多么值得自豪啊！

当然，我们应该坚决反对大国沙文主义。在历史上，我们同许多国家互相学习。今天，我们对各国人民的革命斗争，又是互相支援。我们把这些国家的人民看作自己的亲人，自己的兄弟，彼此血肉相连，休戚相关，为一个共同的伟大目标而努力奋斗。

今年，当春回大地的时候，我心里想到的就是这一些事情。春天是刮东风的。虽然“东风压倒西风”是一句象征性的话，但是，从全世界革命形势的发展来看，从亚洲、非洲、拉丁美洲人民对中国人民的态度来看，在这个春天开始的时候，我就不由自主地想到这一句话，而且了解到这一句话的真正含义。瞻望前途，快乐满怀。

1965年1月

回顾与前瞻

在“四害”横行的那些年月里，“四人帮”及其爪牙，出于篡党夺权的狂妄野心，到处兴风作浪，给我们社会主义伟大国家造成极大损害，外国文学的研究也被糟蹋得不成样子。在这里，同在其他领域里一样，是非混淆，人妖颠倒。善于以意逆志者，立地成龙；稍有触犯者，忽然化蛇。在那种“白色恐怖”下，我们这些从事外国文学研究和教学工作的人们，日子真不好过呀！前也不行，后也不行；左也不行，右也不行；急也不行，慢也不行；干也不行，不干也不行。总之是让你彷徨迷惑，无所适从，堕入了一个疑团蜂拥的大旋涡中。

有青年同志想了解一点外国文学的情况，我们不知道说什么好。他们要求介绍几本外国文学作品，我们不知道介绍什么好。在教学中需要讲一点外国文学作品，我们不知道讲什么好。偶尔有外国朋友问到中国研究外国文学的情况，我们不知道回答什么好。一个不知道，两个不知道，第三个还是不知道。

倘若在教学中碰到非讲点外国文学作品不行的时候，那就等于将了军。在无可奈何中，只有乞灵于道听途说，从中听那么一点气气儿，据说“首长”说了几句什么屁话，就仿佛捞到了一点什么。但捞到的是什么呢？是《飘》，是《基督山恩仇记》，如此等等。这样的东西能给青年学生介绍吗？我们走到书店里，看不到一本外国文学作品的汉译本。难道所有的外国优秀文学作品都不行了吗？伟大的革命导师马克思和恩格斯深通各国文学，特别是古代希腊和罗马的作品。马克思能整段整章地背诵希腊悲剧，背诵莎士比亚的剧本，对但丁和歌德都有深刻的研究和确切的评价。他曾指出来过：古代神话有永恒的魅力。这些光辉的榜样都被抛到哪里去了呢？伟大的列宁也精通许多国家的文学，他对托尔斯泰的分析和评价是人所共知的。他教导说："只有用人类创造的全部知识财富来丰富自己的头脑，才能成为共产主义者。"这样具有深远意义的指示被抛到哪里去了呢？我们的伟大领袖和导师毛主席教导说："我们必须继承一切优秀的文学艺术遗产，批判地吸收其中一切有益的东西，作为我们从此时此地的人民生活中的文学艺术原料创造作品时候的借鉴。有这个借鉴和没有这个借鉴是不同的，这里有文野之分，精细之分，高低之分，快慢之分。"这些伟大的指示被抛到哪里去了呢？伟大的共产主义战士鲁迅毕生兢兢业业介绍外国文学作品。就在他逝世之前，在国民党白色恐怖的包围中，在国民党特务张春桥一类的诽谤攻击中，忍受着疾病的折磨，以惊人的毅力从事译作，真正做到了"生命不息，介绍不止"。在逝世前不久，他在给朋友的信中写道："我在这里，有些英雄责我不做事，而我实日日译作不息，几乎无生人之乐，但还要受许多闲气。"鲁迅这一面光辉灿烂的明镜被抛到哪里去了呢？我反正是满肚子疑团，满脑袋问号，彷徨迷惑，无所适从。有时候从朋友们那里听到点什么，自己也发牢骚说上点什么，但不得了呀！一遇到适当时机，"四人帮"及其爪牙要来追谣了，神经又要紧张上一阵。而这种时机是"四人帮"手中的杀手锏，随时可以使用。"长夜漫漫何时旦？"我们在心中也这样叹。"雄鸡一声天下白"，"四人帮"垮台了。我们同广大革命人民分享了胜利的喜悦。我们的心合着广大人民群众的锣鼓声而颤动，我们的血随着广大人民群众的口号声而沸腾。特别令我高兴的是，我脑袋里疑团冰释，豁然开朗：原来如此。我立刻想到唐代伟大诗人杜甫的那一首著名的《闻官军收河南河北》的诗。诗的前四句是："剑外忽传收蓟北，初闻涕泪满衣裳。却看妻子愁何在？漫卷诗书喜欲狂。"我觉得，只有这样的诗句才能表达我们喜悦的心情于万一。

但是，在庆祝了伟大胜利之后我仍然要先舒一舒愤懑，吐一口气。因为这口气不是个人的私气，而是人人共有的公气，大有一舒之必要。目的也只在提醒大家，我们有过那么一段非常痛苦的经历，不能忘记，从而增添工作的动力，如此而已。

魑魅匿迹，魍魉销声，愤懑既舒，干劲倍增。纵观五洲四海，翻腾震荡；喜看赤县神州，安定团结。现在正是我们焕发精神，努力工作的时候了。我们首先要把被“四人帮”颠倒了的东西再颠倒过来。这就要求我们更加努力地学习革命导师关于外国文学研究的一系列重要教导。我们的学习不能停留在原来的水平上，我们应该，而且也能够学出一个新的水平，用出一个新的水平，并以此为武器，来正确地分析评价外国文学作品。对于毛主席“古为今用，洋为中用”的教导，要更进一步加深理解。在这里，关键就在那个“用”字上，我们要认真体会，努力实践。对于译文质量，我们也应该提出更高的要求，应该精益求精。我们要像鲁迅那样，严肃认真，一丝不苟。鲁迅曾再三强调，翻译外国文学作品，还有一个发展完善汉语表达能力的问题。这一点好像为很多人所疏忽，我们千万不能忘记。至于向工农兵学习，培养新生力量，自然同样适用于外国文学研究工作。贯彻双百方针，更是刻不容缓。“四人帮”造成的那种独断专横、求全责备、形而上学的猖獗的作风，再也不能继续下去了。总之，摆在我们面前的任务是既艰巨又光荣，既繁重又紧迫。但是，坚冰既已打破，航道必然畅通，行将见八亿神州，繁花似锦，万紫千红，春色满园。毛主席曾经指出过：“随着经济建设的高潮的到来，不可避免地将要出现一个文化建设的高潮。”随着四个现代化的实现，也必然有一个文化建设的高潮伴之而来，让我们团结起来，去迎接这个伟大的文化建设的高潮吧！

1978 年

欢迎啊，新同学们！

新同学已经进校了，我作为一个老教育工作者，怀着无比喜悦的心情，热诚欢迎你们。

我在北大工作已经超过三十年了。几乎每年一度的迎新，都带给我兴奋与愉快。俗话说“长江后浪推前浪，世上新人换旧人”，这是自然界与社会的规律，有新鲜血液输入是一件大好的事情。我的兴奋与愉快不是很自然的吗？

特别是今年迎新，更具有特殊的意义。华主席为首的党中央号召我们：要极大地提高整个中华民族的科学文化水平，要在本世纪内实现四个现代化。这是艰巨而光荣的任务。为了实现这个任务，我们每个人都有一份责任，但是我看更重的担子却是压在年青一代的肩上。你们是早晨八九点钟的太阳，你们要发光发热，而且要越来越大、越多。我相信，你们会知道怎样去完成这个任务的。如果还需要我谈些什么的话，我就只能说几句老生常谈：要刻苦学习，努力钻研，做到三好，做到又红又专。红专这个概念已经被“四人帮”搞混乱了。他们讲“政治可以冲击一切”，实际上是既否定红，也否定专。红专是对立的统一，缺一不可。政治是统帅，是灵魂，什么时候也是这样。但这并不等于把百分之九十以上的时间都用到政治上，才算是政治挂帅。应该正相反，把时间主要用到钻研业务上。在正确思想指导下，把业务钻研好，这也就是政治。没有业务，四个现代化是无法实现的，极大地提高科学文化水平，也只能是一句空话。我不知道，青年同志们对于“业务挂帅”、“智育第一”一类的帽子是否也还“心有余悸”。那种“余悸”是完全不必要的，是害人的，是“四人帮”的余毒的一种表现，我们要彻底批判。

在60年代初期，我曾写过一篇短文，叫作《春满燕园》，颇引起一些人的注意。据说有一些地方竟把它选入中学教材中。我只不过是歌颂了燕园中琅琅的读书声，然而却竟冒犯了“四人帮”，他们口诛笔伐，对我进行了多次批判。我无论如何也想不通，在大学里念书难道也算是犯罪吗？幸运的是，“四人帮”垮台了，我们现在的燕园中却又是书声琅琅，而且远远超过了十多年前的盛况。看今天的物候虽然已是深秋，然而，在我的感情上却觉得恍如三春。现在你们这一些生龙活虎的青年人又进校来了。你们更仿佛把繁花似锦的明媚春光带进燕园，如果我现在再写一篇短文的话，我就有了一个现成的题目:《春归燕园》。就让我们共同携起手来，把这春光永远保留在这燕园里，在新的长征的征途上，大踏步前进吧！

1978年9月

新年述怀

记得自己小的时候，总嫌日子过得太慢，总盼着日头和月亮飞得快一点，好尽快地过新年，吃点好东西，热闹一番。一转瞬间，自己已届古稀之年。现在总嫌日子过得太快，总恨没有办法把日头和月亮拖住，不让它们向前再走，新年对我一点诱惑力都没有了。

但是，对于今年的新年，我还是充满了热切的希望的，希望好好地过它一过。

难道说我返老还童了吗？可以说是的，也可以说不是。我年逾花甲，也已过了十年，但是从无老的感觉。可是从今年年初起，也许是“古稀”这两个字对我起了无形的作用，我觉得自己确实是渐渐地老起来了。

觉得自己老也不一定是坏事情。越觉得自己老，就越寄希望于青年；越寄希望于青年，就对青年越有感情。新陈代谢，自然规律。这一点我早已参透，对自己思想感情没有一点影响，可以说是无动于衷，对青年的感情却是真切实在的。

我自己一生几乎都在北京大学工作。但在过去的三十几年中，对青年不能说一点感情都没有，但感情总不够深切。原因大概就是自己还没有老，就感觉不到青年之可贵与可爱。今天情况完全不同。我一看到青年，就会想道：世界是他们的，未来是他们的，将来的一切伟大光荣的担子都会加到他们身上。他们浑身洋溢着青春活力，就像那东升的旭日、初绽的鲜花。想到这一些，连我自己仿佛也年轻了起来。

尽管人类有时候也做一些不聪明的事情，但是对于人类前途，我还是充满了信心的：将来会胜于现在，青年总会胜于老年。人类的前途无限光辉灿烂。

就为了这一个缘故，我对今年的新年也充满了殷切的期望。我在这里向全校的青年同学，中、老年教师职工祝贺新年。祝愿我们在新的一年内共同进步，自强不息，让我们对着人类最高理想大同之域更向前走上一步。

1981 年 12 月 18 日

奇花异卉迎春开

现在研究外国文学的刊物，同其他刊物一样，有如雨后春笋：国别文学的刊物、综合的文学刊物、当代文学的刊物、古代文学的刊物，无不具备。数目多，不一定就能说明水平高，但它起码可以告诉我们，全国人民在外国文学方面的需要比从前得到了更好的满足了。

在众多的介绍外国文学的刊物中，可以毫不夸大地说《世界纪实文学》是异军突起，它的出现给外国文学刊物的万花园又增添了一株奇花异卉。

我们研究外国文学的目的，当然不是为研究而研究，研究只是一种手段，而不能是目的。我们的目的是借鉴外国，促进我们社会主义新文学的发展。其次，翻译外国文学可以给中国读者提供更多的精神营养，使中国读者得到美的享受，为建设精神文明服务。

从这个意义上来讲，我们过去大量地介绍史诗、诗歌、长篇小说、短篇小说、戏剧等，都能起到这个作用。可是，根据我自己的经验，一般读者最喜欢读的往往是传记、回忆录、报告文学、日记、书信、特写、随笔、游记、逸事等的作品。过去我们在这一方面做了一些介绍工作，但是同读者的需要比较起来，还有极大的距离。’这不能不说是一件憾事。现在，《世界纪实文学》的出版，可以说是弥补了这个缺陷。我相信，它会受到广大读者的热烈欢迎的。

中国有一句老话，“万事开头难”。德国人也有类似的话：Aller Anfang ist schwer。这一种新型刊物的创办，由于各方面条件的限制，也可能会碰到一些困难。这并不可怕，只要我们编辑部的同志们锲而不舍，坚决走上前去，我相信，我们的前途是十分光明的，这本新型刊物会受到越来越多的欢迎，它的威力也会越来越多地显露出来。

我诚挚地祝贺我们这新生的刊物长命百岁。

1984年11月8日

欢送北大进入新世纪新千年

76年前，当北大庆祝25周年校庆的时候，李大钊同志在《本校成立第二十五年感念》一文中说："我以极诚挚的意思，祝本校学术上的发展。只有学术上的发展，值得做大学的纪念。只有学术上的建树，值得'北京大学万万岁'的欢呼。"

在北大纪念27周年校庆的时候，鲁迅先生在《我观北大》一文中说："第一，北大常为新的，改进的运动的先锋，要使中国向着好的，往上的道路走。……第二，北大是常与黑暗势力抗战的，即使只有自己。……仅据我所感得的说，则北大究竟还是活着的，而且还在生长的。凡活的而且在生长者，总有着希望的前途。"

这些都是七十多年前的话，七十年来，无论是世界，还是我们的国家，都经历了天翻地覆的变化。可是，我们欣喜地看到，今天的北大仍然活着，而且还在生长。我们依然重视学术研究，而且取得了辉煌的成绩。

多少年来我形成了一个看法，我认为，中国的知识分子——古代所谓"士"——同其他国家是不相同的。两千年来，中国知识分子形成了一个优良的传统：关心国家大事，用今天的话来说就是爱国主义。从不同朝代的学生运动来看，矛头指向的对象是不一样的，但其为爱国则一也。中国近当代的知识分子继承了这个传统，而北大则尤为突出。

北大进入了新世纪、新千年将会怎样呢？我认为，北大仍然将会继承这个爱国的优良传统，这一点绝用不着怀疑。但是，我却有一个进一步的希望。我们今天的知识分子，不管是年轻的还是年老的，在这个地球已经变成了鸡犬之声相闻的地球村时，我们的眼光必须放远。我们不应当只满足于关心国家大事，而应当更关心世界大事。

目前，我们的世界大事是什么呢？我们的世界形势怎样呢？大家都能看到，依然是强凌弱，富欺贫，大千板荡，烽烟四起，发达国家依然是骄纵跋扈，不可一世。发展中国家有的依然是食不果腹。可是，在另一方面，正如一百多年前恩格斯在《自然辩证法》中所说的那样："我们不能过分陶醉于我们对自然界的胜利，对于每一次这样的胜利，自然界都报复了我们。"报复的表现已经十分清楚：生态失衡，物种灭绝，人口爆炸，淡水匮乏，污染严重，臭氧出洞，如此等等，不一而足。其中任何一个问题不解决，都会影响人类生存的前途。这一点世界上已经有人注意到，但是远远不够。

到了下一个世纪，我们北大人一方面要继承爱国主义传统，加强学术研究，增强国家的力量。另一方面又要记住恩格斯的话，努力实行张载的民胞物与的精神。最后，我赠大家四句话：热爱祖国，热爱学术，热爱人类，热爱自然。

北大将会永远活着，永远生长。

2000 年 12 月 7 日

新世纪开始时我想做些什么

新世纪即将来临。常言道，“一日之计在于晨，一年之计在于春”，一世纪之计在于开始时，我有什么“计”呢？没有什么新计，仍然把20世纪未完成的工作继续下去，具体地说，就是继续写《中国佛教史‘新疆卷》中的一章“龟兹与焉耆的佛教”。

《中国佛教史》是汤一介教授和我共同主编的大型的共有十二卷之多的一部书。市场上有关中国佛教史的书可谓多矣，但是严格说起来都只是“汉族佛教史”，不能冠以“中国”二字。汉族只是中国56个民族中之一族，不能代表所有的民族。为了纠正这个偏颇，山西人民出版社下定决心，出版一套真正的“中国”佛教史，在我们辽阔的祖国内，凡是与佛教信仰有关的民族都包罗无遗。这一个简短的说明，就能透露出其中的重要性。我们承乏主编，努力从全国佛教学者中选聘对某一个民族，某一个地区的佛教史最有研究的专家学者，共襄盛举。我们希望能穷数年之力，写出一部与我们伟大祖国，以及与这个伟大时代相当的真正的名副其实的中国佛教史。

2000年12月21日

清华大学九十华诞祝词

清华留美预备学堂创建于1911年，而北大定名为北京大学则在1912年。可见北大清华两校按照西方办学模式办学，起步实为同时。欧洲各大国自中世纪以来即先后创办大学，至今已有数百年之历史，规模组织，大同小异。此种教育制度，随殖民主义之东扩而前进。印度首当其冲，日本继之，而中国为最晚。直至19世纪末20世纪初始陆续有以西方模式为基础之大学，北大清华皆是也。然而两校之历史背景则颇多不同。北大承将近二千年来国家最高学府太学或国子监之传统，优点在于文化积淀既深且厚，不足之处则在旧影响时有表露。清华则自发轫之初，即追踪美国，惟妙惟肖，巨细不遗。以是，两校虽逐渐并肩发展为中国最高学府，而校格校风迥然不同。各有短长，不能厚此而薄彼也。至若两校办学方针，则皆可归纳为三会通：古今会通，中西会通，文理会通。合而言之，即将古今中外之文化精华融会而贯通之，将文理之畛域冲破，使之互相影响也。前二者明白易懂，无待赘述。至于第三者，则知之者少，尚须稍加诠释。七八十年前五四运动前后，蔡元培先生掌北大，以极有远见之睿智提出文理会通之倡议。至30年代前后，北大为文科学生开设科学方法课，盖亦寓文理会通之意。清华则规定：凡文科学生必选修一门理科课程。如无力或不愿，则可以逻辑代，于是逻辑课堂爆满矣。今岁初，清华大科学家李政道教授与大艺术家吴冠中教授联袂提出科学与艺术相结合之倡议，已出版专著，图文并茂，成绩斐然，此盖文理会通进一步之发展，意义重大，对北大有极重要之启示。时至今日，北大清华校舍已部分接壤，两校弦歌之声相闻，师生往来频繁，似应进一步加强两校之联系与协作，诸如个别教师交换授课，部分图书馆与实验室互通有无，如此必能扩大学生之眼界，避免近亲繁殖之弊端，利莫大焉。今者世界已进入新世纪新千年。纵观全国全球之教育大势，北大清华宛如双峰并峙，一时瑜亮，此决非个人私言，实天下之公言也。我两校任重而道远，加强协作，互相砥砺，刻不容缓，似应寓竞争于协作之内，扬优点于互补之中，发扬中华优秀文化，吸收世界先进之文教科技，持之以恒，锲而不舍，假以时日，则所谓世界一流大学之桂冠，必将实至名归也。值此清华大学庆祝九十华诞之际，谨缀俚词，为清华寿。我两校其共勉之！

2001 年 3 月 28 日